Rick Moody

Der Eissturm

Rick Moody

DER EISSTURM

ROMAN

Aus dem Amerikanischen von
Nikolaus Stingl

Piper
München Zürich

Die Originalausgabe erschien 1994 unter dem Titel
»The Ice Storm« bei Little, Brown in Boston.

ISBN 3-492-03717-8

Gesetzt aus der Garamond-Antiqua
Gesamtherstellung: Offizin Andersen Nexö, Leipzig
Printed in Germany

Für Hy,
Peggy,
Meredith
und Dwight

I

DANN WILL ICH Ihnen mal die Komödie über diese Familie servieren, die ich in meiner Jugend gekannt habe. Auch für mich gibt's eine Rolle in der Geschichte – die gibt's für ein Klatschmaul immer –, aber dazu später mehr.

Erstens: das Gästezimmer, so aufgeräumt unpersönlich wie alle Gästezimmer. Im Gästezimmer Benjamin Paul Hood – im folgenden der Dad. Das Ganze im Haus von Janey und Jim Williams, nur ein paar Türen von Hoods eigenem, komfortablem Schuppen entfernt. Im denkbar sympathischsten und dem Anschein nach ruhigsten Vorort. Im reichsten Staat des Nordostens. Im wohlhabendsten Land der Welt. Thanksgiving gerade vorbei und schon abgehakt. Noch drei Jahre bis zur Zweihundertjahrfeier, dieser Orgie des Kommerzes.

Keine Anrufbeantworter. Keine Rückruffunktion. Keine Fernabfrage. Keine CD-Player, keine Laserdiscs, keine Holographie, kein Kabelfernsehen, kein MTV. Keine Multiplex-Kinos, keine Textverarbeitung, keine Laserdrucker, keine Modems. Keine virtuelle Realität. Keine Einheitliche Feldtheorie, kein Vielfliegerbonus, keine elektronische Benzineinspritzung, kein Turbo, kein prämenstruelles Syndrom, keine Rehabilitationszentren, keine Erwachsenen Kinder von Alkoholikern. Keine Ko-Abhängigkeit. Kein Punkrock, kein Postpunk, kein Hardcore, kein Grunge. Kein HipHop. Kein Erworbenes Immunschwächesyndrom, kein HIV, keine mysteriösen, aidsähnlichen Krankheiten. Keine Computerviren. Keine Klone, keine Gentechnologie, keine Biosphären, keine Farbkopierer, keine Tischkopierer und schon gar keine Fernkopierer. Keine Perestroika. Kein Platz des Himmlischen Friedens.

Und vieles war noch gar nicht lange her. Zum Beispiel Jimi Hendrix, Janis Joplin und Jim Morrison. *Four dead in Ohio.* Vier Tote in Ohio, einer in Altamont. Nixon hatte Israel für den 72er Krieg Waffen geliefert, aber er hatte sich damit Zeit gelassen. Die Pariser Friedensgespräche waren gescheitert; Kissinger war – im September – Außenminister geworden. (Kein Friedensnobelpreis 1972.) China war den Vereinten Nationen beigetreten; Nixon war auf Besuchsreise gegangen.

Es war noch gar nicht lange her, da waren in Columbia, Berkeley und überall sonst Gebäude besetzt und wieder geräumt worden. Mittlerweile hielt sich Abbie Hoffman versteckt. Jerry Rubin schrieb für das *New Age Journal.* Angela Davis war freigesprochen worden. Die Beatles nahmen Soloalben auf. Der Krieg im neutralen Kambodscha weitete sich aus. (Die Roten Khmer würden Phnom Pen einnehmen. Lon Nol würde bald gestürzt werden.)

Die Energiekrise verschärfte sich.

Rose Mary Woods hatte gerade achtzehneinhalb Minuten einer unter Strafandrohung angeforderten Tonbandaufnahme *versehentlich gelöscht.* (Das Weiße Haus veröffentlichte ein Foto: Woods, wie sie nach dem Telefonhörer greift und sich dabei geistesabwesend nach dem Löschpedal streckt.)

Nichts von alledem freilich, weder die Watergate-Affäre mit ihrer Palette von Heuchelei, Zwang und Bespitzelung noch die Möwe Jonathan, deren Film gerade angelaufen war, noch die Transaktionsanalyse oder die Gestalttherapie beunruhigte Benjamin Hoods heiteres, besonnenes Gemüt. Hood wartete frohen Herzens auf seine Geliebte. In deren Gästezimmer. In jenen finsteren Zeiten.

Billy Jack war der populärste Film des Jahres.

Gebieterisch war Janey Williams aus dem Gästezimmer geschritten, um sich ihr Diaphragma einzusetzen. Gebieterisch. Mit einem unterschwelligen Anflug von so etwas wie Unmut. Das brachte einen Mißton ins süße Lied dieses Stelldicheins, aber Hood merkte nichts davon. Er dachte folgendes: Warum angesichts des technischen Fortschritts, angesichts der Unkompliziertheit der Pille und der Verläßlichkeit der Spirale an diesem Gummistöpsel festhalten?

Die Verzögerung hatte allerdings auch ihr Erfreuliches. Sie beschwor schmutzige, angenehme Phantasien herauf.

Die karierte Flanellsteppdecke auf dem Bett im Gästezimmer war noch zerwühlt vom Gerangel irgendwelcher Nachbarskinder. Ein erotisches Gerangel, dachte Hood, ein unerfahrenes Stöbern und Fummeln. Die weißen Vorhänge im Gästezimmer hingen schlaff herab wie der Pony eines traurigen Schulmädchens. Die Kommodenschubladen waren leer bis auf eine herumkullernde Mottenkugel und eine alte Schachtel mit Einmalspülungen. Gästezimmereinrichtungen erinnerten Hood – während er Schubladen öffnete und schloß – an die künstliche Szenerie in Fernsehstudios. Es war häßliches, kurzlebiges Zeug. Der Flokati-Bettvorleger beispielsweise war senfgelb und tannengrün. Er barg Reste von Käsehäppchen und faden, pappigen Keksen. In diesem Fall war Hood vielleicht sogar selbst der Übeltäter. Es war nämlich schon einmal zu einem Treffen mit Janey gekommen.

Auf dem Nachttisch das wunderbare Schimmern einer wunderbaren Flasche wunderbaren finnischen Wodkas. Hood war seit dem Einzug der Williams schon hundertfünfzig Mal in diesem Haus gewesen. Hundertfünfzig

Mal, ehe er je hier, im Gästezimmer, Zuflucht gesucht hatte. Er empfand zugleich Dankbarkeit und Scham. Er wünschte, er wäre an seinem Ende der Straße geblieben. Aber wenn es ihn juckte, war er machtlos – so eine seiner Begründungen. Er war selbst in den Armen seiner Frau einsam gewesen, einsam in Menschenmengen, einsam auf Konferenzen, einsam, wenn er seinem Hund Tennisbälle warf, einsam, wenn er mit seinen Kindern *Operation* spielte. Er war bei Unterhaltungen in Pendlerzügen einsam gewesen und einsam bei nächtlichen Männergesprächen mit ehemaligen Verbindungsbrüdern. Sein Dad, der allein oben in New Hampshire lebte, machte ihn einsam. Die kargen Novemberlandschaften machten ihn einsam. Nur Janey lenkte ihn – warum, würde er wohl kaum je ergründen – von dieser Isoliertheit ab. Er wußte wohl, daß diese Situation nicht von Dauer war, aber er fühlte sich verpflichtet, sie zu untersuchen.

Etwas mehr steckte schon dahinter. Im Spiegel über der Kommode sah er gut aus für seine vierzig. Fast vierzig – nächsten März war es soweit. Moment mal. Überm Bauch spannte sich seine Haut. Als hätte jemand den jugendlichen, schon damals schlaffen Benjamin Hood in Plastikfolie eingeschweißt. Er war gefleckt und gesprenkelt. Er brauchte einen frischen Mattlackanstrich. Sein Haar wurde immer weniger. Er hatte es sein Leben lang kurz getragen – hatte es eigentlich nie richtig gesehen –, und nun war es weg. Die Brille saß auf seiner kleinen, krummen Nase wie ein dürrer, ausladender Baum auf einer Granitzacke. Seine winzigen Augen hatten die Farbe von Frostschutzmittel. Okay, er bot einen fürchterlichen Anblick. Er sah aus wie ein altgedienter Bestattungsunternehmer oder ein windiger Immobilienhändler. Er wußte das. Er versuchte es durch Freundlichkeit und Treue wettzumachen. Er versuchte es.

Seine Erektion schrumpfte. Ausgerechnet jetzt. Sein edelsteingeschmückter Liebesdolch schrumpfte, wo er doch sonst voll Überzeugungskraft in seinen Boxershorts lockte.

Einst waren seine Träume Lieder gewesen. Er hatte Balladen von Verheißung und Gunst der Stunde gedichtet. Er hatte an den Schalthebeln der Hochfinanz gesessen. Einst war er der Junghengst vor dem ersten Rennen, der Kadett vor der Invasion gewesen. Er war in Richtung seiner Träume vorangekommen. Doch inzwischen, 1973, überraschte ihn das Verlangen in den unpassendsten Momenten: bei Fernsehberichten über Massaker in Südostasien, beim Revanchekampf zwischen Frazier und Ali, als Archibald Cox entlassen wurde, als Thomas Eagleton seine Elektroschockbehandlung eingestand.

Hood war nicht hier in diesem Gästezimmer, weil er sich parfümierte, weil er heiter und fröhlich war. Er war hier, so meinte er, weil er auch eine grausame Ader hatte. Er war maskulin, magisch und mystisch. Er war ein Kämpfer und Streiter. Janey Williams brachte diese Seite in ihm zum Vorschein. Eine Geliebte zu haben war so, wie wenn man als Agnostiker die Tröstungen der Religion entdeckte. Wie wenn man Punkt vier Uhr kapitulierte und sich einen hochprozentigen Drink genehmigte. Hood verspürte nicht das Bedürfnis, neue Formen des Liebesspiels zu erkunden, nun da er seinen Liebesruhestand aufgegeben hatte. Er brauchte seine *weibliche Seite* nicht auszuleben. Er bevorzugte die herkömmliche Stellung. Janey wollte ihn so, wie er war. (Und im Moment hörte er sie gerade die Treppe hinuntergehen. Vielleicht auf der Suche nach irgendeiner Süßigkeit, mit der sie ihn dabei füttern konnte.)

Er hatte also ein bißchen Vertrauen. Ein bißchen Vertrauen war nicht viel, aber immerhin etwas. Vertrauen überwältigte ihn niemals. Hood war voller Furcht. Und voller Ängste. Jede Veränderung in seiner Umgebung – die Pleite von Bobs Schreibwaren in der Stadt beispielsweise oder die Versetzung von Bruce Adams in irgendeine Shackley & Schwimmer-Filiale am Ende der Welt – erfüllte ihn mit Furcht. Die kleinen Fehlschläge des Lebens brachten ihn unerklärlicherweise fast zum Weinen, obwohl er die Tränen dann doch jedesmal zurückhalten konnte. Er stellte fest, daß das Verlangen in den Jahren, seit er es kennengelernt hatte, subtil und seltsam geworden war. Es ging nicht mehr um große Brüste in Zauberkreuz-BHs. Es ging um die Suche nach Trost.

Jetzt war vielleicht der geeignete Moment, sich einen Drink zu mixen.

Aufgrund seiner Ängste litt er unter folgenden Beschwerden: leichten Exzemen, die, meist im Winter, an seinem ganzen Körper ausbrachen und seine Haut fleckig orange färbten; Hämorrhoiden, weil er nur nach einem angenehmen Arbeitstag Stuhlgang hatte und solche Tage mittlerweile selten waren; einem Zwölffingerdarmgeschwür, das er mit Säurehemmern in großzügigen Dosen behandelte und indem er vorwiegend *weiße* Nahrungsmittel zu sich nahm (Reis, Hafermehl, warmen Cream-of-Wheat-Flockenbrei, Weißbrot, Kartoffeln, gelegentlich ein Glas Milch oder eine Scheibe amerikanischen Käse); einem Anschwellen der Füße, hinter dem er Gicht vermutete; einer deutlichen Vergrößerung seiner Leber und Bauchspeicheldrüse; und Mundgeschwüren.

Am meisten litt er unter Mundgeschwüren. Offenbar hatte in seiner kleinen, runzligen Mundhöhle der schiere Überlebensinstinkt seiner Zellen versagt. Sie hielten dort nicht mehr zusammen. Sie bildeten Spalten, die sich nicht mehr schlossen. Hoods Mundgeschwüre quälten ihn unaufhörlich. Oft hatte er zwei bis drei die Woche. Gelegentlich hatte er mehr als ein Dutzend *gleichzeitig*, am ausgeprägtesten erstens während seines zweiten Jahrs im Internat, zweitens in den Wochen im College, nachdem er mit Diana Olson Schluß gemacht hatte und bevor er mit deren Mitbewohnerin Elena O'Malley, seiner späteren Frau, ging, und drittens während der Fastenzeit 1971, als er Tabak, Koffein und Alkohol aufgegeben hatte.

Benjamin Hood hielt sich unter den mit Mundgeschwüren Geschlagenen für einen Rekordhalter. Er bekam Mundgeschwüre an den Lippen, hinten im Rachen, auf der Zunge. Am Zahnfleisch bekam er lange, schmale, die wie Bewässerungsgräben aussahen.

Zitrusfrüchte, Ketchup und Gewürze – sie waren sämtlich kontraindiziert. Desgleichen der Akt des Sprechens.

Ja, seinem Aussatz lag ein dubioser Drang zugrunde, den Hood genau benennen konnte. Die Ungenauigkeit des Sprechens, dessen riskante Improvisationen und Erfindungen – es war das beste, sich und seine Mundgeschwüre aus allen unerfreulichen Gesprächen herauszuhalten. Hatte er als junger Mann nicht eine Karriere als Rundfunkmoderator zugunsten der konkreteren Welt der Wertpapieranalyse aufgegeben? Waren es nicht die Sprache und ihre tückische Stiefschwester, das Gefühl, die seinen Mund so zugerichtet hatten?

Lachhaft. Er konnte sich noch an sein erstes Mundgeschwür irgendwann während des Zweiten Weltkrieges erinnern, und es hatte nichts mit dem Sprechen während des Unterrichts zu tun oder mit den Ermahnungen, still zu sein. Es hatte überhaupt nichts mit Sprache zu tun. Er stammte aus einer alten Yankeefamilie, das war alles, aus einer Familie von Bauern, die ganze Nachmittage auf der Veranda verbrachten, ohne ein Wort an ihre Leute zu richten, einer Familie von Yankees, die zu Thanksgiving jeden Fremden in ihr Haus einluden, ohne ihn auch nur ein einziges Mal in ein Gespräch zu verwickeln.

Er hatte einfach keine Lust zum Reden.

Wo blieb eigentlich Janey? Es war schon nach vier. Die Dämmerung war hereingebrochen. Sorgen wurden in ihm laut. Die Mittel gegen Mundgeschwüre, die Wundermittelchen, dieses mystische indianische Zeug, das seine Frau hätte vorschlagen können – Lecithin, Joghurtkulturen, Vitamin B12 in hohen Dosen, Nüsse, Zitrusfrüchte, Gebete an den Heiligen Christophorus –, er ging sie durch, während er zugleich darüber nachdachte, wie sich, bei geringen Umsätzen, die Entertainment-Papiere behaupteten, die er für Shackley & Schwimmer analysierte.

Die Williams waren etwa zu der Zeit hergezogen, als sein eigener Sohn Paul in die High-School gekommen war. Vor drei Jahren? Die Jungen der Williams, der dreizehnjährige Sandy und der vierzehnjährige Mikey, waren knapp hinter Paul und Wendy – sechzehn und vierzehn – zurück, aber sie waren trotzdem alle miteinander befreundet. Das hieß nicht, daß Hood die Situation billigte. Janeys Kinder waren nicht die richtige Gesellschaft für seine. Mike war ein beschränkter, finsterer Bursche, wohlproportioniert wie ein Baseballschläger aus Aluminium. Und Sandy war richtig fies. Ein intriganter, wortkarger Zyniker. Sandy verkaufte falsche Lösungen für Mathetests, bloß zum Spaß. Als Erwachsener würde er eins von diesen Geschäften betreiben, die Telefonwanzen, Hochleistungsfernrohre und andere Überwachungsgeräte verkaufen. Er würde trinken und die Nachbarn beim Masturbieren beobachten.

Jim Williams, der Vater der beiden, machte nichts besonderes. Seine Arbeit bestand ausschließlich darin, halbgare Investmentprojekte von der Sorte auszubrüten, die einen freiwilligen Verzicht auf jeglichen Zweifel erfordern. Williams investierte frühzeitig in diese kleinen, als Verpackungsmaterial verwendeten Styroporschnörkel und in ein Videoding, mit dem Sportstars ihre Leistungen überprüfen konnten. Besonders mit diesem Apparat hatte Williams offenbar *ein Bedürfnis definiert*. Er hatte sich diesen ganzen Betriebswirtschaftsschmus brav gemerkt. Das Videogerät schuf sowohl Kapital als auch allgemeine Bekanntheit. Williams brachte die Profisportler Seaver und Koosman mit nach Hause und machte sie mit seinen Söhnen bekannt. Draußen auf der Straße lungerten die Bengels aus der Nachbarschaft auf ihren Schwinn Typhoons mit Bananensattel herum, um sich den Aufmarsch der Superstars anzusehen.

Williams' berufliche Trägheit störte offenbar niemanden außer Benjamin. Hood glaubte an die unerschütterlichen Pendler der New-Haven-Strecke, jene Gralsritter und legendären Familienoberhäupter, deren Führungskunst sich hauptsächlich, aber nicht ausschließlich, durch Einschüchterung auszeichnete. Jim Williams andererseits kaufte Marimekko-Platzdeckchen. Er kaufte ein Wasserbett und eine Cadillac-Limousine. Er sagte gelegentlich *irre*. Er verdrückte sich manchmal mehrere Wochen am Stück auf obskure Geschäftsreisen. Vom Temperament her war er ein Golden Retriever – ein schlabbernder, gutartiger Typ –, aber er war auch ein Lügner, ein Seemannsgarnspinner. Wenn man ihn reden hörte, so paddelte er durch das Wildwasser von 1973, als wäre es ein entzückendes Bächlein. Er hatte nie Pech. Er hatte nie einen schlechten Tag.

Aber sein schlimmstes Verbrechen war folgendes: Er wußte nicht, was er an seiner Frau hatte.

Jim Williams. Ein prima Kerl.

Der Wodka katalysierte diese rachsüchtige Litanei. Hood betrachtete seine sorgfältig zusammengelegte

Hose, seine karierte Strickjacke – sie waren auf einem Korbstuhl am Fenster gestapelt – und überlegte, ob er sich anziehen sollte, ob Janey darauf wartete, daß er sich anzog, damit sie ihn Stück für Stück wieder entblättern konnte. *Vielleicht war es das. Es war irgendein erotisches Spiel. Natürlich.* Wie bei Teenagern, die zum Strip-Poker dreizehn Schichten Klamotten übereinanderziehen. Hood würde sich nie zur Freikörperkultur bekennen – in Fairfield County gab es ohnehin keine Nacktbadestrände –, aber gegen ein Spielchen hatte er nichts einzuwenden.

Es brachte gar nichts, die Ehefrau mit der Geliebten zu vergleichen, weil die Ehefrau dabei jedesmal besser abschnitt, so wie die Klassiker besser waren, so wie die Jazz-Standards Nuancen hatten, die kein anderer Song besaß. Dennoch kam es manchmal vor, daß die jeweils aktuellen Popliedchen in seinem Gedächtnis haftenblieben. Manchmal sprachen sie von einer Phase voller Ärger im Büro. Manchmal vom Schmerz in einer abgestorbenen Ehe. Von seiner Einsamkeit. Dann schwollen die Streicherklänge vibrierend an, und diese Songs waren gar nicht mal so schlecht. Er und seine Frau paßten im Grunde gut zusammen. Zum Beispiel, was die Einstellung jeglicher intimer Kontakte anging. Sie schliefen nicht mehr miteinander. Sie waren seit fast zwei Jahren nicht mehr auf den Gedanken gekommen.

Welch ein mangelhaftes Beziehungssystem, die Familie! Stalin nahm den Eltern ihre Kinder weg und zog sie als Mündel des Staates groß. Die Liebe war laut Maos kleinem roten Buch noch lange kein Grund zur Fortpflanzung. Das waren gar keine so schlechten Lösungsansätze für das Problem. Hier im Nordosten brannte man mit seiner Geliebten durch, liebte aber weiterhin seine Frau. Weil man seine Geliebte noch nicht bei Krankheit getröstet und sie einen noch nicht wegen eines Krachs hatte heulen oder den eigenen Sohn schlagen sehen. Und weil sie die beiden dürftig formulierten philosophischen Standpunkte, über die man verfügte (daß der Wehrdienst den Charakter stärkt und daß kein Mensch je in der Secondary School unterrichten sollte), noch nicht satt bekommen hatte oder noch nicht auf die verborgenen Haßgefühle gestoßen war, die man bestimmten ethnischen Gruppen entgegenbrachte. Mit der Zeit allerdings wurden sie und die Ehefrau sich ähnlich – freundeten sich vielleicht sogar an. Dann begeisterte man sich für eine neue Geliebte.

Elena war schüchtern, schön, stoisch und brillant gewesen. Er wußte das, so wie er wußte, daß bestimmte Filme toll waren, weil er in jungen Jahren dafür geschwärmt hatte. Mittlerweile konnte es passieren, daß er ebendiese Filme vor dem Fernseher komplett verschlief, aber er liebte sie trotzdem. Elena war schüchtern, brillant, schön und eine unmögliche Gesprächspartnerin gewesen.

Auf einer Party im Jahre 1956, wo eine gute Jazzband mit einem am Ort prominenten Schlagzeuger gespielt hatte, wo die Gespräche unbeholfen und unter den eigenartigsten Wendungen dahingeschlingert waren und anscheinend niemand die Füße genau im Takt setzte, wo Benjie Hood die Reue über das Scheitern seiner Liebesbeziehung mit Diana Olson – sie war anwesend und tanzte mit einem anderen – im Alkohol ersäufte, auf einer Party, während Schnee und kalter Regen auf das Gebiet von Boston herunterprasselten, hatte Hood sich erstmals erklärt. Vielleicht war es gar nicht der Abend selbst, an den er sich erinnerte, sondern nur die Geschichten jenes Abends, aber an diesen Geschichten hielt er jedenfalls fest. Er erzählte sie wieder und wieder.

Elena schien irgend etwas an ihm auf Anhieb zu erkennen, so sein Eindruck, und dieses Etwas gefiel ihr nicht. Da kam einiges an Arbeit auf sie zu. Was Hood verbarg – Reue, Mundgeschwüre, fehlende sportliche Fähigkeiten –, war für Elena offensichtlich: vielleicht hatte sie es von Diana gehört.

Die komplexen Rituale der Zivilisation fielen von ihm ab, und er enthüllte sich unmittelbar ihrem sorgenden Blick. Er konnte es nicht verheimlichen. Er hatte einmal zu oft die Grundschule gewechselt. Er war aus den Armen seines Vaters von einer Eisenbahnbrücke in einen reißenden Fluß gefallen. Wäre beinahe ertrunken. Seine Eltern hatten sich unter bitterem Streit getrennt. All das erzählte er ihr. Er konnte sich nicht mehr erinnern, welche Geschichte er verwendete. Überhaupt hatte er, was nähere Einzelheiten anging, nicht mehr viel in Erinnerung, außer einem schummrigen, verqualmten Raum, der Wärme von Tweed, der Unbändigkeit des Schlagzeugers, dem flotten Tempo, mit dem sich eine neue Beziehung anbahnte.

»Sie sollten – lesen«, sagte Elena als erstes zu ihm. Irgendeinen Mystiker. Emanuel Swedenborg. Oder Mme. Blavatsky. Sie sagte es lächelnd, kokett, so wie andere Leute zwinkerten und »hübsche Krawatte« sagten. Er haßte sie deswegen, haßte es, daß er den Namen nicht kannte. Wäre sie ein Kerl gewesen, hätte Hood ihr seinen Whisky ins Gesicht gespuckt. Dessenungeachtet war er ins Gespräch vertieft, schwafelte betrunken drauflos. Fing noch einmal von dieser Eisenbahnbrücke an. Er fühlte sich in ihrer Gegenwart unwohl, und das schien von Anfang an dazuzugehören.

Verbindungsbrüder schlenderten vorbei, beteiligten sich zwanglos am Gespräch und zogen weiter. Tänze kamen und gingen. Lange Klarinettensoli. Der Schlagzeuger riß sie alle zu Beifall hin. Dieser Schlagzeuger machte sich über seine Schießbude her, als wäre er für die Geschichte dieses Abends, die Geschichte dieser Party verantwortlich. Als müßte er auch wirklich jede perkussive Stimmung, jede Tonfarbe durchlaufen, ehe der Abend zu Ende gehen konnte. Es war ein Rennen gegen Zeitsignaturen. Auf der Welt war alles möglich, sagte Hood seiner künftigen Frau. Gewinn und Verlust. Kommunismus und Kapitalismus. Es spielte nicht die geringste Rolle. Er konnte ins Trainee-Programm der Chase Manhattan oder der First Boston aufgenommen werden oder auch nicht. Die Widerhaken in einer Walharpune, der Zusammenbruch der Northeasters, die Eintönigkeit von Baseballmützen – er konnte sich nicht entscheiden, wozu er zuerst seine Meinung sagen sollte. Alles, was zählte, war ein schickes Auto, ein Mädchen, das Slacks trug und keine Angst davor hatte zu rauchen.

Elena sagte gar nichts. Man wurde so schlau aus ihr wie aus einem deutschen theologischen Traktat. Aber sie wies ihn auch nicht zurecht. Sie machte keine Bemerkung über sein Gewicht, und sie zerwühlte ihm nicht das Haar. Am Ende brach es ihm das Herz, wie sie einfach nur immer zuhörte und zuhörte, während er unentwegt Sachen sagte, die er gar nicht sagen wollte.

Auf diese Weise kam Hood dahinter, daß Liebe viel mit Verschuldung gemein hat. Um diese Schuld zu begleichen, heiratete er Elena O'Malley. Die Familie war eine dumme Idee, auf die er verfiel, weil es damals keine anderen Ideen gab. Sie war der äußere Rand eines kleinen Universums, und keiner wußte, was jenseits davon lag. Es kamen Jahre voller Abende, an denen die Gewohnheit der Ehe ihn erstaunte, ihre Wiederholung ihn tröstete wie nichts zuvor. Dann ging diese Zeit zu Ende. Er hatte zwei Kinder, ein Haus mit Rasenmäher, einen Pontiac-Kombi mit imitierter Holztäfelung an den Seiten, einen neuen Firebird und einen Labrador namens Daisy Chain.

Er liebte seine Frau und seine Kinder, und er haßte jedes Anzeichen von ihnen. Der Lärm von Kindern und die schreckliche Stille gleich danach, die – regelmäßig, tagtäglich – ein kaputtes Erbstück oder eine Verletzung verhieß: es quetschte jedesmal ein Quentchen Lebenskraft aus ihm heraus. Er machte sich unaufhörlich Sorgen. Sein Sohn Paul hatte in der Öffentlichkeit in seiner kleinen Nase gebohrt und sich zwischen die Beine gefaßt. Seine Tochter hatte sich im Country Club vor einem Jungen entblößt. Bei seinem Gehalt war fast jedes Leben möglich, aber so sah das Leben aus, das er führte. Siebzehn Jahre war es her, daß er seine Frau kennengelernt hatte, und heute in siebzehn Jahren würde man 1990 schreiben, sein Sohn würde dreiunddreißig und er selbst sechsundfünfzig sein. Bis vor kurzem hatte er geglaubt, die Älteren kämen schon so auf die Welt, als Pechvögel. Mittlerweile wußte er, wie mühelos die Verwandlung vonstatten ging. Sein Sohn würde ihn daran erinnern. 1996 würde Paul so alt sein wie er jetzt – neunundddreißig –, und er selbst war dann zweiundsechzig, so alt wie seine Mutter bei ihrem Tod. Seine Frau würde sechzig und klapperdürr sein. Sie würde regelmäßig zur Kirche gehen.

»Janey!«

Hood legte sich sein ordentliches lachsfarbenes Button-down-Hemd um die Schultern. Er steckte ein herausgerutschtes Kragenstäbchen ein. War das etwa seins? In einer Hand die Flasche, in der anderen den Drink. Seinen Wodka. Hinterm Haus beklagte sich eine Trauertaube. Auf der Valley Road fuhr ein Auto vorbei. Hood war bekümmert. Er öffnete die Tür. Auf dem Treppenabsatz rief er ihren Namen. Janey hatte ihm versichert, das Haus sei leer, Mickey und Sandy blieben über Nacht bei

Freunden – wahrscheinlich würden sie wie die Wandalen hausen, Klingeln putzen – und Jim sei für eine Woche in der Stadt. Trotzdem meinte Hood, Stimmen zu hören.

Er floh zurück ins Gästezimmer und setzte sich auf den unbequemen Korbstuhl. Er machte den Reißverschluß seiner Hose zu, zog seine Socken an.

Er heiratete Elena, sie bekamen '57 und '59 die Kinder, sie verbesserten sich in puncto Wohnungen, und sie verbesserten sich in puncto Autos. Um sich '63 die Familienkutsche, den Corvair, leisten zu können, hatte Hood den Jaguar in Zahlung geben müssen, den er in seiner Collegezeit gefahren hatte. Heutzutage war alles Ökonomie. Vielleicht übersah er aber auch die subtilen Empfindungen, die sich unter der Ökonomie, unter der Mathematik, verbargen. Er verdiente 48 000 Dollar im Jahr, nicht gerechnet die Jahresprämie. Einkommen aus Wertpapieren im Besitz von Elena: 3600 Dollar; Einkommen aus seinen eigenen schlechten Investitionen: etwas weniger. Sparkonto. Gemeinsamer Zinsgewinn. Zuschuß zur Schulspeisung. Motorboot. Lebensversicherung. (Sein Vater hatte Versicherungen verkauft.)

Seither hatte er sich einen anderen Sportwagen gewünscht. Und genau an diesem Trieb war es dann auch zur ersten Blüte des Ehebruchs gekommen. Es hätte stumpfsinniger nicht sein können. Tatsächlich gabelte er sie bei der Firmenweihnachtsfeier auf. Diese Frau. Nicht bei der Familienweihnachtsfeier, zu der er immer seine Kinder mitgenommen hatte, als sie noch kleiner waren, sondern bei der Weihnachtsfeier des Gesamtbetriebes.

Dem Ereignis haftete etwas Betrunken-Dringliches, eine Stimmung von Angst und Bedürfnis an. Er hatte das Gefühl, er müsse einfach seichte, rüde Sachen zu diesem Mädchen sagen. Die Art, wie er ihr Komplimente über ihre *Möpse* und ihren *Knackarsch* machte, hatte nichts

Überraschendes. Er stürzte sich in die Vulgarität, wie ein Bussard auf ein Stück Aas herabstößt. Er fraß sich voll an seinem Unbehagen. Er hatte sich mit einem Glas Wein bekleckert, als er versuchte, zu einem Rock-and-Roll-Stück zu tanzen, und auf seinem weißen Hemd ähnelte der Fleck einer Brustwunde.

Er hatte ehrlich vor, sie zu ihrer Wohnung im Village zurückzufahren und dann irgendeine Umgehungsstraße nach Norden zu nehmen. Das stand für ihn an erster Stelle. Statt dessen aber ertappte er sich dabei, wie er sie in seinem jämmerlichen Kharmann-Ghia durch die verlassene West Side von Manhattan kutschierte, vorbei an den Prostituierten und Striptease-Schuppen, durch das unheimliche Industriegebiet der Stadt. Im Viertel der Fleischgroßhändler fuhr er mit seinem Kabrio rechts ran. Vor eine Laderampe. Er begann ihr Geschichten zu erzählen, erfundene Geschichten von einer Vergangenheit voller guter Laune, Studentenulks und Sex mit Mädchen in schnellen Autos. Und dann preßte er einfach sein Gesicht in ihren Schoß, mitten in den Schoß. An ihrem Wollrock scheuerte er sich Nase und Wangen wund. Er begann die Stelle auf ihrem Rock zu lecken, wo sich seiner Vorstellung nach seine Schande konzentrieren würde.

»Ben«, sagte sie. »Hab Erbarmen mit mir. Ich kann nicht mal mehr gerade gucken. Hör schon auf.«

Er weigerte sich jedoch, mit ihr zu reden. Er streifte ihr die Wäsche unter dem Rock ab. Sie schwitzte noch von der Tanzerei, und das konnte er riechen. Sie seufzte. Die Scheinwerfer der vorbeifahrenden Autos waren von metronomhafter Regelmäßigkeit. Er manövrierte sich um den Schaltknüppel und die Handbremse herum, um mit dem Gesicht zwischen ihre Beine zu kommen. Sein nadelgestreifter Hintern schwebte irgendwo in Höhe des Lenkrades. Er tat sein Bestes, sich wie ein schlechter

Mensch vorzukommen. Es machte nichts, daß sie sich an diesem Morgen nicht gewaschen hatte; sie hatten jetzt etwas laufen. Bald mischte sie kräftig mit. Sie ächzte leise, fast protestierend. So etwas hatte er noch nie gehört. Es klang wie eine von einer Stallkatze in die Enge getriebene Schwalbe.

»Ben, Ben«, flüsterte sie, »gehen wir woanders hin. Das ist nicht der richtige Ort, das weißt du doch.«

Er tat so, als meinte sie *auf den Rücksitz*.

Hood stieß sie mit dem Kopf an den Rückspiegel, als er sie herumschwang und in den winzigen Stauraum hinter den Vordersitzen zu hieven versuchte. Mittlerweile war er den Tränen nahe, aber dennoch wild entschlossen, die Sache zu Ende zu bringen.

»Zieh sie runter«, sagte sie, »zieh die Hose runter. Ich will dich richtig sehen. Wenn es schon so ablaufen muß.«

Sie öffnete ihm selbst den Reißverschluß. Sie brauchte seine Hilfe nicht.

Er erinnerte sich, wie sie über ihm kniete. Seine Anzughosen schlangen sich wie Fußfesseln um seine Knöchel, um seine Korduanlederschuhe. Seine Krawatte war gelockert, sein Hemd aufgeknöpft, seine Hemdzipfel schlackerten herum, während sie sich abmühten. Es war kalt im Wagen, er konnte seinen Atem sehen.

»Komm an Bord«, sagte er. »Los.«

Er hatte noch nie dabei geredet. Die Worte kamen ihm wie etwas Ungehöriges vor. Wie eine rassistische Entgleisung. Wie wenn man in der Öffentlichkeit über Geld redet.

Sie setzte sich auf seinen verkümmerten Penis.

Hood dachte natürlich an Elena. Wie auch anders? Und an Paul und Wendy, und was sie wohl empfinden würden, wenn sie dahinterkämen. An den Ausdruck untröstlicher Scham und Reue, mit dem sie ihn begrüßen würden. Irgend etwas zwang Hood in letzter Zeit in die Erniedrigung. Es gab da einen regelrechten Sog, eine traurige, lockende Melodie, der er folgte.

Das Mädchen hieß sogar Melody, wie sich herausstellte, und sie konnte es besser als seine Frau. Als Nummer war sie *fortissimo – ff*. Gerade das Beunruhigende an Melody war so gut. Er dachte an Prostituierte, Gruppensex, Transvestiten und Sadomasochismus, und er verstand die Verlockung des Fremden, die Verlockung des rohen Geschlechts. Beim Aufundabschaukeln stieß sie sich wieder den Kopf. An der Decke. Er kam. Alles Leben strömte aus ihm heraus. Und dann wandelte sich der Augenblick. Wirklich. Eine Sekunde lang roch alles traurig und gut. Wie nach einem kräftigen Regen. Er hielt sie in den Armen. Melody aus dem Büro, der er gleich nach dem Familienskiurlaub in den Berkshires wieder gegenübertreten mußte, gleich nachdem er seinen Dad, seinen einsamen Dad, besucht, gleich nachdem er sich eine Woche erholt hatte. Er würde ihr gegenübertreten müssen und nicht wissen, was er sagen sollte. Er würde vergessen haben, daß er hier einen Augenblick lang glücklich gewesen war.

»Sollen wir noch was trinken?«

Er hoffte, sie würde ablehnen. Er hatte ein bißchen Angst.

»Du mußt zu deiner Frau zurück, Blödmann«, sagte sie ruhig. »Wenn du noch was trinkst, landest du an einer Leitplanke.«

»Ich kann für mich selbst entscheiden.«

»Ich will jedenfalls nichts mehr mit dir trinken. Was keine Kritik an deiner Gesellschaft sein soll.«

Danach redeten sie nichts mehr. Er setzte sie vor ihrer Wohnung ab.

Die Heimfahrt war ein Abenteuertrip in die Einöde des

Nordens. Er fuhr unstet, in gedrückter Stimmung, riskant. Er raste, fuhr zu dicht auf. Zu Hause angekommen, spritzte er sich im Elternbadezimmer Wasser auf den Penis. Er wusch das Werkzeug seiner Verfehlung mit einem muschelförmigen, nach Veilchen duftenden Seifenstück.

»Was machst du denn da?« rief Elena schlaftrunken, während er sich im Badezimmer abtrocknete. Sie kam nicht so weit zu sich, daß sie ihn sah.

»Och, ich putze mir bloß die Zähne«, murmelte Hood. »Wollte dich nicht aufwecken. Putz mir bloß die Zähne.«

Neun Monate später. Eine volle Schwangerschaftsdauer nach Melody setzte er seine Affäre mit Janey Williams ins Werk.

Ihre und seine Kinder kamen prächtig miteinander aus. Das schuf die Gelegenheit. Die Kinder bildeten so etwas wie eine Vorstadtbande, eine Art von Sharks oder Jets. Schlampige, wohlhabende Vorstadtkinder, die bis spät abends wegblieben, um mit einer Luftpistole auf den Rottweiler der Van Dorens zu schießen, Marihuana zu rauchen oder sich gegenseitig an die Wäsche zu gehen. Mikey Williams und seine Freunde hatten angefangen, sich gegenseitig ständig *Charles* zu nennen – unter anderem dadurch waren Janey und Hood sich eines Abends nähergekommen, als sie darüber sprachen. Hood hatte Mikey irgendwann auf einer Dinnerparty bei den Williams barsch beiseite genommen und gefragt, was zum Kuckuck dieses ständige *Charles* sollte. Abkürzung für die Opposition im Vietnam-Konflikt? Spitzname von Manson? Name eines Parfüms? Nee, hatte Mike ihm bräsig geantwortet, Charles, wie Charles Nelson Reilly. Aus *Match Game*. Der, so vermutete Hood, mit dem unglaublich langen Mikrofon.

Wendy war das einzig vernünftige Kind in der Straße.

Der Wind brauste wild und fegte unter heulenden Dissonanzen um Janeys Haus, vorbei am Gästezimmer, um die Ecke, in das darunterliegende Tal und über den Silvermine River – eigentlich ein Bach – hinweg in den Wald hinein. Die Wettervorhersage war schlecht. Regen, Regen und dann ein deutlicher Kälteeinbruch. Mittlerweile goß es wie aus Kübeln, und der Regen war mit Graupeln untermischt.

Die Kinder, das hatte den Anstoß gegeben. Hood und Janey hatten über *Charles* gelacht. Es war die Nacht von Halloween, und ihre Kinder – seine Tochter, die Kinder der Williams und Danny Spofford, der ein paar Häuser weiter wohnte – hatten sich, wie alle anderen Kinder aus der Nachbarschaft, als *Penner* verkleidet. Sich mit Lumpen ausstaffiert und mit Schmutz, Teer und Eyeliner gesprenkelt, Geschwüre, Säuferzinken und faule Zähne geschminkt. Sich zum Treibgut der Großstadt gemacht. Benjamin Hood war den knappen Kilometer gefahren, um irgendeinen vergessenen Küchenartikel zu holen, eine Tasse Milch oder *Tang* oder so etwas. Er setzte sich einen Moment lang neben Janey auf die Couch. Sie bewerteten die Kostüme ihrer geliebten Penner. Je größer die Distanz zu ihrem beschaulichen Leben, desto höher die Bewertung.

Es hatte mit den Kindern und Halloween zu tun. Mit der Mythologie des Feiertages. Dem Karneval von Schlaf und Tod. Die Geister der Vergangenheit, die Geister seiner sämtlichen Fehler bevölkerten die Erde, erinnerten ihn an die Torheit seiner ehrgeizigsten Bemühungen. Bedauern. Hood hielt auch die andere Wange hin: Er erlaubte den Kindern, Rasiercreme, Seife und rohe Eier mit auf die Straße zu nehmen. *Nur zu,* lachte er, *saut euch nur gegenseitig ein. Spielt letztlich sowieso keine Rolle. Spielt keine Rolle, was für einen Scheiß ihr baut.* Die Kinder erstarrten vor Verblüffung über den Kraftausdruck.

Dann drängelten sie sich zur Tür hinaus, um die Nachbarn heimzusuchen.

Janey Williams' Lippenstift war schokoladenfarben, ein richtiger Erdton.

Die langen ebenen Strecken der Ehe lagen hinter ihm. Er war neununddreißig, bekam langsam eine Glatze, war unattraktiv, und seine Kinder wollten nichts lieber als Penner sein.

»Vögeln wir miteinander«, schlug er seiner Nachbarin verzweifelt vor. Er leerte einen Highball.

»Wie romantisch«, sagte sie. »Aber ich glaube, du hast eine andere Verabredung.«

»Ach, Janey«, sagte er, »du weißt doch, was ich meine.«

»Und ob.«

»Sag mir, daß ich total danebenliege. Daß sich das alles bloß in meinem Kopf abspielt.«

Janey lächelte traurig. Sie hatte ihre eigenen Probleme.

Er war rechtzeitig zum Essen zurück.

Die Erotik des Ehebruchs ist gut dokumentiert. Hood nahm noch einen Schluck, während er im Gästezimmer zurückdachte. Vielleicht ehrte er auf diese Weise seine Frau; vielleicht geschah es *ihr zuliebe*. Vielleicht vögelte er gegen die Idee der Familie an, um ihren Zwängen zu entkommen. Vielleicht beging er wegen seines hochentwickelten Schönheitssinns Ehebruch. Vielleicht feierte er die Freiheit der *neuen Sexualität*. Vielleicht tat er es, um sich zu erniedrigen. Vielleicht tat er es, um Janey Williams weh zu tun oder um ihren Mann zu verletzen – sie waren attraktiver als er, unbefangener. Vielleicht wollte er eigentlich ihren Mann vögeln, und das war ein so schreckliches, dunkles Geheimnis, daß es sogar Benjamin verborgen blieb. Vielleicht wollte er erwischt werden. Vielleicht wollte er flüchten: vor seinem Job, seinen Ängsten, seinen psychosomatischen Beschwerden. Vielleicht tat er es, weil auch seine Eltern es getan hatten (jedenfalls nahm er das an) und weil das Verlangen zu betrügen in seinen Genen brodelte. Vielleicht tat er es aber auch nur, weil er etwas wollte, was er nicht haben konnte.

Während er – im Gästezimmer – kurz diese Mangeltheorie des Ehebruchs streifte, kam Hood zu einer auf brillante Weise falschen Erklärung für Janeys Abwesenheit. Er glaubte plötzlich, den Nachmittag zu verstehen. Natürlich! Er sollte nach ihr suchen! In den überladenen Kammern ihres Hauses sollte er eine Mission erfüllen, eine Mission nach Art von Buzz Aldrin oder Neil Armstrong. Für das ersehnte Vergessen würde er etwas tun müssen. Er war angezogen, aber bereit, sich zu entkleiden. Er goß sich einen weiteren Wodka ein und machte sich auf den Weg.

»Janey ...? Janey ...?«

Rechts lag Sandys Zimmer. Jims und Janeys vielgeliebter, gescheiter, unheimlicher Sohn. Der Puzzle spielende Sohn. Der Sohn, der Popcorn-Puzzles legte – nur Popcorn- oder M&M-Puzzles. Der gescheite Sohn, der Nolan Ryans Earned-Run-Quote für jedes Spiel seit Ende der sechziger auswendig wußte, der die physikalischen Grundlagen angeschnittener Bälle erklären konnte und sich über die Zahl der Gefallenen in Vietnam auf dem laufenden hielt. Er ließ sich nicht fotografieren. Er fürchtete sich vor Wasser.

Sandys Zimmer war provisorisch eingerichtet, als ob er vermutete, daß er bald umziehen würde. Über seinem Bett war ein einsamer Yale-Wimpel an die Wand geheftet. Er trug nur dazu bei, die Leere des Raums hervorzuheben. Es gab ein Bücherregal, auf dem lauter Unglaublich-aber-wahr!-Baseballgeschichten, Unglaublich-aber-wahr!-Geistergeschichten – *Das Ding am Fuß des Bettes* – und das *Guiness Buch der Rekorde* von 1972 standen.

(Schwerster Mann: Robert Earl Hughes aus Monticello, Ill., der ein Höchstgewicht von 484,25 kg erreichte. Begraben in einer Klavierkiste.) Oben auf dem Bücherregal mehrere kleine Aquarien voller Magic Rocks.

»Janey!« flüsterte Hood inmitten dieses unnatürlich sauberen Raums.

Er schob die Tür von Sandys Kleiderschrank auf. Ein Berg schmutziger Sachen türmte sich darin. Von einer erwartungsfroh zusammengekauerten Janey in Reizwäsche allerdings keine Spur.

Zurück im Treppenhaus, steuerte Hood auf Mike Williams' Zimmer zu. Er war überzeugt, daß der Türknauf mit einer selbstgebauten Alarmanlage gekoppelt war. Vermutlich war der dazugehörige Apparat unmittelbar hinter der Tür auf dem Boden aufgebaut und aus Pfeifenreinigern, Büroklammern und einer Neun-Volt-Batterie zusammengebastelt, die er irgendwem aus der Garagenfernbedienung geklaut hatte. Mike mochte Furzkissen und Hundehaufen aus Gummi. Er trug oft eine Nixon-Maske.

Und er hatte eine Vorliebe für spinnerte Telefonanrufe.

»Hallo, läuft Ihr Kühlschrank?«

»Aber ja.«

»Tja, das muß er wohl auch, ich habe ihn nämlich gerade an unserem Haus vorbeilaufen sehen. HA HA HA HA HA!«

»Hallo, ist dort 655-FICK?«

»Hallo, ist dort 655-SHIT?«

Paul hatte ihm das alles eines Abends erzählt. In einer jener zarten Dämmerstunden, in denen Vater und halbwüchsiger Sohn sich gemeinsam köstlich über irgend etwas amüsieren. Solche Tage waren dünn gesät. Hood fand diese Anrufe irrsinnig komisch. Vielleicht war das damals gewesen, als Paul ihm von seinen eigenen spinnerten Anrufen erzählt hatte, und von dem bizarren Wunder ihrer eigenen Telefonnummer, 655-4663. Die letzten vier Ziffern ergaben tatsächlich ihren Namen. 655-HOOD.

Mikes Türknauf teilte allerdings keine elektrischen Schläge aus. Er löste kein elektronisches Piepsen aus. (Alarmanlagen wurden nie für echte Eindringlinge eingeschaltet.) Das Zimmer gehörte Hood, dem Störenfried. Neonposter und -bildteppiche bedeckten die Wände, Bildteppiche, die im schummrigen Licht der Lampe, die Hood anknipste, unzählige Brandlöcher und unidentifizierbare Flecken aufwiesen. In einer Ecke stand ein Wasserrohr von der Größe eines Friseurladenzeichens. So etwas erlaubte Janey? Mit etwas mehr Zeit hätte er die Suche ausdehnen können. Die traditionellen Pornohefte hatte Mike zweifelsohne zwischen seinen Matratzen versteckt, zusammen mit Socken, die krustig waren von seinem getrockneten Samen. Scham und Einfallsreichtum des Masturbators, der sich seinem Handwerk widmet! Kein Gewebe, kein Stoff und kein Behältnis, das nicht erprobt würde! Wahrscheinlich war Mikes Wäsche mit seinem Samen zusammengeschweißt.

Sich bloß einmal vorzustellen, in welcher Menge das Zeug in Knabenschulen und Strafanstalten anfiel. Mal überlegen, wie oft der Durchschnittsamerikaner 1973 masturbierte. In diesem Jahr gab es, sagen wir, hundert Millionen Amerikaner, von denen zwei Drittel orgasmusfähig waren. Bei einmal die Woche hieß das ungefähr 3 432 000 000 Ejakulationen im Kalenderjahr. Bei zwei Kubikzentimeter pro Erguß machte das 6 864 000 000 Kubikzentimeter beziehungsweise 6 864 000 Liter. Mehr als bei einem riesigen Tankerunglück. Wohin mit all dem überschüssigen Sperma? Überall in diesem riesigen Land, in den Vorstädten, in den ländlichen und bewaldeten Gegenden, in den Innenstädten ejakulierten Kerle in irgendwelche Lappen, in Küchenausgüsse, auf ihre eigenen Körper, draußen hinterm Haus oder auf dem Erdboden. Wie viele machten sich über die Entsorgung Gedanken?

Er hatte einmal versucht, seinen Sohn über Selbstbefleckung aufzuklären, und es war eines der Gespräche gewesen, die nicht gut liefen. Er hatte sich mit dem Jungen im Schlafzimmer zusammengesetzt und ihn gebeten, es nicht in der Dusche zu tun, weil er damit Wasser und Strom verschwende und weil es dort sowieso jeder von ihm erwarte; es ferner nicht auf der Bettwäsche, nicht mit der Unterwäsche seiner Schwester, nicht mit Kleidungsstücken seiner Mutter und nicht mit dem Hund zu tun. Er tue es am besten dann, wenn er sicher sei, daß niemand sonst zu Hause war, und am besten ins Klo, denn dort würde es keine Probleme verursachen und sich mit den anderen traurigen Absonderungen Amerikas vermischen. Falls er sich über irgendwelche Anzeichen von Perversität in seinem Verhalten Sorgen mache, solle er das ohne Scheu ansprechen. Sie könnten dann gemeinsam einen medizinischen Fachtext zu Rate ziehen.

Am Ende dieses Monologs hatte Paul ein Gesicht gemacht, als hätte er soeben vom finanziellen Ruin seiner Familie erfahren.

Jeder Mann lechzte danach, der Masturbation ein für allemal abzuschwören, von jenen faden Orgasmen abzulassen, deren einzige Abwechslung in der schöpferischen Phantasie bestand, die sie förderten (Janey in Hot pants ohne Zwickel, wie sie ihm den Hintern hinhielt und dabei an ihrem Mittelfinger lutschte). Phantasien, die zu hegen ansonsten eine Schande war. Dennoch hatte Hood selbst noch keine Gelegenheit gefunden, es aufzugeben. Manchmal mußte er sogar masturbieren, während er neben Elena lag. Er stellte sich vor, er hoffte, er verließ sich darauf, daß sie diese nächtlichen Erniedrigungen nicht mitbekam.

Hood verließ Mikes Zimmer. Er stand am oberen Ende des Treppengeländers und blickte hinunter. Er beugte sich darüber und spürte die Kühle des polierten Holzes an seinem Unterleib. Warum sich der Illusion hingeben, daß Janey hier auf ihn wartete? Sie war natürlich gegangen. Die Schlußfolgerung war nicht zu umgehen. Sie hatte ihn in die Unvermeidlichkeit seiner Ehe, die Unvermeidlichkeit von Beichte und unzulänglichen Entschuldigungen entlassen. Er konnte Regen und Graupel heftig gegen die Fenster im ersten Stock prasseln hören. Bis zu seinem Haus waren es nur etwa achthundert Meter die Valley Road hinunter. Binnen Minuten könnte er gemütlich vor dem Kamin in der Bibliothek sitzen und über die Vergänglichkeit von Kaminfeuern nachsinnen.

Er steuerte auf das Badezimmer der Williams zu. Ein letzter Blick. Eine Begutachtung der Hausapotheke. Er wollte feststellen, ob es dort überhaupt ein Diaphragma gab, feststellen, wie tief die Kränkung ging. Er wollte Beweise.

Wo Janey wohl hingegangen war? Zum A&P, um etwas zu holen, was zu Truthahnresten paßte? Um in Vorbereitung auf die Party der Halfords heute abend Kosmetika zu kaufen? Vielleicht war sie auch zu ihm nach Hause gefahren, um seine Hausapotheke zu durchschnüffeln?

Hood stellte die Wodkaflasche auf die fleckige beigefarbene Ablage aus Marmorimitat und goß sich noch etwas Ambrosia ein. Dann begann er die Mittelchen auf der anderen Seite des Spiegels durchzusehen: Cover Girl Thick Lash Wimperntusche, Revlon Ultima II Kompaktpuder, Max Factor Lippenstift (schokoladenfarben), Helena Rubinstein Brush-on Peeling, Kotex Tampons,

Bonnie Bell Ten-O-Six Lotion, Clairol Balsam Tönung (blond, obwohl sie sich die Haare weißblond färbte), Summer's Eve Einmalspülung, Spring Breeze. Valium, Seconal, Tetracyclin, ersteres in einem Fläschchen mit erneuerbarem Rezept.

Keine Diaphragmadose.

In einem winzigen Fach an einem Ende des obersten Bordes bewahrte offenbar Jim Williamson ein paar Sachen auf. The Dry Look, Old Spice Deodorant, Noxzema Rasiercreme, Water-Pik Zahnpflegesystem. Wick Vaporub.

Es war ein L-förmiges Badegemach. Hood trank sein Glas leer und duckte sich in den Alkoven, wo, in Dunkelheit gehüllt, Toilette und Dusche untergebracht waren. Auf der Toilette hatte Janey Clairol Kräutershampoo, Clairol Haarkur und Tegrin Medizinisches Shampoo deponiert.

An dieser Stelle hatte sie sich von ihm verabschiedet. Hier hatte sie ihre Hinweise zurückgelassen. Über die Haarpflegeprodukte waren Strapse und Strümpfe aus schwarzer Spitze drapiert. Wie ein Wasserfall von Tristesse und Erotik flossen sie über den geschlossenen Toilettendeckel herab.

Das war für ihn gedacht. Hood staunte über ihre Kühnheit. Und kam nach vollständiger Kapitulation vor ihrer bewunderungswürdigen Taktik zu dem Schluß, daß er ihr trotzdem nicht verzeihen konnte. Ihre Schönheitsfehler kamen ihm in den Sinn: ihre Schwangerschaftsstreifen, der wie verkleckerter Portwein aussehende Fleck auf ihrem linken Oberschenkel, die lippenstiftverschmierten Zähne und unfachmännisch manikürten Nägel. Sie hatte ihn mit heruntergelassener Hose im Gästezimmer zurückgelassen. Sie hatte ihn verschlossen wie einen Banktresor. Er war ein leerer Exerzierplatz, ein dichtgemachtes Theater, eine verlassene Jahrmarktsattraktion. Janey wußte Bescheid über ihn.

Er löste die Strapse aus ihrer Verankerung an der limonengrünen Shampooflasche und die Strümpfe von den Strapsen. Und dann riß er den Duschvorhang zur Seite, in der Hoffnung, sie ein letztes Mal dort zu sehen, feixend, bibbernd, vielleicht eine Hand nach ihm ausgestreckt und die andere am Heißwasserhahn.

Natürlich war ihm bewußt, daß das Verlassenwerden ihn kitzelte, daß er leicht erregt war, daß sein bedrängtes Glied unter ungünstigen Umständen aufblühte, und er öffnete den Reißverschluß seiner Flanellhose und begann, indem er die Strapse als Ansporn für seine Einsamkeit und Erregtheit – als Morgenrock für seinen Ständer – verwendete, in flagranter Verletzung der Prinzipien der Autoerotik, wie er sie seinem Sohn erläutert hatte, sich einen herunterzuholen. Als praktisch denkender Mensch verschloß er dabei die Tür.

Müssen wir uns jedesmal eine Frau vorstellen, um die Tat zu vollbringen? Für Frauen und ihre Geschichte war es weniger verletzend, sie sich auf diese Weise vorzustellen, als sie zu vergewaltigen und zu unterdrücken. Hood erkannte das und war stolz auf seine Technik – ihm lag vor allem daran, so wenig Menschen wie möglich weh zu tun. Ja, für ihn hatte sich das Problem der bildlichen Vorstellung erledigt.

Damals in den fünfzigern in Hartford, Connecticut, wo sich vorübergehend das Versicherungsbüro seines Vaters befunden hatte und wo Hoods Hoden erstmals aktiv geworden waren, hatte allein schon das Wort *Busen* ihn zur Ejakulation gebracht. Außerdem hatte er es verstanden, sich aus einem knautschbaren alten Daunenkissen eine Öffnung zu formen. Das Kissen reichte ihm bis zum College, wo die Überfülle von Brüsten in seiner Phantasie fortbestand wie ein göttlich inspirierter Gedanke, wie die Vollkommenheit von Harmonie und Metrum. Aber dann brachen schwere Zeiten für ihn an. In der ehelichen Gemeinschaft bewegten ihn, für sich genommen, weder Brust noch Hintern, noch die vesuvische Feuchtigkeit da unten. Die Betrachtung von Körperteilen war nicht faszinierender als eine Einkaufsliste.

Schließlich, mit Anfang Dreißig, ging es nur noch mit echter Pornographie. Einsame Orgasmen waren wie Niesen oder Gähnen. Er stellte sich Frauen in Hot pants und Ledersachen vor. Der *Playboy* lag bei ihm herum. (Diesen Monat stand eine ausgezeichnete Kurzgeschichte von Tennessee Williams drin.) Er stellte sich Accessoires vor. Seine Wangen röteten sich.

Welch ein Segen, wenn sich bei diesen Übungen Vergessen einstellte. Masturbieren war wie Fallsucht, wobei die Betonung in letzter Zeit auf Sucht lag. Aber wenigstens mußte er dabei nicht denken. Wenigstens war ihm ein Moment ohne Benjamin Paul Hood und dessen finanzielle Verpflichtungen vergönnt, ohne den Rasen, das Boot, den Hund, die Arztrechnungen, die Kreditkarten- und Nebenkostenrechnungen, ohne die Lage im Nahen Osten und in Indochina, ohne Kissinger, Ehrlichman, Jaworski oder dieses Harvard-Arschloch Archibald Cox. Bloß ein bißchen Frieden.

Er stöhnte dumpf, als er abdrückte und eine geballte Ladung ungewöhnlich weit auf die zottelige Badematte wie auch die Strapse selbst feuerte. Mit dem besudelten Kleidungsstück tupfte und rubbelte er an dem Fleck herum, den er auf die Matte gekleckert hatte. Seufzend machte er seine Hose wieder zu. Seufzend schloß er die Tür auf.

Wohin mit dem Belastungsmaterial?

Die Strapse waren eine leere Schlangenhaut, ein düsterfeierliches Artefakt seines Versagens, eine Art Grabtuch von Turin. Im Treppenhaus, das Kleidungsstück zusammengeknüllt in der Faust, wandte er sich zuerst nach links, dann nach rechts. Wie ein Geist wagte er sich in Janeys und Jims Schlafzimmer und starrte bekümmert die pazifischen Massen ihres Wasserbetts an.

Er dachte daran, die Strapse mitten auf ihr Kopfkissen zu legen, aber er brachte es nicht fertig. Skrupel.

Im Treppenhaus fand er sich dann plötzlich vor Mikes Tür wieder. Spontan betrat er mit seinem Leichentuch, mit den besudelten Strapsen von Mikes Mutter, das Zimmer und stopfte sie hinten in Mikes Kleiderschrank. Der Junge würde nie darauf kommen, daß man ihn reingelegt hatte.

Dann ging Hood unbeschwerten Herzens, voller Erleichterung nach ausgestandener Schwäche, die Treppe hinunter. Er dachte daran, das Geländer hinunterzurutschen, aber der Antrittspfosten hatte oben eine spargelkopfartige Schwellung, die bestimmt schon Generationen von Geländerrutschern entmannt hatte. Unfähig, das Haus zu verlassen, machte er einen Rundgang durchs Erdgeschoß. Das Wichtigste am Eigentum war das Besitzen. Geriffeltes Kristallglas, Spitzenservietten, die tollsten Achtspur-Hi-Fi-Bausteine, die ganze persönliche Habe der Williams gehörte an diesem Nachmittag ihm.

An der Haustür jedoch verließ ihn der letzte Rest Entschlossenheit. Er war ein Gespenst, ein Narr, eine Stimme aus dem Jenseits, ein Einbrecher, und es wurde Zeit, daß er diesen Tatsachen ins Gesicht sah. Seine Frau nahm keine Notiz von seinem Kommen und Gehen, seine Geliebte verließ ihn in ihrem eigenen Haus, seine Kinder redeten nicht mit ihm. Für Benjamin Paul Hood kam nur der Hinterausgang in Frage. Er würde das Haus durch den Dienstboteneingang verlassen, unhörbaren Schritts.

Auf Zehenspitzen. Wie ein Klempner, ein offizieller Einbrecher.

Dann, am oberen Absatz der Kellertreppe, als er schon die Tür geöffnet, sie geistesabwesend geöffnet hatte, hörte er plötzlich Gelächter. Das Gelächter von Teenagern. Jenes harte, bittere, rachsüchtige Gelächter voller Mißtrauen und Desillusioniertheit. Nur ein Ausweg! Ein einziger Ausweg nur!

New Canaan war schon winzig, aber mit zunehmendem Alter kam es Wendy so vor, als schrumpfte der Ort auch noch. Vielleicht verschwand er ja unmerklich. Seine Alleen glichen der Kreuzschraffierung auf einer Dollarnote. Man konnte Wendys Stadt mit einem jener Schülermikroskope erfassen, wie sie Paul jedesmal von drei bis vier Verwandten zum Geburtstag bekam. Neben New Canaan wirkte eine Waldameise wie ein Cadillac oder ein gepanzerter Truppentransporter; eine Stubenfliege wie der Huey-Helicopter. Ein Flokatiteppich wie ein asiatischer Regenwald.

Einmal hatte sie sich leicht das Handgelenk geritzt – nur ein Kratzer, sie ging eine Zeitlang in langärmeligen Sachen zur Schule, und keiner merkte etwas; später sah man's nicht mal mehr –, um ihr eigenes Blut unterm Mikroskop betrachten zu können. Bloß das sattsam bekannte Gedränge und Gewühle, farbige Klümpchen, die andere farbige Klümpchen überholten.

In New Canaan gab es eine High-School, eine Junior High und vier Grundschulen. Kein Schulbus weiter als fünfzehn Minuten von seinem Ziel entfernt. Das hieß, man konnte, bis man in die High-School kam, jeden kennen, der der gleichen demographischen Kategorie angehörte. Folglich kannte Wendy jeden. Ein Kino. Ein Lebensmittelgeschäft. Die Kirchen waren protestantisch. Weder Schnee noch Regen, noch nächtliches Dunkel konnten New Canaan in seinem unerbittlichen Streben nach gutnachbarlichen Beziehungen aufhalten.

Die Mädchen belegten Hauswirtschaftslehre und die Jungen Werken, wenn sie nicht riskieren wollten, für den Rest ihres bürgerlichen Lebens geächtet zu werden. Auch Wendy belegte Hauswirtschaftslehre, aber sie haßte es. Das beste daran war die Ähnlichkeit mit der Hexenkunst. Zwischen Kochen und Naturwissenschaften hatte sie die Grundlagen der Giftmischerei gelernt. Sie malte sich eifrig aus, wie sie einen geliebten Menschen ins Jenseits beförderte oder ihre eigene Zukunft änderte oder die SX-70-Kamera ihres Vaters in eine verbogene Skulptur aus Metall und Plastik verwandelte.

Zum Unterricht trug sie Ponchos und selbstgestrickte Pullover, und ihr blondes Haar kitzelte sie oben am Po. Sie besaß Zehensocken, Clogs und Latzhosen. Ihre Tretorn-Tennisschuhe hatte Wendy vor nicht ganz zwei Tagen (am Tag vor Thanksgiving) in Mike's Sports geklaut, und die Lackdinger, die sie an den Feiertagen tragen sollte, waren in ebendiesem Laden sicher verstaut, in einer Tretorn-Schachtel hinten in dem Regal für Größe 36. Wendy trug die Einheitskluft, die auch andere Jugendliche trugen, aber sie dachte viel an schwarze Gewänder und daran, wie sie ihren Freundinnen Spinnen in die Taschen ihrer Hüfthosen steckte. Sie hatte Lust, Hasch zu rauchen, Schlaftabletten zu nehmen (sie hatte im Badezimmer ihrer Eltern ein paar Rezepte ausfindig gemacht) und mit dem traurig guckenden Jungen aus der Sonderschulklasse zu knutschen. Das Knutschen hatte sie wie alles andere vorzeitig gelernt, und zwar in Gesprächen mit ihrem Bruder und aus *Die sinnliche Frau*, das ihrer Mutter gehörte, teils aber auch aufgrund ihrer eigenen Phantasie. Manchmal waren die Beschreibungen von solchem Kram in Büchern schwer zu kapieren. Man brauchte eine ganz schön kühne Vorstellungskraft.

Im Grunde interessierte sie in diesem trostlosen Kaff nur ein einziger Ort. Sie hatte das Glück, gleich nebenan zu wohnen. Silver Meadow! Eine psychiatrische Privatklinik. Ein Trockendock, wie ihr Vater es nannte. Klapsmühle. Akkurat wie ein Kreuzworträtsel war sie auf dem Hang neben ihrem Haus angelegt – schmucke kleine Fußwege, schmucke Gebäude, schmucke Bowlingbahnen und Zuschauertribünen, Pools, Saunen, Softtennisplätze. Akkurat gestutzte Sträucher und Immergrüns. Gutmütige Sicherheitsleute patrouillierten durch Silver Meadow, und sie stuften Wendy Hood als ortsansässige Sylphide ein, deren Kommen und Gehen sich nicht nachteilig auf das therapeutische Verfahren auswirkte.

Was hieß es, trocken zu werden? Sie hatte die Einsamen und Klapprigen aus den Mercedessen und BMWs steigen sehen. Sie trugen Wildleder, Pelz, Armreifen oder dementsprechende Jeansanzüge; sie vergewisserten sich, daß die Autotür verschlossen war, weil sie Sicherheitsfragen ernst nahmen. Sie versuchten, sich ihren Parkplatz zu merken, und schafften es nicht. Wendy sah sie in ihrer Vergeßlichkeit ziellos über die Parkplätze wandern. Außer ihrem Reichtum verbanden sie ihre gequälten Gesichter. Sie besaßen Ringe und Nerze, aber sie waren erschöpft und verzweifelt. Man brauchte sie nur kräftig anzupusten, und sie fielen um. Und sie waren weder gewalttätig noch kriminiell. Es waren ganz normale Menschen. Jedenfalls, soweit Wendy das beurteilen konnte. Keine abgebrühten Serienmörder, die junge Mädchen mißbrauchten und ihre Leichen in Bächen auf dem Land deponierten. Wendy war hier auf dem Gelände von Silver Meadow unter ihren Leuten. Aus dem ganzen Land, aus New York, Cleveland, Athens, Dallas und Las Vegas kamen sie nach Silver Meadow, um Heilung von ihrer Schwäche zu finden. Wendy wollte die dortige Gastfreundschaft nicht überbeanspruchen – die Reichtümer dort nicht erschöpfen –, aber der Ort gefiel ihr besser als ihre Heimatstadt. Und deshalb war sie auch am Freitag nachmittag da und wartete auf Mikey Williams.

Regen. Irgendein dicker, lächelnder Wetterfritze würde sagen, es sei *ungemütlich*. In New Canaan hatte es vielleicht nur ein Grad über dem Gefrierpunkt. Flächen zogen sich zusammen. Gehagelt hatte es auch. Ihr Poncho hielt die Kälte nicht ab, aber sie trotzte ihr zitternd, weil sie – wie jeder sagte – altklug und unpraktisch war. Alles war besser als der spießige, pinkfarbene Skianorak, den ihre Mom ihr gekauft hatte.

Ursprünglich hatten diese Stelldicheins nicht mit Mike Williams, sondern mit seinem Bruder Sandy stattgefunden. Er war ein schreckhafter, stiller Junge, und es gefiel Wendy, daß sie ihn schockierte, daß ihm in ihrer Gegenwart immer ein bißchen unbehaglich war, daß er nicht mit offenem Mund küssen wollte; es gefiel ihr, wie er sich dauernd davonschlich, um an einem Modellflugzeug, einem jener Monumente von Sinnlosigkeit und Langeweile, zu basteln. Er stellte eine Herausforderung dar.

Eines Nachmittags hatte sie ihn dazu überredet, sie aufs Klo mitgehen zu lassen. Es war genau die Art von Zeitvertreib, an der sie im Lauf der Jahre Gefallen fanden. Wendy hatte beim Touch Football mit ihm gerauft; sie hatte die Sandwichreste gegessen, die er liegenließ – Frischkäse und Marmelade, Fluffernutter, scharf gebratener Schinken; sie hatte ihr Mountain Dew mit ihm geteilt und Insekten mit ihm gequält. Obwohl Sandy nicht viel redete, dachte Wendy, was er dachte, und wußte, was er wußte. Bis zu jenem Moment im Badezimmer.

Das untere Badezimmer der Williams hatte eine Velourstapete mit Blumenmuster. Als Sandy den Reißverschluß seiner winzigen, abgeschnittenen Shorts öffnete (das Ganze war diesen Sommer passiert) und sich auf die Toilettenschüssel hockte, fiel ihr die absolute *Nacktheit* seines spindeldürren Körpers auf. An ihm war kein Fältchen oder Pölsterchen. Er glich einem kleinen Foto im *National Geographic* – der weise Dorfbewohner, der gegen den Hunger kämpft.

Und dann war da sein Schwanz. Eigentlich nichts weiter als ein kleiner Zipfel. Er sah aus wie der Stummel eines Zeichenbleistifts, den man wegwirft, weil er so kurz ist, daß man ihn nicht mehr aus dem Spitzer rauskriegt. Kein Härchen umgab dieses Anhängsel. Sandy war so blank wie ein Neugeborenes, so schlicht wie eines jener modernen Bilder – ganz schwarz oder ganz weiß oder ganz rot –, die jedes Kind malen könnte. Er thronte auf der Toilette wie ein kleines Mädchen und begann sich zu entleeren. Aber dann ließ die Ungeheuerlichkeit dessen, daß er bei diesem privaten Ritual, diesem Reinlichkeitsritual, beobachtet wurde, plötzlich alles danebengehen. Es war, als wäre sie in seinen Schlaf hineingestolpert und hätte alles über seine Alpträume erfahren. Auf der Schüssel festsitzend, brüllte er los: »Was willst du denn? Was willst du eigentlich? Raus. Los, raus hier!«

Sein normalerweise friedliches Gesicht verzerrte sich heftig, als er aufsprang, um auf sie loszugehen. Messinggelber Urin rann träge über seinen Oberschenkel – unter den heruntergelassenen, zusammengeknüllten Safarishorts hindurch – auf den Badteppich. Aus diesem Schlamassel würde ihr kein unschuldiges Lächeln heraushelfen.

Mrs. Williams mußte den Tumult gehört haben. Sie zog Wendy am Ohr aus dem Badezimmer. Aber weil Mrs. Williams *cool* war und weil sie die grundlegenden Veränderungen guthieß, die *junge Leute* in den letzten fünf, sechs Jahren herbeigeführt hatten, ließ sie Wendy mit ein paar mahnenden Worten davonkommen. Der Körper eines Menschen sei sein Tempel, hatte Mrs. Williams gesagt, und es sei seine Entscheidung, wann er darin beten und wann er fasten oder ruhen wolle. Ob sie das begreife? Der Körper eines Menschen sei sein erster und letzter Besitz. Wir kämen allein auf diese Welt, sagte Mrs. Williams, und wir nähmen vielleicht nur ein-, zweimal in unserem ganzen Leben einen anderen in dieses Alleinsein hinein. Und in der Pubertät, das wisse Wendy vermutlich von ihren Eltern, ließen unsere Körper uns im Stich. Sie würden uns fremd. Deshalb, sagte Mrs. Williams, gingen die Jugendlichen in Samoa und anderen Entwicklungsländern zu Fuß und unbewaffnet in die Wälder und kämen erst wieder, wenn sie über ein, zwei Dinge Bescheid wüßten.

Seither haßte Sandy sie, so wie Mike und Sandy einander haßten. Wendy wußte bereits, wie Jungen miteinander stritten, wenn sie sich nahestanden. Sie stritten sich so, wie Familien sich stritten. Wutausbrüche und Zuneigung kamen aus der gleichen Quelle. Sie hatte einmal erlebt, wie Mike – wild entschlossen, seinem Bruder die Kohlenaugen auszustechen – mit einem Schürhaken hinter Sandy hergejagt war und am nächsten Tag angeboten hatte, Sandys Gedicht für den Englischunterricht zu schreiben. Sie waren sich sehr ähnlich, die beiden. Sie beobachtete Sandy und lernte dabei, daß sich hinter Schweigen jede Menge Highlife verbergen konnte. Stille Wasser führten Verbrechersyndikate und erschlossen neue Märkte für Pornographie. Mike und Sandy waren gleich gestrickt, nur daß Mike dabei eine große Klappe hatte. Sie nannten einander *Charles* (das war eine respektvolle Anrede), und sie betraten nie das Zimmer des anderen, aber sie liebten einander und würden innerlich zugrunde gehen, wenn sie sich endgültig trennten.

Ein Beispiel für ihre dubiosen Geschäftemachereien: Mr. Williams hatte mit den Leuten von Topps Chewing Gum einen Deal ausgehandelt. Was für ein Deal das war, konnte kein Mensch Wendy erklären. Sie wußte auch nicht genau, ob Sandy oder Mike es kapierten. Ein Faktor dieses Deals war Bazooka-Kaugummi, der zu den wichtigsten Produktlinien von Topps gehörte. Das hatte zur Folge, daß die Williams plötzlich auf mehreren großen Kisten Bazooka saßen. Diese Kisten waren in ihrem Keller gelagert. Bazooka, das an der Saxe Junior High und der New Canaan High School praktisch einem Goldstandard entsprach, stand Mike und Sandy somit in ungeheuren Mengen als Zahlungsmittel zur Verfügung. Mike brachte damit eine tadellose Sammlung der 1973er New-York-Met-Baseball-Bilder zusammen (was denen auch nicht dabei half, die Meisterschaft zu gewinnen). Mit Bazooka Joe hatte er sich außerdem nachgemachte Kotze, ein T-Shirt mit dem Aufdruck *Enjoy Cocaine* im Schriftzug von *Enjoy Coca-Cola*, zahlreiche Typen und Sorten von Feuerwerkskörpern wie etwa Kanonenschläge, Schweizer Kracher und Raketen und einen roten Flexible-Flyer-Schlitten beschafft. Sandy hatte seinen Kaugummi für eine knapp unter dem Ladenpreis liegende Summe versilbert und mit dem Geld eine riesige Sparbüchse gefüllt. Er zählte das Zeug einfach gern.

Wie Mike seinen Bruder im Kampf um Wendys Körper ausstach, einen Preis, den herzugeben sie ohnehin gern bereit war, ist rasch erzählt. Sandy würdigte sie nach dem Vorfall im Badezimmer keines Blickes mehr, und im Umkreis von etwa einer Meile gab es sonst niemand Geeigneten, mit dem man in den Clinch gehen oder fadenscheinige Schwüre tauschen konnte. Sandy fehlte ihr, aber ihr fehlte dauernd irgend etwas, und diese kleine, leere Stelle ließ sich weder von ihm noch von sonst irgend jemandem in der Valley Road ausfüllen. Letztlich war es der Kaugummi, durch den Mike sie – allein – in den Keller hatte locken können. Sie war so vorsichtig zwischen den Kisten umhergegangen, als handelte es sich um eine riesige Ladung Waffen. Die schiere Menge Kaugummi verschlug ihr die Sprache. Welches Kind ihres Alters und ihrer sozialen Schicht würde für einen 24er Karton Bazooka-Stangen nicht alles tun? Was machten da schon die ständigen Füllungen, der Horror der Zahnarztbesuche? Heute ein Kind, morgen schon erwachsen! Kaugummi! Gebt uns Kaugummi! Wir hungern nach Kaugummi!

Und Mike war bereit, ihren Wünschen nachzukommen. Er steckte sich gleich am Anfang ein Stück in den Mund. Sie konnte es riechen. Sie konnte den Geschmack schmecken – Vergnügungspark plus Industriereiniger. Zusammen, mit einander streifenden Schultern, als hätten sie sich schon die Ehe versprochen, lasen sie den beigefügten Comic und lachten über die Ähnlichkeit Sandys mit Mort, diesem Typ, der dauernd seinen Rollkragen über den Mund gezogen hatte.

»Mal im Ernst«, sagte Mike, »willst du Kaugummi?«

»Klar. Was glaubst du denn, warum ich hier bin, du Arsch?«

»Pfui, so was sagt man nicht. Tja, dann werden aber ein paar, wie soll ich sagen, Opportunitätskosten fällig. Das ist so üblich, wenn man Geschäfte macht.«

»Hm?«

»Du weißt schon, Charles. Muschi.«

So wie er das Wort sagte, klang es wie der Markenname eines besonders faden Tiefkühlgerichts. Fotze, Muschi, Möse, Muff, Schlitz, Vulva. Es gab kein gutes Wort für die Anatomie von Mädchen. Warum waren die Wörter für schöne Dinge – Orchideen, Sonnentau, Auroras – so schön? Würde sich ihre Muschi, wenn sie nach einem davon benannt wäre, immer noch so hausbacken ausnehmen?

»Willst du mir an die Wäsche, Mikey?«

Und das war, wie sich herausstellte, die richtige Methode, an die Sache heranzugehen. Angesichts der Aufforderung geriet er total in Panik. Sie konnte sehen, wie er erstarrte. Sie trug an diesem Tag Shorts mit schmalen, geblümten Hosenträgern. Seit *Godspell* waren Hosenträger in. Außerdem eine Bluse mit Rüschen und Spitzen. Einen Sport-BH. Mike hatte nie mit Entgegenkommen gerechnet. Jungen sahen Mädchen so, wie sie besonders gute Karrieren sahen, als etwas, worauf man hinarbeiten mußte. Oder als kostbare Gegenstände: Sie wollten feilschen und einen guten Preis herausschlagen. Wendy hielt sich für die erste Vierzehnjährige in Amerika, die diesen Sachverhalt völlig durchschaute.

»Wieviel krieg ich dafür, Mikey? Wenn du das wirklich willst, mußt du deine Karten auf den Tisch legen.«

Daß er sich an den Kaugummikisten zu schaffen machen konnte, lieferte ihm Zeit zum Nachdenken. Die Williams hatten im Grunde keinerlei Menschenkenntnis. Dieser Meinung war jedenfalls Wendy. Sie verplemperten ihre Zeit mit Geschäftemacherei. Das hatte Wendy von ihrer Mutter. Es war eine von deren sehr ausgeprägten Ansichten.

Mike holte zwei Großpackungen aus einer der Kisten und legte sie ihr zu Füßen, als wäre er einer der Weisen aus dem Morgenland im Weihnachtsspiel der Schule.

»Das reicht nicht«, sagte sie.

»Mehr geht nicht, Wendy, sonst merkt's mein Dad. Der achtet da nämlich drauf ...«

»Der kaut das Zeug also auch?«

»Darum geht's nicht, sondern ...«

»Mikey, du machst mich wahnsinnig. Vergiß es. Du beleidigst mich. Ich will alles. Ich will eine ganze Kiste voll.«

Er konnte nicht. Er konnte einfach nicht. In Wendys Klasse schrieben sie im November im Sozialkundeunterricht Sketche über *moralische Konflikte*, und das Gespräch hätte eine prima Vorlage abgegeben. Wendy schrieb ihren über Präsident Nixons qualvolle Entscheidung darüber, ob er die Tonbänder lieber verbrennen oder sie dem Sonderankläger übergeben sollte. Mike war überhaupt nicht klar, daß Wendy es auch umsonst gemacht hätte.

Jetzt, im November, war es feucht und kalt, und er verspätete sich. Eigentlich hätte er schon längst seine Fußballklamotten verstaut und es bis Silver Meadow geschafft haben müssen. Er hätte schon längst alles aus seinen Gedanken verbannt haben müssen außer ihr, außer ihren Besonderheiten – ihr Haar im Wind, daß sie einen fester umarmte als jede andere, ihre Hingabe. Im Sommer war das leicht, und ein einziger Blick auf ihren Körper reichte aus, ihn allen Kinderkram vergessen zu lassen. Der Moment kam, jener erste Moment, gratis, im Country Club.

Sie standen hinter der Snackbar und wollten gerade auseinandergehen, zu ihrer jeweiligen Umkleidekabine. Eine ganz unbedeutende Trennung. Aber ihr war, als verlöre sie in diesem Moment ein Erbe, als wäre die Erinnerung an ihre verstorbenen Großeltern irgendwie verschwunden oder als wäre eine in der Kindheit an Leukämie erkrankte Freundin gerade beerdigt worden, und deshalb hielt sie ihn an der Schulter fest, zerrte mit einer Hand das Unterteil ihres Stars-and-Stripes-Bikinis herab und entblößte das blonde, fast haarlose Schambein darunter.

Weil die Stadt so öde war wie eine Felswand. Weil ihre

Familie kalt und traurig war. Das war ihr ganz plötzlich aufgegangen. Deshalb tat sie es. Oder, falls es doch Liebe gab, dann war sie so tief unter Arbeit und Höflichkeit vergraben, daß ihr dürftiger Nektar nie an die Oberfläche dringen konnte. Nie hatte sie ihre Eltern sich umarmen sehen. Ihre Mutter hatte sogar einmal bestritten, daß sie ihren Mann liebte – sie hatte gesagt, sie *möge ihn eigentlich schon*. Ihr Dad hatte gesagt, das seien Themen für Selbsthilfegruppen, für Sekten und für die Insassen von Silver Meadow, aber nicht für Familien. Wendy sehnte sich nach Vulgarität, nach richtiger Schlamperei. Sie sehnte sich nach verfänglichem Geraschel oder einem zerrissenen Stück Stoff, nach Gestöhne spät in der Nacht, nach schwedischen Super-8-Filmen: *Der Frühreifen-Report* oder *Die nackte Carmen*. Nach irgend etwas, dem nicht alle Gefühle ausgetrieben waren. Sie hätte mit ihrem Retriever gefummelt, um ein bißchen was über die Liebe zu erfahren. Bitte, lieber Gott, dachte Wendy auf den vornehmen Pfaden von Silver Meadow, nicht noch ein Winterabend mit New-Canaan-Gesprächen …

Zurück zum Country Club: Mike glotzte ihre Vagina an – ihre Unbegreiflichkeiten und Vielschichtigkeiten – und erstarrte. Die Geräusche des Country Club brandeten über sie hinweg wie die Stimmgeräusche eines Orchesters. Sie konnte hören, wie Caddies ein bestimmtes Eisen vorschlugen, Kids darüber stritten, wer als erster vom Turm springen durfte, Mütter ihre Kinder zur Snackbar scheuchten. Er roch nach Kokosnuß. Sie roch nach Schweiß, Chlor und Generationen guter Kinderstube. Der Tag roch nach heißem Asphalt.

Dann löste Mike Williams den Knoten an seiner kastanienbraunen Badehose und enthüllte sein eigenes Erbe. Er hatte mit Sandy so wenig gemein wie sie selbst. Sein Ding war groß und ausladend, eine in seiner Badehose zusammengerollte Ringelnatter oder einer von diesen Knallfröschen, die sich – ein kleines grünes Bündel – unter dichtem, stinkendem, schwefelgelbem Nebel von selbst entrollen. Dünner schwarzer Flaum schmückte seine Basis, wo der kleine Bursche jetzt anschwoll, als hätte sie seinen geheimen Namen gesagt.

»Das war's, Wendy«, sagte Mike.

Sie umarmten sich. Und gingen auseinander. Wendy lachte und lachte und lachte.

Danach war Mike ein paar Wochen lang ein bißchen gehemmt. Jedenfalls nahm sie das zu seinen Gunsten an. Watergate heizte sich auf. Das Samstagabend-Massaker. Wendy hatte angefangen, Watergate genauer zu verfolgen als *Dark Shadows* oder den Spielfilm um halb fünf. Es gefiel ihr, wie Nixon vor den Kameras schwitzte; ihr gefiel das erbarmungslos grelle Scheinwerferlicht der Fernsehnachrichten. Aber irgendwann kam Mike wieder, so wie er auch jetzt auf seinem Fuji-Fahrrad die Valley Road heraufkam.

Sie hatte ihn schließlich aus seinem Kaugummikontor auf den kleinen Friedhof an der Silvermine Road geführt, wo verlorene Seelen aus dem neunzehnten Jahrhundert – Sereno Ogden, Capt. Ebenezer Benedict und S. Y. St. John – unruhig schliefen, wo kein Mensch je hinkam, um zu trauern, wo die Kids das Inhalieren durch die Nase übten. Als ihr von ihrem gemeinsamen Päckchen Larks zu schwindelig wurde, legte sich Wendy quer über seine Brust. Und er hielt sie so fest.

Unter der hellbraunen Kordhose konnte sie sein steifes Glied sehen, wie es sich reckte wie der Junge in Mathe, der immer die Lösung wußte. Und sie zogen sich dort auf dem Friedhof aus, stapelten ihre Kleider ordentlich auf irgendeiner Familiengruft und hörten dann, den Geruch des anderen an den Händen, wie überdrehte Uhren im letzten Moment auf. Sie hörten einfach auf. Wer weiß, warum? So leitete der Friedhof für Wendy und Mike die Tradition des Trockenvögelns ein.

»Wo bleibst du denn?« rief sie über das düstere, als Park gestaltete Gelände von Silver Meadows hinweg.

»Meine Mom ist schuld«, sagte Mike, der sein Fahrrad neben sich herschob. »Sie wollte aus'm Haus und hat's eilig gehabt, und ich war in der Auffahrt und hab versucht, die Kette wieder aufs Fahrrad zu kriegen, und dann bin ich in die Garage, weil's geregnet hat ...«

Mike deutete auf eine Stelle auf ihrer Brust, mitten auf ihrem Poncho, und sie blickte nach unten. Er gab ihr mit dem Zeigefinger einen Kinnstüber. HA HA HA HA! Das machte er jedesmal.

»Ich hab mir hier draußen den Arsch abgefroren«, sagte sie.

»Mach dich bloß nicht naß. Charles.«

Das Licht wurde immer trüber. Der Niederschlag war in Schnee übergegangen. Oder in etwas ganz Ähnliches, scharfe Körnchen von Niederschlag. Niederschlag wie ein Angriff. Aber die Aussicht auf Ausschweifung erregte Wendy, übte jenen tantrischen Zauber auf sie aus. Der Winter machte ihr nichts aus. Sie hätte meilenweit durch Schnee und Schneematsch waten können, wie ein Superheld.

Das Kellergeschoß der Williams war ungenutzt und einsam. In der genügsamen Architektur der örtlichen Kirchen – der kongregationalistischen, episkopalen und presbyterianischen: ihre Mom konnte sich nie zu einer Konfession entschließen – hatte sie jene kleinen Altäre gesehen, wo der Geistliche unmittelbar vor dem Abendmahl seine Amtsgewänder anlegte und wo die heiligen Gefäße vor sich hin moderten. Die Sakristei? Sie stellte sich das Kellergeschoß der Williams als Sakristei vor, während sie rittlings auf dem Sattel von Mikes Fahrrad saß (er strampelte im Stehen) und sich an seiner Taille festhielt.

Die Fahrt ging bergauf, und sie ließen das Haus von Wendys Eltern hinter sich – die dunkelbraune Bruchbude am äußeren Rand von Silver Meadows, zugig und voller uralter Scharniere, ehedem Heim von Mark Staples, republikanischer Abgeordneter und von 1871 bis 1879 episkopaler Geistlicher von New Canaan.

Und immer bergauf, bergauf. Mike schaltete wütend herunter, als wäre die Steigung eine Herausforderung für seine knospende Männlichkeit.

Das Haus der Williams war weiß und eckig und hatte Säulen am Eingang. Normalerweise hing dort schlaff eine amerikanische Fahne, nicht aber an diesem Nachmittag. Trauertauben klagten im Garten hinter dem Haus. Der steil abfallende Garten purzelte dort kopfüber in den Bach. (Wo Wendy wohnte, floß der Bach mitten unter dem Wohnzimmerpatio hindurch.) Bei Mikey im Garten tummelten sich immer alle möglichen wilden Tiere – Waschbären, Bisamratten und Kaninchen. Die Tierwelt der Vorstädte. Dahinten ging es praktisch zu wie in dieser blöden Fernsehserie *Mutual Omaha's Wild Kingdom*. Auf dem Silvermine River wimmelte es von aufblasbaren Kanus.

Mike ließ sein Fahrrad neben der Garagentür auf den Rasen kippen, der Regen war ihm egal. Sie schlüpften durch die Veranda ins Haus, ins Untergeschoß.

Beim Ritual ihrer Zusammenkünfte bestand Wendy auf Schweigen. Kein Geplauder zum Miteinander-Warmwerden. Ein bißchen Konversation, das Tischdecken, die Vorspeise, war unumgänglich, aber Schweigen war würdevoller. Die staubigen Packkisten voller Kaugummi um sie herum glichen gesichtslosen Wachen, Beschützern eines untergegangenen Reiches, wie die Skulpturen auf der Osterinsel in dem Buch, das die Jungs in der Schule seit kurzem herumgehen ließen: *Chariots of the Gods*. Das Bermuda-Dreieck. Das Kellergeschoß war ein vernachlässigter Bezirk im Haus der Williams. Der Pingpong-Tisch mitten im Raum hing durch wie ein verrottender Kahn. Die Elektrowerkzeuge an der Wand waren Folterinstrumente. Auf die Dartscheibe war ein aus einer Zeitschrift herausgerissenes Frauengesicht geklebt.

Das andere Buch, das alle in der Schule lasen, war *Go Ask Alice*.

Würde Wendy sich aus allen Hüllen schälen, aus der Latzhose, dem Rollkragenpullover, den Zehensocken, dann würde sie auch das unverdorbene Mädchen abstreifen müssen, das regelmäßig zur Kirche ging und bei den Cheerleaders mitmachte. Sie würde Mike die Tiefen ihrer komplizierten Gefühle enthüllen müssen. Aber das war nicht ihr Ding. Schließlich war das hier New Canaan. Ihr ging es vielmehr darum, in noch mehr Rollen, noch mehr Masken zu schlüpfen. Sie plazierten sich auf der Plattform am anderen Ende des Zimmers, auf dem Sitzsack gegenüber dem Fernseher.

Und Wendy begann ihm widerstrebend ihre Anweisungen anzuvertrauen. An diesem Nachmittag spielten sie die Rollen eines Firmenmanagers und seiner Assistentin. Mike kam eines Nachmittags zu ihr nach Hause, am Wochenende, um eine Krise zu bewältigen – ja, genau –, eine Krise, bei der es um irgendwelche Aktien ging, und er brauchte dazu ihre Hilfe. Er brauchte sie.

»Und ich liege einfach so da«, sagte Wendy, »ich liege einfach da, und irgendwas stimmt ganz und gar nicht. Ich heule, schluchze vielleicht, weil ich allein bin, weil mein Freund abgehauen ist oder so was, und du kommst rein und versuchst mich zu trösten.«

»Aber –«

»Mir geht's gerade ganz furchtbar dreckig.«

Mit der Unbeholfenheit eines Jungen, der nie im Leben auf einer Bühne stehen würde, mimte er kniend das Zurechtziehen einer Krawatte. Er stellte seinen Attachékoffer neben dem Zeitschriftenständer ab. Wendy legte den Finger auf die Lippen, und die Vorstellung begann richtig. Im Halblicht.

Ein langer, harter Nachmittag im Büro war vorüber, dachte Wendy. Der tägliche politische Kampf war vorüber. Er strich ihr das Haar zurück. Wer war er, und warum verstand er es so gut, eine Frau zu trösten? Der Verlust ihres Mannes, die Entfremdung von ihren Kindern – sie war als ungeeignet beurteilt worden –, ihre Arbeitsunfähigkeit. An Eigentum und Einkommen hatte sie nur das, was ihr bei der Scheidung zugesprochen worden war. Das reichte nicht, um im gewohnten Stil zu leben.

»Baby«, sagte Mike. »Unser Warten hat ein Ende.«

Vom Sitzsack glitt Wendy auf den Boden. Sie wälzte sich über Sandys ramponierten Taschenrechner. Ihr Rollkragenpullover rutschte hoch, und der fahle, makellose Bereich unter ihren Brüsten wurde sichtbar. Sie hatte das so arrangiert, genau wie Willie Mays es arrangiert hatte, daß ihm die Mütze wegflog, als er dem langen Flugball nachjagte. Einen Arm unter dem Sitzsack, den anderen unter einem grünen Lederhocker, nagelte Mike sie am Boden fest. Nur Zentimeter von ihrem Gesicht entfernt lag ein *T. V. Guide* mit *Sanford and Son* auf dem Titelblatt.

»Vielleicht machen wir lieber den Fernseher an«, flüsterte Mike, »falls jemand kommt.«

»Red keinen Quatsch«, sagte Wendy.

Sie zog seine Hand über ihren Bauch, und er kletterte auf sie. Es war eine nachgerade verzweifelte Umarmung.

Alles mögliche würde in ihr Haar geraten, Ungeziefer, Krümel und alte, in den Teppich getretene Kaugummis.

»Sag mir, was für Pläne du langfristig hast«, sagte Wendy. »Sag mir, daß du nicht weggehst. Sag mir, daß du nicht wie alle anderen bist. Lies mir die schlimmen Stellen aus dem Alten Testament vor. Würdest du mir zuliebe anderen Menschen schaden? Würdest du mir deinen teuersten Besitz schenken? Würdest du dich vierundzwanzig Stunden am Tag auf Abruf bereithalten? Würdest du mir zuliebe aus der Kirche austreten? Würdest du den Sport am Wochenende, einschließlich Touch Football, aufgeben? Würdest du meine Wäsche waschen, auch die intimen Stücke? Würdest du regelmäßig meine Antibabypillen besorgen? Würdest du dir die Haare wachsen lassen, zu einer Gruppentherapie gehen oder nach Nepal fliegen? Würdest du beim Partnertausch mitmachen?«

Ihre Becken waren unbehaglich aneinandergequetscht wie falsch gelegte Puzzleteile. Sie rieben sich langsam aneinander. Sie streifte die Stelle an seinen Jeans, wo das monströse Ding wieder angeschwollen war. Es sah so aus, als böge es sich unbequem zu seiner rechten Hosentasche hin.

»Hast du alles vergessen?« fragte Mike.

»Wieso, was meinst du, mein Liebling?«

»Ich habe dir fürs Wochenende Arbeit gegeben.«

»Ich habe leider nicht verstanden, was genau ich machen soll. Ich brauche zusätzliche Hilfe.«

Die Stille war geradezu begräbnishaft. Wendys Bewegungen kamen langsam zum Stillstand. Mike hatte sich vollständig in den unversöhnlichen Manager ihrer Träume verwandelt. In den Typ, der sich um den Drogen- und Alkoholnachschub kümmern würde. Sie konnte es an seinem Atem riechen, und seine Zunge hatte einen Geschmack wie nie zuvor, einen Geschmack nach Medikament. Ihre Bedürfnisse würden befriedigt werden. Sie packte ihn am Po. Der war schlaff und kindlich. Bloß Knochen und Jeans. Sonst nichts. Er knaupelte an ihr herum, als wäre sie ein Seemannsknoten, den er nie gelernt hatte.

»Komm schon«, sagte er.

»Du meinst die Tonbänder«, sagte Wendy, »die Tonbänder, um die ich mich kümmern sollte. Ich soll sie schnell vorspulen und –«

Mike ächzte.

»Komm schon –«

»Es hat da leider ein Problem gegeben, und zwar beim Überspielen –«

»Wendy, du mußt deine Hose ausziehen.«

»Kommt nicht in Frage, erst wenn ich fünfzehn bin.«

»Es ist aber ... so geht das nicht. Du mußt deine Hose ausziehen.«

»Kommt nicht in Frage.«

Er packte sie wieder an den Handgelenken. Dann ließ er sie los und kniete sich hin. Er begann an seiner Gürtelschnalle zu nesteln. Dann an seinem Reißverschluß.

»Okay«, sagte sie. »Okay. Ich faß ihn an, aber mehr läuft nicht.«

Mike streifte sich die Jeans bis zu den Knien hinunter und legte sich wieder auf sie. Gänsehaut. Seine Unterhose hatte sich in seiner Hose verheddert. Sie erinnerte sie an nichts so sehr wie an eine Windel. Ihr Rollkragenpullover war immer noch um ihre Brüste geknäuelt, und Mike ließ seinen Penis auf das Neuland auf ihrem Bauch vorstoßen. Für sie fühlte er sich an wie ein Salamander. Wie ein Salamander, der auf ihr herumkrabbelte.

Dann ging die Tür am oberen Treppenabsatz auf.

Das Licht, als die Tür aufging! Die herrliche Schrecksekunde! Wendy wußte gar nicht, daß eine kaum spaltbreit geöffnete Tür so vieles verheißen konnte. Es war wie der Höhepunkt eines tollen Chorals. Das Zucken von Mikes wiedereingesperrtem Salamander, das Entwirren und Zuknöpfen von Blusen, Hemden und Hosen. Augenblicklich. Nirgendwo waren Soldaten je rascher an den Waffen. Die beiden glichen einem in Zeitraffer ablaufendem Stummfilm, Keystone Kops an einer Wäscheleine.

Irgendwie wußte sie, daß es ihr Dad war, der da die Treppe herunterkam. Sie wußte es, noch bevor sie seine nervtötenden, methodischen Schritte hörte – wie eigenartig sein Auftauchen hier war, ging ihr erst sehr viel später auf. Bis sie sein Gesicht sehen konnte, waren Mike und sie sämtliche unausgesprochenen Strategien und Vertuschungsmöglichkeiten durchgegangen – sie konnten so tun, als wisse er gar nicht, was da vor sich ging, sie konnten lügen, sie konnten die Wahrheit sagen und das Beste hoffen. Mike kam auf eine vierte Option. Er griff sich einen anderen *T. V. Guide* – mit Gene Rayburn auf dem Titelblatt – und studierte ihn hektisch.

»*Welten im Zusammenstoß*«, murmelte er.

»Hä?«

»Der Spielfilm um halb fünf.«

Ihr Vater war mit jener übertriebenen Dramatik, die seinen sämtlichen Auftritten als Vater anhaftete, am Fuß der Treppe angekommen. Das Ganze war aufgesetzt. Irgend etwas an ihm wirkte aufgesetzt. Er stand mit verschränkten Armen zwischen den Topps-Kisten.

»Was zum Teufel macht ihr beide hier unten?«

Sein Gesicht war knallrot. Nicht die Farbe des Alkohols, die sie ziemlich gut kannte, sondern das Knallrot von Scham und Zorn, die Farbe im Gesicht eines Babys, das, mit seinem eigenen Kot beschmiert und einen Zettel an die Brust geheftet, auf einem Parkplatz ausgesetzt wird. So hatte Wendy ihren Dad nur ein paarmal gesehen, und sie dachte nicht gern daran zurück.

»Was meinst du denn, was wir machen, Dad?« fragte sie.

»Was *ich* meine? Ich meine, daß ihr euch wahrscheinlich gegenseitig betatscht! Ich meine, daß du diesen widerlichen kleinen Wichser betatschst, Herrgott noch mal, und ich meine, daß er dir an die Wäsche will. Ich meine, daß du mit deinen dreizehn Jahren drauf und dran bist, deine Unschuld aufzugeben, verflucht. Und ich traue meinen Augen nicht –«

»Hey, Moment mal, Mr. Hood –«

Sein Hemd war nicht richtig geknöpft. Wendys normalerweise wie aus dem Ei gepellter Vater, ihr Vater, das Mike's-Sports-Mannequin, der L. L.-Bean-Dad, hatte sein Hemd falsch zugeknöpft, so daß sich auf einer Seite drei Zentimeter überstehender Stoff unter seinem knallroten Kinn knüllten. Er pumpte, als bräuchte er die Luft als Nahrung, um sich richtig in seine bemühten Selbstgefälligkeiten hineinsteigern zu können. Sein Hemd blähte sich.

»Ich will kein einziges Wort hören, Mike. Kein einziges Wort. Ich werde mit deiner Mutter und deinem Vater über diese Sache sprechen, und zwar sehr bald. Darauf kannst du Gift nehmen, Freundchen. Ich glaube, ihr beide habt überhaupt keine Ahnung, was ihr da eigentlich macht! Wie könnt ihr euch nur so vergessen, daß ihr offenbar glaubt, das wäre die beste Art, Thankgsgiving zu verbringen. Eine Schande ist das, ihr zwei, eine Schande.«

Diesen Teil der Rede nahm Mike nicht allzu freundlich auf, das konnte Wendy sehen. So gut kannte sie ihn. Er erwog eine patzige Antwort. Jetzt hieß es kämpfen oder kneifen. Falls es zum Kampf kam, würde sie wohl Mike die Daumen drücken. Weil ihr Dad so circa siebzig Kilo mehr wog. Es war nur fair, den Außenseiter zu unterstützen.

Aber Mike ließ mit kaum verhehltem Zorn den Kopf hängen. Er sagte kein Wort.

»Junge Dame?« Ihr Vater musterte sie von Kopf bis Fuß.

»Meinst du mich, Dad?«

»Wen sollte ich denn wohl sonst meinen?«

»Dann hör auf, hier einen auf strengen Dad zu machen.«

»Behalt gefälligst deine rotznäsigen Bemerkungen für dich, junge Dame. Wir gehen. Und zwar sofort. Du und ich, wir können das Ganze beim Nachhausegehen besprechen.«

Als das Wort Nachhausegehen fiel, als von Fortbewegung zu Fuß die Rede war, bekam Wendys Widerspruchsgeist einen Knacks. Bedauern schlich sich ein wie die matten Farben in einen matten Sonnenuntergang. Sie begann sich zu schämen. Auf dem Gepäckträger von Mikeys Fahrrad hatte sie die Hände um seinen fast konkaven Leib gelegt, und es war eine coole Fahrt gewesen. Daß ihr Vater ohne Auto hier war, daß sie zu Fuß nach Hause gehen mußten, im schlimmsten Wetter die Straßen von New Canaan entlanggehen mußten wie Leute, die sich die Ratenzahlungen für ein Auto nicht leisten konnten, war ihr irgendwie peinlich. Und sie würde ihm gegenüber auf ihrer Jungfräulichkeit bestehen müssen. Es war *ätzend*, wie man in der Saxe Junior High sagte. Das Ganze war ätzend. Es würde ein fürchterliches Wochenende werden. Ein typisches Feiertagswochenende. Sie würde Strafpredigten und langes, grausames Schweigen über sich ergehen lassen müssen. Es würde nie aufhören. Sie wickelte sich, während sie schweigend neben Mikey stand, ihre Locken um den Zeigefinger und unterdrückte Tränen.

»Also«, sagte ihr Vater.

Sie ging zu ihm, sagte nichts, blickte sich ein letztes Mal nach Mikey um. Dessen Hemdzipfel hatte sich in der Eile im Reißverschluß seiner Hose verklemmt. Sie dachte an sein wunderschönes, rotbraunes Schamhaar, in Farbe und Beschaffenheit wie der erste Flaum eines Babys, und ihre Sorgen wurden geringer. Die Liebe war bittersüß. Dann, im Vorbeigehen, fuhr sie mit der Hand in eine der Packkisten und holte ein halbes Dutzend loser Kaugummis heraus.

»Als Gegenleistung«, rief sie Mike über die Schulter zu.

Ihr Vater seufzte.

Sie schlossen die Haustür der Williams hinter sich. Allenthalben Anzeichen von Nacht. Der gefrierende Regen stand waagerecht in der Luft. Es war acht bis zehn Grad kälter geworden, seit Wendy in Silver Meadow gewartet hatte. Graupeln und gefrierender Regen. Bedrohlich prasselte das Gemisch auf sie und ihren Vater, während sie sich schlitternd und fluchend den Fußweg entlang zur Einfahrt kämpften. Voller Dankbarkeit setzte sie brüllend zu einer lahmen Entschuldigung an, aber bei dem Wind und dem Regen war das nicht einfach. Man hörte nichts. Auf der Valley Road rumpelte ein Räumfahrzeug an ihnen vorbei, das zischend Sand auf den tiefer werdenden Schneematsch spie. Das gelbe Warnlicht auf dem Dach rotierte.

Wendys Vater packte sie derb an der Schulter.

»Mäuschen«, rief er, und seine Stimme schien irgendwo aus dem Jenseits zu kommen. »Mäuschen, mach dir wegen der Geschichte keine Sorgen. Es ist mir wirklich egal. Ich bin mir nur nicht sicher, ob er der Richtige ist, das ist alles. Von mir aus bleibt das Ganze unter uns.«

Sie kapierte nicht, worauf er hinauswollte. Sie hörte den entschuldigenden Unterton.

»Was?«

»Der Kerl ist doch eine Null. Der ist doch nicht ernst zu nehmen. Der wird noch mal Janey und Jim auf der Tasche liegen, du wirst es erleben. Er ist es einfach nicht wert. Überhaupt solltest du dich von dieser Familie fernhalten.«

»Dad.«

Sie marschierten durch zimtfarbenen Schneematsch. Sie sanken tief darin ein. Der Niederschlag fiel mit unerbittlicher Eintönigkeit. Auf nahegelegene Gemeinden mit weniger üppigem Steueraufkommen – Stamford und Norwalk – ebenso wie auf die Wohlhabenden von New Canaan. Der Schneematsch ruinierte Wendys Zehensocken und die Korduanlederschuhe ihres Vaters, und er ruinierte zur gleichen Zeit, am anderen Ende der Stadt, die orthopädischen Schuhe von Dan Holmes' Schwester Sarah Joe, einer der Schülerinnen des Sondererziehungsprogramms an der Saxe Junior High. Sarah Joes Herz war total ramponiert und verschlissen, und das wußte sie offenbar auch. Aber sie hielt trotzdem einigermaßen mit. Die Kids behaupteten, sie würde mit jedem schlafen. Wendy überlegte, ob Sarah Joe sich auf irgendwelche Instinkte verließ, was Positionen und Sex anging, ob sie über den Mythos vom vaginalen Orgasmus Bescheid wußte oder ob sie irgendwie intuitiv spürte, daß ihr Herumgefummel mit jemandem, den sie liebte, mehr Spaß machte. Sarah Joe, die sich durch den Schneematsch die Brushy Ridge Road hinaufschleppte, die Steigung hinauf, die sämtliche Jungen im zehnten Gang hinunterbretterten.

Irgendwo saßen jetzt die allseits beliebten Mädchen mit ihren flüchtigen Schwärmereien, den Vernarrtheiten, die sie mit niemandem teilten, zu Hause fest. Und anderswo hockte das halbe Dutzend armer Jungen an der New Canaan High, deren Väter in den Schnee hinausmußten, um die Pflüge zu fahren, vor dem Fernseher, auf Sofas, die mit flammenhemmendem Vinyl bezogen waren. Schnee und Matsch verliehen dem letzten Licht einen trüben gelben Schimmer. Der Himmel sah fürchterlich, geradezu widerwärtig aus.

Wendy wollte wissen, warum Gespräche scheiterten, wie man Mitgefühl weckte, wieso Leute sich entliebten, und sie wollte das alles wissen, bevor sie nach Hause kam. Sie wollte, daß ihr Vater für weniger Gruppendruck an der High-School auf die Barrikaden ging, sich gegen die Bombardierung weit entfernter, neutraler Länder einsetzte, für Einschränkungen der Macht des Präsidenten plädierte und einen Plan entwarf, demzufolge jeder Junge und jedes Mädchen unter achtzehn in New Canaan einen Nachmittag pro Woche mit Dan Holmes' Schwester Sarah Joe verbringen mußte oder mit Will Fuller, dem Jungen, den alle *Schwuli* nannten. Wendy wollte, daß ihr Vater für seine Verlegenheit, Fremdheit und Betrunkenheit Wiedergutmachung leistete.

Als er sie daher fragte, ob sie sehr an den Füßen friere, und sie dann hochhob und die letzten vierhundert Meter trug, vorbei an Silver Meadow, die Uferböschung entlang, durch das kahle, dichte Gehölz, über den runden Wendeplatz in der Auffahrt, der Auffahrt, die übersät war mit gefrorenem Ahornlaub, Ahornlaub, Ahornlaub, wo ein einsamer Fußball in einem Schneematschkrater versunken war, der Fußball, mit dem Paul lustlos herumgebolzt hatte, bevor er in die Stadt gefahren war – als ihr Vater sie so, an seine Brust gedrückt, schweigend trug, fand sie das toll. Sie würde ihre Reise ins Himalayareich der Außermenschlichen verschieben. Sie würde vorläufig bei ihrer Familie bleiben.

Unverändert – oder schlimmer. So der Wetterbericht. Das Quecksilber in seinem Glasröhrchen würde schrumpfen. Die Schleusen des Himmels würden sich öffnen. Elena sah spiegelglatte, tückische Straßen voraus. Skianoraks mit Pelzbesatz. Bommelmützen. Und das war gar nicht so schlecht. Jeder Vorwand, um der Party bei den Halfords zu entgehen, war hochwillkommen.

Sie saß in der Bibliothek. Auf dem Sofa, mit übereinandergeschlagenen Beinen. In ihrem Haus war es so still wie in einer Bibliothek. Das Lesen war für Elena Hood eine kühne geistige Reise, und kleine Bücherstapel glichen für sie den Steinhaufen – den tibetanischen Mani-Mauern –, die die Pilgerfahrt markierten. Ein warmes Kraftfeld, etwas Unbesiegbares, umgab sie dabei, so unoriginell, so beschränkt und angestaubt diese Lesereise 1973 auch sein mochte. Sie hielt das *I Ging* und die Tarotkarten in Ehren, obwohl sie niemandem aus ihrer Umgebung davon erzählte; sie glaubte daran, daß ihre Entscheidungen von unsichtbaren Kartographen vorgezeichnet waren. Sie kaufte Bücher aus den Bereichen Okkultismus und Religionswissenschaften nach deren Rücken oder wenn sie zufällig von einem Titel reden hörte oder er in *Psychologie heute* annonciert war.

In ihrer Bibliothek las sie schweigend im Licht des Kaminfeuers. Ihr Haar war weißblond gefärbt. Ihre Brille hatte dicke Gläser, aber sie trug sie nur zum Lesen. Ansonsten kniff sie die Augen zusammen. Sie hatte bernsteinfarbene Slacks aus Wollstoff, einen selbstgestrickten Wollpullover und Hush Puppies an. Elena fror ständig. Ihre Collegebücher waren in einen staubigen Winkel ganz unten im Regal verbannt, unter den Auswahlbänden des Buchclubs – prächtig aufgemachte, gebundene Ausgaben aktueller Romane, die sie für ihren Mann bestellte, der sie ignorierte.

Sie las gerade etwas über Impotenz bei Männern im fortgeschrittenen Alter. Sie hatte *Die sexuelle Reaktion* von Masters und Johnson aufgeschlagen und war genau bei dieser Stelle gelandet. Hauptursache für den Rückgang des Geschlechtsverkehrs bei Paaren mittleren Alters, so die Experten, sei eine einzige Erfahrung von Impotenz. Dieses erstmalige Versagen, ob nun aufgrund gewohnheitsmäßigen Alkoholkonsums – *weckt das Verlangen, beeinträchtigt jedoch die Potenz* – oder aufgrund von Ängsten oder anderen psychischen Faktoren, verunsichere die Männer so stark, daß sie danach häufig zu geschlechtlicher Enthaltsamkeit neigten. In ihrer Scham und ihren Schuldgefühlen redeten sie sich auf mangelndes Interesse hinaus.

Genau die richtige Seite aufgeschlagen. Masters und Johnson gefielen ihr. Viel besser als Havelock Ellis, der Urvater der Sexualwissenschaft, der stark auf Beispiele aus dem Landleben abhob – aus der Scheide halbwüchsiger Mädchen entfernte Haarspangen, Berichte von Paaren, die nach vollzogener Paarung nicht mehr voneinander loskamen –, aber wenig über das Elend unglücklicher Ehen zu sagen hatte. Viel besser auch als Kinsey, der unmittelbare Vorläufer, mit seiner kuriosen, kultivierten Sichtweise von Sexualität – oral-genitale Kontakte sind möglicherweise doch keine ausschließlich homosexuelle Praxis – oder Krafft-Ebings monumentale *Psychopathia*

Sexualis: der halluzinatorische, gefährliche Vetter von Reichs *Funktion des Orgasmus*.

Hier waren auch ein paar tolle Abbildungen drin. Zum Beispiel der Querschnitt durch Penis, Skrotum, Anus und Prostata. Alles sauber eingezeichnet. Die Prostata faszinierte sie – diese kleine Walnuß, auf der der Urologe ständig herumquetschte. Männer umgaben sie mit einem Mantel des Schweigens. So vieles geschah letztlich aus Achtung vor der Prostata. Wenn sie bei älteren Männern die Harnröhre abklemmte, traf es Prominente wie Unbekannte mit der Unparteilichkeit einer Seuche. Alle standen sie im Pissoir und schüttelten sich ein paar dürftige Tröpfchen ab.

Und Diagramme gab es auch, die, in Sekundenschritten dargestellt, über sich härtende Brustwarzen, zukkende Muskeln und feucht werdende Labien informierten. Das war topaktuelles Zeug. Zum Beispiel waren die Frauen von New Canaan urplötzlich mit dem Begriff *Labien* vertraut. Sie hatten dezidierte Ansichten zum vaginalen Orgasmus. Elena konnte sich aus der jüngsten Zeit an zig Nachmittage erinnern, an denen sie mitbekommen hatte, wie Dot Halford und Denise Blackburn – oder sonstwer – bei einem Glas Karottensaft Theorien austauschten: *Dot, mir ist klar, welche Funktion die Klitoris hat, wenn ich zum Höhepunkt komme, aber ich bin mir einfach nicht sicher, ob auch die Vagina daran beteiligt ist, wenn er mich penetriert. Ich bin mir einfach nicht sicher.* Die Gesichter von Sorge gezeichnet.

Elena und ihr Mann waren strenggenommen kein Paar mittleren Alters. So weit waren sie noch nicht abgesackt, aber sie hatten bereits *das auslösende Trauma der Impotenz* erlebt. Sie hatten den sauberen Einschnitt gespürt. Beide. Ja, auch sie hatte es gespürt: »Die Hemmungen der Frau mit höherem Bildungsgrad«, so formulierten es die Experten, »sind ausgeprägter als die des durchschnittlichen Mannes.« Mittlerweile waren es so um die achtzehn Monate. Achtzehn Monate seither.

Ob Bens Trinkerei für seine Impotenz verantwortlich war, die ihrerseits wiederum die Dürre in ihren ehelichen Beziehungen verursacht hatte, wußte sie nicht. Aber wenn sie heute seinen Penis sah, etwa wenn er sich duschte oder zur Arbeit anzog, dann empfand sie dafür genausowenig wie für ein gerupftes, kopfloses Stück Geflügel. Sein Penis war ein wunderliches Erinnerungsstück an eine andere Zeit, eine Antiquität, eine Kuriosität. Eine Erinnerung an Ikes Schlaganfall oder die Blockade von Berlin. Und das schlimmste daran war, daß sie in bezug auf sich selbst genau das gleiche empfand. Die fruchtbare Stelle in ihr, das Mandala in ihrem Bauch, war stillgelegt, dichtgemacht.

So wie sie es sah, führte die Dürre geradewegs zu Benjamins Untreue. In diesem Punkt wußten Masters und Johnson keinen Rat. Die schlichten Fakten waren Elena keineswegs ganz plötzlich klargeworden. Es hatte keine schmerzliche Konfrontation gegeben wie fleckige Shorts, Kragen mit Lippenstiftspuren oder parfümierte Briefumschläge. Ihr war nur einfach eines Abends auf einer Party – der naheliegende Ort für dergleichen Erkenntnisse – aufgegangen, daß dies der nächste logische Schritt für ihn war. Dies war der schmale Grat, an dem sie angelangt waren.

Dort auf jener Party also saßen Janey Williams und Benjamin, tief eingesunken in eine Couch ohne jede Rückenlehne. In Sofakissen vergraben. Janey Williams, die unglückliche, verzweifelte Janey, deren Mann sie nicht mehr tröstete. Da saßen sie, Benjie und Janey. Und wurden immer rührseliger, während sie einander näherkamen. Ihre Gesichter waren bekümmert, ihre Gläser häufig leer. Sie manövrierten umeinander herum wie

Stachelschweine, die sich, Wärme suchend, auf den Leib rücken, um dann, gestochen, zurückzuzucken.

Betrug lag in der Luft. Der Sommer der Liebe war, in seiner drogenresistenten Form, etwa fünf Jahre nach seiner ursprünglichen Einführung in die Vororte von Connecticut abgewandert. Etwa zu der Zeit, als Amerika vom Abhörsystem des Weißen Hauses erfahren hatte. Das Ganze mit ein paar üblen Zutaten versetzt. Die Ware, die gehandelt wurde, waren Ehefrauen, die Janey Williams von New Canaan. Der Gewinn war angeblich Freude, in Wirklichkeit aber nur so etwas wie ein Hochgefühl der billigsten Art. Es ging bloß um eine Demonstration von Wahlmöglichkeiten, mehr nicht. Aus ihrer meditativen Haltung auf der Couch heraus hatte Elena in ihren unvorteilhaften Slacks und Hush Puppies das Gefühl, die Motive von New Canaan, Connecticut, beurteilen zu können. Weil sie zugelassen hatte, daß ihre eigenen Wahlmöglichkeiten schwanden. Die Zeit zischte und flackerte und verzehrte die Komödie ihrer Bemühungen.

Elena las. Von Zeit zu Zeit raffte sie sich auf. Abendessen: tiefgekühlte Erbsen von Green Giant in Buttersauce, Reste von Füllung, Truthahnreste. Diese karge, hausbackene Tafel erwartete ihren Mann und ihre Tochter.

Es waren Mönche, die als erste die Kunst des schweigenden Lesens lehrten. Im finsteren Mittelalter. Augustinus war vielleicht der erste. Und Schweigen war eine Sprache, die Elena verstand. Schweigen war ihr Idiom für Unterstützung und Zuwendung. Schweigen war nachgiebig, kontemplativ und unverfänglich, und es hatte Melodik. Es war zugleich Erde und Äther. Als Paul andeutete, daß er mit Drogen herumprobiert hatte, sagte Elena nichts. Als Wendy mit ihrer ersten Periode angab, sagte Elena nichts. Später legte sie ihrer Tochter die Schachtel Kotex aufs Kopfkissen, mit herausgenommenem und sorgfältig danebengelegtem Beipackzettel. Schweigen war diesen Übergängen – der Initiation in yajé und in den Mondkalender – angemessen. Als Indianerin ginge man in den Busch und halluzinierte auf eigene Faust. Wäre man ein Druidenmädchen, würde eine Heirat angebahnt, und eben dieser Ausfluß diente beim Festgelage als Würze. Der Stamm würde das Menstruationsblut trinken und, später, die Plazenta essen.

Zu diesen und anderen Fragen sagte Elena nichts, und zwar nicht nur deshalb, weil sie festgestellt hatte, daß sie in diesem Kaff voller Republikaner – eingefleischte Republikaner seit Garfield – ihre Ansichten nicht artikulieren konnte, ohne sich zu blamieren, sondern weil ihre Erfahrung sie dieses Schweigen lehrte.

Von Gesindel, wie man es aus jeder billigen Kaschemme hinausschmeißt, hatten sich ihre irischen Vorfahren zu Leuten von der Sorte emporgearbeitet, die die Prohibitionsgesetze zu Fall brachten. Sie verwoben die Lügenmärchen vom Aufstieg des Tellerwäschers zum Millionär so innig mit ihren Erinnerungen, daß sie ihrer eigenen Propaganda glaubten. Das galt jedenfalls für ihren Vater. Ihr Vater war Zeitungsmann gewesen, Verleger billiger Revolverblattphilosophien. Er hatte sich mit einem Nebenjob als Eisdielenverkäufer durch eine Journalistenschule im Mittelwesten geackert. Dann war er auf einen Güterzug Richtung Osten aufgesprungen. Hatte in der Leserbriefredaktion angefangen. Und seine Freundin von der High-School geheiratet.

Die Anstrengung, die es kostete, diesem Revolverblattmythos gerecht zu werden, führte zu der stummen Intoleranz im Hause ihres Vaters. Man kriegte zwar die Iren aus den Kneipen, nicht aber die Kneipen aus den Iren heraus. Ihre Herzen waren Höhlen voller Zweifel. Edwin O'Malley war ein robuster Trinker und Sammler gepflegter Weine, aber seine Frau Margaret, Elenas Mutter, entschlüpfte hinter den Vorhang des Alkoholismus, noch ehe Elena mit der Grundschule fertig war. In den Palästen und Herrenhäusern, in denen die O'Malleys während der Weltwirtschaftskrise verkehrten, konnte Margaret sich nicht verständigen. Sie brachte keinen Ton heraus. Die Fähigkeit zu plaudern ging ihr ab. Sie glich der Ratte, die vor dem Labyrinth zurückschreckt.

Elenas Vater nahm kein Blatt vor den Mund: *Du siehst beschissen aus. Beschissen, Herrgott noch mal! Wieso kommst du überhaupt hier runter? Du kannst ja nicht mal gehen – wie willst du dann was essen? Du bist besoffen, und du kannst nicht mal gehen. Du bist das Letzte. Das Allerletzte.*

Elena erschien es so, als wartete sie ständig darauf, daß ihre Mutter herunterkam. Ihre Eltern hatten natürlich getrennte Zimmer; sie schliefen nie zusammen. An vielen Tagen kriegte man Margaret erst dann zu Gesicht, wenn sie zum Mittagessen heruntergewankt kam. Elena versteckte sich hinter Dienstboten und Möbelstücken und hörte zu. Die Ergebnisse hortete sie. Sie sagte sich so lange Ausdrücke der Zuneigung wie des Hasses vor, bis sie das eine nicht mehr vom anderen unterscheiden konnte, Spott nicht mehr von Achtung, eine Mißhandlung nicht mehr von einer liebevollen Umarmung. Einmal kam ein Freund ihres Vaters zu Besuch: *Margaret, wie schön, dich zu sehen. Du siehst wunderbar aus.* Worauf ihr Vater erwidert hatte: *Herrgott noch mal, Karl, hast du keine Augen im Kopf?*

Soviel zu ihrer Mutter. Ihre Mutter fiel die Treppe hinunter, und man ließ sie auf ausdrückliche Anweisung ihres Mannes dort liegen. Ihre Mutter entkleidete sich auf dem Rasen vor dem Haus. Ihre Mutter schloß sich auf der Suche nach einem verborgenen Schatz in einem Schuppen ein. Sie hätte tagelang dort drin bleiben können, wenn der Gärtner nicht gewesen wäre.

Jeden Abend verlor Margaret O'Malley ein kleines Stückchen von sich selbst. Nach jeder demütigenden Episode drehte sie sich um und kletterte die Treppe wieder hinauf, so lange, bis keine Würde mehr übrig war, keine Persönlichkeit mehr zu ermorden war, so lange, bis sie nicht mehr klettern mußte, weil es zu gefährlich wurde. Mit großem Kostenaufwand wurde ein primitiver Treppenaufzug installiert.

Ihr Vater sorgte dafür, daß Elena über den Zustand ihrer Mutter Bescheid wußte. Er rief sie aus ihrem Zimmer herunter, damit sie Zeugin jeder Verfehlung gegen ihn, gegen seinen Erfolg wurde. So zum Beispiel, als Elena noch ein Kind war und ihre Mutter sich mit Schlaftabletten das Leben zu nehmen versuchte: ihr Vater brachte sie zum Erbrechen, telefonierte nach einem Krankenwagen und führte Elena dann ins Schlafzimmer. Margaret O'Malley war besudelt und bewußtlos. Auf ihr und dem Bettzeug Flecken von Scheiße, Pisse und Galle, davor der bekleckerte Teppich. *Das ist deine Mutter. Na los, sieh sie dir an.*

Die Feiertage erinnerten sie jedesmal an diese Vergangenheit.

Sie war mit den gemischten Gefühlen, die man gemeinhin dabei empfindet, von zu Hause weggegangen. Anfang der sechziger Jahre drohte ihre Mutter oft damit, sich das Leben zu nehmen. Dann weckte Elena in aller Ruhe Benjamin und nahm bei Sonnenaufgang den ersten Zug nach New Haven, zum dortigen Flughafen. Bis sie in ihrem Elternhaus eintraf, hatten die Drohungen sich jedesmal in Wohlgefallen aufgelöst. Ihre Mutter schlief, oder sie lag auf dem Bett, löste friedlich Kreuzworträtsel, trank dazu Gin und lächelte.

Sie legten Margaret trocken und ließen sie dann wieder auf die Menschheit los. Legten sie trocken und entließen sie wieder. Es war wie ein jährlich wiederkehrendes Ereignis, ein Erntefest oder ein Heiligentag. Man legte sie trocken, alles hoffte ein paar Wochen lang, sogar Elenas Vater war guten Mutes, und dann trank ihre Mutter wieder – manchmal begoß sie sogar die Rückkehr nach Hause –, und bald war man wieder bei den wöchentlich angelieferten Kisten. Elenas Vater bezahlte ihre Entziehungskuren, ihre Garderobe, die Rechnungen jedes einzelnen Schnapsladens und die Ferngespräche, und er bezahlte zusätzlich, damit sie zu Hause gebadet und gepflegt wurde. Sämtliche Rechnungen wurden bezahlt.

Schon das Leben mit ihren Eltern wäre Grund genug gewesen, von Weston, Massachusetts, wegzugehen. Aber Elena hatte auch noch einen Bruder. Das genaue Ebenbild ihres Vaters – so stabil wie ein leicht entzündliches Gas –, voller Unduldsamkeit und Haß. Und er trank wie seine Mutter. Er war der schwierigste Mensch, den Elena je kennengelernt hatte. Er stritt sich sogar über das Wetter. Sein Gefühl für Rechtschaffenheit war so fein ausgeprägt, daß er nachts wachlag und gemäß einem Kodex, den er selbst niemals einhalten konnte, weltliche Verfehlungen auflistete und klassifizierte. Billy O'Malley war zehn Jahre älter als seine Schwester, und er hatte ihre Erziehung ganz allein in seine Hand genommen. Er behauptete, er habe sogar ihren Namen ausgesucht, und zwar gemäß den Regeln der Verslehre. Zwei Bacchien. Elena O'Malley. Kein zweiter Vorname. Später hatte sie ihn einfach abgelegt. Billy hatte sie nach Bacchus benannt. Ihre Eltern waren ohnehin meist beschäftigt.

Um ihr das Schwimmen beizubringen, schubste er sie als Kleinkind in den Swimmingpool. Sie ging unter. Um ihr Manieren beizubringen, stieß er ihr die Ellbogen mit der Schneide eines Steakmessers vom Tisch. Sie mußte mit mehreren Stichen genäht werden. Um ihr Respekt vor Älteren beizubringen, ließ er sie an den Knöcheln aus einem Fenster im zweiten Stock baumeln. Um ihr den Umgang mit öffentlichen Nahverkehrsmitteln beizubringen, setzte er sie mit verbundenen Augen in der Innenstadt von Boston aus.

Elena war eine gelehrige Schülerin gewesen.

Das Thanksgiving-Essen bei den O'Malleys glich, wie Benjamin häufig betont hatte, dem Warten auf das Ende eines Waffenstillstandes. Billy und ihr Vater wahrten vorsichtiges Schweigen, bis die ersten Drinks konsumiert waren. Dann legte Billy mit der Aufzählung all dessen los, was ihm nicht paßte, beginnend etwa mit der *absurden* Unterstützung seines Vaters für den Senatsausschuß für unamerikanische Aktivitäten. Offenes Zerwürfnis drohte. Elena versuchte zu interpretieren, zu vermitteln, zu besänftigen; sie versuchte es mit Schweigen, und sie versuchte es damit, daß sie kurz hinausging und mit dem Küchenpersonal plauderte. Nichts half. Und dann erschien ihre Mutter zum Essen, nachdem sie Stunden damit zugebracht hatte, sich zurechtzumachen, ein ständiger Balanceakt, bei dem sie entweder vor lauter Zittern keinen Knopf zukriegte oder vor lauter Doppeltsehen völlig hilflos war. Elenas Mutter kam herunter, und der Abend ging erst richtig los. *Heilige Mutter Gottes, wieso hast du dir überhaupt die Mühe gemacht? Würde bitte jemand nach einem Lätzchen rufen? Oder einer Tragbahre? Vielleicht wäre eine Tragbahre angebracht. Könnten wir bitte eine Tragbahre haben?*

Worauf Billy einen Wutanfall bekam. Denn Billy und Elenas Mutter verband mehr als nur das Trinken. Es verband sie ihre Traurigkeit, ihre Lügen und ihr Selbstmitleid. Sie starben im selben Jahr, wie ein altes Liebespaar. Margaret O'Malleys Leber versagte, und Bill stürzte etwa sechs Monate später mit einem Flugzeug ab. Tafeln, die ihrer unglücklichen Lebensumstände gedachten, zierten die Steinmauer eines einsamen Friedhofes in New England. Und diesen Tafeln hatte sich kürzlich eine dritte zugesellt, die den Namen ihres Vaters trug. Checkers hatte seiner Unterstützung für Nixon keinen Abbruch getan, aber Watergate war zuviel für seine schwachen Herzklappen, an denen die renommiertesten Kardiologen seiner Zeit herumbastelten. Er starb am 17. April, dem Tag, an dem Cox zum Sonderermittler ernannt wurde.

Als Elena noch klein war, hatte sie oft im Ankleidezimmer ihrer Mutter gespielt, wo sich zwei verspiegelte Wände gegenüberlagen. In diesem Raum wanderten die Reflexionen endlos in die Tiefe. Wenn Elena in den Wirkungsbereich dieser Spiegel trat, wurde auch sie unendlich vervielfältigt. Sie versuchte ständig, einen Blick von ihren ungezählten Ichs zu erhaschen. Sie streckte, fühlte sich dem Ursprung ihrer Familie entgegen, in deren reinrassige Launen, Krankheiten und Vergehen hinein. Aber so sehr sie sich auch bemühte, sich um die Ränder ihres Spiegelbildes herumzumogeln, die Grenzen jener Prozession zu sehen, ihr gespiegeltes Ich beschattete sie. Schweigend.

Ergo: Paul, Wendy und Benjamin. Und Daisy Chain, der Hund, der sich auf dem Bibliotheksteppich breitgemacht hatte und sich ableckte. Diese kleine Familie hatte Elena eingeschnürt. Sie legte Masters und Johnson aus der Hand, nachdem sie sie – rein zufällig an der Stelle, wo es um den Beginn der Menopause ging – mit einem Buchzeichen des New Canaan Bookshop versehen hatte, und begab sich in die Küche. Sie betätigte überall in der Halle Lichtschalter. Die Briten hatten wegen des Ölembargos die Dreitagewoche eingeführt, aber Elena fühlte sich im Dunkeln unwohl. Duraflame-Scheite. Sie brauchte mehr. Der Präsident erwog Sondervollmachten zur Stromrationierung. Von Ausflugsfahrten am Wochenende wurde offiziell abgeraten. Der Aktienindex war in dieser Woche um fünfzig Punkte gefallen. *Drei Prozent,* hatte Benjamin gesagt, *nur drei Prozent.*

Sie dachte an Janey Williams' Brüste, und wie perfekt sie sie präsentierte, in einem BH, der wahrscheinlich Striemen in ihre Schultern kerbte. Janeys Brüste waren groß und wohlgerundet. Bei ihren dünnen Spitzenblüschen war das nicht zu übersehen. Reif und gebührend zur Schau gestellt, so wie es die Männer aus Elenas Bekanntenkreis mochten. Janey hatte keine Angst davor, sich zu präsentieren, Elena dagegen war klein, kompakt und zurückhaltend. Aber sie war auch ein sexuelles Wesen und zu selbstvergessener Hingabe fähig. Daß Benjamin sich so irrte – indem er annahm, sie sei nur eine einzige Sorte von Mensch, eine jungfräuliche Braut der Eisenhower-Ära, eine Tochter aus gutem Hause –, empörte sie so sehr, wie das überhaupt möglich war. Sie hatte sich umfassend über das Thema Persönlichkeitsentwicklung informiert. Sie war nicht unzugänglich für Veränderungen. Auch in ihr gab es noch ein Entwicklungspotential. Sie wie ein aufgespießtes, zappelndes Schmetterlingsexemplar zu klassifizieren war eine Form von Gewalt.

Trotzdem, wenn es sein mußte, spielte sie auch den Küchenchef. Sie füllte einen Topf mit Wasser, stellte ihn auf den Herd und gab den Klumpen tiefgefrorene Erbsen hinein. Sie waren in einen kleinen gelben Quader von Butterimitat eingefroren. Dann exhumierte sie die Truthahnleiche aus ihrer Gruft im Kühlschrank und legte sie auf ein Tranchierbrett. Leidenschaftslos wie ein Schlachter richtete Elena die abgesäbelten Truthahnstücke auf drei Tellern an. Truthahn am Tag danach war das herzzerreißendste Protein, das sie sich vorstellen konnte.

Im Wohnzimmer ging die Fliegentür auf. Ankündigung seichter Gespräche. Die Böen pfiffen schon um die Hausecke und über den Fluß. Als ihr Mann die Tür zufallen ließ, verstummte das Heulen kurz. Benjamin und Wendy schlurften mit einem hingemurmelten Hallo in die Küche, wie Leute, die zu spät zur Kirche kommen.

»Noch zehn Minuten«, sagte Elena.

Diese Schätzungen waren fast immer Unsinn.

»Geh dich abtrocknen«, sagte Benjamin zu seiner Tochter.

Beide, Ben und Wendy, streiften sich ihr Schuhwerk ab. In Rinnsalen breiteten sich die Pfützen um sie herum über den Küchenboden bis zum Teppich in der Halle aus. Sie trugen ihre durchweichten Sachen an der Spüle vorbei in die Waschküche. Wendy schälte sich aus ihrem Poncho und ihrer Hose und schüttelte sich das Haar aus. Im Schlüpfer stand sie tropfnaß da. Das wenigstens, fiel Elena ein, hatte sie gut hingekriegt; sie hatte eine richtige Schönheit zur Welt gebracht.

Ben folgte Wendy zur Treppe, und Elena folgte Ben. Sie stiegen in dieser Reihenfolge die Treppe hinauf. Wendy belegte sofort das Badezimmer mit Beschlag. Man hörte das dezidierte *Ping* der Türverriegelung.

Die Halle war blaugrau, das Elternschlafzimmer blaugrau, der Bettvorleger von einem dunkleren Blaugrau und die Vorhänge eine Art Blaugrau. Die Tagesdecke auf dem Ehebett war blau-rot, ein Karomuster. Das Licht draußen war blaugrau, und die Lampe am Bett, die Elena anmachte, reichte kaum aus. Benjamin hatte sich rasch ganz ausgezogen. Er türmte seine Kleider auf dem Stuhl, über den er nachts seine Anzughosen legte.

Elena sah ihm von der Bettkante aus zu.

»Du errätst nie und nimmer, wo ich sie gefunden habe«, sagte er.

Er verschwand in dem begehbaren Kleiderschrank. Zwischen Anzügen und Kleidern klang seine Stimme belegt.

»Im Keller drüben bei Janey und Jim. Mit diesem kleinen Widerling. Nicht mal der Fernseher war an. Und die beiden liegen auf dem Boden. Der Junge hat die Hose runtergelassen – ich seh seinen kleinen weißen Hintern wie verrückt drauflospumpern. Hat seinen Pimmel draußen und alles.«

Benjamins Stimme klang gedämpft. Geruch nach Naphthalin und chemischer Reinigung. Sie merkte, daß er nervös war.

»Er liegt allerdings nicht richtig auf ihr drauf. Nur so halb. Sie ist noch angezogen. Er zappelt sich einen ab wie ein Fisch auf dem Trockenen, und sie liegt einfach nur da.«

Jetzt steckte Benjamin den Kopf aus dem Schrank und sah seine Frau an. Sie konnte es nicht ändern, aber sie bewunderte, was noch von ihm übrig, was noch nicht von Unsicherheit, exzessivem Trinken und den Verheerungen eines Erwachsenenlebens mit wenig körperlicher Betätigung aufgefressen worden war. Er war in vieler Hinsicht häßlich, schäbig, ja widerwärtig. Wenn er lächelte, wirkte es fast immer anzüglich. Es fiel ihr zunehmend schwerer, bei all der Großspurigkeit, körperlichen Zerrüttung und Rücksichtslosigkeit ihre Zuneigung unterzubringen, aber sie mochte ihn jedenfalls zeitweise. Es war schwer, an jemandes Seite zu leben und nicht wenigstens ein kleines bißchen Achtung aufzubringen.

»Soll ich mich jetzt für die Party umziehen oder nachher? Was meinst –«

»Ganz wie du willst. Ich würde allerdings gern früh kommen und nicht allzulang bleiben.«

»Das war deutlich. Ich hab verstanden. Übrigens weiß ich nicht, was Wendy davon gehabt hat, sie hat ihm nämlich nicht ... sie hat ihm keinen runtergeholt oder so.«

»Mußt du unbedingt so deutlich werden?«

»Ich erzähle bloß, wie's war, Mäuschen. Also, sie holt ihm keinen runter, und sie läßt sich auch selber gar nicht richtig drauf ein. Hat wahrscheinlich Hemmungen, sich's vor diesem Widerling selber zu besorgen. Über gewisse Hemmungen sollten wir wohl froh sein. Und ich komme die Treppe runter, bleibe mit dramatischer Gebärde stehen, als wäre ich der Staatsanwalt oder so, und geb ihm dann richtig Zunder. So schnell hast du noch nie im Leben jemanden in seine Klamotten springen sehen. Ehe ich ein Wort sagen kann, hat der Junge schon die Hose hochgezogen, Schuhe und Socken an, und das Hemd reingesteckt. Das Hemd steht ihm zum Hosenschlitz raus und so weiter. Er tut so, als wäre er in den *T.V. Guide* vertieft.«

Benjamin lachte. Er nahm jeden noch so geringen Anlaß zum Lachen wahr.

»Hey, hübsch siehst du aus«, sagte er nun zu ihr, während er sich ein breites, türkisch gemustertes Plastron umlegte und den Reißverschluß der blaugold karierten Hose zuzog. Sie wußte, daß sie alles andere als hübsch aussah. Vertraut vielleicht, nett.

»Und weiter?«

»Und Wendy hält sich völlig raus. Krabbelt auf dem Boden davon und geht auf Distanz zu dem kleinen Widerling. Da hab ich zu brüllen angefangen und dem Jungen weiß Gott was an den Kopf geworfen, ihm gesagt, ich würde ihn höchstpersönlich entmannen, wenn ich ihn nochmal mit ihr erwische, und solche Sachen. Wendy ist ganz friedlich mitgekommen.«

Wieder ein Lachen. Ein Partylachen, das jäh verstummte. Jetzt sah ihm Elena zu, wie er sich im Badezimmer das Plastron richtete. Sie wartete ein Weilchen, ehe sie fragte. Sie ließ es in der Schwebe, wie eine ernste Diagnose.

»Was hast du überhaupt dort im Keller zu suchen gehabt?«

Nur ein leichtes Zögern: »Hab bloß eine Tasse zurückgebracht. Jim hat sie vergessen, als er das letzte Mal hier war. Stand auf der Ablage im Auto. Du warst gerade am Lesen. Ich hab bloß die Tasse zurückgebracht.«

Benjamin tauchte aus dem Badezimmer auf. Lächelte. Breitete weit die Arme aus, um sein Kommen anzukündigen.

»Laß uns essen, Baby. Ich bin cool. Ich bin soweit.«

Sie hievte sich, als wäre es äußerst mühselig, aus der Kuhle der Steppdecke am Fußende des Bettes hoch. Die Decke umschloß sie wie eine Windel. Es war tatsächlich ziemlich mühselig. Sich belügen zu lassen erforderte einen ungeheuren Aufwand.

»Ach ja, richtig«, sagte sie. »Die Barttasse. Die auf der Ablage im Auto stand.«

»Ja, stimmt. Genau die.«

»Ach so.«

Benjamin nickte heftig.

»Genau die.«

Ihr Mann lachte einfach. Als bliebe die Fadenscheinigkeit seiner Täuschungsmanöver nicht an ihm hängen.

Und so kehrten sie in die Küche zurück. Im Raum Enttäuschung wie ein mürrischer Essensgast. Die Erbsen blubberten in ihrem schwefelgelben Ölschlamm. Alles war fertig. Wendy tauchte hinter Elena auf, erneut in pinkfarbenem Rollkragenpullover und Kordhose. Ohne daß man sie darum bitten mußte, suchte sie in der langen, schmalen Schublade neben dem Herd nach einem Holzlöffel, mit dem man die Füllung aus dem Bauch des Truthahns herausschaufeln konnte. Sie legte den Löffel auf den Rand der Vorlegeplatte. Dann holte sie aus dem Schrank neben dem Kühlschrank drei Gläser, die mit dem dekorativen Blaubeermuster. Das wirklich gute Feiertagsgeschirr würde ungenutzt bleiben.

Ben hatte sich ins Wohnzimmer verzogen, um sich noch einen Drink einzugießen. Abwesenheiten dieser Art kannte Elena genau. Gleich würde man Eis auf den Boden eines Glases klirren und die Unterhaltungsmusik aus ihrer neuen Hi-Fi-Anlage rasch anschwellen hören.

Richard Kiley würde erneut den unmöglichen Traum träumen.

Elena löffelte die Erbsen auf die Teller, die Wendy ihr reichte, und half ihrer Tochter dann, die Servietten zu falten und das Besteck hinzulegen: drehte hier ein Messer um, so daß die Schneide nach innen zeigte, und rückte die Gläser so zurecht, daß jedes an der rechten oberen Ecke der Kunststoff-Platzdeckchen stand. Der Hund kam aus dem Wohnzimmer hereingetrabt, bremste beim Umrunden der Spüle ab und drehte sich ein paarmal im Kreis, ehe er sich mitten unterm Tisch niederließ. Und nach ihm kam sein Herrchen, dessen Eintritt vom Geklingel seines Getränks angekündigt wurde.

Dann standen alle um die Überreste des Truthahns herum und löffelten sich Kohlenhydrate neben ihre Erbsen. Dabei herrschte tadellose Ordnung. Einer nach dem anderen – zuerst Wendy, dann Benjamin, dann Elena – trugen sie ihren Teller zum Tisch und kehrten dann zum Kühlschrank zurück, um sich etwas zu trinken zu holen. Nach langem, fruchtlosem Nachforschen entschied sich Wendy für pasteurisierte, homogenisierte, mit Vitamin D angereicherte Milch. Als sie ihrem Vater die Milchtüte hinhielt – er griff zu und goß sich ein Glas ein, das neben dem Scotch on the rocks Platz finden würde –, kam Elena zu dem Schluß, daß ihre Tochter und ihr Mann auf die gleiche Art in den Kühlschrank schauten. Hoffnungsvoll. Sie und Paul dagegen waren sich darüber im klaren, welche spärlichen Gaben sich darin verbargen.

Vor den Küchenfenstern Schneeregen oder Graupeln, was immer es nun war. Elena konnte nur bis zur Einfahrt sehen, wo ein Licht das Gestöber in trüben Schimmer tauchte. Bestimmt hatte kein Mensch in New Canaan wirklich Lust, an einem Freitagabend bei solchem Wetter zu Hause zu bleiben. Niemand würde mit seinen Kindern zu Hause bleiben wollen. Die Party würde weitergehen.

Und der Truthahn war nicht mehr saftig. Dieser Befund war eindeutig. Sie und Benjamin waren sich vor allem darin einig, daß Truthahn saftig sein mußte. Und auf diesem Gebiet hatte der Fortschritt wahre Wunder hervorgebracht. Dabei hatte diese Saftigkeit offenbar nicht über die erste Mahlzeit hinaus Bestand. Vor Trockenheit bei Resten mußte man auf der Hut sein. Man mußte Bratensaft heißmachen. Und das hatte Elena versäumt. Sie wußte, wenn sie je an einer echten, schweren Geisteskrankheit leiden würde, dann wäre deren Ausbruch nicht Ergebnis einer gescheiterten Ehe oder Folge der geistigen Verarmung des zwanzigsten Jahrhunderts, sondern sie würde hervorgerufen von derlei Kleinigkeiten; von einem Tintenfleck auf dem Designer-Hosenanzug, den sie für die Feiertage gekauft hatte, von einem kleinen Kratzer in ihrem Paul-Simon-Album oder von dem bitteren Geschmack alter Eiswürfel. Solche Bagatellen ließen einen bodenlosen Abgrund von Einsamkeit aufklaffen, neben dem sogar Kambodscha verblaßte.

Sie stand erneut vom Tisch auf und warf ihre Serviette auf den Stuhl. Der Hund, der aufs Abräumen spekulierte, rappelte sich unmittelbar nach ihr hoch. Sie tätschelte die flache Stelle auf seinem Kopf, wo sich sein Verstand hätte befinden können, und spürte dann im Kühlschrank die restliche Preiselbeersauce auf. Wendy und Benjamin begrüßten die Schale mit dem Gallert lächelnd, mit vollen Mündern.

Der Hund trottete auf seinen Platz zurück.

Elena ließ die Sauce herumgehen, aber es war zu spät. Wendy war fast fertig mit ihrem Truthahn. Benjamin konzentrierte sich hauptsächlich auf seinen Scotch. Tja, so war das. Heutzutage gab es alle möglichen automatischen Geräte – Waschmaschinen, Wäschetrockner, Eismaschinen, Saftpressen und elektrische Grills. Es gab Flüge zum Mond. Aber das Rätsel des Truthahns am Tag danach war noch immer ungelöst.

Schon zwanzig Minuten ohne eine Silbe Unterhaltung. Es war niederschmetternd für Elena, die gerade einen Berg Füllung mit einem Korallenstock von einem halben Dutzend Erbsen verzierte. Sie hatte jahrelang, vielleicht ihr Leben lang, die Verpflichtung verspürt, für Unterhaltung zu sorgen – immer dann jedenfalls, wenn sie nicht die gegenteilige Verpflichtung verspürt hatte, jede Unterhaltung zu verweigern. Es war ihre Pflicht, das Kommando zu übernehmen. Worte, die besänftigten und unverfänglich waren. Worte, die geknickte Herzen wieder aufrichteten. Mütterliche Sprache. Aber sie hatte erkannt, daß diese *bons mots* fruchtlos waren. Sie hatte Benjamin, wie schon die Männer ihrer Familie, bei irgendeinem sanften, freundlichen Wort an die Decke gehen sehen.

Erst kürzlich auf dem Softtennisplatz: »Benjamin«, hatte sie zu ihrem Doppelpartner gesagt, »hat einen Aufschlag wie ein Mörser.«

Sofort hatte er über den Platz gerufen: »Red nicht so einen Scheiß, Mäuschen.«

Das Gesicht wie ein roter Ballon, gedunsen.

Eine Unterhaltung anzufangen hieß, der Unglücksbote zu sein. Sie würde sich nicht länger dazu verpflichtet fühlen. Sie stellte sich ihre Tochter im Keller der Williams vor. Sie malte sich Wendy mit hochgeschlagenem Rock aus, malte sich genau die Rundung ihrer Pobacken, das blonde Schamhaarbüschel aus. Wendys Waden hatten bereits die perfekte feminine Wölbung, als trüge sie schon seit Jahren hohe Absätze, und das frühzeitige Schwellen ihrer Brüste machte deutlich, daß ihr der kleine, unscheinbare Busen, den ihre Mutter überflüssigerweise mit einem drahtverstärkten Körbchen bändigte, erspart bleiben würde.

Wendy schämte sich offenbar nicht über den Vorfall. Im Gegenteil, sie schien durch das Erwischtwerden an Kühnheit gewonnen zu haben. Insgeheim bewunderte Elena den Schneid ihrer Tochter. In Zuneigung versunken, verpaßte sie die Gelegenheit, Wendy zu schelten – die nicht gefragt hatte, ob sie aufstehen dürfe. Sie hatte Teller und Glas in der Spüle deponiert und verharrte wieder am Kühlschrank. Und wurde wieder enttäuscht. Dann wandte sie sich dem Vorratsschrank zu, wo sich wahllos Plätzchen und Süßigkeiten stapelten. Sie entschied sich für eine Schachtel Hot Tamales, eine Süßigkeit, die von ihrem Halloween-Korb übrig war. Vielleicht ihr letzter Halloween-Korb – sie wurde allmählich zu alt für diese Art von Maskerade. Dann schlappte Elenas Tochter aus der Küche. In der Bibliothek wurde *Dulcinea! Dulcinea!* vom gedämpften Ton des Fernsehers abgelöst, bleiern und gräßlich. Daß es schon Zeit für *Weihnachten mit Charlie Brown* war, kam Elena unerträglich vor.

Sie und ihr Mann standen zusammen vom Tisch auf. Der Hund trottete ihnen zur Spüle nach.

»Was gibt's zum Nachtisch?« fragte Benjamin.

»Schau doch selber nach.«

»Keine Empfehlung der Experten, was?«

»Erwarte nicht von mir, daß ich dich heute abend amüsiere, Ben.«

Er lungerte in der Mitte des Raums herum.

»Hört sich so an, als stehe uns ein toller Abend bevor.«

Sein Teller glitt ihm aus den Händen und in den Abfalleimer. Er fischte ihn heraus, stellte ihn auf die Ablage.

»Party-Zeit«, sagte er. »Echt klasse.«

»Fang jetzt bloß nicht damit an.«

»Glaubst du etwa, ich –«

»Ich habe keine Ahnung.«

Sie stellte ihren Teller mit etwas spitzen Fingern in den Ausguß. Das erzeugte ein dramatisches Klappern, das sie nicht beabsichtigt hatte. Die Erkennungsmelodie der *Peanuts* – jenes heiter-melancholische Jazz-Stückchen – erfüllte das Zimmer nebenan.

»Was hast du eigentlich?« fragte er. »Hör auf, hier –«

»Wenn dir an einem angenehmen Abend liegt, dann laß es lieber. Ich will nicht darüber reden.«

Wütend griff Benjamin in den Schrank, in Wendys Hort von Halloween-Schätzen, und klaute einen Almond-Joy-Riegel.

»Na schön, dann reden wir eben nicht darüber.«

»Wär ja auch was ganz Neues«, murmelte Elena. Und dann: »Blöde Barttasse.«

Angeödet sagte er: »Wovon sprichst du eigentlich?«

»Spiel hier nicht den Ahnungslosen.«

»Ich weiß nicht, wovon du redest.«

»Das überrascht mich nicht«, sagte Elena.

Hood zielte mit einem halben Almond-Joy-Riegel auf sie.

»Hör zu, mein Schatz, wenn du hier wieder diese passiv-aggressive Nummer abziehen willst …«

»Deine *Untreue*«, sagte sie. »Darüber versuche ich zu

reden. Über deine Untreue, deinen Betrug. Dein *Techtelmechtel.* Okay? Und du hast noch nicht mal so viel Anstand, es offen zuzugeben.«

Hood wurde blaß. Er war mit einemmal kalt, gefühllos und leer.

»Bin ich untreu? Willst du darauf hinaus? Ist es das, was du mir vorwirfst?«

Das Gespräch wurde immer leiser.

»Es ist jedenfalls mal ein Anfang.«

»Was für eine Treue willst du denn?« fragte er.

»Wenn du mich jetzt auch noch beleidigen –«

»Was kann ich denn anderes sein?« setzte Hood nach. »Was kann ich denn anderes sein außer untreu? Wir leben nicht in der Wirklichkeit, mein Schatz. Du lebst in irgendeiner längst überholten Märchenwelt. Du lebst nach irgendwelchen Ratschlägen von Modetherapeuten. Nimm endlich die Tatsachen zur Kenntnis.«

Ein Raum voller Schweigen.

»Sieh dich doch um. So sind die Verhältnisse. Die Leute sind eben untreu. Die Regierung ist untreu. Die ganze Welt ist untreu. Schau dir die beiden Typen bei den Yankees an, Herrgott noch mal. Und den Film hast du doch auch gesehen. Nichts ist so, wie wir meinen. Alles ist verwässert. Und Spaß macht mir das Ganze überhaupt nicht, das kann ich dir sagen. Ich habe dabei nämlich ganz schön was abgekriegt, Mäuschen. Und ich will nicht … Ich kann nicht ewig warten, bis wir zwei uns wieder berappeln, weißt du –«

In der Bibliothek wurde der Fernseher lauter.

»Mein Gott«, sagte Elena, »du hältst mich für völlig blöd. Und jetzt willst du dich mit deiner blöden Frau auf dieser Cocktailparty zeigen. Du willst dein albernes Plastron auf einer Cocktailparty vorführen. Dieses alberne Plastron, das überhaupt nicht zu dieser Hose paßt. Das willst du vorführen, und ich soll deinen Freunden Pfötchen geben und Konversation machen. Und mich dafür in irgendein Kleid mit viel Dekolleté werfen. Dabei erweist du mir noch nicht einmal so viel Achtung, ehrlich über die ganze Sache zu reden.«

»So kommen wir wenigstens mal ein bißchen raus. Kriegen mal ein bißchen Luft. Laß uns doch einfach versuchen, gute Nachbarn zu sein. Tun wir uns für heute abend mit den anderen zusammen, Schätzchen. Ich habe nämlich keine Lust, den Rest der Nacht lesend in getrennten Zimmern zu verbringen. Okay? Amüsieren wir uns, heulen wir mit den Wölfen.«

Er warf das Einwickelpapier des Almond-Joy-Riegels auf die Ablage und wühlte erneut in der Halloween-Beute seiner Tochter. Charleston Chew.

»Du weißt überhaupt nicht, wie das ist«, sagte Elena. »Das hast du dir nicht überlegt. Das tust du nämlich nie. Und wenn du's dann doch tust –«

»Und ob«, flüsterte Benjamin. »Und ob ich weiß, wie Einsamkeit ist. Und ob. Sogar ganz genau, falls es das ist, worauf du hinauswillst.«

»Benjamin, soll das vielleicht eine Erklärung sein?«

»Ich sage nur, daß Einsamkeit die Sphärenmusik in dieser Gegend hier ist. Mehr sage ich nicht. Und das hatte zur Folge, daß ich in einige Sachen reingeraten bin, die ich bereue, Mäuschen. Ich bereue einiges, das kann ich dir sagen.«

Er schien es plötzlich satt zu bekommen. Er kam in ihre Reichweite, in greifbare Nähe. Sie würde ihn auf keinen Fall umarmen. Auf keinen Fall die Haltung der Verletzlichen einnehmen. Voneinander angezogen und abgestoßen, blieben sie auf Abstand. Der Moment verstrich. Elena dachte praktischerweise daran, den Thermostaten hochzudrehen und Wendy an die Duraflame-Scheite zu erinnern. Ihre Gedanken wurden von ihrer eigenen Problematik abgelenkt. Sie war traurig, wies aber jede Verantwortung für Traurigkeit von sich. Lagen genug Zeitungen beim Kamin?

Sie gingen auseinander, um sich neu zu gruppieren. Hood zog sich in das Badezimmer im Erdgeschoß zurück.

Elena wischte sich mit dem Geschirrtuch über das Gesicht. Erwartungsvoll stand der Hund vor ihr, sein Schwanz ging wie ein Scheibenwischer hin und her.

In der Bibliothek fand sie Wendy in die neunte oder zehnte Begegnung mit Charlie Browns trübseligem kleinen Weihnachtsbaum vertieft. Elena beugte sich über die Lehne des Naugahyde-Sessels und wühlte die Hände in das Haar ihrer Tochter.

»Wir gehen zu den Halfords. Die Nummer steht auf dem Kalender in der Küche. Wir werden wohl so gegen elf wieder da sein.«

»Ist das eine große Party? Mit sämtlichen Leuten aus der Nachbarschaft?«

Wendy wandte keinen Blick vom Bildschirm.

»Ich denke schon«, sagte Elena. »Wieso?«

»Bloß Neugier«, meinte Wendy ernst. »Wenn's Probleme gibt, ruf ich einfach dort an und störe euch.«

»Was für Probleme planst du denn genau?«

Elena gab ihrer Tochter einen Kuß auf den Kopf, genau auf den Scheitel. Wendys Konzentration ließ nicht nach.

»Ich hab gedacht, ich klaue den Kombi, mache eine kleine Spritztour und fahre dann zu einer Kommune. Oder ich melde mich zur Army. Oder zünde das Haus an. Du weißt schon.«

»Hauptsache, du ziehst dich warm an. Extradecken sind im Wäscheschrank. Bis morgen dann.«

Die Badezimmertür in der Halle stand offen. Der Spülkasten der Toilette war am Vollaufen. Elena würde weder die Schuhe wechseln noch sich schminken. Sie suchte im Schrank in der Halle nach der passenden Regenkleidung. Die Strecke betrug von Tür zu Tür etwa anderthalb Kilometer, und sie würden sie im Auto zurücklegen. Trotzdem nahm Elena den hellblauen Regenmantel, den sie beim Schlußverkauf von Lord & Taylor in Stamford erstanden hatte.

Sie lugte durch die schmalen Fenster an der Haustür in den Schneeregen hinaus. Allmählich blieb er auf dem Rasen – soweit von Rasen die Rede sein konnte –, dem Gesträuch und dem Laub um ihr Haus liegen. Bestimmt waren die Straßen voller Tücke. Glatt und unberechenbar. Die Räumungstrupps würden sich wieder den Hügel hinaufarbeiten und unter hin und her zuckenden Scheinwerferstrahlen Salz und Sand streuen.

Draußen, auf dem Wendeplatz am Ende der Einfahrt, drehte Benjamin Runden. Sie rief Wendy ein »Gute Nacht« zu und bekam keine Antwort.

Schon wieder die *Peanuts*-Musik. Dann schloß sie die Tür hinter sich und schlitterte durch die ersten Zentimeter Schneematsch auf den Steinplatten. Im Auto blieben sie und ihr Mann stumm.

Auf dem College hatte sie ihre Liebe zu Benjamin häufig seinem Hinterkopf, dem Rücken seines Tweedjacketts oder seiner entschwindenden Gestalt erklärt. Nur um dann festzustellen, daß er es gar nicht war, sondern nur jemand, der ihm ähnlich sah. Manchmal passierte ihr das sogar bei einem Rotschopf, einem Schwarzen oder einer *Frau*. Ihre Zuneigung zu ihm war so groß, daß sie auf alles überschwappte.

Oder sie rief bei seiner Verbindung an – *Liebling, ich freue mich ja so darauf, dich heute abend zu sehen!* – und sah sich mit jemandem verbunden, der sich als Benjamin ausgab. *Ach, Elena, mein Engelchen, mein kleiner Honigtopf! HA! HA! HA! HA!*

Diese Zeit der Farce, deren Höhepunkt der Tag darstellte, an dem Benjamin ihr – aus Mangel an Phantasie, wie es mittlerweile schien – einen Heiratsantrag machte, war außerdem dadurch gekennzeichnet, daß sie, wenn sie eigentlich woanders – zum Beispiel bei Diana Olson oder Billy O'Malley – anrufen wollte, am Ende jedesmal die Nummer von Benjamins Verbindungshaus wählte. Wenn sie ihn dann an den Apparat bekam, hielt sie ihn zunächst für jemand anderen. Es war, als könnte sie keine andere Beziehung haben, als gäbe es für sie sonst niemanden anzurufen. Damals hatte sie sie alle geliebt, alle, die Benjamin Hood ähnelten, und sogar die, die es nicht taten.

Die Liebe beruhte also auf Verwechslung. Erich Fromm, C. S. Lewis und Paul Tillich waren sich darin völlig einig. Die Liebe war in alle Winde zerstreut. Sie schoß über ihre Ziele hinaus. Also hatte Benjamin vielleicht recht, und die Erwachsenen der siebziger hatten allen Grund, sich mit ihrer Zuneigung zwischen Phantomen, Fremden und Erinnerungen an frühere Begierden zu verzetteln. Der Mann, der da am Steuer saß, bohrte sich ganz genauso in der Nase wie der Mann, den sie geheiratet hatte, kratzte sich ganz genauso am Hintern und brauchte unglaublich lange zum Duschen, aber es war nicht derselbe Mann. Sie wußte noch Sachen von ihm, an die er sich bestimmt nicht mehr erinnerte. Wie ihn einmal in Bridgeport ein heruntergekommener Streichelzoo, den sie mit den Kindern besuchten, zum Weinen gebracht hatte; wie gern er *Frühstück bei Tiffany* gelesen hatte; seine Bestürzung über den Schlaganfall seiner Mutter. Sein Lächeln war voller billiger Sonnenuntergänge und einsamer Weihnachtsabende. Sein Zorn hatte scharfe

Kanten. Sie würde das alles nie vergessen. Sie betrog Benjamin mit seiner verlorenen Jugend.

Und Benjamin hatte auch so seine Wahrnehmungen von ihr. Hauptpunkt seiner Kritik an ihr war, das wußte sie, ihre Unfähigkeit, auf Partys Small talk zu machen. Im Auto war ein bißchen Zeit, sich zu präparieren. Da der Aktienindex gefallen war, da die Regierung kürzlich enthüllt hatte, daß sie wichtige Teile ihrer eigenen, heimlich aufgenommenen Tonbänder verloren beziehungsweise gelöscht hatte, da die arabischen Staaten ein Ölembargo gegen die westlichen Länder, die Israel unterstützten, verhängt hatten und da die Vereinigten Staaten deshalb wohl in naher Zukunft Benzinrationierungen einführen würden, waren die aktuellen Ereignisse kein passendes Gesprächsthema für die Party. Sie versuchten alle, die aktuellen Ereignisse zu vergessen.

Es war Spätherbst, und der Country Club hatte für drei Monate dichtgemacht, so daß niemand in letzter Zeit viel Tennis gespielt hatte. Oder Golf. Ein paar hatten vielleicht Softtennis gespielt. Aber es gab ja noch Touch Football, High-School Football und College Football – die das ganze Wochenende im Fernsehen übertragen würden –, und das waren ergiebige Themen, genau wie der Profisport. Die Giants hatten mal wieder den Mund zu voll genommen. Die Mets waren bis zur Meisterschaft gut gewesen, und von den Rangers hieß es, sie seien dieses Jahr ausgezeichnet. Da sah man mal, was man bei einem raschen Blick auf die hinteren Seiten des *Stamford Advocate* alles erfahren konnte.

Theologie war natürlich nicht drin, von den praktischen Fragen, die sich in jeder beliebigen Gemeinde ergaben, mal abgesehen. Engagierte sich irgendwer bei der Winterkleidersammlung? Wer war am Sonntag für den Kaffee zuständig? Über die Predigt zu meckern war auch eine beliebte Übung. Oder über den Pfarrer. Und dann gab es noch die populäre Religion: *Godspell* war ein Hit. *Jesus Christ Superstar* war ein Hit. *Die Möwe Jonathan* war ein Hit. (Gerade war der Film mit den Songs von Neil Diamond angelaufen.)

Außerdem gab es die Eltern-Lehrer-Vereinigung, die kommunale Vermögenssteuer, den Stadtrat und das Ende der Sitzungsperiode. Aber das waren Themen, die nicht sehr weit reichten. Was sollte man bei den langen, ausufernden Besäufnissen tun, wenn man von einem Bärtigen mit Bindehautentzündung, der über zweiköpfige Dildos in der afrikanischen Kunst oder die Bisexualität höherer Säugetiere diskutieren wollte, an der Wand festgenagelt wurde? Was sollte man dem erzählen?

Es gab tatsächlich einen Mann, der sie früher auf Partys in die Enge getrieben hatte, einen Mann, der bei einer Art Gestalttherapie-Kult mitgemacht hatte, wo man drei Tage lang in einem fensterlosen Konferenzsaal stillsitzen und sich irgendein Geschwafel über das Universum anhören mußte, was dann angeblich die Arbeitsproduktivität steigerte. Aber dieser Mann wurde in New Canaan nur noch selten zu Partys eingeladen, und daß sie ihm auf der Post begegnet war und sich später in einem Diner in Norwalk mit ihm verabredet hatte – tja, das war wahrscheinlich nur gut so. Wesley. Sie hatten ein vages, ziemlich abstraktes Gespräch miteinander geführt, und es war dann ohnehin nichts daraus geworden. Vielleicht konnte bei solchen Geschichten ja auch gar nicht mehr herauskommen.

Das einzig richtige und wahre Thema für Partygespräche war Klatsch. Je geschmackloser, desto besser. Elena hatte wie alle anderen geklatscht, über Bekannte, die sich in Silver Meadow einweisen ließen, über Nervenzusammenbrüche, billige Affären und Weiße-Kragen-Kriminalität. Und während Benjamin den Firebird vorsichtig die Steigung zum Haus der Halfords hinaufsteuerte, war Elena natürlich bewußt, daß sie jetzt selbst Gegenstand dieses Klatsches war. Sie zeigte sich öffentlich mit einem Mann, der seiner Frau nicht mehr treu war. Und in manchen Kreisen würde man sich die Frage stellen, ob sie, Elena Hood, eigentlich wußte, daß sie betrogen wurde. Sie glich jetzt einer einsamen alten Jungfer, einer einsamen Jungfer in einem Badeort, die als Parfüm ihren eigenen Urin trug.

Andererseits hatte Benjamin Hood vielleicht recht, und jeder bekam Hörner aufgesetzt. Vielleicht bestand das Wesen der Ehe gerade darin, Hörner aufzusetzen und Hörner aufgesetzt zu bekommen, Ehebrecher und Ehebrecherin zu sein. Ja, es kam darauf an, sich mit diesem Niedergang abzufinden, zu erkennen, daß man trotzdem in diesen ruhigen, herrlichen Häusern leben, sich trotzdem gelegentlich schönmachen, trotzdem seine Kinder lieben und ihnen all das an Möglichkeiten und Zuneigung bieten konnte, was man selbst nie bekommen hatte. *Spill the Wine* und *Dig that Girl* – das war immer noch drin.

SCHWERE ZEITEN im Baxter Building. Bleakhaus. Heartbreak Hotel. Ist das Leben, wenn überhaupt etwas, nicht die reinste Ironie? Wie Annihilus damals in Heft 140 bemerkt hatte. Liebe und Arbeit hatten die Fantastischen Vier, Amerikas größte Superhelden, untereinander entzweit. Fast ein Jahr – ein Jahr in Echtzeit, ein Jahr in Paul Hoods wildbewegter Jugend, aber nicht mehr als ein paar Tage in der stillstehenden, nicht wahrnehmbaren Zeit der Marvel Comics – war Sue Richards, geborene Storm, das Invisible Girl, nun schon ihrem Mann Reed Richards entfremdet. Mit Franklin, ihrem mit geheimnisvollen Kräften ausgestatteten Sohn, lebte sie abgeschieden auf dem Land. Sie würde erst dann zurückkehren, wenn Reed seine Verpflichtungen als Familienvater zu begreifen lernte, jene übergeordneten Bindungen, die seiner Arbeit zugrunde lagen. An Sues Stelle war die Medusa zu den Fantastischen Vier gestoßen. Die Medusa: ein nicht menschliches Wesen tibetischer Herkunft, Cousine von Johnny Storms Geliebter Crystal, dem Elementargeist. Die Medusa: Ihre Locken führten ein Eigenleben. Einst Todfeindin der Fantastischen Vier und Mitglied der Gegenorganisation, der Furchtbaren Vier.

Die Stimmung im Baxter Building war trostlos. Abgesehen von den Eheproblemen der Richards, hatte Crystal kürzlich beschlossen, Quicksilver und nicht Johnny Storm zu heiraten. Sue machte sich über Franklins Trancen Sorgen; Reed machte sich über Sue Sorgen; Johnny machte sich über Crystal Sorgen; Ben Grimm machte sich über sich selbst Sorgen.

Es war eine gute Zeit für Leser der Fantastischen Vier. Und Paul Hood war ein zwanghafter Comic-Leser. Trotzdem, das Heft würde nie wieder an die ersten achtzig Nummern herankommen, als die Erfinder der Vier, Stan Lee und Jack Kirby, noch am Ruder waren. Aber es war ziemlich cool. 1961, vor genau zwölf Jahren, war die erste Folge mit der Chronik der Schlacht gegen Mole Man erschienen. Pauls Schwester Wendy war fast genauso alt wie der Comic. Vor vierzehn Jahren hatte Pauls Familie ihre Vierergestalt erreicht. Wenn man sich's genau überlegte, war es sogar möglich, daß seine Schwester Wendy während des schöpferischen Reifungsprozesses, der zu den Fantastischen Vier geführt hatte, auf die Welt gekommen war. Wo war Stan Lee eigentlich in diesen zwei Jahren gewesen? Das Leben der Hoods folgte den Verwicklungen dieser Figuren, als zöge Stan selbst die Fäden.

In einem Zeitungskiosk im Bahnhof von Stamford sah Paul den quietschenden Drehständer hinten bei den Pornos durch, wo die Comics untergebracht waren. Heft 141 sprang ihm ins Gesicht. Es verhieß, wenig überraschend, *Das Ende der Fantastischen Vier*. Auf dem Umschlag hielt eine tief verstörte Sue ihren verstrahlten Sohn in den Armen: »Der kleine Franklin glüht wie eine ATOMBOMBE!«

Klar, Paul hatte auch D.C.-Comics ausprobiert. Er hatte *Batman* und *Gerechtigkeitsliga* gelesen und sich auch andere Marvel-Titel regelmäßig gekauft: *Die Spinne*, *Der Eiserne*, *Der unglaubliche Hulk*, *Die Rächer*, *Die X-Männer* und besonders die Titel, die Ableger der Fantastischen Vier waren: *The Silver Surfer* und *Prinz Namor*.

Er hatte sie alle ausprobiert. Er hatte alles abgegrast. Aber er kam immer wieder auf die Fantastischen Vier zurück. Batman war cool: Er hatte keine übernatürlichen Fähigkeiten. Er war einfach nur ausgebufft und reich. Superman war eine moralische Instanz. Hulk war überheblich. Silver Surfer war eindeutig von jemandem erfunden, der unter psychedelischen Drogen stand. *Thor* war der Comic, den man las, wenn man für eines dieser Renaissancetheater-Festivals arbeiten, wenn man ein Hemd tragen wollte, das *Wams* genannt wurde.

Warum also die Fantastischen Vier? Erstens kam Paul nicht von dem unheimlichen Zufall los, daß sein Vater den gleichen Vornamen wie Benjamin Grimm, Das Ding, hatte. Früher hatte er sich seinen Vater tatsächlich als Das Ding vorgestellt: klobig, hausbacken, voller Selbstmitleid. Als Paul noch ein Kind war, hatte sein Dad im Haus herumgewütet wie ein Dickhäuter, der das Unterholz niedertrampelt. Wenn sein Vater ein nasses Handtuchknäuel auf dem Badezimmerboden fand, raste er sofort in Pauls Zimmer und machte ihm die Hölle heiß. Sein Vater lauerte auf das kleinste Geräusch, den leisesten Schritt, um dann von unten die Treppe hinaufzubrüllen. Aber er kam auch jedesmal zu einem und entschuldigte sich. Er terrorisierte nicht mit wirklicher Hingabe. Er war wie Das Ding. Er haßte die Welt, haßte die Menschheit, haßte seine Familie, aber er liebte Menschen, liebte Kinder und Hunde.

Und Pauls Mutter war das Invisible Girl. Manchmal war sie allerdings auch wie Crystal der Elementargeist, eine Prophetin, eine Seherin. Und manchmal war sein Dad Reed Richards, der Gummimann und Wissenschaftler. Manchmal war Paul auch selbst Ben Grimm, und manchmal war er Peter Parker alias Die Spinne. Diese Modelle hauten nie ganz genau hin. Trotzdem vermittelten die Fantastischen Vier mit all ihren Fehlern und Anhänglichkeiten, ihren Streitereien und ihrer Verläßlichkeit gewisse Wahrheiten über die Familie. Als Paul diese Comics zu lesen anfing, verlor das kitschige Melodram von New Canaan einiges von seinem Stachel.

Apropos kitschiges Melodram: Dienstag abend, vor nur drei Tagen, hatten sie alle zusammen im Wohnheim ferngesehen. In St. Pete's, wo Paul eingekerkert war. Es war der letzte Abend vor den Thanksgiving-Feiertagen, und er war im Gemeinschaftsraum. In der Glotze lief *Rudolph the Red-Nosed Reindeer*. Mit diesen Weihnachtsprogrammen fingen sie, scheint's, auch jedes Jahr früher an. Irgendwer hatte das Licht ausgedreht. Zusammen hatten sie es sich in den dämmrigen, flackernden Bildern des Feiertagsmythos gemütlich gemacht. Unwichtig, wer alles da war. Paul hatte das Glück gehabt, bei ein paar Typen aus dem Matheclub, die nebenher dealten, ein bißchen thailändisches Gras aufzutreiben. Er hatte es gerade geraucht.

Eines seiner Probleme war, daß Drogen bei ihm irgendwie nicht mehr wirkten. Als er sich das erstemal bekifft hatte, hatte er gespürt, wie sich die tödliche Öde seiner Jugend vorübergehend aufhob. Er hatte die Freundlichkeit unbelebter Gegenstände, die Freundlichkeit von Bäumen, die Freundlichkeit alter Wohnheime gespürt. Er hatte in den Beziehungen zwischen Dingen funkelnden Witz entdeckt. Er hatte mit Mädchen geredet und ihnen erzählt, er wolle nicht nach Hause fahren, er wolle nicht nach Hause fahren, er könne mit niemandem reden, er könne überhaupt nicht reden, er wolle keinen Abschluß machen, *ganz sicher nicht*, und diese Mädchen hatten mit den Händen seine Stirn umfaßt und ihn festgehalten.

Aber in letzter Zeit wirkten diese Drogen nicht mehr.

In letzter Zeit drang nichts mehr durch diese Wachsschicht. Seine Haut kribbelte. Und an diesem Abend, am Dienstag, nachdem er den Thaistick geraucht hatte, sah er überall rote Pünktchen, ganz gleich wo er hinguckte. Der Bildschirm bestand aus roten Pünktchen, sich verschiebenden Mustern roter Pünktchen. Wie eine Marienkäferplage. Von Rudolph kapierte er überhaupt nichts. Die Geschichte von Rudolph war beängstigend. Hinter Rudolphs Aufstieg zum Leit-Rentier witterte Paul das Wirken von Gedankenkontrolle und staatlicher Einmischung. Seine Halluzination löste sich immer wieder auf, und dann stellte er fest, daß der Schneemensch die Stadt bedrohte. Er hatte sich dadurch aufzumuntern versucht, daß er bei *Silver and Gold* mitsang, aber es hatte nicht geklappt.

»Hood«, sagte jemand. »Hood, stimmt irgendwas nicht?«

»Stör mich nicht. Ich versuch mich zu konzentrieren.«

Vielleicht täuschte er aber auch nur romantische Verzückung vor. Ganz plötzlich. Weil die Bärin, Carla Bear, neben ihm saß, die nicht nur ein Fan von Rudolph und seinem Vetter Frosty, dem Schneemenschen, war, sondern eine, die aus *Miracle on 34th Street* zitieren und bei der *Nußknacker*-Inszenierung der Hallmark Hall of Fame mittanzen konnte. Dabei war ihm durchaus klar, daß sie ihn nur zu beruhigen versuchte. Carla Bear, eine der unerschrockenen ersten Frauen von St. Pete's. Sie hatte sich 1971, im ersten Jahr der Koedukation, als Drittklässlerin eingeschrieben. Jetzt lehnte sie auf der mit grauem Synthetik bezogenen Polsterbank an ihm und tröstete ihn. Und bei der Sequenz, in der Rudolph von dem anderen Rentier verspottet wurde – oder war das später? –, schloß er sie in die Arme. Es überkam ihn einfach. Er erlag ihr.

»Ist schon okay«, sagte sie. »Alles okay.«

Sie hatte ein großes, mütterliches Herz.

»Ich kann Thanksgiving auch nicht leiden«, sagte sie. »Kein Wunder! Was soll man schon zu Hause? Andererseits, hierbleiben ist auch nicht gerade berauschend, oder?«

Und Paul war sich sicher, daß sie die Wahrheit sagte. St. Pete's war der Ort, an dem die betuchten Familien des Ostens ihre Sprößlinge abluden, sie bis zum College einsperrten. Die Bärin wußte Bescheid, weil, wie er gehört hatte, ihre Mutter, ihre alleinstehende Mutter, krank war. Im Sterben lag. Tumore. Irgendein Krebs. In St. Pete's gab es Kids, deren Eltern man direkt vom Thanksgiving-Tisch wegkarren würde, um ihnen die Schlaftabletten aus dem Magen zu pumpen. Deren Geschwister sich aufgehängt, den Gashahn aufgedreht oder teure Autos in den Ozean gefahren hatten. Es gab Kids hier, deren einziger Angehöriger ein Treuhänder war. Es waren Kids aus zerrütteten Familien. Zerrüttet und reich.

»Klappe halten«, sagte jemand.

Paul konnte den Ton des Fernsehers nicht hören. Er hatte die Arme um Carla gelegt. Ein kleiner Elf ritt fröhlich einen kabellosen Norelco-Rasierer durch eine schneebedeckte Landschaft. Über einen Hubbel und ab in die Luft. Paul wollte, daß seine Umarmung Wunder wirkte. Er war sich undeutlich bewußt, daß der ganze Gemeinschaftsraum in zappeligen Umarmungen begriffen war. Er wurde von Gelächter gepackt. Irgendwas funktionierte nicht.

Also schob Paul die Hand unter das pinkfarbene Button-down-Hemd der Bärin und ertastete den Spitzenbesatz ihres BHs. Diese Stelle am Herzen einer Frau war von überwältigender Zartheit. Er wurde davon angezogen, hätte aber in diesem Moment unmöglich sagen können, warum. Carla die Bärin animierte weder, noch verwehrte sie. In der nächsten Stille, beim nächsten Werbespot, ließ er die Hand noch weiter schweifen, bis zu ihrer Brust – klein, friedlich, tröstlich. Nicht so sehr sexy als vielmehr beruhigend. Carla umklammerte sein Handgelenk. Legte seine Hand in seinen Schoß zurück. Überall im Zimmer – das in roten Pünktchen verschwamm – umklammerten Mädchen die Handgelenke von Jungen. Das Ganze kam seinem High in die Quere. Augenreizungen behinderten seine Sicht.

»Ich weiß ja«, sagte die Bärin, als sie seine Hand in seinen Schoß zurückstieß. »Ich weiß, ich weiß.«

Also tat er das einzig Vernünftige. Er floh aus dem Gemeinschaftsraum. Er wartete darauf, daß die Wirkung der Droge und seine Scham nachließen. Er floh.

Dieser Vorfall hatte genauso mit der momentan ablaufenden Geschichte zu tun, wie es Verbindungen zwischen den Ereignissen in der Welt der Marvel Comics gab, wo *Der Submariner* Nr. 67 zwischen zwei Episoden von *F. V.* Nr. 140 eingeschoben war, das seinerseits Informationen enthielt, die ausführlich im *F. V.*-Jahresband Nr. 6 abgehandelt waren. Diese fiktive Welt und ihre Bewohner existierten neben und mit den sogenannten wirklichen Bewohnern der sogenannten wirklichen Welt genauso, wie die toten Heiligen des Altertums angeblich ständig um ihn herumturnten – genau hier auf diesem Bahnsteig der Stamford Conrail Station. In der Welt von Marvel waren seine Eltern dabei, die Machenschaften eines lokalen Politikers anzuprangern, dessen Tochter Paul eines Tages heiraten würde, während seine Schwester einen Kunstsammler und Amateur-Atomphysiker verführte, der eines Tages Pauls Chef sein würde. Zufällig war dieser Physiker im Zweitberuf ein aus der Versenkung geholter Balkan-Spion, der die Apollo-Sojus-Mission ausspähte und nebenher eine Verschwörung auf höchster Ebene anzettelte, um Benjamin Hood geschäftlich zu ruinieren. All das geschah auf einmal, gleichzeitig. In der Welt von Marvel könnte Carla Bear plötzlich im Zug auftauchen, auf dem Platz neben ihm, und ihm sagen, daß sie ihn immer geliebt hatte. Dann würde der Zug von Horden mit Speeren bewaffneter Connecticut-Indianer angegriffen werden. Oder der Zug würde in die Handlung von *Rudolph the Red-Nosed Reindeer* hineinführen. Wo Paul sich im Nahkampf mit dem gräßlichen Schneemenschen messen würde, bis Richard Nixon persönlich erschien, um sich für Frieden einzusetzen – so geschehen in *F. V.* Nr. 106.

Pauls Dad haßte Comics natürlich. Die Vorstellung, daß sauer verdiente Shackley & Schwimmer-Dollars in den Händen der Marvel Comics Group landeten, wurmte ihn. Vielleicht lag es daran, daß er und Ben Grimm sich zu ähnlich waren. Keiner von ihnen ließ sich gern daran erinnern. Aber die Comics waren nicht das einzige, wogegen sein Vater etwas hatte. Er hatte etwas gegen Pauls lange, lockige Haarpracht, gegen seine Einsamkeit und seinen Mangel an sportlichen Fähigkeiten. Radioclub, Chor und Freizeittennis beeindruckten Pauls Dad nicht.

Also bemühte sich Paul auch gar nicht mehr darum. Er hing mit den Stonern herum. Paul zog sich schlichtweg alles rein! Ein Loser, wie das bei den Stonern hieß. Paul kaufte Oregano und hielt es für guten Shit. Er borgte sich von einem Lehrer Muskat, in der Hoffnung, darauf abzufahren. Er hatte ein Benny geraucht; er hatte eine Überdosis Grippetabletten genommen. Paul, der Purpurwindensamen fraß. Obskure Liedtexte entschlüsselte. Er und sein Zimmergenosse hatten Sittiche, die Aragorn und Galadriel hießen. Er hatte über *The Chronicles of Narnia* und den Sprüchen von Michael Valentine Smith gebrütet. Er hatte Neonposter und -wandteppiche, er brannte Räucherstäbchen ab, er trug eine Brille mit Drahtgestell, und er spielte Strategiespiele. Er schaffte es, daß ihm ständig ein Hemdzipfel aus der Hose hing. Seine Tweedjacketts und seine Khakihosen sahen aus, als hätte er darin geschlafen. Auch heute trug er sie wieder. Top-Siders ohne Socken. Sein Hemdzipfel regte sich in der Brise wie eine Flagge aus dem Land der Nutzlosen und Wohlhabenden. *A rush along the Fulham Road!*

Stamford war ein weites, flaches Gebilde unterhalb der Interstate 95, unterhalb der Bahnstation. Die Sozialwohnungsanlagen, eine Reihe von Rundbauten drüben links, siechten trostlos am Horizont dahin. Dahinter erhob sich Stamfords einziger Büroturm. Er war eine schimmernde Rakete, in seiner schlanken Gestalt ganz ähnlich dem Senkrechtstarter der Fantastischen Vier. Oder wie das Baxter Building. Paul konnte sich leicht vorstellen, wie sie von dieser eindrucksvollen Startrampe abhoben, um gegen Dr. Doom oder gegen Blaastar zu kämpfen.

»Zündung ein«, sagte Paul.

Als der Zug kam, ließ er sich, die Füße auf den Sitz gegenüber gelegt, in einem Viererabteil nieder. Es gab die übliche Hektik, als ihm klar wurde, daß er von dem Fahrkartenschalter in Stamford wieder keinen Gebrauch gemacht hatte. Der Schaffner verhängte ein erhöhtes Beförderungsentgelt.

»Bitte um Verzeihung, Charles«, sagte Paul.

Der Schaffner starrte ihn ausdruckslos an.

»Die Schuld liegt ganz allein bei mir, Sir. Dürfte ich meinen Fahrschein nach Grand Central bitte zum erhöhten Tarif kaufen?«

Dann dachte er wieder an die Schule. An den Kittredge-Kult – so hatte man sie in St. Pete's getauft. Ihn und seine Freunde. Sie waren Jünger eines Kults. Sie hatten sich sämtlich dafür entschieden, in dem Wohnheim gleichen Namens unterzukriechen, das ansonsten als billig, modern und langweilig galt. Seit zwei Jahren wohnten sie jetzt alle dort. Was sie verband, war ihre Durchschnittlichkeit. Paul konnte sich der Nichtzugehörigkeit zu sämtlichen Auswahlmannschaften der Schule rühmen. Und er war, anders als manche Nichtsportler, kein Rock-and-Roll-Musiker oder Jahrbuchfotograf. Außerdem war er unattraktiv. Und er hatte – im Gegensatz zu vielen seiner Mitschüler – weder am Greenwich Country Day noch am New Canaan Country Day, noch an sonst irgendeinem Country Day teilgenommen. Der Kult setzte sich aus ebensolchen verlorenen Seelen zusammen. Die anderen Schüler kannten sich von Sommerferien auf Nantucket oder in Camden oder vom Tenniscamp, oder sie waren miteinander verwandt, oder sie waren Kinder von Treuhandvermögen, Erbschaften oder prominenten Ehemaligen. Was übrigblieb, gehörte zum Kittredge-Kult.

Für sie – was Wunder – war die Pubertät fast tödlich. Einen Nachmittag nüchtern zu überleben war eine Heldentat. Wirklich vernünftig war nur ein Zustand sinnloser Betrunkenheit. Das Beste am Leben war der Rausch. Die Verheißung befreiter Sexualität, die anderen aus ihrer Altersgruppe so verlockend in Aussicht gestellt wurde, blieb Paul und seinen Freunden völlig vorenthalten. Sie holten sich einen runter und wurden dabei erwischt. Sie bekifften sich, soffen und holten sich einen runter. Sie quälten Erstsemester, gaben ihre Frustration an diese Neulinge weiter, stachen mit Langlaufskistöcken nach ihnen. Dann stahlen sie sich fünf Minuten, um sich zum zweitenmal einen abzuschütteln.

Der genaue Ursprung des Kults lag im dunkeln. Auch

Frauen gehörten dazu. Nicht nur Carla die Bärin, sondern auch Christina Whitman und deren Zimmergenossin Debby Vartagnan. Debby hatte so ihre Phasen, in denen sie den Jungs von Kittredge, die sie normalerweise nur platonisch liebte, erlaubte, unter Verletzung maßgebender Schulregeln Samstagabend bei ihr zu liegen und ihre unnatürlich großen Brüste anzufassen. Jedes Opfer war hinterher mit einer Reihe deutlich sichtbarer Striemen am Hals gezeichnet. Paul war noch nicht dran gewesen, aber er hatte erlebt, wie Hal Frost, ein anderer Jünger des Kults, begeistert von einer dieser Begegnungen zurückgekommen war – er würde der erste sein, der ihre Decken befleckte!, der mit ihr duschte!, der ihren Eltern vorgestellt wurde! –; Begeisterung, die bald Beschämung wich. In den Tagen danach redete Debby Vartagnan kein Wort mit Frost. Wo war da die freie Liebe? Wo die Revolution?

Die Größe des Kults wechselte, genau wie seine Gruppenidentität. Francis Chamberlain Davenport IV. war, ebenso wie Hal Frost, Gründungsmitglied. Dann gab es noch Christina, Debby, Penny Belvedere, Johnny Wilde, Mike Russell und eine ganze Menge Nebenfiguren. Manchmal kamen sie alle miteinander aus. Manchmal konnten sie sicher sein, daß sie in den schwierigen Momenten des Tages – etwa wenn man ohne Begleitung den Speisesaal betrat und dessen System von Blicken und Bewertungen unterworfen wurde – Gesellschaft hatten. Diese Gesellschaft war die ängstliche Abkapselung wert, die sie ebenfalls bei ihnen förderte. Der Kult tröstete, dachte Paul Hood, während der Zug durch Greenwich fuhr. Der Kult war ein Tonikum und ein Trost.

Aber eines konnte der Kult nicht, und zwar sie in der Liebe unterweisen. In dieser Hinsicht waren sie alle Waisen aus zerrütteten Familien. Von der Liebe hatten sie null

Ahnung. Paul war in der vierten Klasse mit Eileen Becker *gegangen*, wie das im Sprachgebrauch von St. Pete's hieß, aber gegen Ende des Frühlings begann sie sich statt dessen mit seinem Zimmergenossen Stan Sinclair zu treffen. Es folgte eine Zeit, in der Paul die beiden häufig in seinem Zimmer im Wohnheim überraschte – worauf sie sich entweder schlafend stellten oder Eileen hastig ihr zerknittertes Kleid zurechtzog. Hood revanchierte sich mit ein paar Schwärmereien, die nicht länger als eine Woche dauerten. Er revanchierte sich mit Alleinsein.

Dann bequatschte er Eileen eines Abends, mit ihm in ein leeres Studierzimmer zu gehen. In dem Gebäude, wo die Naturwissenschaften untergebracht waren. Er hatte ihre wirren Vorstellungen von Treue ausgenutzt. *Ich kann nichts mehr essen, seit du mit Sinclair angefangen hast*, sagte er, *ich bin innerlich total aufgewühlt.* Was insofern irreführend war, als er sich im Grunde ständig so fühlte. Paul kniete vor ihr, deren Jeans und Höschen um ihre Turnschuhe – Tretorns mit rosa Streifen – verknäuelt waren, und hielt sich ihre Vagina dicht vors Gesicht. Sie spreizte, über ihm stehend, die Beine und ging dann in die Knie, bis sie und Paul sich auf diese Weise berührten. Er steckte die Zungenspitze in sie. So kurz, daß es eigentlich nur ein Traum sein konnte. Und obwohl sie nicht weiter ging, ja schon weiter gegangen war, als sie eigentlich wollte, hatte sie etwas geflüstert, war erschauert und hatte es geflüstert, ehe sie zu Stan Sinclair zurückging. *Paul Hood*, hatte sie gesagt, *ich weiß, was eines Tages mal deine große Stärke sein wird.*

Der Zug donnerte durch Pelham. Daneben, auf dem Highway, saßen in beiden Richtungen Autos fest. Scheinwerfer und Straßenlaternen waren bei dem Schnee- und Eisregen völlig für die Katz.

Vom Wankelmotor hatte Paul Hood genauere Vorstellungen als von der Liebe. Aber er war nicht blöd. Obwohl sein bevorzugter Gefährte Testors-Modellbaukleber auf dem Boden einer Papiertüte war und obwohl er einmal seinen Penis in Milch getaucht hatte, um die Katze seines Hausvaters – ihre Zunge war wie Schmirgelpapier – zum Verkehr mit ihm zu bewegen, konnte er genau benennen, was ihm fehlte. Er hatte die Hand in Jeannie McFarlanes Hosenbund geschoben und den Haarbusch über dem, was sie dort verbarg, befühlt, er hatte – mal länger, mal kürzer – die verschiedensten Mädchen geküßt, und er hatte sich über Blasen, Neunundsechzig, Orgien, Bisexualität, gegenseitige Masturbation, Transvestitentum, Ménage à trois, Analverkehr, Fetischismus und sogar Faustficken informiert. Er hatte Davenports eselsohrige Ausgabe des *Kamasutra* von vorn bis hinten durchgelesen. Dieses Wissen gedachte er weiter auszubauen. Er hatte keine Lust, so zu versauern wie seine Eltern.

So saß er denn im Zug, auf dem Weg zu Libbets Casey, einem Mädchen aus der Schule, das, anders als seine Freunde aus dem Kult, anders als beispielsweise Carla Bear, eine gute Unterhalterin war, das bei der St. Pete's Missionary Society karitative Arbeit leistete und dessen Eltern sie völlig unbeaufsichtigt ließen. Paul war verknallt. Es war ganz plötzlich über ihn gekommen. Die Bärin war bloß jemand, den er mochte; Debby Vartagnan war auch bloß jemand, den er mochte. Er wollte Libbets, ein Mädchen, das zu Bluejeans einen Nerz trug. Er dachte Tag und Nacht an sie; er baute ihren Namen in die Geschichten ein, die er für den Englischunterricht verfaßte; in seiner Radiosendung widmete er ihr Lieder. Das ging nun schon tagelang so.

Seit mittlerweile zwei Jahren verbrachte er praktisch jeden Nachmittag mit Davenport, Frost und Brendan

Gilford. Am Arsch der Welt, beim Törnen. Er atmete den gleichen Raumluftverbesserer wie sie (Ozium); er hatte sich ihre Schallplatten geliehen und borgte ihnen seine. Alle konnten sie dasselbe Stück von Emerson, Lake and Palmer auf der Gitarre spielen. Sie kannten dieselben Witze und haßten dieselben Lehrer. Sie meldeten sich alle gleichzeitig zum Küchendienst.

Aber er wußte auch, daß das Ganze zu Ende ging, daß die lockere Verbindung, die andere den Kult nannten, bloß etwas war, was man auf Zeit einging. Im September, als Davenport sich auf seiner Geburtstagsparty zum *König des Kults* erklärt hatte – er stand damals wegen Überschreitung des Ausgangs unter Hausarrest und durfte auf seinem Zimmer keine Besucher empfangen –, begann die ganze Sache zu öden. Dabei war es sowieso nur ein Witz gewesen. Ein Witz, damit es erträglicher wurde, sich wie ein Loser vorzukommen. Bald verliehen sich alle irgendwelche Titel. Es war genau wie bei den Fantastischen Vier. Es drehte sich alles um Beziehungen, Politik und Macht.

Die Fahrgäste der Conrail verhielten sich unnatürlich ruhig. Ihr Gepäck achtlos um sich her verstreut, fläzten sie auf den Bänken. Paul ließ ständig Sachen liegen: Uhren, Zeitschriften, Regenschirme. Er lieh sich irgend etwas aus und verschlampte es. Deshalb hielt er, zusammen mit dem Novemberheft von *Creem*, *Die Fantastischen Vier* Nr. 141 fest, als handelte es sich um eine religiöse Schriftrolle oder ein Urteil des Obersten Gerichtshofes. Und als der Zug den Tunnel bei der 97. Straße hinunter in die Endstation rumpelte und mit einem Seufzen seiner hydraulischen Bremsen die Fahrgäste ausspie, war Paul froh darüber, ein einsamer Reisender zu sein, unbelastet von Besitz und Verpflichtungen.

Grand Central Terminal war verlassen. Die Kodak-

Reklame zeigte eine glückliche, weiße Familie beim Feiern um einen Weihnachtsbaum. Wie er es schon als kleiner Junge gelernt hatte, suchte er sich eine Stelle an der Wand und blickte zu den Sternen an der Decke auf. Die Sohlen in Staub und Schmutz, bewegte ihn die gewaltige Schlichtheit der Konstellationen. Sie waren das schöpferische Werk einer anderen Zeit. Sie waren die Superhelden der Vergangenheit.

In der Bahnhofshalle, in den weiten, offenen, ohne die Pendler jetzt ganz verlassenen Räumen, verkaufte ein Häuflein Männer mit ausdruckslosen Gesichtern und Billigbrillen den Arglosen Bücher und Schallplatten über Meditation. Paul bewegte sich durch sie hindurch wie ein Krieger.

Libbets Casey. Pauls Bestimmung. Tief in der Upper East Side, jener Hochburg der schweigenden Mehrheit. Ihr Dad hatte keinen Job. Er brauchte auch keinen. In einem Büro in der Innenstadt, das er selbst bezahlte, hantierte er gelegentlich mit einem goldenen Brieföffner und nahm Verabredungen zum Essen und zum Tennis mit anderen Aufsichtsräten und Beratern wahr. Libbets würde ebenfalls nicht arbeiten müssen. Wirklicher Müßiggang – die Arbeit eines Skilehrers etwa – wurde von ihrer Familie mit Stirnrunzeln betrachtet, aber es war nicht nötig, sich auf einen Bürojob einzulassen. Generationen von Caseys hatten sich als Kunstsammler betätigt. Sie hatten dem Museum of Modern Art eine Vielzahl von Gemälden gestiftet, die Libbets' gewiefte Großmutter ausgewählt hatte. Außerdem hatten die Caseys einigen amerikanischen Künstlern des neunzehnten Jahrhunderts – Eakins, Childe Hassam – Anerkennung verschafft. Das Kunstsammeln war eine mehr als angemessene Berufung. Desgleichen jeder andere Zeitvertreib, der irgend mit Kunst zu tun hatte. Libbets' Mutter war Dozentin am Metropolitan Museum, und ihre diversen älteren Schwestern und Brüder, mittlerweile sämtlich ausgeflogen, waren Kunsthistoriker und Galeriebesitzer. Solange Libbets malte, konnte nichts schiefgehen.

Die Türsteher von 930 Park Avenue ließen Paul nach oben, ohne vorher anzurufen. Er hatte den Verdacht, daß auch sie schon auf einen Joint oder ein Bier mit ihr zusammengekommen waren. Libbets war mit jedem gut Freund. Ihr Verhalten war tadellos. Sie kannte die Kids, die im Musikpavillon des Central Park herumhingen; sie kannte Adam Purple, den Typ, der im Park Pferdeäpfel für seinen Garten in der Innenstadt einsammelte; sie kannte David Cassidy, dessen Vater im Haus wohnte. Die Türsteher von Nr. 930 hatten lange Haare und ein unsicheres Lächeln, das Lächeln von Menschen, denen die Aussicht auf endlose Jahre als Mädchen für alles Beklemmungen macht. Diese Türsteher aus der Gegenkultur kannten den Unterschied zwischen ihrer gesellschaftlichen Stellung und der Libbets', und sie warteten nur auf das erste Zeichen von Herablassung, während sie andererseits, genau wie Libbets, der Vorstellung anhingen, daß die Reichen auch nur Menschen seien. Sie konnten sich alle zusammen ein bißchen Dope reinziehen. Das war cool.

Deshalb fragte einer der Türsteher Paul, ob oben eine Party stattfinde.

Paul schüttelte den Kopf, murmelte irgend etwas.

Aus dieser Bredouille schlidderte er geradewegs in die nächste. Der Fahrstuhl brachte ihn direkt in die Wohnung der Caseys. Sie bewohnten die gesamte vierte Etage von Nr. 930. Paul hängte seinen Blazer über einen Stuhl in der vorderen Halle. Sein Herz raste bei der Erinnerung an Libbets' Bauernkleider, an den Geruch der Hautlotion, die sie verwendete, an ihr schiefes Lächeln. Vom gedämpften Gebrabbel des Fernsehers weiter hinten abgesehen, herrschte in der Wohnung entsagungsvolle Stille. Die Diele war mit alten orientalischen Teppichen ausgelegt und geschmückt mit präkolumbianischen Vasen und kleinen Gemälden amerikanischer Impressionisten, die man aus jedem x-beliebigen Tageskurs zum Thema Kunstbetrachtung kannte. Die Fahrstuhltüren glitten hinter ihm zu. Libbets ließ einen fröhlichen Ruf hören.

Sie kam aus dem Fernsehzimmer gerannt. Schlidderte in Strümpfen über einen nackten Streifen Parkett.

»Prima«, sagte sie. »Wir haben schon gewartet!«

Wir? Wir haben gewartet? Die jähe Enthüllung des schrecklichen Plurals traf Paul wie ein Schlag in den Solarplexus. *Wir?* Dennoch folgte er seiner Gastgeberin. Und im Fernsehzimmer traf er denn auch auf Francis Chamberlain Davenport IV., der damit beschäftigt war, auf einer aufgeschlagenen Ausgabe von Richard Nixons *Six Crises* dreißig Gramm Marihuana zu reinigen.

Paul verließ alle Hoffnung.

»Das müßtest du mal lesen, Hood«, sagte Davenport zerstreut. »Steht alles drin, was du über des Lebens Mühsal wissen mußt. Ich hab selber gerade das mit Alger Hiss und Checkers nachgeschlagen.«

»Willst du die Körner da drin lassen?« fragte Paul. »So zwischen den Seiten?«

»Das wird sich alles finden, Baby. Wenn der Schüler soweit ist, wird der Meister erscheinen.«

Libbets tänzelte nervös im Zimmer herum. Paul fragte sich, ob die beiden, Libbets und Davenport, sich schon zu einem kleinen sexuellen Experiment am Nachmittag zusammengefunden hatten. Sogar Libbets in ihrer Glasglocke aus Behütetheit und Privatunterricht mußte klar sein, wie Davenports Anwesenheit ihn runterzog.

»Zündung ein«, sagte er.

»Hm?« machte Libbets.

»Grauenhaftes Regen- und Graupelwetter«, sagte Paul. »Total irre. Rauchen wir einen. Weder Schnee noch Regen werden unseren Kurier aufhalten. Was läuft in der Glotze?«

»*Lost in Space*«, sagte Libbets. »Und um sieben *Raumschiff Enterprise*.«

»Nässe, Nässe«, sagte Davenport von seinem Platz aus. »Nääääääässeeeee.«

Das war aus dieser Folge, dieser Folge von *Lost in Space*.

»Jaja«, sagte Paul. »Oder weißt du noch, damals, die Typen mit den glitzernden Plastikmelonen? Zachary Smith war ...«

So behutsam, als ginge es um die Entschärfung einer Bombe, rollte Davenport einen Joint.

»Heda!« sagte er. »Ihr, junger Ritter. Könnt Ihr mal nach dem Met sehen? Könnt Ihr Euch auf Euer Roß schwingen und uns noch ein bißchen Met heranschaffen?«

»In der Speisekammer«, sagte Libbets. Sie zeigte ihm mit dem Finger die Richtung.

Paul trottete niedergeschmettert in die Diele hinaus, vorbei am Wohnzimmer, wo ein Familienporträt der Caseys den größten Teil der Wand einnahm – Libbets war von den sechs die Jüngste und saß auf dem Schoß ihres Vaters. Er blieb im Dunkeln stehen.

»Nicht da«, sagte Libbets, die sich, an den Türpfosten geknatscht, in die Halle hinauslehnte. »Nach rechts, da durch.«

»Hab mich bloß orientiert«, sagte Paul. »Hab meinen Orientierungsknopf gedrückt.«

Die Speisekammer war lang, leer und fleckenlos. Die Banalität dieser Art von Haushaltsführung bereitete Paul

Unbehagen. Der Raum verlangte förmlich danach, hier Küchenschaben oder Laborratten auszusetzen. Er verlangte nach mit Fingerfarben beschmierten Böden, gebatikten Vorhängen, Graffiti und akustischer Umweltverschmutzung.

Paul war ein dritter Term, ein unwillkommener Exponent. Davenport hatte ihn noch nicht einmal begrüßt. Und das Gefühl der Überzähligkeit kannte er ebensogut, wie er das ausgedörrte Babyblau der Sommerhimmel von Connecticut kannte. Beim Herumtappen in der Küche war er sich sicher, daß es immer so bleiben, daß dieses plumpe Diorama von einem Leben, in dem es keine Wunder mehr gab, sich niemals ändern würde – außer zum Schlechteren. Davenport gab sich nicht mit seinem Charme zufrieden. Er wollte in seine Freunde hineinschlüpfen, sie neutralisieren. Er wollte Pauls Socken, Pauls Schallplatten, Pauls Hausaufgaben und sogar Pauls Kernfamilie mit ihren 2,2 Kindern, ihren fünf lebenswichtigen Nährstoffen und ihrem unverdorbenen Erbgut. Davenport und Paul waren die allerbesten Freunde. Freundschaft war nun mal so.

Paul legte sich seinen Plan zurecht. Er nahm den kalten Sechserpack Heineken aus dem Kühlschrank. Er trottete aus der Küche.

»Frankie macht sie mit den Zähnen auf«, giggelte Libbets, als er in die Bibliothek zurückkam. Das war nichts Neues. Es gehörte zu Davenports Repertoire von Unterhaltungsnummern. Paul hatte den Trick mehrfach probiert – mit schmerzhaften Resultaten. Seither begnügte er sich damit, Bier mit Hausschlüsseln aufzumachen, was keine körperlichen Schäden nach sich zog. Nachdem Davenport den zweiten Joint angeleckt und beiseite gelegt hatte, knackte er mit seinen hinteren Backenzähnen ein Heineken.

»Scheiß auf die Füllungen, Charles.«

Er machte die beiden anderen auf, reichte sie weiter und zündete einen Joint an.

»Alles wird zufrieren«, sagte er. »Ein Mordsfrost.«

»Ja, Paulie«, sagte Libbets, »meinst du, du kommst noch heim?«

Sie klärten ihn über den angekündigten plötzlichen Temperaturabfall, das angekündigte Überfrieren der Straßen, die verheerenden Folgen auf – man würde kein Taxi mehr kriegen, die Flughäfen würden geschlossen werden, alles würde angeliefert werden müssen. Sämtliche Nahrungsmittel. Sämtliche Medikamente und Kosmetika. Dann legte Libbets ein Allman-Brothers-Tonband auf – acht Spuren, Fernseher an und Ton leise gedreht –, und sie redeten über Duane und den Unfall.

Sie tranken. Sie rauchten Pot. Hastig. Als wäre es irgendwie eine Pflicht.

Ganz gleich wie oft das Wetter seine vier symphonischen Sätze wiederholte, Paul kamen die Details von Niederschlag, Windrichtung und -geschwindigkeit sowie Luftdruck jedesmal neu vor. In ihm dämmerte die falsche Logik des Marihuana. *Six Crises*, beispielsweise, nahm seine gesamte Aufmerksamkeit in Anspruch. Er schnappte nach Luft: die Ungeheuerlichkeit dieses Nixonschen Schemas! Angestrengt versuchte Paul, aus den verschiedenen Wendepunkten seines Lebens – dem Tod seiner Großeltern, den ihm gestohlenen Fahrrädern, der Trinkerei seines Vaters, seiner Nichtberücksichtigung für die Junior-Fußballauswahl von St. Pete's, der Zeit in der ersten Klasse, als seine Mutter ihn für das Weihnachtsspiel der East School Strumpfhosen tragen ließ – sechs Krisen herauszulesen. Blitzartig kam ihm die unmittelbar einleuchtende Erkenntnis, daß jedes Leben sich mit dieser genialen, brillanten Formel fassen ließ. Libbets'

Leben. Davenports Leben. Sogar Daisy Chains Leben. Dann fing er an, über Watergate, eine *siebte Krise*, nachzudenken.

»Ach du Scheiße«, sagte er.

»Wie lange sitzen wir eigentlich schon hier?« fragte Libbets. »Ich bin total bekifft.«

»Sieben Minuten«, meinte Davenport. »Wer weiß?«

»Wieviel Bier ist noch da?« fragte Paul

Davenport langte zu Paul herüber und stupste ihn vor die Brust.

»Woher sollen wir das denn wissen, verdammt? Für die Küche bist du zuständig, Cowboy.«

Sie lachten alle. HA! HA! HA! HA! Paul ging noch mehr Bier holen und versuchte dabei zu entscheiden, ob Davenport und Libbets ihn tatsächlich loswerden wollten. Die Anzeichen häuften sich. Es war ihnen am Gesicht anzusehen. Sie verständigten sich mit einem Code von Blicken. Paul fiel ein, daß er schon bei seinem letzten Gang in die Küche auf diesen Gedanken gekommen war. Sein Verstand konnte sich auf nichts lange genug konzentrieren, um es logisch zu durchdenken. Sein Verstand war etwas Glitschig-Reptilienhaftes. Wieviel Zeit war eigentlich schon vergangen?

Die nächsten Biere waren schneller alle als die ersten. Paul achtete darauf, daß Davenport mehr kriegte, als ihm zustand. Libbets zählte nicht mit. Sie freute sich einfach, dabei zu sein.

Dann verzog sich Paul ins Badezimmer.

Der Plan lief auf einer tieferen Wahrnehmungsebene ab. So etwas ähnliches wie das kollektive Unbewußte. Als nächstes fiel ihm auf, daß Mr. und Mrs. Casey ihr Badezimmer in einem Stil gestaltet hatten, der ihrem Alter und ihren Mitteln entsprach. Kleine muschelförmige Lavendelseifenstücke – sie waren überall, kein Haushalt ohne sie – füllten eine Seifenschale aus Porzellan. Eine Blumentapete, ebenfalls mit Lavendel getüpfelt, zierte die Wände. Seife, Tapete, Kosmetiktücher und Handtücher waren farblich aufeinander abgestimmt. Die Hausapotheke lieferte genau die Funde, auf die er gehofft hatte. Neben etwas Hämorrhoidensalbe und einigen parfümierten Einmalspülungen gab es mehrere rezeptpflichtige Medikamente: Phenobarbital, Valium, Seconal und irgendwelche alten Schmerztabletten.

Besonders interessierte ihn das Seconal.

Bevor er allerdings den nächsten Schritt seines Plans in die Tat umsetzen konnte, öffnete er den Reißverschluß seiner Khakihose und nahm sich in die Hand. Ein unvermeidlicher Teil des Marihuanarausches. Wie er feststellte, neigte er besonders dann dazu, sich einen abzureißen, wenn er sich gereizt und einsam fühlte. Er hatte eine Reihe komplizierter Selbstbefriedigungs-Szenarien ausgearbeitet. So begann er beispielsweise immer gern dann, wenn der Sekundenzeiger seiner Armbanduhr genau auf zwölf stand. (Auf dem Waschbecken stand ein mechanischer Wecker.) Und er war gern fertig, ehe der Sekundenzeiger zwei Runden geschafft hatte. Außerdem wichste er gern zu Bildern von Mädchen, die er beim wahllosen Durchblättern seines Schuljahrbuches auftat.

Obwohl diese Jahrbuchepisoden normalerweise unvergeßlich waren, mußte er, kaum daß er mit Hilfe dieses Verfahrens auf Libbets' Bild gestoßen war, feststellen, daß er in seiner Hand schlaff wurde. Er brachte es einfach nicht über sich, es mit einer derart anbetungswürdigen Frau zu machen. Er konnte sich einfach nicht dazu überwinden. Er hatte es mit den unterschiedlichsten Gleitmitteln probiert. Hautlotionen, Lippenbalsam, sogar Stan Sinclairs QT-Bräunungsmilch. Das Versagen, so stellte sich heraus, war ein Glücksfall. Es bewies, daß Libbets das geeignete Objekt für seine Verehrung war. So geeignet, daß er diesmal, an diesem Tag, hart wurde.

Lichtstrahlen durchflossen seinen Penis. Er spürte Licht in seinem Skrotum, in jedem Millimeter der flaumigen Hühnerhaut. Seine Ekstase war religiöser Natur. Dieser Orgasmus würde Paul Hood für seine Mühen hier auf Erden entschädigen. Ja, die besten Orgasmen waren nicht durch Freude – er konnte sich sowieso an keinen einzigen freudigen erinnern –, sondern durch irdische Tristesse und das Verlangen, sich dagegen zu wappnen, gekennzeichnet. Im Gedanken daran stand er im Begriff, unter Tränen zwei Teelöffel Verdrossenheit ins Waschbecken zu tröpfeln. Aber ein Klopfen an der Tür unterbrach ihn.

»Champ«, rief Davenport von draußen. »Was geht denn da drin vor, verdammt? Wir langweilen uns und möchten, daß du uns Gesellschaft leistest. Komm schon raus. Hör auf, dir die Tube auszuquetschen, Champ. Laß es sein.«

Paul erstarrte. Ob Davenport wirklich –

»Muß erst noch schnell hier ins Becken wegniesen, Francis.«

Er kicherte kläglich über seine schlaffe Wünschelrute. »Dann bring ich euch die harte Chemie mit.«

»Okay, aber beeil dich gefälligst. Wenn du dich da drin vergnügst, wollen wir Bescheid wissen. Wir wollen mitmachen.«

Paul hielt den Atem an. Ließ sich Wasser durch die Haare laufen. Holte tief Luft. Zurück in die Bibliothek. *Raumschiff Enterprise* mit dem Soundtrack von *American Beauty.*

»Was hast du denn so lang gebraucht?« fragte Libbets.

»Hab die Hausapotheke gecheckt«, sagte Paul. »Deine Eltern haben klasse Stoff da drin.«

»Was hat Er gefunden?« fragte Davenport.

»Moment mal, Jungs«, sagte Libbets ängstlich. »Ihr

wollt doch nicht etwa ohne Erlaubnis Medikamente aus dem Badezimmer meiner Eltern nehmen?«

»Kein Gedanke, Baby«, sagte Davenport, der gerade den letzten Zug eines weiteren Joints einhielt, so daß seine Stimme heiser und gepreßt klang. »Aber du willst doch wohl nicht behaupten, daß du dich nie aus diesem äußerst praktischen Vorrat bedient hast? Was bist du eigentlich, unamerikanisch?«

»Massenhaft Zeug«, sagte Paul. »Verschiedene Sachen. Tranquilizer und Schlaftabletten.«

Er plumpste der Länge nach auf die Couch.

»Elixiere«, sagte Davenport, »die eine vielversprechende, eine sehr vielversprechende Wirkung haben, wenn man sie in kleinen Dosen mit alkoholischen Getränken kombiniert.«

»Laß mich mal nachsehen«, sagte Libbets. »Ich geh mal nachsehen.«

Kaum war sie weg, änderte sich Davenports Verhalten. Es war höchst seltsam. Plötzlich war er wieder nett. Ganz plötzlich. Sie waren eben doch alte Freunde. Davenport wußte, wie Paul sich in sich selbst verschloß. Sie waren alte Freunde, und sie hatten schon einiges zusammen erlebt, aber sie konnten sich trotzdem über Masturbation oder auf Kosten anderer lustig machen. Daß Davenports Stirnband dämlich und sein Bart ziemlich affenartig war – darüber konnte Paul hinwegsehen. Er konnte ihn trotzdem mögen.

Also redeten sie über Thanksgiving. Und da Davenport, genau wie seine Brüder und Schwestern, ein Adoptivkind war, hatte die Vorstellung einer einträchtigen Familienzusammenkunft auch ihre dunkle, ihre Kehrseite. Seine jüngere Schwester, so behauptete Davenport, strebte tatsächlich ein Leben als Prostituierte an. Sie hing gern in den Bars am Times Square herum. Und sein jüngerer Bruder wurde von psychosomatischen Krankheiten gequält. Er war vor kurzem mit eingebildeten Nierenschmerzen ins Krankenhaus eingeliefert worden. Wer von diesen Kindern könnte eines Tages das Davenportsche Risikokapital-Unternehmen leiten? Wer würde in ihrem Sommerhaus auf Sea Island Gäste empfangen? Francis Chamberlain Davenport IV., der wahrscheinlichste Kandidat, wollte Psychoanalytiker der Jungschen Schule werden.

»Wofür soll man an Thanksgiving eigentlich dankbar sein?« fragte Davenport. »Für Mais in Plastikfolie, der neben Velveta im Regal steht? Für fetten Truthahn mit eingebautem Thermometer? Für Rod McKuen? Für Helen Reddy, wie sie *Delta Dawn* singt? Schreibst du auch alles mit, Charles?«

Sie lachten. Sie sangen. Eine halbe Zeile von *Delta Dawn*. Und von *Billy, Don't Be a Hero*.

»Okay, okay.« Libbets tauchte wieder auf. »Es ist jede Menge da. Ich kann mir nicht vorstellen, daß sie was merken. Welche sollen wir nehmen?«

»Seconal, ganz klar«, sagte Paul.

»Hey, Hauptsache, sie wirken«, meinte Davenport. »Ich bin nicht pingelig.«

»Du glaubst doch nicht, daß das mit dem ganzen Bier, na ja, Probleme gibt?«

»Schau mal aufs Verfallsdatum«, sagte Paul. »Für mich haben sie ganz cool ausgesehen.«

Die Not, die hinter ihrer Suche nach Vergessenheit stand, überwand alle Vorbehalte. Genau wie Paul es sich ausgerechnet hatte. Kurz darauf drängelten sich die drei im Badezimmer um die Hausapotheke und begutachteten die kleinen Medikamentenbehälter. Libbets zitterten die Hände, als sie die roten Kapseln herumreichte. Und das rührte Paul. Er legte ihr leicht die Hand auf die Schulter, ihre zarte, duftende Schulter. Bemerkte sie es überhaupt? Jeder von ihnen hatte seine eigene Geschichte vom Rausch zu leben begonnen. Schlagfertiges Reagieren war bei der ganzen Sache nicht drin.

Davenport betrachtete die Kapseln bewundernd, wie ein Sammler gute Weine.

Paul behielt seine unter der Zunge.

Ein bißchen zwickte ihn das Gewissen, weil es so leicht war, Davenport reinzulegen, aber langfristig, bis Ende nächster Woche, würden sie einander schon verzeihen.

»Hey, nimm mal lieber bloß 'ne halbe, Mädchen«, sagte Paul zu Libbets. »Tu einfach 'ne halbe in ein Glas Orangensaft oder so. Du wiegst nicht soviel wie wir.«

»Ihr wollt mich doch nicht linken, oder?« fragte Libbets. Eine Sekunde lang schien es fast, als wollte sie losheulen. Paul schüttelte den Kopf, versuchte warnend abzuwinken. Sie schluckte das ganze Ding.

»Aber woher denn«, sagte Davenport. »Du meinst, damit wir uns an dir verlustieren können, wenn du schläfst?«

Er lachte grimmig. Libbets hatte – unter ihrem Armee-Arbeitsanzug und ihrem Sweatshirt verborgen – Brüste und Hüften, ja sie war kurvig, bestand nur aus sanften Kurven. Zwei gegen eine, das war Davenports Absicht. Ihre Eltern würden noch tagelang wegbleiben. Nein, Paul würde sie gegen Davenport verteidigen. Nimm mich, aber laß das Mädchen in Ruhe. Sie war freundlicher, als sie eigentlich sein wollte, lächelte mehr, als sie wollte. Daß sie Loser wie Hood und Davenport in die Bude ihrer Eltern gelassen hatte, bewies es. Gott sei Dank gab es noch solche Ausnahmen. Gott sei Dank für das Weintrinken mit Liza während der ersten Unterrichtsstunde am Freitag. Gott sei Dank für das Speedschnupfen mit Laura und Dave und für das Malzmilchbällchen-Essen im Tuck Shop. Gott sei Dank für die Bruderschaft der Ausgebrannten.

»Nee«, sagte Davenport, »wir hatten mal eine Phase, wo wir bewußtlose Frauen geliebt haben, aber da sind wir mittlerweile drüber weg.«

Die Zeit dehnte sich. Die Welt war voller Informationen, aber alles spielte sich langsamer ab. Paul verbuddelte seine Kapsel in einer Topfpalme am Fenster. Doch er spürte allmählich die Wirkung von Pot und Bier. Es entspann sich eine labyrinthische, endlose Diskussion darüber, ob man in einen Nachtklub namens Max's Dingsbums gehen sollte. Würde Sue Richards zu Reed Richards zurückkehren? Würde Francis Ford Coppola eine Fortsetzung des *Paten* drehen? Wirkliche und phantasierte Welten schwirrten nebeneinander her, Möglichkeiten und Schlußfolgerungen ergaben und verflüchtigten sich. Als Davenport sich auf der Couch ausbreitete, um sich mit abgedrehtem Ton *Sanford and Son* anzusehen, erkannte Paul, wie leicht manches ging und daß man sich gar nicht so abstrampeln mußte. Davenport würde sich zwölf Stunden lang nicht von dieser Couch erheben.

»Ich bin ein Hitzkopf, Libbets«, sagte er. »Ich bin –«

»Was? Gehen wir ins Wohnzimmer. Lassen wir ihn schlafen.«

»Der ist bloß kurz eingepennt. Das dauert nicht ewig.«

»Meinst du nicht, wir sollten mal was essen?«

Aber sie konnten Davenport nicht einfach allein lassen.

»Wie schlimm wohl das Wetter wird?« fragte Paul.

»Hab ich dir doch gerade gesagt. Heute nacht gibt's Schnee. Es wird übel.«

»Der letzte Zug nach Stamford geht um ... Ich muß den letzten Zug kriegen, sonst seh ich alt aus.«

Paul knipste die Lampe an, die das Familienporträt der Caseys beleuchtete, und sie setzten sich in ihrem pompösen Schimmer auf den Boden. In seiner Radiosendung, auf dem Zehn-Watt-Ukw-Sender von St. Pete's, ließ er gräßlich sentimentale Widmungen vom Stapel, für Mädchen, denen er nie begegnet war. Er schrieb ihnen Briefe und legte diese Briefe in eine Schublade. Er verbrannte die Namen oder warf sie weg; er wand sich in patzigem, feigen Schweigen. Seine Gefühlsausbrüche waren so unvorhersagbar wie Sonnenflecken. Als er Libbets' Hand nahm – sie ließ es zu –, wußte er, daß er imstande war, alles mögliche zu sagen. Seine hohen Ansprüche zerbröckelten. Er liebte Cat Stevens. Er wollte ein Lexikon mit Blumen füllen. Er wollte mit ihr auf Golfrasen liegen. Er wollte sie durch ein Loch in einer Zeitung bespitzeln. Er wollte eine bessere Familie gründen als die, aus der er stammte.

»Gehen wir in dein Zimmer.«

»Wie bitte?« fragte Libbets.

»Ich will dir meine Briefmarkensammlung zeigen.«

»Briefmarkensammlung?«

»Bloß ein Witz. Komm schon. Ich will nur mit dir reden. Ich hab da so einiges, was ich dir sagen will.«

Libbets verfiel in Unentschlossenheit.

»Hey, Libbets, du hast mich doch nicht etwa verarscht, oder? Du hast Davenport doch nicht etwa eingeladen, weil du Angst hast, mit mir allein zu sein, oder? Du hast doch keine Angst hier mit mir in eurer Wohnung, oder? Ich war deinetwegen nämlich ganz schön lange unterwegs. So was würdest du doch nicht bringen, oder? Libbets?«

II

Die leuchtenden Farbtöne der sechziger Jahre waren aus der zeitgenössischen Innenarchitektur verschwunden. An dieser Stelle darf ich noch einmal kurz unterbrechen. Mochten die verheirateten Frauen im Süden Connecticuts sich früher – vorsichtig, zögerlich – knallige Neon- und Leuchtfarben zu eigen gemacht haben, so hatten sie sich bis 1973 in milderen Pastell- und Erdtönen eingerichtet. Bei Polster- und Vorhangstoffen herrschten gedämpfte Muster vor, obwohl man auch hier auf ungewöhnliche Farbverbindungen stoßen konnte – Braunrot mit Grau oder Lavendel mit Ocker. Vera Neumann alias Vera, Gewinnerin des National Home Fashion League Trailblazer Award von 1972, war die Bannerträgerin dieser Farbharmonien. Die Stoffe selbst waren strapazierfähiger als früher. Synthetics und Baumwoll-Polyamid-Mischungen dominierten. Auch Kunststoffe waren tief in die häusliche Sphäre eingedrungen. Couchtische, Möbelbausteine, Küchen- und Elektrogeräte – alles ließ sich mittlerweile aus Kunststoff herstellen.

Flokatiteppiche in Rot und Braun wie Herbstlaub und verrostete Autos oder in Grün und Grau wie Höhlenalgen oder ein dick von Seegras überzogener Strand – Flokati war in jenen Tagen der Teppich des Tages. Aufgrund neuer Fertigungstechniken waren auch kürzere Flore mit *aufregenden* Mandalas und Blumenmustern möglich. Dennoch behielt Flokati seine Anziehungskraft für die Inneneinrichter von New Canaan. Flokati war vielseitig – er konnte Krümel, alte Kaugummiklumpen, Spucke, Krankheitsüberträger wie Flöhe, ferner Ameisen und Silberfischchen sowie vielerlei niemals wiedergefundene Gegenstände verbergen. Und er verhalf der Staubsaugerbranche zu steigenden Absätzen. Bei den Spitzenreitern der Wohnzimmereinrichtung hatte die *Sitzgruppe* die Couch abgelöst. Auffallend an den raffinierten Entwürfen war das minimalistische Vokabular, das den Einfluß der schlichten, ursprünglichen Ikonographie in Bildhauerei und Architektur widerspiegelte. Einfarbige Designs zierten glatte, kurvige, eckenlose Formen. Die Bausteine dieser Sitzgruppen ließen sich leicht verrücken und zu einer Vielzahl amöbenhafter Konfigurationen zusammenstellen. Die traditionelle Couch – und mit ihr das Tête-à-Tête, der Diwan und die Chaiselongue – war in der Versenkung verschwunden.

Die neuen Sitzgruppen waren oft aus Polyurethanschaum, einem billigen, leicht herzustellenden, künstlichen Polstermaterial. Der Furniture Council der Society of the Plastics Industry verlieh sogar einen Poly Award für die bahnbrechende Nutzung von Polymeren. 1973 ging er an Donald A. Geddes, Herausgeber von *American Furniture Design*, der zum Polymer-Mann des Jahres gewählt wurde.

Benjamin Hood dachte nur kurz über die Mode nach, als er seine Frau bei der Hand nahm – an der ihm beiläufig der Ring und die schrundigen, roten Risse drumherum auffielen. Sie brauchte Lotion. Als er über die Schwelle der Halfords in die Eingangshalle mit der großen, freistehenden Skulptur – ein angeschmolzener, zu einer Art gequälter Helix gebogener Doppel-T-Träger – trat und einen Blick von den Nachbarn erhaschte, die im Flur Grüppchen Gleichgearteter bildeten, erkannte Benjamin Hood die Wahrheit: Sein Plastron war nicht mehr in Mode.

Zahlreich vertreten in Dorothy und Robert Halfords Flur waren statt dessen *Pullover*, flauschig, dick und friesischer Herkunft. Auch ein paar alte Tweedjacketts waren zu sehen, nicht aber Plastrons. Wäre Hood auf Trost aus gewesen, hätte er sich an seinem ausladenden Hemdkragen erbauen können, der sich weit über die geschwungenen Revers breitete. Aber wie hatte er es nur fertiggebracht, mit diesem Plastron aus dem Haus zu gehen? Wie hatte das passieren können? Hood trug weder acht Zentimeter hohe Korkabsätze noch weiße Halbschuhe. Er trug auch sein Haar nicht lang, und er trug weder doppelreihige Anzüge noch Bundfaltenhosen. Sein einziges Zugeständnis im Bemühen um das, was er unter einer flotteren Erscheinung verstand, waren diese Plastrons aus einer Seide, die er gern an seinem Hals, an den von seinem Wilkinson-Rasierer hervorgerufenen Hautreizungen spürte. Aber diese Plastrons waren nicht mehr angebracht. Noch vor Monaten hatte Benjamin Hood sich in der Sicherheit gewiegt, daß seine Kleidung den herrschenden Klimaverhältnissen entsprach. Doch nun, ebenso rasch, stand er mit seiner Kluft allein da. Er kleidete sich schlecht. Er blamierte sich. Seine Frau sah prima aus in ihren Slacks und Hush Puppies, aber er blamierte sie.

Die Damenmode, so hätte Hood bei den Halfords bemerken können, verlangte knöchellange Röcke, würdevoll und elegant, obwohl der eine oder andere Saum auch am Knie oder an der Wade endete. Dazu wurden auch hier Pullover in großer Stilvielfalt getragen – Pullover aus Kaschmir, Mohair und Shetlandwolle. Pullover, Pullover, Pullover. Pullover und Perlen.

Dorothy Halford überholte sie in der Eingangshalle. Sie winkte ihnen mit einem kleinen Selleriekanapee. Es war mit aquamarinblauem Dip überladen. Dot trug einen blaugrauen Häkelpullover über einer dünnen Crêpe-de-Chine-Bluse, eine graue Flanellhose und ein schwarzes Samtbarett. Sie war zierlich; sie hatte etwas Katherine-Ross-haft Cherubinisches, Unbedrohliches, Gesundes. In der brutalen Arena der erotischen Liebe wirkte sie zugleich willig und unbefleckt. Sie nahm offenbar keine Notiz davon, wie ihre Gäste, die Hoods, ausstaffiert waren, und sie hätte in deren eifriger Begrüßung keinerlei Anzeichen einer nur kurz zurückliegenden Verstimmung erkennen können.

»Ben, Elena! Wunderbar! Wunderbar. Wie wunderbar, daß ihr gekommen seid.«

Sie schluckte den Rest des Selleriekanapees hinunter. Mit jugendlich-erotischer Schnute küßte sie die Luft neben Bens Ohr und erdrückte Elena beinahe in ihrer heftigen Umarmung. Dann griff sie nach der schlichten weißen Salatschüssel, die auf dem Tisch neben ihnen stand. Sie war in ihrer Schlichtheit geradezu unheimlich. Dot hielt sie ihnen entgegen.

»Möchtet ihr mitspielen?«

Es dauerte einen Moment, bis Hood die Ungeheuerlichkeit der Schüssel dämmerte. Zuerst hielt er es für einen Witz, einen Witz mit einem visuellen Gag – Kennst du den mit Spiro Agnews Buchhalter? HA! HA! HA! HA! Was hat Mary Jo Kopechnes Mutter zu Jack Ruby gesagt? HA! HA! HA! HA! –, über den er auch dann freundlich lachen konnte, wenn er die Pointe nicht verstand. Aber als er den Inhalt der Schüssel näher betrachtete, begriff er. Wie nichtklassifizierte Wasserinsekten lagen darin ein Dutzend oder mehr Hausschlüsselbunde. Sie klimperten melodisch, als Dorothy ihr Gewicht vom einen auf den anderen Pumps verlagerte, und in den diversen Schlüsselanhängern – ein gelber Plastikklumpen mit dem in rot eingeprägten Wort MOM, ein kaukasisches Trollpüppchen mit magentarotem Haar, eine Minidose Löwenbräu – fing sich das Licht wie in Flohmarkt-Tinnef. Dorothy musterte Ben und Elena, Ben konnte das spüren. Sie beobachtete, wie ihre Gesichter erstarrten, so wie ein Zahnarzt auf den unterdrückten Schauder von Unbehagen lauert.

»Natürlich absolut freiwillig. Ihr könnt eure Mäntel gleich in die Bibliothek bringen, wenn ihr wollt.«

»So ein Mist«, sagte Elena, nun selbst lächelnd. »Jetzt hab ich die Schlüssel doch tatsächlich –«

»Du hast sie –«

»Im Auto«, sagte Elena.

»Ja, genau«, sagte Ben. »Ja, wir sind gleich wieder da, Dot.«

Kaum angekommen, waren die Hoods schon wieder fort. Zusammengepfercht auf dem Vordersitz des Firebird, die Windschutzscheibe beschlagen, das Gebläse voll aufgedreht, schweigend. In der Einfahrt geparkt. Umgeben von den fahrbaren Untersätzen der Nachbarschaft – Cadillac Eldorados, BMWs 2002, dazu ein AMC Matador und ein Plymouth Duster. Käfer, Käfer und noch mehr Käfer, jener Wagen, dessen Existenz auf Zwangsarbeit beruht. Autos kamen auf den Wendeplatz der Halfords gekrochen, aber dann überlegten es sich die Fahrer doch anders und schlichen, um später nicht im schlechten Wetter steckenzubleiben, durch den Schneematsch auf die Valley Road, wo sie auf dem Randstreifen parkten. Das leise Blubbern teurer, träge im Leerlauf drehender Motoren.

Ein wenig Geschichte: Die Schlüsselparty war einige Jahre zuvor in einer freizügigeren Umgebung entstanden – dies eine von mehreren Hypothesen. Den Kinderschuhen entwuchs sie mit der Hippieerotik und dem Aufkommen antibürgerlicher Orgien in den beengten

Behausungen ungepflegter Professoren. Oder unter den gefährlichen Promisken, denen, die keinen Unterschied zwischen den Geschlechtern machten oder in die lauen Wasser trübe beleuchteter Liebesgrotten und -sümpfe abglitten. Aber wie so viele vernünftige Ideen, die im grellen Licht allgemeiner Verbreitung weniger hell strahlen, fand sie bald ihren Weg in dieses Land der Junior League und der ordentlich gestutzten Sträucher.

Vorstädtischen Boden berührte die Schlüsselparty vielleicht erstmals in Long Island, auf der Südseite; vielleicht landete sie aber auch in New Jersey, Bernardsville oder Princeton; oder sie tauchte in Westchester oder vielleicht sogar weit im Norden auf, in den Vorstädten von Boston. Oder auch in Kalifornien, wo Filmemacher und Künstler mit laxer Moral Haus an Haus mit Steuerzahlern und Familien leben. Wo immer auch ihr Ursprung und wie immer auch ihre Verteilung (ihre Poisson-Verteilung) von West nach Ost und von Nord nach Süd, in Fairfield County erschien sie jedenfalls Anfang der siebziger.

Die Regeln waren entsetzlich einfach. Die Männer warfen ihre Hausschlüssel in einen passenden Behälter – oder hängten sie an ein Schlüsselbrett oder legten sie wie ein Büfett auf dem Ehebett aus –, und die Frauen griffen sich am Ende des Abends aufs Geratewohl einen heraus. Und dann zog sich alles zurück, um vom Reiz des Neuen zu kosten. Manchmal schauten die Männer den Frauen beim Aussuchen zu – feixend, anzüglich, hoffnungsvoll, enttäuscht oder verzweifelnd; manchmal trugen die Frauen dabei beziehungsreiche Kleidungsstücke wie etwa schwarze Seidenstrümpfe als Augenbinden; manchmal wurde die Prozedur mit freudloser Entschlossenheit durchgeführt, so als wären die Teilnehmer lediglich an einen Stromkreis von Zwanghaftigkeit angeschlossen.

Von den Schlüsselpartys gehört hatte man in New

Canaan schon lange, bevor die erste veranstaltet wurde. Ortsansässige Ehepaare sehnten Schlüsselpartys herbei, wie ein aufgeweckter Junge, der schon über der Lexikondefinition von Masturbation gebrütet hat, den Tag herbeisehnt, an dem er sie auch versteht.

Die erste wurde von irgendwelchen jüngeren, ziemlich unglücklichen Leuten drüben im West-School-Distrikt, auf Ponus Ridge, veranstaltet und nach außen hin mit Verachtung, insgeheim jedoch mit großem Interesse zur Kenntnis genommen. Und diese widersprüchliche Haltung wurde zur Regel. Auf der Party der Armitages, die im Sommer 1972 stattfand, beschliefen Anwälte konkurrierender Kanzleien wechselseitig ihre Ehefrauen, und beste Freundinnen tauschten ihre Eindrücke von der Potenz und physischen Ausstattung ortsansässiger Männer aus.

Es dauerte eine Zeitlang, bis die Weiterungen dieser ersten Partys zutage traten. Die Liebe hatte ihren Gobelin gewoben, und die Armitages, die Sawyers, die Steeles, die Boyles, die Gormans, die Jacobsens, die Hamiltons, die Gadds, die Earles, die Fullers, die Buckleys, die Regans, nicht zu vergessen die Bolands, die Conrads, die Millers und andere waren ihrem verwickelten Faden gefolgt. Aber der Forscherdrang erbrachte kaum überraschende Enthüllungen. Niemand kam mit Geschichten von dunklen, neuen Gefilden – analer Sex, Urolagnie, Masochismus oder Koprophagie – zurück; vielmehr paarten sich die Paare bei den Armitages genauso, wie sie sich immer gepaart hatten. Aber ihre Schritte bekamen neuen Schwung. Jedenfalls ein, zwei Tage lang. Ihre Herzen bebten vom Reiz des Neuen.

Dann ergriff Schweigen die Teilnehmer. Getuschel auf Cocktailpartys oder auf dem Softtennisplatz kreiste in jenem Herbst um unbestätigte Affären zwischen jenen, deren leidenschaftliche Nacht eigentlich einmalig, einzigartig, unwiederholbar hatte sein sollen. Annie Buckley erzählte es Maria Smith, die erzählte es Maura O'Brien, die erzählte es ihrem Mann Phil O'Brien, dem Urologen, der erzählte es Steve Buckley beim Palpieren von dessen vergrößerter Prostata, und der wiederum erzählte es seiner Frau Annie, die es schon wußte. Und während solche Informationen – gemäß statistischen Gesetz- und Ungesetzmäßigkeiten wie Anreicherung, Abwandlung und reziproker Induktion – die Runde machten, wurden sie schmerzlich, schädlich. Sie wurden zwanghaft. Man wollte unbedingt vermeiden, darüber zu reden, und man tat es trotzdem. So wie auch die Schlüsselpartys selbst weitergingen.

Wie hatten Benjamin und Elena nur so dumm sein können? Sie hätten es wissen müssen. In Einladungen wurden Schlüsselpartys normalerweise nicht offen angekündigt, aber man bekam in aller Regel irgendwie Wind davon. Man mußte dazugehören, um Bescheid zu wissen, aber das war ja schließlich die Voraussetzung dafür, eingeladen zu werden, oder? Die Hoods waren noch nie auf einer Schlüsselparty gewesen, aber nicht etwa, weil sie darüber gesprochen hätten. Nein, sie waren noch nie auf einer Schlüsselparty gewesen, weil man sie nicht eingeladen hatte.

Egal, dachte Benjamin, Elena ist sowieso kein Swinger.

Er machte sich wieder wegen seines Plastrons Sorgen. Mit Hilfe des halb beschlagenen Rückspiegels knotete er das Ding los und stieß einen Seufzer der Erleichterung aus.

»Das ist nicht gerade der ideale Moment für so was«, sagte Elena.

Er gab sich alle Mühe, ihren Kummer nicht an sich heranzulassen. Die Situation retten zu wollen wäre nur egoistisch. Mit seinem Taschentuch begann er das Fenster auf der Fahrerseite abzuwischen.

»So verschmierst du's bloß«, sagte sie.

»Ich weiß, ich weiß ja. Tja, wenn wir früher geschaltet hätten, hätten wir uns eine Ausrede ausdenken können. Massenhaft Filme zum Anschauen. Da drin ist eine kleine Schachtel mit Papiertaschentüchern.«

Sie öffnete das Handschuhfach.

»Also?« fragte sie. Er registrierte den kühlen Schimmer ihrer ungeheuer fahlen Augen. Sie hatte ihre Brille zu Hause gelassen. Irgendwann während des unerfreulichen Gesprächs zu Hause hatte sie ihre Brille abgenommen und liegengelassen. (Eine Zeitlang hatte sie Kontaktlinsen getragen, die aufgrund der schmutzigen Luft jedesmal verklebten oder aber herausfielen, wie eine heftige Träne aus ihrem Auge fielen und auf den Boden trudelten, so daß die beiden auf Partys ständig in Gebetshaltung niedersanken und Teppiche und Fußböden absuchten.)

»Ich denke, wir sind nun mal hier, aber wir müssen nicht bleiben – wir sollten uns einfach kurz zeigen, dann können wir nach Hause gehen.«

Er wußte, daß das nicht ihren Gefühlen entsprach.

»Verdammt noch mal, Ben –«

»Ich bleibe nicht auf dieser Party, bloß damit ich eine von den anderen Frauen abschleppen kann, Liebling. Laß uns doch darüber reden. Das ist nicht der Grund, weshalb wir hier sind. Stimmt's? Wir sind schlicht und einfach als Nachbarn hier; so sollten wir uns auch verhalten, und dann können wir uns verdrücken.«

»Du willst ja doch nur –«

»Nein, das will ich *nicht*.«

»Ihr habt irgendein Erkennungszeichen, das ist meine Meinung, wenn du's genau wissen willst. Ihr habt irgendein Erkennungszeichen, damit markierst du deine Hausschlüssel, damit Janey sie rausfischen kann, und wenn ich dann nach Hause komme, seid ihr beide schon da, und Wendy kann euch hören, und Paul ist dann auch wieder da und kann euch hören, und ich erwische euch beide dabei, das ist meine Meinung. Sie wird stöhnen und fluchen und gegen die Wand hämmern, und ich erwische euch beide –«

Elena lächelte schwach, wenn sie litt – er schrieb das ihren Kindheitserlebnissen zu –, und sie lächelte auch jetzt. In gewisser Weise war es ein diabolisches Lächeln, das Lächeln eines Verschwörers oder Politikers, obwohl sie sich dabei die Augen rieb. Ihre Nase war gerötet.

»Elena«, sagte er.

Er machte Anstalten, sie bei den Händen zu nehmen.

»Es ist nicht so, wie du denkst«, sagte er. »Es ist keine große Verschwörung, mein Schatz. Ehrlich. Ganz ehrlich. Ich weiß nicht, ob du das Ganze jetzt besprechen willst, aber es ist einfach etwas, was über mich kommt. Ich fühle mich dabei auch nicht wohl. Überhaupt nicht. Ich weiß, ich habe etwas getan, was ich eigentlich gar nicht wollte, und ich weiß nicht warum. Und heute nacht werde ich es nicht tun, Elena. Das verspreche ich dir hoch und … das verspreche ich dir.«

»Na, das freut mich aber, daß du es endlich zugibst. Wirklich entzückend.«

Er sagte nichts. Stellte die Heizung von Entfrosten auf Normalbetrieb. Es rauschte aus den Belüftungsschlitzen am Armaturenbrett.

»Du bildest dir ein, du beschützt mich vor den häßlichen Seiten des Lebens, aber das stimmt nicht«, sagte Elena. »Ich brauche deinen Schutz nicht, damit du's weißt. Ich kann gut darauf verzichten.«

»Du regst dich doch bloß auf, weil du dich aufregen willst.«

»Danke für die Diagnose, Ben. Die Nachbarschaft mit den – mit Silver Meadow, das hat dich richtig aufgetaut. Du bist sehr offen heute abend. Du hast anscheinend eine großzügige Phase. Aber ich bin keiner von deinen Vermögensplänen. Und ich bin auch nicht das geeignete Objekt für deine oberflächlichen Analysen. Also beteiligen wir uns eben an diesem Fiasko, wenn es das ist, was du willst. Gehen wir endlich rein. Ich rede mit jedem lieber als mit dir.«

Sie stieß die Tür des Firebird auf und zog den Dubarry-Regenmantel – 85 Dollar mit Futter, 65 Prozent Dakron und 35 Prozent Baumwolle – enger um sich. Sie warf die Tür mit Wucht zu – bei amerikanischen Autos mußte man das – und ließ ihn einfach sitzen.

Hood öffnete erneut das Handschuhfach und tastete nach dem Flachmann. Mit forscher, bemühter Lässigkeit hob er ihn zu einem Toast auf seine Frau.

Seine Aufnahmefähigkeit für Alkohol überraschte sogar ihn selbst, aber sie verblaßte noch neben seiner Fähigkeit zum Selbstbetrug. Seine Selbsttäuschung ging so weit, daß sie auch die leiseste Ahnung von Selbsttäuschung zudeckte. Hood hielt jede Ahnung von seinen Beweggründen erfolgreich unterdrückt. Deshalb kamen ihm, als er erneut die – aufgrund ihrer Nähe zu den Heizungsöffnungen am Armaturenbrett warme – Zinnflasche ansetzte, keinerlei Zweifel hinsichtlich der Schlüsselparty oder deren farcenhaften Aspekten. Was seine Beweggründe anging, glich Hood einem Blinden ohne Stock. Einem, der nachts tauchte. Der ohne Instrumente flog. Er würde auf diese Party gehen.

Als er Elena Minuten später ins Haus nachfolgte, geschah es im Hochgefühl eines harten Drinks. In diesem Hochgefühl drängelte er sich an den Sawyers vorbei – sie standen plaudernd mit Dot in der Tür – und schaltete sich in das Gespräch ein. Er wollte unbedingt zu der *Schüssel.*

»Bin mit dem größten Vergnügen dabei«, murmelte er. Und dann warf er Dot, als wäre sie an diesem Abend für die Autos zuständig, mit großer Geste seine Hausschlüssel zu – ein kurzer, schwungvoller Wurf –, und sie, verblüfft, schwenkte die Schüssel herum. Einen Moment lang war sie erstarrt, ihr sorgfältig geschminkter Mund stand weit offen, dann fing sie die Schlüssel. Die Schlüssel waren nun zwischen ihre Brüder gebettet. Man meinte ein Nachklirren zu hören. Dot runzelte die Stirn. Die Sawyers blieben stumm.

Sein Taumel verflog gleich darauf. In der Diele, inmitten von Paaren, die er nicht kannte, Paaren, die nervös oder anzüglich über den Sturm, die Schüssel, die Party oder ihr großes Glück gickelten, stieß Hood auf George Clair. Einen Kollegen. Benjamin war unterwegs zur Bar, um sich noch einen Drink zu besorgen, obwohl er bereits das Gefühl hatte, daß ihm die Worte auf der Zunge zerfielen, daß sich bei ihm die ersten Ansätze von WASP-Aussprache – die Leute hielten das immer für ein ethnisches Phänomen – bemerkbar machten. Dann tauchte plötzlich Clair mit seiner Fliege und seinem marineblauen Blazer auf. Elena zog sich gerade tief in die Speisekammer der Halfords zurück, und Benjamin konnte spüren, wie es ihn zu ihr hindrängte, um sich noch einmal zu entschuldigen, aber Clair stand ihm im Weg. George Clair umgab stets ein leichter Fäkalgeruch.

Die Firma Shackley & Schwimmer war einmal das unkonventionellste und kreativste Brokerunternehmen in der Branche gewesen. Diese Zeit fiel in etwa mit dem Sommer der Liebe zusammen. Hood hatte sich zwar nicht durch den psychedelischen Selbstbedienungsladen jener Tage probiert, aber er hatte oft das Gefühl, dicht dran gewesen zu sein – so dicht wie diejenigen Angestellten, die Joints rauchten, zur Mittagszeit in der Trinity Church mit Fingerfarben malten, die arbeitslosen Musiker kannten, die dort spielten, und die versteckten Botschaften auf Rock-and-Roll-Plattenhüllen lesen konnten. Dann und wann war es sogar vorgekommen, daß Shackley und Schwimmer selbst in der Trinity Church auftauchten. Sie gingen auch auf Partys, wo für den Verteidigungsfonds der Black Panthers gesammelt wurde. Sie waren gegen den Vietnamkrieg. Sie waren Trittbrettfahrer.

Shackley und Schwimmer waren Harvard-Absolventen und Bartträger, die wie die Orthodoxen ihres Glaubens studierten, dabei aber so weltlich gesinnt waren wie die meisten ihrer protestantischen Pendants. Manchmal mieden sie Krawatten völlig und trugen ramponierte Tweedjacketts, die noch aus ihrer Schulzeit stammen mußten. Manchmal aßen sie in Delis und brachten den Mädchen von der Telefonzentrale Sandwiches mit.

Worin bestand ihr Erfolgsgeheimnis? Sie waren gewiefter als alle anderen. Auf diese schlichte Arroganz gründete sich der Ruf von Shackley & Schwimmer. Vor S&S war das Brokerwesen eine Welt der Geistesverwandtschaft und des Zunftsinns gewesen. Leute, die dieselben Internate besucht hatten und denselben Country Clubs angehörten, machten Geschäfte miteinander. Aber dieser Zunftsinn war keine Garantie für Geschäftssinn. Shackley & Schwimmer konfrontierten die Geschäftswelt der guten Beziehungen mit akademischer Verachtung und Statistiken – Verschuldung, Vermögenswerte, Amortisierung, Dividenden, vierteljährliche Ertragszahlen. Ein bißchen Analyse, ein paar heiße Tips. Die alteingesessenen Brokerhäuser waren darauf nicht vorbereitet, und es schmeckte ihnen nicht. Etwa um diese Zeit konzipierte

Shackley höchstpersönlich eine Werbekampagne, die von einer der teuren Werbeagenturen auf der Madison Avenue den letzten Schliff bekam und aus einer Reihe ganzseitiger Anzeigen bestand, mit denen einzelne Mitarbeiter des Shackley & Schwimmer-Teams vorgestellt wurden. Ein riesiges En-face-Foto, retuschiert, mit Text darunter.

An sein eigenes, von 1969, erinnerte sich Hood mit einer Mischung aus Stolz und Verlegenheit. »Benjamin Paul Hood, Dartmouth College, '75. First Boston, '58–'65. Shackley & Schwimmer '65–. Spezialität: Medien- und Entertainmentprojekte. Perspektive: Hausse.« Und darunter dann der kühne Slogan der Firma. *Shackley & Schwimmer – denn Konventionen sind Sackgassen.*

In den Tagen nach Erscheinen der Anzeige sprach ihn kein Mensch im Supermarkt oder im Country Club darauf an. Es war, als wäre die Anzeige komplett aus der Zeitung herausgefallen. Als wäre die betreffende Seite herausgeschnitten oder verdruckt worden. Niemand sprach ihn darauf an – das heißt vielleicht der Friseur und die Putzfrau, aber sonst niemand. Hood fragte sich natürlich, ob es an dem Bild lag. Man hatte sich bemüht, seine scheckigen, verquollenen Züge zu einem harmlos-fröhlichen Einheitsbrei abzumildern. Aus diesem Pudding standen seine Knopfaugen hervor wie eine Garnierung, wie zwei versehentlich hineingeratene Rosinen. Man hatte ihn in ein enges Hemd gezwängt: Während des Fototermins hatte er das Gefühl, würgen oder ersticken zu müssen. Und trotzdem hing sein Hals wie eine überkippende Felsformation über dem strammen Kragen und dem strammen Krawattenknoten. Nicht einmal Elena hatte Aufmunterndes zu der Anzeige zu sagen.

Mit dem Foto begannen die Probleme in der Firma.

Nicht lange danach, 1969, fing George Clair dort an, mit vierundzwanzig Jahren. Bachelor of Arts und Master in Betriebswirtschaft an der Universität Harvard. Obwohl völlig unbeleckt, was die sogenannte Woodstock-Generation und den Sommer der Liebe anging, ließ sich Clair die Haare wachsen, als er bei Shackley & Schwimmer eintrat. Er kaufte sich ein Tweedjackett, bei dem die Ellbogenflecken bereits aufgenäht waren.

Clair verlieh dem Begriff der fremdbestimmten Kultur eine ganz neue Bedeutung. Er steckte voller Klischees über die Verschuldung Lateinamerikas und die Absurdität des Lohn- und Preisstopps, aber noch mehr lag ihm daran, sich bestimmte schlichtgestrickte Aussagen zu Film, Musik und Sport anzueignen und sie in den Büros seiner Vorgesetzten loszuwerden. *Man darf den Glauben nicht verlieren!*, hatte er den ganzen Herbst über getönt, während die Mets um den Titel kämpften. *Man darf den Glauben nicht verlieren!*, erzählte er der Sekretärin, deren Wagen abgeschleppt worden war. *Man darf den Glauben nicht verlieren!*, sagte er freundlich zu Shackley, als es um die Yachtclubregatta am Wochenende, und zu Schwimmer, als es um Nixons Beteiligung an der Verschwörung und den Vertuschungsversuchen ging.

Und dann war da *Der letzte Tango in Paris* gewesen. *Der erotischste Film, der je gedreht wurde*, hatte Clair mit seinem ernsthaften Schafsgesicht zu seiner Sekretärin gesagt. *Der erotischste Film*, sagte er und bohrte sich dabei mit dem kleinen Finger im Ohr. Dann ging er den Flur hinunter, um es einem der Vertreter für institutionelle Anleger ans Herz zu legen. »Shachter«, sagte er, »hast du *Der letzte Tango* gesehen? Die Butter, das war 'n Ding, was? Die krümelige Butter? Der erotischste Film, der je gedreht wurde.« Worauf Shachter vom Telefon aufblickte, winkte und es dann seinem Gesprächspartner beim Fireman's Fund zubrüllte. »Clair sagt, unbedingt *Der letzte Tango* ansehen. Der erotischste Film, der je gedreht wurde.«

Nicht lange nach Clairs Auftauchen wurde Hood innerhalb der Firma allmählich ins Abseits gedrängt. Seine Bewertungen der Ereignisse, der kommenden Trends – mit einemmal legte man auf Vertreterkonferenzen keinen Wert mehr darauf. Die Vertreter ließen sich zunehmend Zeit damit, auf seine Revisionen von Vierteljahreszahlen einzugehen, oder sie überprüften sie hinter seinem Rücken. Oder sie fragten, wer seine Quellen seien. Als könne es sich nur um einen Witz handeln. Es war ein langwieriger, langsamer, sich steigernder Prozeß der Isolierung. Bald darauf nahm sich Shackley selbst der Sache an. Hood wurde in sein Büro zitiert, um zu erklären, warum er den jüngsten Profit von Gulf + Western, den Profit aufgrund von *Billy Jack*, nicht korrekt eingeschätzt hatte.

»Ist das etwa keine relevante Ertragssteigerung?« fragte Shackley. »Ändern sich deren Zahlen damit nicht in einer Größenordnung, mit der wir rechnen müßten?«

Billy Jack? One Tin Soldier Rider Army? Niemand hätte die Popularität dieses Tom Laughlin voraussagen können, dieses bürgerlich-antibürgerlichen, mittelalten Hippies mit dem Indianerhut, der seine Gegner mit aufgewärmten Kampfsporttricks ausschaltete. Niemand hätte das voraussehen können. Außer, so stellte sich heraus, George Clair.

Die Probleme in der Firma verschärften sich während Clairs Schwärmerei für den *Letzten Tango*. Selbstverständlich lief Hood nicht herum und redete über die Bank of America oder die First National – Clairs Spezialgebiete. Clair allerdings begeisterte sich aus heiterem Himmel für Filme. Er war der erste, der davon sprach, daß Video und

Super-8 Artikel der Unterhaltungselektronik seien, die bald den gesamten Medienmarkt umkrempeln würden. Er war der erste, der die Bedeutung von Anzeigenblättern im Boulevardstil erkannte. In den wöchentlichen Recherchekonferenzen versäumte Clair keine Gelegenheit, bei den Medien- und Entertainmentpapieren auszuhelfen. Dabei war es nicht so, daß er die Zuständigkeit für den Entertainmentbereich wollte: Er wollte schlicht und einfach den Raum, den Benjamin Hood beanspruchte – dessen Luft, Wasser, Raum, Pension und Büro. Clairs Foto war ein glänzendes Starporträt. Er war der Inbegriff des intelligenten Erfolgsmenschen. Ein Betriebswirtschaftler mit Harvard-Abschluß, der Touch Football spielen und angesichts einer Titelseite der *Saturday Evening Post* verschleierte Augen kriegen konnte. 1971, als die Anzeige mit Clair im *Journal* erschien, spürte Hood die Folgen, wohin er sich auch wandte: für ein wichtiges Essen nicht berücksichtigt, bei einem wichtigem Memo nicht auf dem Verteiler, bei einem heißen Papier keinen Tip bekommen. Die Büropolitik rückte ihm mit ihrer Scheinheiligkeit und ihrem Überwachungssystem auf die Pelle. Ein Gutes hatte das Ganze allerdings: Hood konnte in aller Ruhe Jahresberichte lesen; er konnte sie wochenlang aus der Firmenbibliothek ausleihen. Er konnte Kreuzworträtsel lösen und mit seinem Steuerberater korrespondieren. Das Telefon in seinem Büro gab niemals Laut. Er wußte, was auf ihn zukam. Aber er hatte es nicht seiner Frau gesagt, hatte nicht bei Freunden Rat gesucht, hatte nicht über die Zukunft nachgedacht. Er konnte es nicht laut aussprechen. Er wußte, was ihm bevorstand.

Jeden Morgen, während er sich mit dem Wilkinson das Gesicht zerschrammte, schwor sich Hood, daß er niemals wie George Clair auf Kosten anderer leben würde, falls er je wieder arbeitete – nachdem der blaue Brief in seinem

Eingangskorb aufgetaucht war. Er würde ein gütiger Vorgesetzter sein, Freund und Vertrauter von Arbeiterinnen und Arbeitern, ganz gleich wie unbedeutend ihre Stellung. Dann kam er zu spät ins Büro und putzte seine Sekretärin Madeleine herunter, weil sie seinen Kaffee zu stark gemacht hatte. *Setz deinen Hintern in Bewegung und hol eine andere Tasse!* Er schaufelte sich sein eigenes Grab und hütete diese Tatsache wie ein kostbares Geheimnis.

»Clair, George Clair«, sagte er nun, während er sich das Glas zu voll goß und einen Eiswürfel aus dem Silberkübel pflückte. »So eine Überraschung.«

»Benjie!«

Sie tauschten einen festen Händedruck. Clair machte ein harmloses, raffiniert verwirrtes Gesicht. Lachfalten umrahmten die einzelnen Partien seines Gesichts.

»Was verschlägt Sie denn nach New Canaan?«

»Also das ist eine ganz ulkige Geschichte, Benjamin. Ich habe mich mit ein paar Investoren unterhalten – ein kleines Unternehmen außer der Reihe, aber das bleibt unter uns –, und zwar über ein Produktionsvorhaben für ein neues Verpackungsmaterial aus Styropor. So kleine, s-förmige Styroporkringel, durch die Waren beim Versand vor Stößen geschützt werden. Das reinste Wunder. Wirklich toll. Hochempfindliche Sachen kommen unbeschädigt an, und wenn die Packer sie noch so durch die Gegend schmeißen. Das wird der Renner, so wie ich es sehe, der Renner! Jedenfalls stellt sich raus, daß einer der geistigen Väter des ganzen Projekts Ihr Nachbar Jim Williams ist. Was sagt man dazu!«

Clair hob sein Glas ein paar Zentimeter. Benjamin war sich beinahe sicher, daß er Club-Soda trank und so tat, als handele es sich um einen Gin Tonic. Das Blut stieg ihm ins Gesicht. Daß sich Clair und Jim Williams zusammengetan hatten, ließ auf eine Verdichtung negativer Energie im Universum schließen. Es war Beweis für eine Ordnung der Dinge, die ihm das Blut gefrieren ließ. Entweder war eine paranoide Sicht der Welt zutreffend, und sie wimmelte von Komplotten mal egoistischer, mal großzügiger Menschen – Komplotten, die sie zwanghaft, skrupellos, ohne Rücksicht auf die, denen sie damit schaden könnten, anzettelten –, oder aber es gab eine Kraft, welche die menschliche Gesellschaft ordnete, sogar noch das Nebeneinander von Komplotten und Sinnlosigkeit ordnete, eine Kraft, die Öl unter arabischen Ländern und Staub unter Israel entdeckte, die Bangladesch ausdörrte und die Baffin Bay zufrieren ließ, die Richard Nixon von Checkers an einen Höhenflug bescherte, um ihn dann am Watergate Hotel zerschellen zu lassen – und dies, nachdem er den seit Jahrzehnten deutlichsten Sieg bei einer Präsidentenwahl eingefahren hatte.

Wie auch immer, Hood haßte George Clair. Bis aufs Blut. Clair war der typische provinzielle Schaumschläger: Kultur- und charakterlos wie er war, trieb ihn nur Zweckdenken von einem Ort zum anderen. Hood hätte ihm gern die geleckte Fliege strammgezogen und dann dabei zugesehen, wie er anschwoll und zerplatzte.

»Hey, Mann«, sagte Benjamin, »also wenn das kein Riesenzufall ist! Ein echter Träumer, Jim Williams. Aber einer von der Sorte, der seine Träume in, wie soll ich sagen, knallharte Realität verwandelt.«

»Genau meine Rede. Sagen Sie mal, Benj, was halten Sie eigentlich von der Verfilmung von *Der Exorzist*, Sie wissen schon, dieser Roman von William Peter Blatty? Meinen Sie, das funktioniert?«

»Glaub ich kaum«, sagte Hood. »Der Star ist ein kleines Mädchen. Alles bloß so Satanismuskram. Also, wenn die Kleine meinetwegen von einem indianischen Geist besessen wäre, der zornig ist, weil der weiße Mann das Dings, das Land seiner Vorväter besetzt hält oder so – aber das Wahre ist das auch nicht, George. Wissen Sie, was mir im Moment gefällt? Katastrophenfilme. Und Air Hockey.«

Hood wußte, was als nächstes kam – der Wettbewerb um die erste Möglichkeit, sich loszueisen. Clair wollte ebensowenig mit ihm reden wie er mit ihm. Als nächstes würden sie sich unisono – Hey, Mann, *schön, sich mal zu unterhalten*, bis Montag dann – auf die Horsd'œuvres stürzen. Oder plötzlich am anderen Ende des Zimmers ein Gesicht erkennen. Wer als erster wegkam, hatte gewonnen. Deshalb ließ Hood schon die Augen wandern, während er noch zerstreut weiterredete. Und als er ans Ende des Satzes kam, als er das Wort *Air Hockey* sprach, sah er am anderen Ende des überfüllten Raums seine Geliebte Janey Williams, Frau des Königs der s-förmigen Styroporkringel.

»Tja, großer Meister«, murmelte Hood, »jetzt müssen Sie mich aber –«

Nur um festzustellen, daß Clair sich bereits abgewandt hatte. Clair war mit Maura O'Brien beschäftigt. Holte sich wahrscheinlich preiswerten Rat zu irgendwelchen urologischen Beschwerden.

Janey trug Schwarz, einen Seidenpyjama, dessen Oberteil bis knapp unter ihre Brüste aufgeknöpft war. Keinen BH. In ihrem Dekolleté baumelten türkisblaue Perlen. Als sie sich vorbeugte, um nach ihrem Glas zu greifen, drückte sie das schimmernde Oberteil mit einer Hand an sich. Ihr erdfarbener Lippenstift und Lidschatten paßten zu ihren braunen Bleistiftabsätzen. Ihr weißblond gefärbtes Haar saß makellos, wie ein Wasserfall aus Fiberglas. Zuerst empfand Hood ein Gefühl von Wiedervereinigung, von Ganzheit und Gemeinschaft, als hätte er den Rollschuh und sie den Schlüssel. Aber dieses Gefühl legte sich fast sofort, weil er an den Nachmittag denken mußte.

Janey tat so, als sei sie mit einer Blumenvase neben dem Trapezstuhl – Chrom und Stahl, mit einem Geflecht aus reinem Gummi – beschäftigt, auf dem sich die Katze der Halfords zusammengerollt hatte.

Hood ging auf Janey los wie nur je ein verschmähter Liebhaber.

»Ach du lieber Gott, Benjie«, sagte sie, an ihren Perlen nestelnd, »da bist du ja.«

»Allerdings, aber wo zum Teufel warst du?«

»Wovon redest du eigentlich?«

»Erzähl mir bloß keinen Scheiß, Janey.« Hood flüsterte, aber er gehorchte dabei gleichsam einer gezeitenhaften oder astrologischen Gesetzmäßigkeit, einer Stimmung, die sich nicht abstellen ließ, und die Worte strömten aus ihm heraus, als ob ihre Syntax *ihn benutzte*, um diese Stimmung auszudrücken. Er hatte mit einem Mal das Gefühl, vielleicht sogar losheulen zu müssen.

»Herrgott noch mal, ich habe über eine halbe Stunde gewartet, im Dunkeln, mit nichts als meinen Boxershorts an, nein halt, das Licht hat gebrannt, also hätte mich jeder von außen durchs Fenster sehen können. Was soll das? Was zum Teufel war eigentlich los?«

Janey nahm ein Schlückchen und stellte das Glas auf den Tisch neben die Vase.

»Mir ist was dazwischengekommen.«

»Wieso dazwischengekommen? Was ist das für ein Quatsch? Ich meine –«

»Hör zu, Benjamin Hood, ich habe Verpflichtungen, die haben Vorrang vor deinen … noch aus der Zeit, bevor du in meinem Leben aufgetaucht bist. Daß wir ein-, zweimal, na ja, in aller Freundschaft zusammen waren, heißt noch lange nicht, daß ich ... Ich bin nicht irgendein Spielzeug für dich. Mir ist einiges eingefallen, was ich vor der Party noch erledigen wollte, und da habe ich es eben erledigt, und damit basta, weil ich es unbedingt erledigen wollte, bevor Jimmy wieder da war. Und so wird es auch in Zukunft sein.«

Die Katze räkelte sich auf dem Stuhl vor ihnen. Hoods Gesicht war nur Zentimeter von dem Janeys entfernt. Er sprach mit gedämpfter Stimme.

»Ich weiß nicht, was ich davon halten soll. Und wieso überhaupt *Jimmy*? Du hast doch gesagt –«

»Was du davon hältst, interessiert mich herzlich wenig, Benjamin. Es tut mir leid –«

»Ich kann einfach nicht glauben, daß du so ...«

Das Gespräch erstarb. Die beiden begannen zu verfolgen, wie andere Gesprächsmoleküle sich spalteten und zerfielen. Sie machten die Runde. Bruchstücke von Sinn stellten sich ein und verschwanden wieder, vergängliche Bruchstücke. Die Nüchternheit schwand. Überall im Zimmer. Die New York Mets und die Ölkrise, Watergate, Rod Laver und Billie Jean King und der unmögliche neue Pfarrer der episkopalen Kirche – ein einziger Mischmasch. Keine Katastrophe würde diese Bruchstücke ordnen, kein Moment wilden Geredes. Im Juli hatte Ford die Produktion des innig geliebten Kabrios eingestellt. Möbelbausteine, Schlaghosen, Plaidmuster auf Plaidmuster. Lärm.

Janey zündete sich eine Virginia Slims an und zog den Rauch durch die Nase ein.

»Für mich läuft es im Moment nicht so gut«, sagte Hood. »Elena ist sehr unglücklich, und in der Firma ist eine wirklich ausweglose Situation entstanden. Wirklich ausweglos. Ich fände es schön, wenn du es mir nicht noch erschweren würdest, Janey. Ich verstehe nicht, warum das sein muß. Wahrscheinlich war das blöd von mir, aber irgendwie habe ich mich auf dich verlassen.«

»Ich *erschwere* überhaupt nichts. Die Situation *ist* einfach schwierig. Und eins sage ich dir, Benjamin, deine häuslichen ... dein Familienleben ist weder besser noch schlechter als das von anderen. Bei mir zu Hause führt jeder sein eigenes Leben. Verschiedene Stockwerke, verschiedene Leben, alles verschieden. Aber ich bilde mir nicht ein, daß ein bißchen Tralala am Nachmittag das ändert. Ein paar Stunden mit dir ändern daran gar nichts. Ich gefährde weder meine Familie noch meine Sicherheit, bloß damit ich mir deine Probleme mit der Firma anhören kann, verstehst du?«

»Aber warum sagst du das denn nicht gleich? Wir hätten doch darüber –«

»Ich –«

»Und warum hast du die Reizwäsche für mich hingelegt?«

»Was denn für Reizwäsche? Ich bin einkaufen gegangen, Herrgott noch mal, zu Shopwell. Ich mußte vor Jimmys Rückkehr noch einiges besorgen. Und das war mir gerade eingefallen. Okay? Sind meine Antworten gut genug? Was bist du eigentlich, ein Sonderermittler oder so was? Und was war das mit der Reizwäsche?«

»Egal«, sagte Hood.

»Hey, Moment mal –«

»Als du nicht wiedergekommen bist, habe ich gedacht, du versteckst dich irgendwo. Ich habe gedacht, daß du vielleicht –«

»Vielleicht was?«

Er antwortete zunächst zögernd, wurde dann aber, während er die Details wieder aufleben ließ, zu einer Art erotischem Wiedergänger. Er kippte den Rest seines Drinks hinunter – allmählich fiel seine Ausgeglichenheit völlig von ihm ab, wie die erste Stufe einer Apollo-Rakete. Er genoß die fliegende Hitze, die Schmach seiner Lage.

»Ich habe im ganzen Haus gesucht. Ich habe geglaubt, du versteckst dich, in einem Negligé oder so, in irgendeinem Schrank oder hinter einem Möbelstück. Ich habe geglaubt, du wärst da. Ich habe gedacht, es steckt mehr dahinter. Und dabei bin ich dann ins Badezimmer gekommen und habe die Wäsche gesehen. Ich habe gedacht, sie gehört zu einer Spur, einer erotischen Spur oder so, oder sie wäre ein Hinweis auf dich. Etwas zum Träumen, verstehst du, zum Sich-Hineinversenken oder so, verstehst du? Ich habe mich umgeguckt, das ist alles.«

»Du bist krank, Benjamin. Die Sachen sollten bloß trocknen. Ich habe Sachen zum Trocknen rausgelegt. *Feinwäsche.* Was hast du mit meiner Wäsche gemacht?«

Er fühlte sich geschmeichelt von der Erniedrigung seines Ehebruchs und empfand, während er die Geschichte erzählte, das Schändliche und Schöne daran. Ihm war klar, daß er ertappt werden wollte, daß der Ehebrecher immer nur den Hahnrei oder die Betrogene ehrt. Und außerdem war er ein Lügner, ein Übertreiber. Seine früheren Lügen durchsetzten auch sein nächstes Stück Fiktion, diese früheren Lügen zappelten und wanden sich im Kokon des jetzigen Lügners. Beim Weiterreden dachte er an überzogene Spesenrechnungen und Examensmogeleien.

»Ich habe sie zu deiner Kommode gebracht, die Strapse, und sie bei ihren Landsleuten begraben, bei der Spitzenwäsche, den Unterkleidern, Höschen, BHs und Strümpfen.«

»Mein Gott, du bist ja völlig verkorkst, Benjamin. Ein schlimmer Fall von Verklemmtheit. Wo ist eigentlich deine Frau?«

»Weiß ich nicht. Sie hat sich wegen der, äh, Schüssel vorne ein bißchen aufgeregt. Sie ist vor mir ins Haus gerannt. Steckt wahrscheinlich in der Küche und plant irgendwas. Plant irgendwelche verdeckten Aktivitäten in der Küche.«

Er kicherte verzweifelt.

Sie bewegten sich zur Couch hinüber, einer von Ennio Chiggio entworfenen Stendig, die einen Halbkreis mit einem dicken Apostrophen am Ende bildete; dort ruhte Hood nun seine müden Beine aus. Am Ende der Couch, dem Inselsystem, hatte sich ein ernstes Grüppchen Einheimischer in Karohemden, -röcken und -jacketts, in Double-Knit-Hosen, in grauem Flanell, in Velours und Polyester versammelt. Dave Gorman, der zum lebenden Inventar des promiskuösen Treibens von New Canaan gehörte, plünderte gerade die Romane von Kurt Vonnegut jr. – die Bombardierung von Dresden und Ice 9 –, um eine junge, attraktive Frau neben ihm zu beeindrucken. *Welcome to the Monkey House*, sagte er, habe einen folgenreichen Einfluß auf ihn gehabt. Am Ende der Couch schien kein Mensch zu wissen, wovon er eigentlich redete. Gorman hatte irgendwas mit Import/Export zu tun, was in Hoods Augen Drogen bedeutete. Und tatsächlich zündete sich Gorman im Reden eine schlaffe kleine Marihuanazigarette an.

Hood hatte das Zeug nie probiert, obwohl es am Rande von Partys in New Canaan auftauchte – zur Bestürzung der älteren Generation, derer, die schon einige Zeit in der Stadt etabliert waren. Bald aber kam der Joint zu ihm. Gorman quatschte in Janeys und Hoods mürrischen Waffenstillstand hinein: »Benjamin, versuch's mal, na los! Mit dem Zeug werden alle größeren Probleme plötzlich klarer. Ich versprech's dir. Tu dir auch mal was Gutes.«

Gorman grinste.

»Danke für den Rat, Dave«, sagte Hood und wehrte

den Joint freundlich ab. Aber dann packte ihn der Leichtsinn, und er griff nach der kleinen, aromatischen Zigarette und klemmte sie sich zwischen die Lippen. Er zog daran und hielt den Rauch in der Lunge, wie er es vom Kino und vom Fernsehen her kannte.

»Guter Shit«, keckerte er, eine Rauchwolke aushustend, während er den Joint an Janey weiterreichte.

»Klar ist das guter Shit«, meinte Gorman. »Er ist mit Opium versetzt. Ich hab ihn schon eine ganze Weile bei mir in der Abstellkammer. Als ich neulich dieses andere –«

»Er ist was?« fragte Hood.

»Reg dich nicht auf, Benj, das ist –«

»Verdammt noch mal, Dave.«

Hood rappelte sich schwankend hoch, stützte sich auf die Lehne des mehrteiligen Sofas, stolperte, weil es nichts weiter als ein Stück Polyurethanbrei war, dieses Sofa, klammerte sich haltsuchend an Janey und eilte dann an die Bar, um seinem neuen Rausch zuvorzukommen.

Im weißen Rauschen des amerikanischen Gesprächs machte er einzelne Stimmen aus, so wie man im großen erzählerischen Fluß eines Konzerts oder einer Symphonie ein bestimmtes Instrument – die Triangel, die Bratsche – heraushört. Während er sich das Glas füllte, tauchte wie ein Leitmotiv immer wieder ein Name auf. Milton Friedman. Quer durchs Zimmer sang man das Lob dieses Ökonomen, der Nixons Lohn- und Preisstopp heftig ablehnte und am Ort populäre Maßnahmen wie die Abschaffung der Sozialversicherung, die Einstellung der staatlichen Erziehungsbeihilfen und die Aufhebung des gesetzlichen Mindestlohns befürwortete.

»Wenn Washington ein Problem löst, entsteht gleich ein neues«, sagte eine Stimme, während Hood sich mit der eindrucksvoll ausladenden Eiszange das Glas vollud.

»Nimm bloß mal die Kontrolle der Flugpreise. Das hat Friedman in einem Interview gesagt. Die ganze Sache funktioniert folgendermaßen: Wenn es diese Festsetzung nicht gäbe, wären die Flugpreise wahrscheinlich nur halb so hoch. Brauchst dir bloß Kalifornien anzusehen. Kalifornien hat seine eigene innerstaatliche Fluggesellschaft, und diese Fluggesellschaft ist nicht den Preisrichtlinien unterworfen. In keiner Beziehung. Und jetzt vergleiche mal die Strecke von Sacramento nach L. A. bei der Pacific Northwest mit den festgesetzten Preisen für die Strecke von L. A. nach Reno – das ist ungefähr die gleiche Entfernung. Ein Riesenunterschied! Die Marktpreise betragen nur ungefähr *sechzig Prozent der staatlich festgelegten Preise* –«

Die arme Madeline Gadd mußte diesen Scheiß über sich ergehen lassen, und es überraschte Hood nicht, daß sie sich mit Hilfe eines kleinen Puderdosenspiegels die karamelfarben geschminkten Lippen nachzog, während sie geistesabwesend zuhörte. Jack Moellering, der Friedman-Apologet, fixierte beim Reden verzückt den Seitenschlitz von Madelines Pluderhose.

»Angebot und Nachfrage … weniger Beschränkung«, sagte Moellering gerade. »Weniger Beschränkung.«

Dieser Laissez-faire-Kram machte offenbar gerade die Runde durchs Zimmer. Mehrere Meter entfernt, am Kamin, stellte Bobby Haskell, dessen Gesprächsthemen sich normalerweise auf Softtennis beschränkten, die These auf, daß Gewerkschaften so etwas wie ein Arbeitermonopol, im Grunde bloß ein Kartellproblem im Tarifstreit seien.

Friedman-Arien quirlten umeinander herum wie die gegenläufigen Stimmen eines Duetts, so daß Hood die Oper der Ökonomie schließlich genau so wahrnahm, als Oper, eine Oper voller guter Geschichten: das Glück der hohen oder der niedrigen Geburt, die Zufuhr und die Abwanderung ehrlichen und ergaunerten Kapitals, das Steigen und Fallen amtlicher statistischer Werte im G- und F-Schlüssel offizieller Grafiken und Schaubilder, Friedmans vielgeliebte Geldversorgung, neue Wohnungsbauprogramme, unverderbliche Güter, Fabrikinventare, Autoverkäufe und, nicht zu vergessen, die Kassenschlager der Woche in *Variety* – alles überhöht vom Wonneschauer des Sieges und der Qual der Niederlage. Hood hörte das plätschernde Rezitativ vieler Lebenssynopsen, er hörte jubilierende Melodien in einer erfolgreichen Investition und das Decrescendo in einem plötzlichen Fall des Aktienindex. Die türkischen Muster und Erdfarben des Zimmers verschwammen vor seinen vom Rausch getrübten Augen, aber die Musik seines Geschäfts, des Investment-Geschäfts, war Musik in seinen Ohren. Amerika stieg und fiel mit der Melodie von New Canaans Liedern der Ökonomie – Liedern, gesungen von einem jüdischen Ökonomen und nachgekräht von WASPs, die es sich zweimal überlegen würden, mit dem Kerl Golf zu spielen.

Hood konnte einen letzten zusammenhängenden Gedanken formulieren: Sie waren alle verstreut wie Samenkörner, vor langer Zeit von der Faust Europas ausgeschleudert. Allein machte Hood die Runde durchs Zimmer, und kein Gefährte – weder Elena noch Janey Williams, noch George Clair oder David Gorman (der mittlerweile einsam auf dem mehrteiligen Sofa fläzte) – verringerte seine Isoliertheit. Er war so allein wie Elena, die bei Fremden kein Wort über die Lippen brachte, so allein wie ein Pelzjäger beim ersten Tageslicht, in der Wildnis eines neuen Kontinents.

Janey war weggegangen, verschwunden. Genau wie George Clair. Hood erkannte von diesen Leuten niemanden. Draußen, im trüben Licht der Außenbeleuchtung, häufte sich der Schnee. Für den Bruchteil einer Sekunde war Hood, als sähe er drüben in der Ecke Buddy Hackett.

Noch einiges übers Fernsehen. Von *Sunrise Semester* bis *Wo die Liebe hinfällt*, von *Banacek* bis *Der Preis ist heiß* diente das Fernsehen Wendy Hood als strukturierte Zeit, als sicherer Hafen. Sie setzte den Senderwahlknopf in Schwung, überließ es dem Zufall, wo er stehenblieb: nachmittags, wenn sie Arbeitsgruppen – Feldhockey, Bibelstunde, Super-8-Filmtechnik oder Sticken – sausen ließ, morgens, wenn ihre Eltern noch nicht aufgestanden oder früh zur Kirche gegangen waren, und abends, wenn sie abermals allein war.

Sie liebte *Electric Company* und *Sesamstraße*, obwohl sie zu alt dafür war, liebte die Hyperbel der Puppen und das rastlose Gehampel dieser Sendungen. Die Form der Werbeanzeigen regierte die Welt. Werbeanzeigen, Comic-Hefte und Jugendzeitschriften. Beim Fernsehen gab Wendy sich selbst ihre Kindheit zurück, einen Teil von sich selbst, der nie über diese demographische Kategorie hinausgelangt war. Aber sie liebte auch Wiederholungen: *The Flying Nun*, *Petticoat Junction*, *Green Acres* und *Lieber Onkel Bill.* Sie liebte Gene Rayburn und Monty Hall. Sie schätzte Diener der Gerechtigkeit wie Cannon, Kojak und Toma – Tony Musante, unheimlich süß – und Elegien auf bestimmte Orte, wie *Die Straßen von San Francisco* und *Hawaii fünf null*; sie liebte Unterhaltungssendungen, *Sonny and Cher*, *Flip Wilson*, *Andy Williams* und *Ray Stevens*, der seinen Hit »Everything Is Beautiful« in diesem Sommer in einer Nachfolgesendung untergebracht hatte; aber sie lebte für die Horrorfilme am Samstagabend – *Chiller Theater* und *Creature Features.*

Der *Chiller*-Vorspann war besonders schön, eine sechsfingrige Hand, die aus irgendeinem widerwärtigen paläolithischen Schleim auftauchte. Es war eine riesige Hand – sie überragte einen knapp hinter ihr stehenden, wie ein Stück Treibholz kahlgeschliffenen Baum, so daß man ein Gefühl für die Größenverhältnisse bekam –, eine Hand so groß wie ein Mack-Lkw. Die Finger bewegten sich ein wenig, als wollten sie einen auffordern, auch während der Werbespots vor dem Gerät zu bleiben. Dazu intonierte eine tiefe, unheilverkündende Stimme, eine Stimme ganz ähnlich der, die die Radiospots für die lokalen Drag- und Stock-Car-Rennen sprach, das Wort *Chiller.* Langgezogen, leise und langsam deklamierte es dieser Typ, als wäre es eine vom Wind getragene Botschaft des Bösen, die über eine Steppe hinstreicht.

Meistens sah Wendy allein fern, denn die Tage, als Paul sich mit ihr durch die Horrorfilme kuschelte, waren längst vorbei. Sie war allein an diesem Freitag abend in der zugigen Bibliothek am Silvermine River. Im Kamin brannte ein Duraflame-Scheit, und sie hatte sich in eine Decke gewickelt, aber die Kälte wollte trotzdem nicht nachlassen. Draußen auf der Einfahrt fiel Schnee in Kaskaden. Böen umkreisten das Haus wie die Geräuscheffekte eines Low-budget-Films. In der Glotze, in den Werbeblöcken, kündigte WPIX für den morgigen Abend die dramatische – und exklusive – Fernsehpräsentation des Grabtuchs von Turin an. Durch diese Ankündigungen war Wendy mit der Textilie, mit den schwachen Spuren eines Konterfeis darauf, vertraut geworden, und angesichts des träumerischen Abends aus Märtyrertum und B-movies schien das angsteinflößende Wetter draußen nur angemessen, wie alttestamentarische Rache.

Sie hatte die Sonntagsschule und den Konfirmandenunterricht geschwänzt. Unitarische Gottesdienste: Ihre Mutter war aus ihrer angestammten Kirche ausgetreten und begeisterte sich jetzt für die Unitarier, versuchte allerdings nach wie vor, bei Wendy das Interesse an den Episkopalen wachzuhalten. Wendy haßte den Zwang, sonntags früh aufzustehen – obwohl sie da ohnehin wach war –, das Anlegen gestärkter, unbequemer Kleider, die verwirrende Stille bei jedem ihrer Gebete, das verwirrende Geplänkel der Kirchendoktrin. Wendy fand, daß die Indianer – mit ihren Peyote-Scheiben und ihren tückischen Geisterwesen – die verläßlichste Religion hatten. Wenn ihre Mutter ein Knautschgesicht machte und moralisch wurde, war es Wendys ganzer Ehrgeiz, ihr in jeder Beziehung so unähnlich wie möglich zu sein. Genaugenommen verspürte sie diesen Ehrgeiz immer. Die Strafpredigten ihrer Mutter waren im Grunde deren einzige Gesprächsform. Manchmal hatte Wendy den Eindruck, ihre Mutter wäre taubstumm geworden oder in ein Koma verfallen; dann wieder legte sich das Gewicht von Elena Hoods Traurigkeit inmitten des Überflusses, inmitten einer Stadt mit Wäldern, Flüssen und Ladenbesitzern, die einen beim Namen kannten, einer Stadt mit Schülerlotsen, die einen ermahnten, sich warm anzuziehen, und Polizisten, deren Jungs die Stars der Football-Mannschaft waren – legte sich das Gewicht der Traurigkeit ihrer Mutter über das Haus und zog alle Hoods in seinen Bannkreis.

Um diesem Ärger zu entgehen, schuf sich Wendy anderswo welchen. Kurz nach ihrem Geburtstag, auf einer Fete mit Übernachten, hatte sie die Zunge in Debby Armitages Vagina gesteckt. Es passierte ganz plötzlich, als wäre sie irgendwie gar nicht dafür verantwortlich. Sie konnte sich noch an den Moment erinnern, als sie sich die Schlafanzughose heruntergezerrt und Debbys Nachthemd hochgeschoben hatte. Aus der Zimmerecke sah Sally Miller mit einer Mischung aus Erregung und Entsetzen zu. Debby stand auf dem Bett, die schlaksige, pubertierende untere Hälfte bis auf ein Paar dicke Socken entblößt. Wendy drückte sanft Debbys Beine auseinander und reckte in einer Haltung, die man nur als religiös bezeichnen konnte, ungestüm den Hals, um die Zungenspitze unter das weiche, frische Bett von Debbys blondem Schamhaar zu schieben. Mit einer Hand streichelte sie die vollkommene, göttliche Wölbung des Hinterns ihrer Freundin.

Der Geschmack war völlig nichtssagend. Da war keine Spur von der reichen Meeresfauna und -flora, über die sie in Pauls geheimer Sammlung sexuell rückhaltloser Materialien gelesen hatte. Debby Armitage war so sauber wie ein Sonntagskleid. Keinerlei Erregung störte die Falten und Nischen von Debbys Vagina; keine Feuchtigkeit außer der, die von Wendys Zunge herrührte. Trotzdem machten die beiden weiter. Sally Miller sah zu, wie Debby und Wendy sich zu gegenseitiger oraler Befriedigung zurechtlegten – die entsprechende Stellung dämmerte ihnen auf die gleiche Weise, wie ein Kleinkind über die Entdeckung stolpert, daß runde Klötzchen in runde Löcher passen; Sally sah, wie es schien, verschreckt und später voller Erregung zu, obwohl Debby und Wendy einem wie immer gearteten Höhepunkt nicht näher kamen, als wenn sie draußen Laub geharkt hätten.

Sally freilich konnte die Geschichte an der Saxe Junior High publik machen. Sie war immer noch in der achten Klasse. Aufgrund ihrer Nichtbeteiligung konnte sie an die Öffentlichkeit gehen. Sie konnte ihre Ansichten als Beobachterin und Kritikerin äußern. Was ihre eigenen

Motive anging, konnte sie abblocken. Nicht einmal in ihren müßigen Phantasien im Algebraunterricht hatte sich Wendy je gewünscht, sie wäre ein zwischen den Beinen von Debby Armitage hin- und herflitzender Kolibri. Nicht wirklich. Dabei sehnte sie sich nach einer Bindung zu den Menschen ihrer Stadt, einem Gemeinschaftsgefühl, das tiefer reichte als der Country-Club-Kram. Andererseits hatte die Art und Weise ihrer Verstrickung etwas Zwanghaftes, als wäre sie deshalb auf diese Haltung und Betätigung verfallen, weil sie sich ihrer am meisten schämen konnte.

Die Strategie erwies sich als ziemlich wirkungsvoll. Sally Miller brachte sie groß heraus. Brachte ihre Verfehlung, ihre Rolle als Anstifterin, ihre Perversion groß heraus. Ihr Ruf als Schlampe verbreitete sich mit Windeseile auf den Fluren der Saxe Junior und in der High-School gegenüber. Mittlerweile vergrub sich Sally Miller in der Saxe-Bibliothek, dem Refugium der Uncoolen, und verzichtete sogar auf ihr Freitagswahlfach in der High-School, den gemischten Sport, nur um Wendy Hood nicht zu begegnen. Gleichzeitig wurde Debby Armitage Wendys Freundin fürs Leben, dabei mochte Wendy sie eigentlich gar nicht besonders. Debby war eine Quenglerin.

Sie wechselte erneut den Sender, weg von den Werbespots für das Grabtuch von Turin (Robert Conrad sollte moderieren), um sich statt dessen den »Spielfilm der Woche« über eine Frau anzusehen, die von habgierigen Kidnappern lebendig begraben wurde, lebendig begraben und gefangengehalten in einer beleuchteten, belüfteten Kiste (die mit einer dieser länglichen Tüllen ausgestattet war, durch die sie Wasser und Nährstoffe aufnehmen konnte). Ameisen krabbelten über die Frau.

Mitten in diesem Drama rief Wendys Bruder an.

»Der Wetterbericht sieht schlecht aus«, sagte er, »jede Menge Schnee, Eisregen, glatte Straßen und Wege.«

Wendy hatte nichts dergleichen gehört. Aber es schneite ja bereits.

»Tja, meinst du, ich soll jetzt gleich heimkommen? Oder lieber warten, bis der absolut letzte Zug von Grand Central fährt? Das wär dann vielleicht so zehn nach elf.«

Sie sagte ihm, *die Alten* seien nicht da und würden, nach dem Zustand ihres Dads zu urteilen, wegen Paul nicht aufbleiben. *Die Alten* würden umgehend ins Bett fallen und sich nicht mehr rühren. Das hieß, kein Auto, niemand, der ihn vom Bahnhof abholte. Er konnte ein Taxi nehmen. Er konnte zurückkommen, wann er Lust hatte.

»Die Sache ist die«, sagte Wendy, »du stehst nicht unter Beobachtung. Nimm ein Taxi.«

»Das Wetter ist auch nicht mehr das«, sagte Paul.

Er fragte, was sie gerade mache, und sie beschrieb ihm detailliert das Innere des sargähnlichen Gefängnisses der Frau und ihre erstickten, verzweifelten Schreie. Sie ahmte sogar einen Schrei nach, ein leises, klaustrophobisches Aufjaulen.

»Aber sie ist die Mutter aus *Please Don't Eat the Daisies*, weißt du, oder eine von denen aus *The Ghost and Mrs. Muir*, es ist also nicht so, daß man wahnsinnig Angst kriegt oder so.«

»Heißt das etwa, du hockst einfach nur zu Hause rum, und das am Freitag abend, wenn die Schule aus ist?«

»Ich hab noch was vor«, sagte Wendy.

Aus heiterem Himmel nannte Paul sie Mäuschen und machte Schluß. Es passierte ganz plötzlich. Sein Abschied hatte einen traurigen Beiklang und erinnerte sie daran, daß ihr Vater am Telefon nie auf Wiedersehen sagte und sich stets beeilte, als erster aufzulegen.

Wendy wollte Paul erzählen, daß er ihr fehlte, daß sie die lange, qualvolle Zeit in der Junior High nur dank seiner Geschichten vom guten Leben fern von zu Hause überstanden hatte. Sie hatte ihm zwar einmal einen Brief geschickt, diesen Brief, in dem sie ihre Gefühle offenbarte, aber sie wußte nicht genau, ob er auch angekommen war. Sie fand, daß Paul immer Glück hatte. Er war der Gescheitere, der Unangepaßte. Daß auch sie ins Internat geschickt wurde, stand gar nicht zur Debatte. Wendy war eine Schönheit, eine Elfe, eine Nymphe, eine Zauberin, aber sie würde niemals Industriekapitän werden. Sie durfte in den Räumen der P. T. A. arbeiten. Paul kam zu einer Zeit aufs Internat, als es in der Valley Road noch anders war, als das Familienleben noch anders war, als zwischen den Generationen etwas in Bewegung war, als ein Austausch von Gefühlen, Geschenken, Gedanken und Geschichten stattfand. Jedenfalls empfand es Wendy manchmal so. Eigentlich aber war es ziemlich offensichtlich, daß es eine solche Zeit nie gegeben hatte.

Während eines endlosen Werbespots raffte Wendy die Decke hoch und machte sich in die ungeheizten und unbeleuchteten Teile des Hauses auf, um nach einem Pullover zu suchen, den sie dort irgendwo zurückgelassen hatte. Sie musterte die freiliegenden Balken und verzogenen Böden, das Mauerwerk und die schmiedeeisernen Riegel des historischen Baus. Das Haus war kalt wie ein Grabmal. Der Geist von Mark Staples, gestrenger episkopaler Geistlicher und einstiger Besitzer des Hauses 129 Valley Road, folgte ihr überallhin. So wie Wendy ihn sich vorstellte, war er ein *Chiller-Theater*-Geist, ein wallendes weißes Laken mit deutlich sichtbaren Schnüren und darunter hervorlugenden Tennisschuhen. Er ähnelte so sehr einem Hood – war so in Unentschlossenheit befangen, so bedrückt, so stümperhaft im Beruf –, daß er der ideale Geist, der ideale Vorfahr für sie war. Sie konnte spüren, wie sein Halloween-Außenskelett sie umgab. Es gruselte sie. Den Pullover konnte sie sich abschminken, der war weg. Sie brauchte ihn nicht.

Der Entschluß, zu den Williams zurückzugehen, reifte bald nach diesem Gang. Blöderweise setzte sie sich noch einmal hin, um zuzusehen, wie sich zuerst eine Hand und dann der Arm der gefangenen Frau aus ihrem Grab hervorwühlte. Ein Trupp Polizisten und Sanitäter rannte auf die Stelle zu, wo sie begraben war – sie hatten irgendwie einen Tip bekommen. Unterdessen war der Frau in ihrer Einbildung, in den dunkelsten Winkeln des Bewußtseins, die Flucht geglückt. Von ihr losgelöst, stießen ihre Hände krallend nach oben durch weiches Erdreich.

In unheildrohendem Dämmer stand die Frau nun auf einem schmalen Erdstreifen, ein in Fetzen herabhängender Beverly-Hills-Abendmantel verhüllte kaum ihr durchsichtiges Fleisch. Grabtuch von Turin. Was war noch übrig von ihr, als sie, mit Kot, Pech und Erde bedeckt, die Hände ausstreckte? Das Trauma, dachte Wendy, hatte sich in dieser Frau festgesetzt, wie ein Bazillus sich in einer Leiche festsetzt, um sein emsiges Zersetzungswerk zu beginnen. Das Trauma konnte, an einem Ort wie Silver Meadow, vorübergehend niedergerungen werden, würde aber niemals verschwinden.

Noch ehe der Nachspann lief, hatte Wendy ihren Poncho und ihre hautengen Skihosen an. Ihre Phantasie war mit ihr durchgegangen. Sie brauchte Tapetenwechsel. Ihre Phantasie sauste durchs Haus wie ein zusätzlicher Poltergeist. Wendy wollte *Nancy Drew* lesen und ein Trainingsrad haben. Sie wollte scharf gebratenen Schinken auf Weißbrot oder Sloppy Joes oder Twinkies. Sie wollte eine Mom, die ihr sagte, daß Suppe gesund sei, und sie ermahnte, jeden Bissen zweiunddreißigmal zu kauen.

Sie wollte die lebenswichtigen Nährstoffe und ein Fitnessprogramm. Sie wollte eine Kindheit, in der sie ein Kind war.

Das Unwetter war in seine zweite Phase eingetreten. Wie die Lohn- und Preisstopps. Das methodische Tosen des Windes überdeckte alle anderen Nachtgeräusche. Die gesamte Umwelt, das *Ökosystem*, hatte sich auf dieses eine Phänomen verengt. Als sie die Einfahrt entlangging, kam sich Wendy so vor, als stehe sie in seinem Mittelpunkt, als sei sie das letzte Mädchen auf der Welt und Gott habe sie und New Canaan zum Zentrum Seiner Aufmerksamkeit ausersehen. Die Bäume waren tief gebeugt, müde von Wind und Eis. Der Schnee fiel wie gezackte Glasstückchen auf verharschte, kahle Flächen. Wendy sank fast bis zu den Knien in dem sich kräuselnden, verwehenden Teppich aus kristallisierter Masse ein. Der Harsch schnitt ihr in Knöchel und Waden, durchnäßte die Wollschichten ihrer Socken.

Auf den Hauptstraßen kam der Notstand allmählich auf Touren. Das mechanische und hydraulische Vordringen der Schneepflüge und Streufahrzeuge ging nüchtern und methodisch vonstatten. Ihre Lichter hingen in der Luft wie der Nachglanz eines Bombardements. Wendy konnte in den schmalen Spuren dieser Fahrzeuge gehen, ohne auf einen anderen furchtlosen Wanderer zu stoßen. Hügelaufwärts marschierte sie erneut auf dem Pfad, den sie schon zweimal an diesem Tag gebahnt hatte. Vorbei an Silver Meadow.

Vor der Haustür der Williams rief sie Mikes Namen. Rief ihn aus vollem Hals und verzweifelt. Rief ihn, als verkünde sie die genauen Koordinaten ihres geheimsten Orts. Rief ihn, als müßte man sie, wenn sie noch einen Augenblick allein bliebe, die Straße hinunter in die Klinik schleifen und in eine Zwangsjacke stecken. Sie flehte, sie beschwor. Es kam keine Reaktion. Aber die Tür war offen und die vordere Halle einladend erleuchtet. Sie trat ein und schlich sich Zimmer für Zimmer durchs Haus. Sie war neugierig wie jedes Mädchen ihres Alters. Sie suchte um den Eßzimmertisch herum nach Mike, im Wohnzimmer und draußen im Patio – Mrs. Williams hatte es offenbar mittendrin aufgegeben, ihre Zimmerpflanzen für den Winter hereinzuholen. Wendy sah in der Küche nach und stibitzte ein Paar Devil Dogs von der Frühstückstheke. Dann drehte sie eine Runde durchs Untergeschoß, wo sie vergeblich die verwinkelte Architektur der Bazooka-Kisten nach Mike durchstöberte. Die Stätte ihrer nachmittäglichen Schande hatte eine zugleich erhebende und beschämende Wirkung auf sie.

Dann wandte sie sich Richtung Treppe.

Mikes Trick-Summer begrüßte sie, als sie nach dem Knauf seiner Zimmertür griff. Er durchbrach die zeitlose Stille des Hauses. Das Licht im Treppenhaus brannte, aber es war niemand zu sehen. Wieder wollte sie die Tür öffnen, wieder summte es, dann ignorierte sie das Geräusch einfach und stieß die Tür fünfzehn Zentimeter weit auf. Mike lag von ihr abgewandt im Bett, über ein Kissen geschmiegt, als hätte er es gevögelt. Wendy stieß die Tür ganz auf und stürzte sich ohne Warnung auf die schlafende Gestalt, flog, von ihrer blonden Mähne umweht, wie eine Todesfee durchs Zimmer – nur um festzustellen, daß es gar nicht Mike war, sondern ein mit schmutzigen T-Shirts, Unterwäsche und Sportsocken ausgestopfter Schlafanzug. Was für ein Witzbold. Er hatte die Sache aus dem Cartoon nachgemacht. Er hatte eine Attrappe von sich hergestellt.

Sie hatte das Haus für sich allein. Sie hielt sich ein getragenes T-Shirt vor die kleine, zierliche Nase und atmete tief ein. Sie suchte und fand, weil sie von Paul wußte, wo dergleichen versteckt war, im Schrank Mikes Pornosammlung. Sie stieß sogar auf ein Stück Damenunterwäsche, noch feucht von irgendeinem verfänglichen Glibber. Zuerst schockierte sie das klebrige Wäschestück, und sie ließ es angewidert fallen. Dann aber empfand sie angesichts der Notwendigkeit, diese geklauten Schlüpfer oder BHs zu verstecken, angesichts der mit dem Requisit verbundenen Scham und Reue, ein gewisses Mitleid. Einen Hasen abziehen, sich einen von der Palme wedeln, die Banane pellen, den Stift anspitzen, die Tube ausquetschen: die Einsamkeit und die Angst, derentwegen Mike sich versteckte – in diesem Moment machte sie das traurig. Wendy beschloß, das Kleidungsstück mitzunehmen; sie schob es unter ihr Hemd, steckte es in den Bund ihrer taubenblauen Skihose. Es drückte, aber das war ihr nicht unangenehm.

Und dann ging sie sich das Wasserbett ansehen. Mike hatte es ihr schon einmal gezeigt. Sie hatten auf der Schwelle des Elternschlafzimmers gestanden, als wäre es ein mit einem Seil abgesperrter Raum in einem historischen Haus – wie das von Roosevelt, wohin sie mit neun einmal einen Schulausflug hatte machen müssen –, und hatten das Wasserbett betrachtet. Mike war rasch hingelaufen und hatte die Liegefläche in Bewegung gesetzt. Sie erinnerte sich noch, daß es ein sonniger Tag im Frühherbst war, und sie war ihm ans Bett gefolgt, um die Hand in das Vinylgewabbel zu stecken. Dann hatten sie sich hastig zur Tür zurückgezogen und zugesehen, wie es wogte und gluckerte.

Mike fürchtete sich vor dem Elternschlafzimmer. Genau wie sie sich vor dem Schlafzimmer ihrer Eltern fürchtete. Die Vorstellung, wie ihr Vater schlief, verletzlich, womöglich mit einem dieser nächtlichen Ständer oder in schlichter Fötushaltung – es ekelte sie an. Lieber dachte sie ihn sich, wie er stundenlang wach blieb und irgendeinen Band über Wirtschaft oder Politik las. Wahrscheinlich lag ein gewisser Trost darin, daß ihre Eltern niemals miteinander schliefen. Sie fühlten sich offenbar sowieso nicht zueinander hingezogen.

Aber hier im Haus der Williams war Wendy ohne Angst. Und da die Tür des Elternschlafzimmers offenstand und sie sehen konnte, daß niemand in dem Wasserbett lag, machte sie es sich einfach darin gemütlich. Seine amniotische Behaglichkeit verschlang sie. Es schwappte protoplasmisch zur Seite und schwang dann zur Mitte zurück. Sie zog die handgenähte Tagesdecke am Fußende über sich – und strampelte sie dann wieder weg. Bei all dem Gezappel hatte sie die Devil Dogs ein bißchen zermanscht, aber sie machte sie jetzt trotzdem auf. Sie schmeckten bestimmt, ganz gleich wie verformt sie waren.

Und dann wurde sie plötzlich gestört.

»Was machst du denn da?«

Sandy Williams. Er hatte sich an sie rangeschlichen. Nicht weiter verwunderlich, denn Schleichen war seine Lieblingsbeschäftigung. Sein Ton war weder empört noch sonderlich interessiert. Er mußte einfach fragen.

Wendy war hochgeschreckt und saß nun auf der Bettkante. Sie strich sich im Schoß ihren Poncho glatt. Eine Zeitlang fiel ihr keine Antwort ein. Dann fragte sie: »Was ist das denn für 'ne Mannschaft auf deinem Schlafanzug, kleiner Sandy?« Ihr Mund war mit Devil Dog vollgestopft. Sie stand wieder auf der harten Fläche des Fußbodens, hinter sich das ungute Schuckeln des Wassers.

»Oakland Raiders. Aber ich interessier mich nicht für Football.«

»Mußt du's auftragen?«

Sandy gab keine Antwort. Stand einfach nur in der Tür. Er war wirklich klein für sein Alter. In seinem Football-

Pyjama und mit seiner Brille, seiner Tolle und seinem altklugen Gesicht war er eine eigenartige Mischung aus Kind und mittelaltem mittleren Angestellten. Er wußte nicht, wo Mike war. Seine Eltern seien auf irgendeiner Party. Der Austausch einsilbiger Fragen war kurz und unfreundlich.

»Und was machst du hier?«

»Ich seh mich bloß um«, sagte Wendy. »Und du? Ich hab gedacht, du übernachtest bei jemand. Kannst es dir doch aussuchen, bei wem.«

Er drehte sich um und ging durch den Flur zurück. Sie dachte einfach nicht nach. Sie hätte das Licht unter seiner Tür sehen müssen. Hätte es wissen müssen. Vielleicht war da gar kein Licht, vielleicht plante er alle seine Schandtaten beim Schein einer Kugelschreiberlampe. Wendy folgte, fühlte sich mit einemmal bleischwer, niedergeschmettert, war sicher, daß die Williams von ihrem Eindringen erfahren würden. Plötzlich hatte sie auch Angst, daß ihr Vater ihnen die Sache mit ihr und Mike erzählen würde. Sie hatte sich eine ganze Latte schlimmer Versäumnisse zuschulden kommen lassen. Lange würde das nicht mehr gutgehen. Dabei war sie erst vierzehn. »Sandy«, sagte sie, »zeig mir doch mal ein paar von deinen Modellen. He, warte doch mal, was ist denn?«

Vom anderen Ende des Flurs aus sah er sie mit zusammengekniffenen Augen an. Seine Brille war nie stark genug. Neuerdings trug er sie mit einer kleinen aufsteckbaren Sonnenblende, wie ein Profi-Outfielder. Er tappte ohne eine Antwort um den Geländerpfosten herum in sein Zimmer. Aber er ließ die Tür offen.

Im Gästezimmer, beim Vorübergehen: zerknülltes Bettzeug.

Sandy hatte einen G. I. Joe mit naturgetreuem Haar neben sich auf dem Bett, das neuere Modell mit der Hippie-

Aufmachung, mit den Gesichtshaaren. Joe hatte eine kleine Narbe auf der Wange, eine zinnoberrote Plastiknarbe. Und außerdem redete er, wenn man an seiner Hundemarke zog. Sandy beeilte sich allerdings darauf hinzuweisen, daß dieser spezielle G.I. Joe nicht richtig funktionierte. Er sagte immer das gleiche, ganz egal wie oft man an der Hundemarke zog: »Mayday! Mayday! Wichtige Meldung für Basis!«

In seinem orangefarbenen Overall wirkte Joe richtig unbeschwert, überhaupt nicht wie ein Kriegsgefangener oder Vermißter auf der Flucht. Aber Sandy hatte Übles mit ihm vor. Er knüpfte vor Wendys Augen eine Henkersschlinge für seine Puppe. Er zog erneut an der Hundemarke.

»Für Basis!«

»Manchmal«, sagte Sandy, »schafft er nicht mal den ganzen Satz.«

»Mayday! Mayday!« sagte Joe. »Wichtige Meldung für Basis! Meldung für Basis! Dung für Basis!«

»Halt die Klappe«, sagte Sandy, »du machst mich wahnsinnig.«

Wendy bettete den hilflosen kleinen Mann in ihren Schoß. Sie verdrehte ihm die Glieder – so daß er eine Art Hitlergruß entbot, winkte, im Stechschritt erstarrte. Sandy widmete sich der Schlinge und feuerte nur ab und zu eine Frage auf sie ab. Beispielsweise zum Wetter.

»Das Zeug ist alles verharscht«, sagte Wendy. Sie hatte es ins Haus getragen.

»Du hast das ganze Wasserbett eingesaut.«

Das hatte sie wohl wirklich. Mit Matsch, Sand und Schnee.

»Nur ein bißchen.«

»Heute nacht wird's noch viel kälter, glaub mir. Wahrscheinlich gibt's auch einen Stromausfall. Habt ihr Kerzen bei euch zu Hause? Ich weiß, wo die Kerzen sind, und ich hab meine eigene Taschenlampe. Da drüben. Außerdem kenne ich jeden Notausgang in diesem Stockwerk.«

»Und wo ist Mikey?«

»Hab ich dir doch gesagt. Woher soll ich das wissen?«

Er blickte von seiner Arbeit auf und bedachte sie mit einem langen, prüfenden Blick.

»Aber wahrscheinlich ist er unten bei der Klinik.«

Dort war es jetzt bestimmt cool. So wie das Gelände zum Silvermine River hin abfiel. Heute wäre eine prima Nacht, um auf Tabletts aus dem Speisesaal die Hügel runterzurodeln, wie sie und Paul es mal gemacht hatten. Es kam darauf an, abzuspringen, bevor man ins Wasser schlitterte. Das Tablett schoß unter einem hervor wie eine Art niedrig fliegender Vogel und segelte auf den Silvermine hinaus. Sie mußten auf Trittsteinen auf den Fluß hinausstaksen, um die Tabletts zurückzuholen. Allerdings hatten die Sicherheitsleute sie erwischt, waren ihnen in ihren blankgewichsten Uniformschuhen rutschend und schlitternd nachgerannt, hatten Paul bei der Schulter gepackt und barsch seinen Schlitten beschlagnahmt. Wendy kam mit den Sicherheitsleuten von Silver Meadow gut zurecht. Paul nicht.

»Was macht er denn da?«

»Sucht wahrscheinlich nach dir«, sagte Sandy.

Damit stand er auf und maß mit dem Auge die Entfernung zum oberen Rand des Schranks. Er hielt sein improvisiertes Lynchgerät vor den Befestigungspunkt. Dann stellte er sich auf einen modernen, gebrechlichen Schreibtischstuhl im Hängemattenstil und knotete das Ende des Seils an einen Nagel, den er bereits in die obere Zarge eingeschlagen hatte.

»Diesen Knoten nennt man Pahlstek«, sagte er.

Er ließ die Schlinge frei schwingen, und im spärlichen Licht seiner schwenkbaren Schreibtischlampe schwang ihr Schatten, ihr unheimliches Doppel mit.

»Mayday! Mayday!«

»Willst ihm wohl nicht die Chance geben, irgendwelche letzten Worte loszuwerden, was?« fragte Wendy. Sie zog erneut an der Hundemarke.

»Wichtige Meldung für Basis! Dung für Basis! Basis!«

»Das bringt doch nichts«, sagte Sandy. »Ich habe alles probiert.«

Seine Stimme klang so jammervoll, daß Wendy überzeugt war, daß das stimmte. Die Enttäuschung über G. I. Joe mit naturgetreuem Haar lastete schwer auf Sandy Williams.

»Mayday! Mayday! Wichtige Meldung für Basis!«

Sandy schob den Stuhl wieder unter den Schreibtisch und hielt die Schlinge, das schreckliche Pendel, an.

»Okay, bring den Gefangenen her«, sagte er.

»Einmal noch.«

Sie konnte es einfach nicht gut sein lassen. Sie stand vom Bett auf und trug G. I. Joe zu seinem Henker.

»Mädchen setzen sich immer für die Verbrecher ein. Aber leider«, meinte Sandy gedankenvoll, »bringt das überhaupt nichts.«

Wendy zog ein letztes Mal kräftig an der Hundemarke.

Und siehe da: »Major, Helikopter im Anflug!« sagte Joe.

»Irre!«

»Reiner Zufall«, sagte Sandy. »Das sagt er vielleicht alle fünfzig Mal oder so, allerdings ist es normalerweise ein anderer Spruch. Irgendwas mit einem Sanitäter.«

Er verschränkte die Arme.

Gemeinsam standen sie über dem hingestreckten Körper von G. I. Joe, der mittlerweile rücklings auf der zusammengefalteten Steppdecke am Fußende von Sandys Bett lag. Der Gedanke, ihn noch einmal auszuprobieren, noch einmal zum Ausgangspunkt zurückzukehren, kam Wendy sinnlos vor. Sie erkannte hier einen Moment, in dem sie die Machenschaften des Zufalls im Universum sah, und das wollte sie nicht kaputtmachen. Sandy war bei diesem Licht anbetungswürdig. Er konnte nicht warten. Er wollte Joe loswerden, weil sich hinter seiner Vorstellung von minderwertigen Waren, Kulturlosigkeit und allgemeiner Verdummung eine gewisse Würde verbarg. Er gehörte zu den Kids, die stundenlang vor dem Fernseher sitzen und *So was gibt's doch gar nicht* rufen. Sandy Williams rechnete damit, betrogen zu werden. Er war darauf gefaßt. Und es passierte auch fast immer, so daß sich die Welt wenigstens in dieser Hinsicht als verläßlich und solide erwies.

Deshalb zog er, als er die Puppe packte, so kräftig an dem Gummiband, das die Hundemarke mit dem inneren Mechanismus verband, als wollte er Joe damit erwürgen. Er zerrte daran, als wäre die Gewißheit, übers Ohr gehauen zu werden, das einzige, worauf er sich verlassen konnte.

»Ausfall nach Norden beim nächsten Überflug!« sagte Joe.

Wendy fiel erneut auf, wie still alles war, wie still es im Haus war, nun, da sich das Unwetter schon eine ganze Weile von seiner schlimmsten Seite zeigte. Joes Redseligkeit verblüffte Sandy. Zerstreut kratzte er sich an den Hoden. Er schüttelte Joe, hielt ihn sich ans Ohr.

»Hängen wir ihn trotzdem auf.«

»Klar«, sagte Wendy.

Und so taten sie es.

Was ist eine Schlinge anderes als ein Laufknoten? Sie paßte Joe wie angegossen, Sandy zog sie fest, und schon baumelte er. Die ganze Prozedur befriedigte im Grunde nicht recht. Außerdem blieben Wendy und Sandy dadurch allein im Zimmer zurück. Sie bat ihn, Joe mit dem Gesicht zur Wand zu drehen, und Sandy versuchte es, aber das Seil war in sich verdreht. Joe wirbelte immer wieder herum und sah sie an.

Und genau in diesem Moment passierte etwas Seltsames. Wendy fiel auf, daß Sandy mit dem Kissen im Schoß auf seinem Bett saß. Ein Gefühl packte die beiden. Sie wußte, was das hieß. Sie wußte, daß Sandy für kurze Zeit unter dem Stein hervorkam, unter dem er lebte. Sandy hatte Wendy allein in seinem Zimmer, in diesem warmen Zimmer, mitten in einem wirbelnden Schneesturm, obwohl doch sein Bruder sie wollte, sie vielleicht sogar gerade suchte. Das Ganze törnte gewaltig an. Wendy wünschte, sie hätte einen Heliumballon, könnte das Zeug einatmen und Sandy in ihrer Heliumsprache etwas ins Ohr flüstern. Sie wünschte, aus seinen Pyjamabeinen schauten Babyschühchen hervor. Sie hatte Lust, ihn mit einer Pfauenfeder zu kitzeln. Sie wünschte, er stände nackt, nur mit Schlittschuhen an den Füßen, unter der schwenkbaren Lampe.

»Warum gehst du mir aus dem Weg?« fragte sie.

Sandy lächelte tatsächlich.

»Ich geh dir nicht aus dem Weg«, sagte er. Worauf sein Gesicht wieder finster wurde.

Sie glitt auf dem Bett nach oben und zog übertrieben langsam zuerst den einen und dann den anderen Schneestiefel aus, als trüge sie Pfennigabsätze. Anmacherpumps. Sie wußte, was unter dem Kissen war, wußte, wie er aussah, wie ein kleiner Zeh, wie der Stummel eines amputierten Fingers, Sandys kleiner Minipenis. Sie glitt auf dem Bett neben ihn. Sie sagte ihm, daß sie mit ihm in seinem Bett, zwischen seinen Laken liegen wolle.

Sandy begann tatsächlich zu zittern.

»Dann müssen wir ins Gästezimmer«, sagte er. »Hier können wir nicht bleiben. Was ist, wenn Mike ...? Am besten, wir gehen ins Gästezimmer und machen die Tür zu. Hier können wir nicht bleiben. Meine Eltern –«

»Mach dir wegen denen keine Gedanken. Die sind doch auf dieser Party. Besaufen sich. Torkeln durch die Gegend, reißen Witze über McGovern und so 'n Kram.«

Er sah aus, als finge er gleich an zu weinen. Was er dann auch tat. Wendy ärgerte sich zwar nicht, aber sie verspürte auch kein Mitgefühl. Seine Tränen waren einfach nur peinlich. Er war auch nicht gerade stolz darauf. Er versuchte, ihre Spuren zu verwischen; er würde behaupten, es käme von seiner Müdigkeit oder von einem ganz bestimmten Augenleiden oder von seiner wahnsinnig starken Brille, die er sogar jetzt noch mit aufgesteckter Sonnenblende trug. Er wußte nicht einmal, was er eigentlich hatte. Sie fragte ihn, und er wußte es nicht.

»Es ist einfach nur, einfach nur –«

Also nahm Wendy den kleinen Sandy Williams bei der Hand – seine Hände zitterten, genau wie ihre – und führte ihn um die Ecke ins Gästezimmer. Sie ließ die Tür einen Spaltbreit offen, damit es weder so aussah, als sei sie absichtlich offengelassen, noch, als sei sie absichtlich geschlossen worden, und dann setzten sie sich, wie für ein Porträt junger Liebe, auf die karierte Steppdecke des Gästebetts.

»Was zu trinken?« fragte Wendy.

Denn die Wodkaflasche war immer noch da. Stand in Reichweite auf dem Tisch. Sandy war über die Frage entsetzt.

»Hast du das Zeug etwa noch nie probiert? Es ist was anderes als Pot-Rauchen, so viel steht mal fest. Es ist nicht so cool. Aber es funktioniert, Charles.«

Vom Nachmittag war ein einzelnes Glas übrig. Wendy empfand so etwas wie Stolz auf ihre Arbeit, während sie einschenkte. Sie erinnerte sich an den Kitzel ihrer eigenen Initiation, bei der ihr Bruder eine wichtige Rolle gespielt hatte. Das beste an der Initiation war, daß sie etwas mit Bedürftigkeit zu tun hatte. Initiation war Bedürftigkeit plus Vertrauen. Sandy wirkte zugleich zerbrechlich, willig, stark, alt und verletzlich. Seine Brille rutschte ihm auf einem glänzenden Schweißfilm die Nase hinunter und blieb an dem kleinen Knubbel an der Spitze hängen. Der Wodka füllte den Boden des Glases wie flüssiger Winter.

Sie hob das Glas, Sandy hob die Flasche, und sie stießen miteinander an, wie sie es bei Erwachsenen gesehen hatten.

Wendy kippte das Zeug in einem einzigen, brennenden Schluck hinunter. Sandy probierte ein winzig kleines Schlückchen aus der Flasche und würgte, als es seinen Gaumen berührte. Er hustete einmal und schluckte es endgültig hinunter. Wendy sagte, er solle es noch einmal probieren. Er wollte seine Sache genauso gut machen wie Mikey, er mußte beim Erwachsenwerden einfach aufholen, deshalb füllte er das Glas und goß zwei Fingerbreit hinunter. Daß er das erstemal trank, dachte Wendy, verlangte Sandy tausend schwierige Entscheidungen ab. Was dabei alles zu bedenken war! Aber er brachte das Zeug hinunter, und sie nahm an, daß er es lernen würde. Sie hatte es auch gelernt, an Feiertagen, wenn ihre Eltern sie probieren ließen, und während der Schulzeit hinter der Saxe Junior High mit den Außenseitern, denen von der Junior High und der High-School, den Adoptivkindern, dem halben Dutzend Arbeiterkindern und dem halben Dutzend Schwarzen. Und nachmittags kam es gelegentlich vor, daß sie ihren Eltern schlicht und einfach Alkohol klaute. Dabei hatte man natürlich Schiß, daß sie *den*

Pegelstand der Flaschen mit einem Wäschetintenstift markierten, aber sie trank eben, wenn sie trinken mußte.

Sandy legte sich ihre Hand mitten auf die Brust.

»Fühlt sich warm an.«

»Deine Leute haben dir noch nie was gegeben?«

»Ein-, zweimal vielleicht.«

Wendy wußte, daß sie Mikey probieren ließen.

»Noch einen?« fragte sie.

Mittlerweile konnte sie spüren, wie es sie entspannte; sie konnte spüren, daß das bedrohliche Wetter etwas Gutes war, daß der Frau aus *Please Don't Eat the Daisies* nichts fehlte. Wahrscheinlich würde sie demnächst in *Wo die Liebe hinfällt* auftreten. Wendy hatte keine Angst vor Sandys nacktem Körper.

»Okay«, sagte er.

Und sie tranken noch einen.

Draußen drosch das Unwetter auf die Gartenarchitektur ein.

Als sie die Arme um ihn schlang, wurde ihr klar, daß sie ihn mittendurch brechen konnte. Sie küßte Sandy; er ließ sich küssen. Sandy schmeckte nach gar nichts. Er war so geschmacksneutral wie Leitungswasser. Sie spürte die völlige Verwirrung seiner Gedanken, seine Unsicherheit. Sie knöpfte seine Pyjamajacke auf. In den Noxzema-Werbespots und im Kino trug man sie jetzt so, daß oben zwei Knöpfe offenstanden und das Brusthaar hervorquoll. Aber Sandy war ein flaumiges kleines Kerlchen, ohne ein dunkles Haar am Leib. Er lehnte sich zurück, damit sie ihm die Pyjamajacke aufknöpfen konnte. Sie selbst legte, um ein zügiges Tempo bemüht – gar nicht so leicht im Winter –, Schicht um Schicht ab: ihren Wollpullover, ihren Rollkragenpullover, ihr T-Shirt. Dann rieb sie ihren Oberkörper an seinem, die Spitzen ihrer Brüste, die gerade erst Brüste zu werden begannen, und sie machten sich an die übrigen Kleider. Mit Bedacht zog Wendy Skihosen und Schlüpfer in einem aus – damit sie die besudelten Strapse verbergen konnte, die sie aus Mikes Zimmer hatte mitgehen lassen. Aber Sandy war zu sehr mit seiner eigenen Nacktheit beschäftigt, um es zu bemerken.

»Hosen runter«, sagte sie zu ihm und mußte über ihren drängenden Ton, ihre Forschheit lachen.

Gleich darauf waren sie nackt. Sein kleiner Soldat stand stramm wie G. I. Joe mit naturgetreuem Haar, als er noch unter den Lebenden weilte.

»Unter die Decke«, sagte Wendy.

Sandy schlug die Steppdecke zurück, und sie glitten darunter. Sandy lachte wieder, und auch Wendy lachte, und das Lachen tat gut. Sie nahm seinen haarlosen Penis in die Hand, und sie wog seine haarlosen Hoden, und sie küßte seine Brustwarzen, und so kugelten sie ein Weilchen herum.

»Hast du schon mal einen nächtlichen Erguß gehabt?« fragte sie.

»Was?«

»So nennt man das, wenn du nachts aufwachst und so einen kleinen klebrigen Fleck im Bett hast. Zum Beispiel nach einem aufregenden Traum.«

Er schüttelte den Kopf.

»Haben die dir so was etwa noch nicht erzählt? Wo lebst du eigentlich?«

Sandy allerdings hatte keine Lust, Fragen zu beantworten; er wollte weitermachen. Als sich sein Knie zwischen ihren Beinen nach oben schob, als sich seine Hüfte an ihrer rieb, erschauerte sie zwar, aber es schien trotzdem nicht so recht weiterzugehen. Sie konnte seinen kleinen Däumling küssen. Aber ihr ging ziemlich bald auf, wie sinnlos das Ganze war. In diesem Gästezimmer würde es keine Orgasmen geben, weder gleichzeitige noch normale altmodische.

Vielleicht war das ja auch okay so. Sie wußte ohnehin nicht viel darüber. Orgasmus war ein Wort, das sie schon ein dutzendmal nachgeschlagen hatte, und sie verstand immer noch nicht genau, was es bedeutete. Masturbation – Reizung der Genitalien, normalerweise bis zum Orgasmus, vom lateinischen *manus stuprare*, mit der Hand schänden. Wie oft hatte sie in den Monaten vor ihrer ersten Periode nichts als ein angenehmes Kribbeln gespürt. Es war wie der elektrische Schlag, den man von einer Metallklinke bekam, wenn man eine Zeitlang in Socken herumgetappt war. Widernatürliche Unzucht – jede dem normalen sittlichen Empfinden zuwiderlaufende Form des Geschlechtsverkehrs, insbes. Analverkehr. Sodomie – Geschlechtsverkehr mit Tieren. Wie bitte? So etwas konnte man sich unmöglich vorstellen.

Orgasmus war noch schwerer zu verstehen. Im Königreich der Worte schien ihm noch am ehesten der Begriff *Gnade* nahezukommen. *Gnade* konnte man auch hundertmal erklärt kriegen, aber solange man nicht in ihrem Besitz war, war es bloß Luft. Eines Nachmittags, als Mikey auf ihr herumgerammelt hatte, war plötzlich ein Stück seines T-Shirts genau oberhalb der Taille feucht geworden, und in diesem Moment überwältigte sie irgend etwas und sie fühlte sich emporgerissen. Sie drückte und stieß gegen Mikey, und dann war sie mit einemmal kurz weg. Sie entschwebte einfach auf einem federleichten Luftkissen. Es war, als würde man verhext. Es war ein außerkörperliches Erlebnis, wie die Gnade.

Sie war sich nicht sicher, ob das einer gewesen war oder nicht. Aber so meinte sie dieses seltsame Wort zu verstehen, dieses Wort, das einer entlegenen Sprachfamilie zu entstammen schien, der tibetisch-burmesischen oder sonst einer, die der Sprache ihrer Familie ganz und gar fremd war. Sie wußte nicht genau, ob es ein Orgasmus gewesen war, aber sie jagte ihm trotzdem nach.

»Ich mag dich, Wendy«, sagte Sandy.

»Das ist schön, Sandy. Ich mag *Chiller Theater* und *Nanny und der Professor*.«

Nur vom Flurlicht beschienen, lagen sie da. Diese Ruhe kam echter Zufriedenheit sehr nahe. Wendy wußte, daß sie das mit seiner Initiation prima hingekriegt hatte.

»Noch was zu trinken?« fragte sie.

»Glaub schon.«

Sie setzte sich auf und betrachtete das Schlachtfeld, die halb weggestrampelten Decken, die auf dem Boden verstreuten Kleidungsstücke. Die Unordnung gefiel Wendy. Als sie das Glas füllte, es bis obenhin füllte, kleckerte sie ein wenig – auf sich selbst, auf die Laken, auf die Außenseite des Glases.

»Bist du betrunken?« fragte sie.

»Weiß ich nicht. Woher soll ich das wissen?«

»Ich weiß es auch nicht. Irgendwie dreht sich dann alles. Daran erkennt man das unter anderem. Es dreht sich alles, wenn man sich hinlegen will.«

Sie wärmten sich aneinander wie Flüchtlinge. Froh um die Wärme, die Gesellschaft. Und weil sie nicht sehr genau über die Nacht mit ihrer wirbelnden Phalanx von Eltern und Geschwistern nachdachten, fielen sie bald darauf in unruhigen Schlaf.

Die Party erreichte gegen halb elf ein Stimmungshoch wie bei einem billigen LSD-Trip. Sie machte *einiges an Veränderungen* durch, diese Party. Sie zu beschreiben, diese Veränderungen zu beschreiben – die persönlichen Entwicklungen, die Gruppendynamik, die sich bei den Halfords abzeichneten –, hätte auch den eifrigsten Leser von *Psychologie heute* auf eine harte Probe gestellt. Dr. Thomas Harris, Autor von *Ich bin o. k. – Du bist o. k.*, formulierte es folgendermaßen: »Als er noch am Anfang seiner Entwicklung der Transaktionsanalyse stand, beobachtete Berne, daß man sehen kann, wie sich Menschen vor den eigenen Augen verändern, während man sie beobachtet und ihnen zuhört. Es ist eine totale Art der Veränderung. Simultane Veränderungen treten auf im Gesichtsausdruck, im Vokabular, in Gesten, Haltungen und Körperfunktionen, die das Gesicht erröten, das Herz klopfen und den Atem schneller gehen lassen. Diese abrupten Veränderungen können wir bei jedem beobachten.«

Wie dieses Transaktionsmodell bei ihr funktionieren sollte, blieb Elena verborgen. Dabei las sie Bücher über Persönlichkeitsentwicklung. Sie hatte *Die Möwe Jonathan*, *Die Lehren des Don Juan: Ein Yaqui-Weg des Wissens*, *Der Urschrei* von Arthur Janov, *Ich bin o. k. – Du bist o. k.* und *Spiele der Erwachsenen* von Eric Berne, *Notes to Myself* von Hugh Prather, *Grundlagen der Gestalt-*

therapie von Fritz Perls, *Be Here Now* von Ram Dass, *Seele auf Eis* von Eldridge Cleaver, *Ich hab dir nie einen Rosengarten versprochen*, *Das geteilte Selbst*, *Die sexuelle Reaktion des Menschen*, *Das Eiland* von Aldous Huxley, *Das tibetische Totenbuch*, *Der Hobbit* und *Der Herr der Ringe* gelesen. Sie las dieses Zeug, aber auf Partys half ihr das kein bißchen.

Und die Party selbst war geteilter Meinung – die eine ging dahin, daß das Aussuchen von Hausschlüsseln eine löbliche, zeitgemäße Beschäftigung, die andere, daß das ganze Spielchen eine Schande sei. Manche meinten beides zugleich, und manche wechselten zwischen beiden *Glaubenssystemen* hin und her.

Wie sollte Elena, unbehaglich wie sie sich fühlte, die Veränderung erklären, die sie überkommen hatte? Wie die Freude, die sie nicht lange nach ihrem Eintreffen auf der Party gepackt hatte? Die Gesellschaft von New Canaan schlich durch die Gegend und versuchte, Entscheidungen über die Schlüssel, über die Weiterungen einer Teilnahme zu treffen. Die Gespräche, fiel Elena auf, wurden vage, während Ehemänner und Ehefrauen sich aus dem Weg zu gehen versuchten. Mit niedergeschlagenen Augen stahlen sie sich von der Bar zu ihren Gesprächsgrüppchen, so wie auch Elena Benjamin aus dem Weg ging. Trotzdem, mit einemmal fühlte sie sich von der Party in Hochstimmung versetzt; es gab kein anderes Wort dafür. Sie spürte, wie sich die Zwänge lockerten, die sie seit ihrer Volljährigkeit gefesselt hatten, und ihr wurde klar, daß sie mitmachen würde. Sie würde sich einen Schlüssel aussuchen. Sie würde ihn an sich drücken, ihn sich um den Hals hängen, ihn zwischen ihren kleinen, gebändigten Brüsten baumeln lassen. Sie würde mitmachen.

Diese Entscheidung war eine Funktion ihres Eltern-Ichs, ihres Kindheits-Ichs oder ihres Erwachsenen-Ichs.

Eine Funktion eines oder mehrerer von ihnen. Beim Eltern-Ich handelte es sich natürlich um eine riesige Sammlung von Aufzeichnungen im Gehirn »über ungeprüft hingenommene oder aufgezwungene äußere Ereignisse, die ein Mensch in seiner frühen Kindheit wahrgenommen hat«, und das Kindheits-Ich setzte sich aus den Aufzeichnungen der Reaktionen auf diese erste Sammlung von »Tonbändern« zusammen. Zugleich sammelten sich Erwachsenendaten an, und zwar »sobald das Kind die Fähigkeit besitzt, selbständig zu klären, worin sich die Lebenswirklichkeit unterscheidet von dem ›gelernten Weltbild‹ seines Eltern-Ichs und von dem ›gefühlten Weltbild‹ seines Kindheits-Ichs«.

Aus den Kämpfen, die sich in diesen drei *phänomenologischen Realitäten* abspielten, ergaben sich die vier Lebensanschauungen: Ich bin nicht o. k. – du bist o. k., Ich bin nicht o. k. – du bist nicht o. k., Ich bin o. k. – du bist nicht o. k. und das paradiesische Ich bin o. k. – du bist o. k. Eine dieser vier hatte Elena am Wickel.

Jede Analyse ihrer Stimmung würde das Material berücksichtigen müssen, das zu diesem Moment geführt hatte. Sie hatte den Nachmittag damit verbracht, über ihre Familie nachzudenken. Dann hatte sie ihren Mann wegen seiner Untreue zur Rede gestellt und sich – in bester Absicht – bereit erklärt, zu einer Party mitzukommen, auf der wahrscheinlich auch die Geliebte ihres Mannes anwesend sein würde. Irgendwo in der Entscheidung, mitzukommen – dieser in bester Absicht getroffenen Entscheidung, die ihr einfach so gekommen war –, lagen die Keime des gegenwärtigen Moments von Heiterkeit verborgen. Einen Augenblick lang hatte sie sich eingestanden, daß die Untreue ihres Mannes letztlich seine Sache war, ganz gleich wie schrecklich sie sich deswegen fühlte. Oder, wie es in *est* hieß: »Die Ursache jedes Übels, unter dem du leidest – was immer es auch sei –, liegt in dir selbst. Es wird Zeit, die Verantwortung dafür zu übernehmen. Die Bereitschaft dazu ist der entscheidende Schritt.« Elena schuf sich ihre eigene Welt.

Dr. Thomas Harris: »Drei Dinge bewirken, daß Menschen sich ändern wollen. Eines davon ist der Leidensdruck. Ein anderer Grund, warum Menschen sich ändern wollen, ist eine langsam niederziehende Verzweiflung, genannt Langeweile. Und drittens wollen Menschen sich ändern, weil sie plötzlich entdecken, daß das möglich ist.« Das war *das* Erlebnis von Zufriedenheit. In den Verhältnissen um einen herum die Limonade, die Nahrung, die Gelegenheit des Tages zu finden. Wahrhaftig eine Gabe. Oder, erinnerte sich Elena, wie Hugh Prather sagte: »offen / und aufmerksam / leer / und zugänglich / menschlich / und hellwach wartend / (absichtslos) / bereit / (wunschlos) / lebendig (bedürfnislos).«

Dessenungeachtet war Elena, als sie von der Schlüsselparty erfuhr, Gefangene von Benjamins beengendem System der Entscheidungsfindung. Es fiel ihr schwer, sich zu öffnen, ihre eigenen Bedürfnisse, Wünsche *zuzulassen*. Sie war Gefangene des Moments, in dem Benjamin ihren Hausschlüssel mit dem kleinen Pferdeanhänger irgendwie, durch irgendeinen Taschenspielertrick, Janey Williams zuschanzen würde. Sie kam nicht los vom Gesichtsausdruck ihres Sohnes, wenn Janey und Benjamin eines Samstagmorgens zur Haustür hinausschlüpfen würden, um in Darien oder Norwalk zu frühstücken, wo niemand sie sehen würde. Niemand außer den anderen Paaren, die zu Türen hinausschlüpften.

In dieser melancholischen Stimmung stahl sie sich zur Tür hinein, vorbei an Dot und Rob Halford, vorbei an den Armitages, den Sawyers, den Steeles, den Boyles, den Gormans, den Jacobsens, den Hamiltons, den Gadds, den

Earles, den Fullers, den Buckleys, den Regans, den Bolands, den Conrads, den Millers. Vorbei an den alteingesessenen Familien von New Canaan, den Benedicts, den Bootons, den Carters, den Newports, den Eels, den Finches, den Hanforts, den Hoytts, den Kellers, den Lockwells, den Prindels, den Seelys, den Slausons, den Talmadges, den Tarkingtons, den Tuttles, den Wells. Und vorbei an der neuen Elitetruppe der geschiedenen Einwohner New Canaans – Chuck Spofford, June Devereaux, Tommy Finletter, Nina Kellogg. Sie mied das Wohnzimmer, wo bereits Janey Williams installiert war, und ging statt dessen in Richtung Küche und Bibliothek. Dort drückte sie sich etwa eine Stunde lang bei verschiedenen Gesprächsgrüppchen herum, blieb jedoch nirgends lange genug, um einen Gedanken zu vollenden oder eine Vertraulichkeit zu registrieren. Sie half Dot, die Catering-Firmen verachtete, die Horsd'œuvres auf den Tabletts anzurichten. Dann hatte sie ein Gespräch mit George Clair, einem Mann, den Benjamin nicht ausstehen konnte. Machte einen ganz netten Eindruck. Ihr nächster Aufenthalt war das Badezimmer, wo sie sich ein Weilchen hinsetzte und weinte, um dann vor dem Spiegel der Hausapotheke in wohlüberlegten Mengen Make-up aufzutragen.

In diesem Augenblick kam es ihr nicht so vor, als hätte sich viel verändert oder als würde sich viel verändern. Tatsache aber ist, daß die meisten von uns Stimmungsumschwüngen unterworfen sind, da jeder Teil unseres E-E-K (unseres Eltern-Erwachsenen-Kindheits-Ichs) zu unserem Verhalten beiträgt. »Manchmal sind die Gründe für unsere Unbeständigkeit schwer zu fassen bzw. scheinen nicht mit irgendeinem bestimmten Auslöser in der Gegenwart zusammenzuhängen.« Allerdings kam, während Elena weinte, Mark Boland ins Badezimmer, ohne zu klopfen – es ließ sich nicht richtig verriegeln –, und traf sie dabei an, wie sie, die Beine nicht übereinandergeschlagen und den Schlüpfer wie ein Stück schickes Geschenkpapier zwischen den Kniescheiben straffgezogen, hellbraunen Lippenstift auftrug. Sie war von Kämmen umgeben, die an allen vier Wänden aufgepflanzt waren. Dot Halford sammelte Kämme.

Boland wurde puterrot, stammelte eine Entschuldigung und knallte die Tür zu. Damit nahm die eigentliche Komödie des Abends ihren Anfang.

Als Elena aus dem Badezimmer kam, spürte sie die Schlüsselparty in der Luft liegen wie die Fummelspiele der Grundschule. Flaschendrehen. Postamt. Mittlerweile ließ sie sich von den Einflüsterungen des Zufalls leiten. Tiefer konnte sie ohnehin nicht mehr sinken. Sie würde mit jedem reden, mit dem es sich gerade ergab; sie würde das Gespräch aufkommen und abflauen lassen gleich dem Wind, der mit seiner arktischen Fracht das Haus berannte; sie würde zu Platten von Antiono Carlos Jobim, dem König des Bossa Nova, tanzen oder zu *Switched-On Bach* von Walter Carlos oder zu der Carole-King-LP, die offenbar jeder hatte; sie würde von sämtlichen Hors-d'œuvres nehmen, die gereicht wurden; sie würde symbolische Gaben annehmen, ob Droge oder Drink; sie würde mit jedem gehen, den die Servierschüssel im Flur ihr zuteilte.

Deshalb kam Elena gleichsam wie ein aus dem Kokon geschlüpfter Schmetterling aus dem Badezimmer. Gespannt suchte sie nach dem Gesicht ihres Verführers. Würde er rundrückig und unnahbar sein? Würde seine Haltung so vollkommen sein wie eine frisch gesägte Planke? Und der erste Mensch, nach dem diese neue Elena Hood Ausschau hielt, war Mark Boland – eben der Mann, der sie im Badezimmer überrascht hatte. Mark, so stellte sich heraus, unterhielt sich gerade mit Maria Conrad und ihrem halbwüchsigen Sohn Neil. Sowohl Boland als auch Maria waren in einem Stil gekleidet, der eigentlich schon längst auf Dachböden und in Altkleider-Containern verschwunden war. Marks Ripskrawatte hätte von einem Flohmarkt der Nachkriegszeit stammen können. Maria trug einen schlichten, strapazierfähigen Plaidrock.

Boland, der schon seit zwanzig Jahren am Heather Drive, nahe der Stadtgrenze von Norwalk, wohnte, war der inoffizielle Historiker seiner Heimatstadt. In dieser Eigenschaft war seine Drögheit legendär. Er war ein Moloch fader Langatmigkeit. Selbst Elena, die auf Partys mitunter nach Langweilern ausschaute und mit ihnen eine Festung gesellschaftlicher Bedeutungslosigkeit baute, hatte Probleme mit ihm. Beim leisesten Anzeichen von Mißstimmung erging er sich in einer langen Abhandlung über die Schuhfabriken, die im neunzehnten Jahrhundert die Wirtschaft der Stadt stützten – immerhin war New Canaan zwei Jahrzehnte lang das zweitgrößte Zentrum für Schuhherstellung im Lande! –, sowie darüber, wo die alten Fabriken gestanden hatten (eine dort, wo sich heute das Spritzenhaus befand) und wie es nach 1850 mit der Branche bergab gegangen sei. *Haben Sie gewußt,* daß man damals sogar eine Eisenbahn bauen wollte, um Investoren anzulocken, aber es hat keiner angebissen!

Schwer vorstellbar, daß Boland zum festen Inventar des Partybetriebs gehörte, bis einem aufging, daß hinter dem weißen Haar und der dicken Brille das Herz eines ausgekochten Schwindlers lauerte. Er haßte seine Frau. Einmal hatte er ihr in aller Öffentlichkeit ein Glas aus der Hand geschlagen, als er im Country Club bei einer Partie Backgammon verlor; er hatte sie bei ihren Freunden schlechtgemacht. Es war ihr zu Ohren gekommen. Trotzdem waren sie noch verheiratet. Trotzdem hörte er nicht zu reden auf. Manchmal sah man ihn mehr als eine Dreiviertelstunde lang ein und dasselbe Opfer triezen. Das endlose Gequassel über Geschichte, Kommunalwahlen oder Bürgerversammlungen kaschierte irgendeine Leere in ihm – den Bereich, wo er seine eigenen Verletzungen abdämpfte, wo er die Trauer um sein erbärmliches Leben verbarg. Und da er nicht mehr arbeitete – Boland hatte im richtigen Moment in Xerox investiert –, konnte er mit seinem Menschenhaß nirgendwohin, außer auf Partys. Aber mit den Jahren, so fiel Elena auf, wurde seine Frau stärker. Sie wurde selbstsicherer. Nie zeigte sie sich mit ihm auf Partys. Ständig schien sie auf dem Merritt Parkway durch Fairfield County unterwegs zu sein, auf der Suche nach den schönen Künsten, wo immer sie sich versteckten. In ihrem dunkelgrünen Mercedes war Betty Boland in New Canaan unter diejenigen aufgerückt, die sich auskannten. Elena stellte sich vor, daß die beiden mittlerweile in getrennten Zimmern schliefen. Wie so viele von den älteren protestantischen Paaren waren sie höflich, charmant und einander entfremdet.

Mark Boland wollte also ein bißchen bei dem Schlüsselspiel mitmischen. Und deshalb redete Elena mit ihm. Sie wollte das aus der Nähe sehen.

»Mein Gott, Elena, es tut mir leid«, sagte er.

»Aber ich bitte dich. So was passiert schon mal. Da muß man eben durch. Deswegen geht man doch zu den Halfords. Man weiß nie, was noch so alles passiert.«

Boland lächelte. Ein wenig zu lang.

»Ja, das ist auch wieder wahr.«

»Mark und ich haben gerade übers Wetter geredet«, unterbrach Maria.

»Übers Wetter«, sagte Elena.

»Ja, heute nacht soll es doch frieren. Wird ganz schön kritisch bis morgen früh.«

»Das schwerste Unwetter seit langem«, sagte Boland. »Habt ihr vorgesorgt, du und Benjamin?«

»Vorgesorgt?«

»Aber ja.«

Und als dieser Nebenaspekt erschöpfend behandelt war, stürzte sich Boland wieder ins historische Geschwafel. Der von der Perambulation Line – der durch Begehen festgelegten Grenze – durchschnittene Sprengel Canaan, sagte er, habe sich früher aus einem zu Stamford und einem zu Norwalk gehörenden Teil zusammengesetzt. Wahrscheinlich habe es auch damals schon genau solche Unwetter wie heute gegeben. Die Mauer, die die Perambulation Line markierte, habe wegen dieser Unwetter wahrscheinlich häufig wiederaufgebaut werden müssen. Ob sie gewußt hätten, daß hinter der neuen High-School noch ein kleines Stück davon stand? Beim Reden sammelten sich winzige Speichelbläschen in Bolands Mundwinkeln, als wäre er ausgedörrt. Es war ein erotischer Schaum, die Milch erotischen Ausgehungertseins. Und weiter schwadronierte er, über die Unterschiede zwischen der Kolonie New Haven, die 1651 Norwalk, und der Kolonie Connecticut, die 1650 Stamford (beziehungsweise Stanford, wie es damals hieß) gegründet habe. 1686, bei der ersten Festlegung der Perambulation Line, habe New Canaan noch vollständig zu Norwalk beziehungsweise Stamford gehört. Zum ersten privaten Grundstückserwerb auf der Norwalker Seite der Grenze sei es 1699 gekommen, und zwar am Silvermine Hill.

»Damals schrieb man das getrennt«, sagte Boland. »*Silver Mine* Hill. Damals ... Na ja, die Stadt wurde natürlich als Kirchensprengel gegründet – aber das wißt ihr bestimmt schon alles – als Kirchensprengel, damit die Einwohner, die Bürger von Stanford und Norwalk, es zur Kirche nicht so weit hatten.«

Das Gespräch war geradezu darauf angelegt, abzuschrecken. Marias Sohn Neil Conrad nutzte eine Atempause in Bolands Dauerrede, um Elena auf den Leib zu rücken. Er stellte sich zwischen sie und Boland. Er trug einen gebatikten Rollkragenpullover, mit Flicken übersäte Jeans und Wanderstiefel. Seine Haare waren lang. Elena fragte sich, ob er mitmachen, beim Schlüsselspiel mitmachen würde, und wenn nicht, warum ihn Maria, die ohne ihren Mann hier war, überhaupt mitgebracht hatte. Sie bedachte seinen ektomorphen Körperbau: Welche erwachsene Frau, die etwas auf sich hielt, würde mit diesem *Hänfling* im Bett herumknutschen und -turnen? Wäre Neil, der nur ein, zwei Jahre älter war als ihr eigener Sohn, Neil mit seiner Akne und seinem gewellten, femininen Haar jemand, mit dem sie nach Hause abziehen könnte?

Auf gar keinen Fall.

Der junge Neil nuschelte auf seine wirre Art – mit schlecht riechendem Atem – etwas des Sinnes, wie langweilig die Party und wie langweilig der Kerl mit seinem New-Canaan-Gesabbel sei, und begann dann Fragen auf sie abzufeuern. Elena hatte es schon öfter erlebt, daß Teenager sie zum Gegenstand ihrer Bewunderung machten. Es lag wahrscheinlich an ihrem urteilslosen Schweigen. Sie hielten das für die Gabe des Zuhörens. Jedenfalls hatte Neil, wie sich herausstellte, gerade *das Training* absolviert. Ja, genau. Nach sorgfältiger Gehirnwäsche war seine Psyche nun eine Version der Psyche Werner Erhards. Er hatte mehrere Wochenenden in einem Hörsaal verbracht, ohne aufs Klo gehen zu dürfen, und jetzt hatte er *es kapiert*. Er hatte kapiert, daß es *nichts zu kapieren* gab. Das hatte sein Leben verändert. Unter den auf der Party Versammelten hatte er sie auserwählt, seine Botschaft zu hören.

Neil nuschelte, daß er sich mittlerweile für die spirituelle Grundlage dessen interessiere, was Vonnegut mit Dwayne Hoover und Kilgore Trout mache. Zeichnungen von Arschlöchern und so. Und dann gebe es da eine Platte mit dem Titel *Dark Side of the Moon*. Da gingen echt irre Sachen drauf ab. *»Breathe in the air«*, sagte Neil Conrad zu Elena. *»Don't be afraid to care.«* Die Möwe Jonathan sei auch ziemlich hip. Wir hätten alle eine Ahnung von der Großen Möwe in uns.

»Der Film ist allerdings total daneben. Die Musik von Neil Diamond kann man vergessen. *Cracklin' Rosie*.«

»Also, ich –«

»Und wenn Sie sich dafür interessieren, was man mit dem Training alles anfangen kann, zum Beispiel, was religionsmäßig so alles läuft und so ... Also, da wäre dieser Typ, mit dem müßten Sie mal reden.«

Plötzlich führte Neil sie ins Nebenzimmer – seine Mutter und Boland winkten ihnen nach –, in die Bibliothek, wo die vielleicht nur zufällig mit fünfundvierzig Umdrehungen gespielte Platte von Antonio Carlos Jobim mit dem Fernseher konkurrierte, in dem eine Wiederholung von *Miracle on 34th Street* lief. Zahnarztstuhl-Musik, Fahrstuhl-Musik, und dazu diese Macy's-Version von Gott, diese Macy's-Version von Wundern, dieser bärtige Kerl in der Klapsmühle. Oder war es Gimbels. Sie ließ sich nur deshalb führen, weil sie wußte, daß es irgendwo in den unbeständigen Konstellationen dieser Party einen Menschen gab, der diesen Abend verwandeln würde. Und sie vermutete, daß der Zufall sie zu ihm führen würde. Um den sechseckigen Couchtisch mit der Glasplatte (Gestell aus Bronze und kohlenstoffarmem Stahl, hergestellt von Philip Daniel) hatte sich ein kleines Grüppchen geschart – ein paar Männer und Frauen, die im Takt des Bossa Nova geistesabwesend vor sich hin zuckten –, so daß Elena ihn zunächst nicht sah. Draußen, im Licht einer Patiolampe, schien der Schnee nach oben zu stieben. Es war kurz vor elf.

Dann stellte Neil sie dem Mann vor, mit dem sie sich schon einmal im Café getroffen hatte. Wesley, Wesley Myers. Seine Anwesenheit überraschte sie nicht. Oder ihre Überraschung legte sich rasch. In jenem Moment im Café mit ihm hatte sie eine ganz andere Geschichte ihrer Ehe erkannt, eine ganze Abfolge von Intimitäten, Distanzen, Texturen, Motels, Weinsorten und Trennungen, und davor war sie zurückgeschreckt. Es fiel schwer, diese Geschichte hier vor ihr wiederzuerkennen, aber das hatte auch sein Gutes. Ihr gefiel, was traurige Dinge an Möglichkeiten bargen. Wesley, so vermutete sie, war hier, weil er alleinstehend war, aber auch deshalb, weil ein derart elementarer Verstoß gegen die Zehn Gebote, wie ihn die Party propagierte, zwangsläufig die unerwünschten Elemente von New Canaan anlockte, so wie eine Pastete, die man über Nacht draußen stehen läßt, die Ameisen anlockt. Und Myers gehörte zu den Unerwünschten. Das wußte sie aufgrund ihrer zwei oder drei oberflächlichen Begegnungen. Er war ein rastloser Denker, ein reizbarer, knickeriger Kerl. Andererseits wußte er ja vielleicht gar nicht von der Schlüsselparty. Vielleicht war er einfach so hingegangen. Vielleicht reagierte er auf Pheromone in der Luft, auf endokrine Vorgänge.

Myers sah aus wie einer dieser Faxenmacher, wie Buddy Hackett oder Don Knotts. Er war gedrungen, murkelig und verlebt, wie eine de-Sade-Version des Weihnachtsmanns. Er hatte die Ausstrahlung eines Menschen, der zu häufig und zu weit ins Erwachsenenalter hinein masturbiert hat.

Er lächelte herzlich.

»Wie schön, Sie zu sehen, wirklich schön.«

Die Säuferknollen, die sich über seine Nase zogen, runzelten sich von seinem Lächeln.

Und dann legte Neil richtig los. Weil es kein Zögern geben durfte, wo es um Spirituelles ging. Weil wir in einer Zeit großer spiritueller Suche lebten. Das Gespräch drehte sich erneut um *est*, wozu Myers einen besonderen Zugang hatte – wie anscheinend überhaupt zu einer Vielzahl nichttraditioneller Religionsformen, darunter die Scientology-Kirche, Parhamansa Yogananda, der Peoples' Temple, die Gestalttherapie und die Transzendentale Meditation.

Hauptproblem, so die Formulierung von Myers, war das *Vlies*. Als menschliche Maschine im Daseinskampf hatte man ein Recht auf das Vlies, ein Recht darauf, im Alltag so viel Vlies wie möglich zu bekommen.

»Aber ein Recht zu haben – und ich paraphrasiere jetzt, ich paraphrasiere Werner und einen seiner Schüler –, ein Recht zu haben ist etwas anderes als recht zu haben. Recht zu haben und glücklich zu sein sind die beiden Pole des Tanzes, der das Leben der menschlichen Maschinen ausmacht. Das ist alles, was sich hier abspielt. Recht zu haben ist die letzte Zuflucht der Schurken. Darauf muß man total und komplett verzichten. Stimmt's? Statt dessen kommt es laut *est* darauf an, seinen *Fluß* zu suchen und ... dessen Strömungen und Strudel anzugehen. Genau. Sobald man das Zentrum-das-kein-wahres-Zentrum-ist gefunden hat, kann man als menschliche Maschine jederzeit darauf zurückgreifen. Werner sagt ganz deutlich, daß der eigene Fluß, wenn man darüber zu kommunizieren anfängt, die Form dieses Globus, dieser Welt annimmt. Das ist das große Geheimnis, das eigentlich gar kein Geheimnis ist. Sobald man sich ein Floß für die Fahrt auf dem eigenen Fluß gebaut hat, sobald man sich die Biegungen und Windungen dieser Reise eingestanden hat, kann man daran denken, selbst zum spirituellen Meister zu werden. Das ist das Geheimnis. Und das ist eigentlich auch schon alles.«

»Und was gute Beziehungen im Tanz des Lebens angeht, also, da kommt es einfach drauf an, sich auf den Fluß des anderen Menschen einzustellen«, fuhr Myers fort. »Man muß auf einen Weg von Spiel und Liebe hinarbeiten, der sich aus dem Tanz speist. Der eigene Weg von Spiel und Liebe wird zum Zufluchtsort für das Objekt, die andere menschliche Maschine. Das sind Wahlmöglichkeiten, die man hat. Der eigene Fluß hat nämlich Nebenflüsse, und die heißen in Werners Terminologie Wahlmöglichkeiten. Das Gebiet der Nebenflüsse erstreckt sich immer weiter. Und daraus ergibt sich, daß alles im Himmel ... alles im Himmel aus der Wandelbarkeit dieser im eigenen Fluß angelegten Wahlmöglichkeiten gebildet wird. Und das heißt, daß man mit beiden Beinen im Himmel steht. *Man selbst* ist, wie Werner sagt, die höhere Macht, das höchste Wesen. Man selbst.«

Myers setzte ein unverschämtes Grinsen auf.

»Also ich bin ehrlich froh, daß es irgendwer ist«, sagte Elena.

»Das glaube ich gern«, meinte Myers so fröhlich wie Buddy Hackett. »Damit hat man es nämlich kapiert. Man hat's kapiert.«

»Sagen Sie mal«, fragte Elena, »woher kennt ihr beide euch eigentlich?«

»Na ja, er ist mein Priester«, sagte Neil.

Da ging Elena ein Licht auf. Eigentlich war es sogar ziemlich blöde von ihr, daß sie nicht schon früher darauf gekommen war. Myers war natürlich der neue Pfarrer der episkopalen Kirche St. Mark's. Der Kirche, die niemand mochte. Und obwohl Myers abstoßend wirkte, obwohl er aussah wie ein Priester von der Sorte, die sich an Chorknaben oder -mädchen oder beidem vergreifen könnte, obwohl er nichts dagegen gehabt hatte, sich ein paarmal heimlich mit ihr zum Mittagessen zu treffen – mit Sicherheit Versuche, ihre Anbeißbereitschaft zu testen –, und obwohl er bei keiner dieser Gelegenheiten zugegeben hatte, daß er Geistlicher war, tat er ihr leid. Jede Bekundung seiner Suche nach Gnade in dieser Gemeinde, jede Ermahnung, stellte sie sich vor, lohnten ihm die Menschen von New Canaan mit Schweigen, mit Fernbleiben von der Kaffeestunde, jenem Menetekel episkopalen Scheiterns. In den Wochen darauf griff er, um sie zu besänftigen, noch tiefer in seine Trickkiste voller Beschwörungen, Gebete und kritischer Exegesen, nur um erneut das gleiche Schweigen zu ernten.

»*Frühstück für starke Männer* ist mißglückt. Ein mangelhaftes, unentschiedenes Buch, ganz und gar untypisch für den Mann, der *Schlachthof 5* geschrieben hat«, sagte Myers zu Neil. »Lies die früheren Bücher. Die fruchtbare Schaffensperiode von *Mother Night* bis *Schlachthof 5* ist ... tja, äh, fruchtbar.«

Daß Myers erkennbar voll im Trend lag, entlockte Neil ein breites Lächeln. Es gab nicht allzu viele Menschen in New Canaan, die in seiner Primitivsprache mit ihm reden konnten.

Als Dot Halford ein paar Minuten später – um zwanzig nach elf – ins Zimmer kam, waren die drei – Elena, Neil Conrad und Wesley Myers – in verlegenes Partyschweigen verfallen. Der Wesley Myers, mit dem Elena sich vor mehreren Monaten in dem Diner in der Innenstadt getroffen hatte, war nicht mehr da. Myers wirkte müde und gedankenverloren. Fast so, als bemitleide er sich selbst. Als Dot den Fernseher ausmachte, wurde freilich klar, daß niemand im Zimmer redete, daß sich über das gesamte Zimmer Schweigen gesenkt hatte, eine jener statistischen Stillen. Die Schlüsselparty trat in ihre nächste Phase.

Elena fiel das moderne Gemälde an der Wand auf – eine weiße Leinwand mit ein paar roten und gelben Kringeln. Und das Teppichmuster. Reptilien auf Kieselsteinen. Kieselsteinen unter Wasser.

»Also«, sagte Dot, leicht nuschelnd und auf ihren hohen Absätzen schwankend. »Wir haben jetzt noch ein bißchen was vor. Wenn ihr bleiben wollt, dann kommt jetzt bitte ins Wohnzimmer.«

Sie ging voran.

Es fehlte der Schlüsselparty an einem verbindlichen Verhaltenskodex. Es gab einiges, was noch hätte verhandelt werden müssen. Niemand wußte so recht, was tun, wie möglichst unbefangen folgen. Von denen, die nicht mitmachen wollten, waren die meisten schon gegangen. George Clair und seine Frau waren gegangen, die meisten der alteingesessenen Familien von New Canaan – die Benedicts, die Bootons, die Carters und andere – waren gegangen. Doch an der steifen Unsicherheit, die im Zimmer um sich griff, erkannte Elena, daß Dots Unruhe und Beschwipstheit sich auf die noch verbliebenen Gäste übertragen hatte. Von der um den Couchtisch versammelten Gruppe in der Bibliothek strebten sechs oder sieben sofort dem Flur zu. Um ihre Mäntel zu holen. Auch die Zurückgebliebenen machten scheinbar Anstalten zu gehen. Sie reckten sich, gingen in Richtung Badezimmer oder brachen Gespräche ab, obwohl sie dabei die ganze Zeit auf die Salatschüssel im Flur spitzten, die schlichte weiße Salatschüssel, in der die Schlüssel lagen.

Das Spektrum der Unsicherheiten faszinierte Elena. Kurz nach elf waren sie hier zusammengekommen wie Zeremonienmeister zu einer Konferenz. Und alle machten gute Miene zum bösen Spiel. Mark Boland, Maria Conrad, Neil Conrad, Sally und Steve Armitage, Alice und Pierce Sawyer, Ernest und Sari Steele, die Boyles, die Gormans, Janey und Jim Williams, die Gadds, Stephan Earle und seine Frau Marie, die Fullers, die Buckleys, Chuck Spofford, June Devereaux, Tommy Finletter, Alicia Monroe. Dot und Rob Halford.

Und die Hoods.

Weil Elena eine Seherin war und Schwierigkeiten vorausahnte, erkannte sie sofort das entscheidende Problem der Schlüsselparty. Es ging nicht auf. Sie waren einer zuviel.

Und die Auswahl war ziemlich mager. Wesley Myers hatte sich ganz plötzlich durch irgendeine Hintertür verdrückt. Warum war er überhaupt gekommen? Elena wußte beim besten Willen nicht, wen von den Anwesenden sie ertragen konnte.

Allerdings war ihr Mann noch da, und statistisch gesehen könnte sie durchaus auch ihn erwischen. Er stand mittlerweile dicht vor ihr, hatte sie leicht bei den Schultern gefaßt und schwankte hin und her.

»Bist du soweit?« flüsterte er. »Ich hab … Weißt du, ich hab gedacht, ich … Gehen wir einfach, Schatz. Hauen wir ab. Ich will gehen. Ich hab … genug. Genug von dieser Scheiße.«

Ein Ausdruck völliger Erschöpfung verunstaltete seine Züge. In den Furchen und unter den Hautfalten seines Gesichts sammelte sich Schweiß. Er schnitt eine Grimasse. Er brauchte Hilfe. Aber Elena fühlte sich dem nicht gewachsen. Es war schon vorgekommen, daß sie ihn ins Bett gebracht hatte. Sie hatte sogar schon ein-, zweimal die Laken gewechselt, als er nach einem Besäufnis hineingepinkelt hatte. Sie hatte ihn zum Bahnhof gefahren, wenn er zu verkatert war, um sich selbst ans

Steuer zu setzen. Sie hatte seine Sekretärin bei Shackley & Schwimmer angerufen und plausible Erklärungen für sein häufiges Fehlen geliefert.

»Wir gehen nirgendwohin«, sagte sie.

Benjamin stöhnte gequält. Es war ein fragender, ein vorsprachlicher, betrunkener Laut.

»Du hast es erfaßt«, flüsterte Elena.

Sie winkte freundlich Janey Williams zu, die auf der anderen Seite des Wohnzimmers stand.

»Hallo, Janey.«

Janey winkte zurück. Ohne jeden Ausdruck.

Dot hatte, passend zu dem Ereignis, irgendeine flotte Musik aufgelegt – Melodien aus *Hair*, dem Rockmusical über die freie Liebe. Jetzt dämpfte sie das Licht im Wohnzimmer. Die einunddreißig Ehebrecher bildeten einen Kreis, wie um sich warmzuhalten. Elena und Benjamin wurden auf der einen Seite von den Armitages, auf der anderen von Maria und ihrem Sohn Neil eingekeilt. Aber der eine Überzählige, das war doch sicherlich der Junge, oder? Der, der übrigblieb? Oder gab es in dieser Stadt tatsächlich eine, die mit Maria Conrads halbwüchsigem Sohn ins Bett gehen und ihn in die Freude am Sex einweihen würde?

»Also, wie gehen wir vor?« fragte Dot Halford mit bemühter Gelassenheit. »In alphabetischer Reihenfolge? Oder in der Reihenfolge des Erscheinens?«

»Nach dem Golfhandikap!« blökte Pierce Sawyer. »Wer das niedrigste Handikap hat, macht die Honneurs.«

»HA! HA! HA! HA!« Nervöses Gelächter.

»Nach dem Golfhandikap?« fragte Dot. »Ladys? Ist das nicht eure Entscheidung?«

»Ach, was soll's, ich fange an«, sagte Maria Conrad. »Am besten, wir stellen uns in einer Reihe auf und bringen's hinter uns.«

Die Schüssel machte die Runde wie der Wein bei der Abendmahlsfeier. Die Männer strichen im Hintergrund um Dots Kreis von Frauen herum. Feierlicher Ernst senkte sich über das Zimmer, als Maria nach dem ersten Schlüssel griff. An der von ihr ausgesuchten Trophäe baumelte ein dunkler Lederanhänger – ein Alfa-Romeo-Schlüsselanhänger. Stephan Earle. Elena wurde klar, wie schwach sich Stephan Earle gefühlt haben mußte, als er sich gemeldet hatte, wie schwach und weiblich. Er hatte auf jemand anders spekuliert. Andererseits, wer konnte das wirklich wissen? Vielleicht empfand er ja echte Zuneigung. Alles applaudierte, als Maria ihm lächelnd die Schlüssel wiedergab, ihn dann am Arm nahm und sich mit ihm ins Gästezimmer verfügte, wo die Mäntel gestapelt waren. Einfach so. Selbst Stephans Frau Marie wünschte ihnen *alles Gute*. Sie sah ihrem Mann nach, wie die Frauen im Mittelalter den auslaufenden Kauffahrern nachgesehen haben mußten.

Und was war mit Neil? Neil schien den starken Abgang seiner Mutter nicht einmal zu bemerken. Und noch immer hatte nicht ein einziger Erwachsener seine Anwesenheit hier in Frage gestellt. Niemand hatte ihm gesagt, er solle sich trollen. Er war jetzt wie alt? Neunzehn? Volljährig, jedenfalls fast. Dot Halford war bereits beim nächsten Paar. Ihr Mann stand etwas abseits und ließ mit schläfrigem Lächeln die Eiswürfel in seinem Drink klappern. Sie machten unbeirrbar weiter, diese Prätendenten auf das Rockereignis über die freie Liebe, als wäre es eine Bürgerpflicht.

Marie Earle griff als nächste zu und tat sich mit Dan Fuller zusammen, worauf dessen Frau folgte (auf diese Weise ergab sich so etwas wie ein Ablaufprinzip – der geschädigte Teil kam jeweils als nächstes dran) und sich mit dem geschiedenen Chuck Spofford zusammentat, wodurch die Geschichte des Ehebruchs auf einen Abweg durch die Wildnis der Geschiedenen geriet. Dann zog June Devereaux Tommy Finletter, der den Stab an seine langjährige Nachbarin Elise Gorman weiterreichte, welche sich mit Pierce Sawyer, dem alten Golfpartner ihres Mannes, zusammentat. Sawyers Frau wiederum zog Tony Boyle etc. Ein einziges Paar, nämlich die Gadds, brachte es fertig, zusammenzukommen, und anstatt, wie Elena vermutet hätte, Enttäuschung zur Schau zu stellen, wirkten sie im Gegenteil ungeheuer erleichtert.

Die Schlüsselparty kam so reibungslos voran wie die Schlange vor einem Bankschalter. Als Elena abermals ihre Entscheidung mitzumachen überdachte, als sie sich mit den praktischen Fragen – Bei wem? Wie kam sie hinterher nach Hause? Was, wenn jemandes Kinder etwas merkten? – zu befassen begann, war es im Zimmer nicht mehr voller als bei einem kleinen Abendessen. Mark Boland, Neil Conrad, Janey und Jim Williams, Rob und Dot Halford, Sari Steele und Benjamin.

Dann kam irgendwie die Reihenfolge durcheinander. Weil so viele Leute da waren, die zuviel getrunken hatten. Weil es sich letztlich um ein Spiel handelte, das für Ordnung wenig Raum ließ. Jedenfalls war Janey Williams die nächste. Ohne ersichtlichen Grund. Sie wollte einfach gehen und hatte das Warten satt. Elena nahm Benjamins Aufregung zur Kenntnis. Trotz seines Zustandes dumpfer Benebeltheit begriff er, daß die Wahl mit Sicherheit auf ihn fallen würde. Vielleicht hatte er vorhin wirklich gehen, vielleicht auch nur den Anschein erwecken wollen – jetzt jedenfalls glaubte er fest an die Parzen, an Fortuna. Die Zahlen begünstigten ihn. Der Plattenspieler hatte sich abgestellt, das Feuer im Kamin war erloschen. Es war Benjamins Moment. Dot hielt Janey die Schüssel hin, und deren zarte Hände trafen mit der ganzen Sorgfalt eines Juweliers ihre Wahl.

Janey kannte die Schlüssel der Hoods ganz genau. Den Schlüsselanhänger mit dem Pferd darauf. Janey hatte schon mehrfach das Haus für sie gehütet. Sie hätte die Schlüssel mit Leichtigkeit herausfischen können. Aber Janey orientierte sich von Benjamin *weg.* Sie fand die Schlüssel und schob sie, stellte Elena sich vor, absichtlich zur Seite, denn sie erwischte statt dessen ... Neil Conrad.

Den Teenager! Jim Williams schien in eine alte Ausgabe des *National Geographic* vertieft, während seine Frau vor aller Augen Maria Conrads minderjährigen Sohn umarmte. Jim Williams, der geheimnisvoll vor sich hin lächelte. Wann war er überhaupt zu der Party gestoßen? Aber das eigentliche Drama des Moments ging von Elenas Mann aus. Er tapste in dem engen Kreis nach vorn, wie um Janey und Neil zu trennen. Einen Moment lang lagen Tätlichkeiten in der Luft. Einen Moment lang drohte Benjamin dem Teenager mit erhobener Hand. Elena spürte Scham in sich aufsteigen wie Adrenalin. Wirre Rufe – *Hey, hey, Ben, Moment mal* –, und Benjamin riß sich zusammen, als ihm trotz seiner Trunkenheit aufging, wie gewaltig er sich blamiert hatte. Er wich zurück.

Und im Zurückweichen stolperte er über den Couchtisch. Nun endlich gab es eine Geschichte mit Anfang, Mitte und Ende, eine Geschichte, die die hiesigen Klatschmäuler mit Genuß weitererzählen konnten. Benjamin ging schwer zu Boden, als wäre es nur natürlich, daß er sich auf den Flokatiteppich der Halfords legte. Er ließ sich resolut darauf nieder. Elena machte keinerlei Anstalten, ihm zu helfen – sie war starr vor Bestürzung –, und auch die Halfords ließen sich Zeit damit. Jim Williams blickte kurz von seiner Zeitschrift auf. Benjamin Hood lag brabbelnd auf dem Boden. Ein unverständliches Gebrabbel von Klagen über Shackley & Schwimmer, über sein bisheriges Leben, über New Canaan. Elena achtete ebensowenig darauf wie alle anderen. Sie versuchte es jedenfalls.

Doch als Benjamin die erste Salve des Aufruhrs in seinem Verdauungstrakt hinunterschluckte, hatte sie das Gefühl, etwas tun zu müssen.

»Na komm, Liebling«, sagte sie und beugte sich von hinten über ihn – denn mittlerweile kniete er schwankend am Rand der Sitzgruppe. »Na komm, du mußt ins Badezimmer. Auf geht's.«

Sein Atem roch nach Erbrochenem, und seine Augen glichen dem blutigen Schaum am Ende einer mißglückten Rasur. Elena hatte keine Zeit, sich gedemütigt zu fühlen. Sein Gesicht zeigte unverhohlene Trauer.

»Dot?« sagte sie. »Kann ich ihn mal in euer Badezimmer verfrachten? Dauert nicht lange. Es tut mir wirklich leid.«

»Aber ich bitte dich«, sagte Dot. »Ohne ihn wär's doch gar keine richtige Party.«

Dot Halford bückte sich, um mit einer lavendelfarbenen Cocktailserviette den letzten Schluck eines Irish Coffee aufzutupfen, den Benjamin auf dem Weg nach unten mitgenommen hatte. Nur ein kleiner, klebriger Klumpen von Teppichtentakeln blieb übrig, von Benjamins Sturz zu künden.

Mark Boland half Elena, ihn auf die Beine zu stellen, worauf Benjamin – unter unzusammenhängendem, betrunkenem Lallen – jede weitere Hilfe verschmähte. Unheilvoll hustend eilte er Richtung Badezimmer. Als Elena ihre Aufmerksamkeit – nurmehr halbherzig, mit Schuldgefühlen, aber auch wütend – wieder dem Spiel zuwandte, waren Neil Conrad und Janey Williams verschwunden. Zudem war offenbar auch Mark Boland gerade mit Dot am Gehen. Es war ihnen gelungen, die

Verbindung in aller Stille, am Rande des übrigen Geschehens, zu besiegeln. Das Spiel gewann an Tempo, um ohne weiteres Mißgeschick die ihm zugedachte Aufgabe zu erfüllen. Mittlerweile verschwand man paarweise, ohne auch nur die Schüssel zu konsultieren. Denn plötzlich waren sie nur noch zu viert. Rob Halford und Sari Steele wandten sich an Jim Williams und Elena, die sich mit einemmal allein beieinanderstehen sahen, und lächelten.

»Ehrlich gesagt, wir haben unsere Schlüssel gar nicht reingetan«, sagte Rob. »Ihr sagt es doch nicht weiter?«

Er lachte schallend.

»Es ist meine Party. Und Dot hat keine ... Hey, wir verziehen uns mal für ein Weilchen nach oben. Möchtet ihr beide vorher noch eine Tasse Kaffee oder so was?«

Jim sah Elena an. Elena erwiderte den Blick.

Sie taxierten einander. Für Elena war es in etwa die gleiche Entscheidung wie bei einer teuren Anschaffung. Einer neuen Stereoanlage oder Geschirrspülmaschine. Sie bewertete Jim strikt nach Gesichtspunkten des Designs.

»Wir machen uns selber welchen, Rob«, sagte sie. »Seht ihr beide mal zu, daß ihr euch näherkommt. Wir lassen uns dann selber raus.«

Und dann waren Elena und Jim Williams allein im Wohnzimmer der Halfords. Typisches Fetenchaos verunstaltete das erdfarbene, geschmäcklerische Erscheinungsbild des Raums. Überall standen halbleere Bierflaschen herum, und sie waren gefüllt mit Zigarettenstummeln: Virginia Slims, Kents, Larks, Winstons. Wegwerfbecher aus Plastik waren mit den lavendelfarbenen Cocktailservietten und mit Hors d'œuvre-Resten vollgestopft. Die Menge der leeren Spirituosenflaschen an der Bar verblüffte Elena. Die Kissen der Polyurethansitzgruppe waren dort, wo Benjamin sich langgelegt hatte, auf dem

Boden verstreut, und von der Haustür führte eine Spur aus schmutzigem Schneematsch herein. In den Vorhängen und Polstern hatten sich Holz-, Zigaretten- und Marihuanarauch festgesetzt. Das Zimmer roch nach Lagerleben.

Im Kamin zischten und knackten die letzten Kohlen.

»Tja«, meinte Jim Williams, »ich muß sagen, viel Vertrauen, daß meine Schlüssel noch in der Schüssel sind, hab ich nicht. Ist eigentlich auch ziemlich leichtsinnig, was? Seine Schlüssel so rumliegen zu lassen.«

Die Salatschüssel stand an der Wand auf dem Boden.

»Ich seh mal nach«, sagte Elena.

Mit großem Zeremoniell holte sie die Schüssel. Als hätte diese Handlung einen tiefen spirituellen Sinn. Sie griff mit der Hand hinein. Zwei Schlüsselbünde waren noch darin. Einer war natürlich ihrer. Aber den ließ sie, genau wie Jims Frau, liegen. Zuerst war es schlichte Großzügigkeit – sie holte ihm seine Schlüssel –, aber irgendwo auf dem Weg durchs Zimmer wurde sie zur Mitspielerin, zur Mitspielerin des Schlüsselspiels. Sie spielte es wehmütig. Resigniert, aber – als sie ihm den Schlüsselanhänger aus stumpfem Leder reichte – auch mit einer gewissen Hoffnung.

»Ach, lieber nicht«, meinte Jim. »Der Abend war ziemlich trostlos.«

»Viel Besseres hast du dir auch nicht erhoffen können, als du hergekommen bist, so viel steht fest.«

»Irgendwie hab ich's mir ganz anders vorgestellt, als ich drüber nachgedacht habe. Aber eigentlich hab ich gar nicht richtig drüber nachgedacht.«

Williams trug Plaidhosen – kelly-grünes Feld mit rotgelbem Kreuzmuster – und ein gestreiftes Hemd. Kastanienbraune Streifen auf Weiß. Der am Hals weit offene Kragen spreizte sich über die breiten Aufschläge seines

Tweedjacketts. Hellbraune Lacklederschuhe mit Absätzen. Er hatte Haare im Gesicht. Koteletten und einen üppigen Schnurrbart, über den er sich sinnend strich, während sie miteinander sprachen.

Sie setzten sich. Auf die Elemente der Sitzgruppe.

»Willst du Kaffee oder so was?« fragte Williams.

»Wenn's schnell geht. Vielleicht haben die so ein Filterdings ... Bist du direkt aus der Stadt gekommen? War das Wetter –«

Das Wetter war fürchterlich, und Jim Williams hatte düstere Voraussagen darüber gehört, wie sich der erwartete Temperatursturz von zehn Grad auswirken würde. Auf der Rückfahrt im Zug hatte der Schaffner grimmige Prophezeiungen von sich gegeben.

»Also, wenn es schon so kalt wird«, meinte Elena, während sie auf der Suche nach dem Kaffee, der Halb-und-halb-Mischung und dem Filteraufsatz die Küche durchkämmten, »dann kannst du doch genausogut –«

»Hör mal, Elena, daß wir ... Nachbarn sind, praktisch enge Freunde, also das macht die Sache schon ein bißchen merkwürdig, findest du nicht?«

Sie mußten ja nicht gleicher Meinung sein, was das Thema Untreue anging. Immerhin hatten sie da beide Erfahrung. Elena hatte seit dem frühen Abend eine ganze Palette von Gefühlen durchlaufen. Die schwere Aufgabe, Gefühle zu benennen, überwältigte sie schier. Das war ein Job für Sozialarbeiter, für die Profis von Silver Meadow. Ihre Gefühle, würden sie sagen, ließen sich mit Reichschen Begriffen fassen. Sie könne sie in einem Orgonakkumulator lokalisieren.

»Mein Mann ist umgekippt, und jetzt liegt er im Badezimmer. Ich bin seit siebzehn Jahren mit ihm verheiratet, und ich habe nicht die geringste Absicht, da reinzugehen und ihn aufzulesen. Heute abend nicht, und damit basta.

Komme, was da wolle … Er ist nicht mein Beruf … Verstehst du, was ich meine?«

Jim Williams blieb stumm.

»Deshalb schlage ich folgendes vor: Da deine Frau mit einem Jungen abgezogen ist und du allein hier herumstehst, schlage ich vor, daß wir beide das Naheliegende tun. Uns wärmen. Uns ein bißchen die Zeit vertreiben. Das ist alles. Es ist zwar nicht sehr stilvoll –«

Sie sahen auf ihre Hände, auf die Kaffeetassen, auf die Kerben in der Maserung des Hackbretts – Selleriestangen waren darauf gestapelt; sie sahen auf die Soßenschüssel und die zerknüllte Cellophanfolie daneben. Ihr Blick streifte Kühlschrankmagneten, Salzfäßchen, Zierschlüssel, die Stengelenden frisch angeschnittener Blumen in der Spüle, Flaschenverschlüsse und ein einsames Gewürzglas mit der Aufschrift *Majoran*.

»Ich bin schon verheiratet, weißt du«, sagte Elena. »Langfristig habe ich keine Verwendung für dich. Falls es das ist, worüber du dir Sorgen machst. Wenn du nie mehr darüber reden willst, brauchst du auch nicht. Aber gib mir nicht das Gefühl, als wäre ich zu direkt, okay? Gib mir nicht das Gefühl, ein Überredungsversuch wäre etwas Unanständiges. Ich merke doch, daß dir der Gedanke auch nicht so furchtbar fernliegt.«

Eine längere, stumme Zwiesprache zwischen den beiden.

»Ach, was soll's«, sagte Jim schließlich. »Fahren wir.«

Da erst zögerte sie.

»Okay. Okay. Sollen wir hier zuerst noch ein bißchen aufräumen? Meinst du, es geht, wenn –«

»Nee«, sagte er, »das stand nicht im Vertrag.«

Aber sie machten überall im Erdgeschoß die Lichter aus. Elena achtete weder auf das Geräusch laufenden Wassers im Badezimmer – wo Mark Boland vor nicht allzu langer Zeit auf den um ihre knochigen Beine verknäuelten Schlüpfer geglotzt hatte – noch auf das Licht, das dort unter der Tür hervorschien. Sie schalteten die Geräte in der Küche und die Lampen im Speisezimmer, in der Bibliothek und im Wohnzimmer aus. Sie schoben die Skulptur im Foyer in die Nische neben dem Gästezimmer, wo Dot sie normalerweise aufbewahrte. Sie halfen einander in ihre Mäntel.

Draußen hatte sich alles verändert. Meteorologisch gesehen spielte sich das Phänomen, das in diesem Teil des Nordostens selten ist, folgendermaßen ab: Angetrieben von Winden unter dem Gefrierpunkt – wärmere Temperaturen in größerer Höhe und Frost in Bodennähe –, begannen Regen, Schneeregen und Schnee auf Bäumen, Dächern, Stromleitungen und anderen Oberflächen sofort hart zu werden. Auf jeder Oberfläche bildete sich Eis. (Laut Mike Powers, Sprecher von Connecticut Light & Power, das schlimmste Unwetter dieser Art seit dreißig Jahren. *Stamford Advocate*, 23. November 1973, S. A1 ff.) An der Ostküste hinaufziehend, erstreckte sich das Tiefdruckgebiet von Virginia bis Maine und von einer Linie sechshundert Kilometer vor der Küste bis nach Pennsylvania.

Wie die anderen, von Fleischeslust aus dem Haus der Halfords Getriebenen begaben sich Elena und Jim Williams somit in ein Unwetter hinaus, das nicht mehr ganz ungefährlich war. Mittlerweile lagen zehn Zentimeter Neuschnee um die Reifen von Jims Auto. Nach wie vor prasselte der gefrierende Regen auf den Cadillac herab, und die Windschutzscheibe war von einer dicken Glasur überzogen.

»Wir müssen das Ding zuerst abtauen«, sagte Williams.

Elena fragte sich, ob das Auto überhaupt anspringen würde. Es sprang beim ersten Versuch an. Immerhin war es ein Cadillac. Sie überlegte, ob auch die anderen Nachtschwärmer hatten feststellen müssen, daß ihre Entschlossenheit draußen, im Toben der Elemente, schlagartig dahinschwand. Wenn man sich nicht der erotischen Demenz, der damit verbundenen Amnesie wegen auf Ehebruch einließ, dachte sie, wozu dann das Getue? Aber inmitten des Unwetters kam ihr Untreue beinahe lächerlich vor. Das wollte sie Jim gerade sagen, als er sich zu ihr hinbeugte, um sie zu küssen. Die Belüftungsschlitze bliesen kalte Luft auf sie; aus dem Auspuff blubberten trübe Wolken. »Lassen sich die Sitze zurückstellen?« fragte Elena.

Und damit fing es ganz plötzlich an. Elena hatte noch nie in einem Auto mit einem Mann geschlafen. Das war eines jener Passageritruale, von denen sie in Büchern gelesen hatte. Sie hatte weder über Rock and Roll noch über Rassenkonflikte, noch über intensives Petting im Auto Bescheid gewußt. Von der Logistik her eine anspruchsvolle Angelegenheit, wie sie feststellen mußte. Jim öffnete ihre Hose und kam gleich zur Sache. Sie hatte Schwierigkeiten, an ihm Halt zu finden. Mit einer Hand zog sie sich den Schlüpfer herunter und setzte sich auf seinen Schoß. Sie flüsterte Beruhigendes von Antibabypillen. Dann war er in ihr.

Es war hektisch, schmerzlos und rasch vorbei. Jim stöhnte klagend. Weniger Zeit, als eine Windschutzscheibe zum Abtauen braucht.

Kinsey: »Daß der durchschnittliche Mann sehr rasch zum Höhepunkt kommt, kann für eine Frau, die – wie häufig der Fall – gehemmt oder mit einer geringen Reaktionsfähigkeit ausgestattet ist, sehr unbefriedigend sein; solche Disparitäten in der Reaktionsgeschwindigkeit sind häufig Ursache ehelicher Konflikte, insbesondere in höheren sozialen Schichten, in denen die Frau in ihrem Verhalten am stärksten blockiert ist.«

Jim Williams rieb sich den Hals.

»Das war wirklich furchtbar«, sagte er, »wirklich furchtbar. Es tut mir wahnsinnig leid, Elena.«

Sie hatten Schwierigkeiten, sich zu entwirren. Elena befürchtete, daß sie womöglich die Tür aufmachen und kopfüber hinausrutschen mußte, um sich wieder zuzuknöpfen. Schließlich ließ sie sich in den Fußraum unter dem Handschuhfach gleiten, und dort gelang es ihr, ihre verknäuelte Flanellhose richtigherum anzuziehen.

»Zu Hause läuft es beschissen«, sagte Jim. »Du ahnst gar nicht, wie beschissen. Janey ist krank. Sie ist labil. Wahrscheinlich ... Eigentlich ist jetzt nicht der richtige Moment, um dir das zu erzählen ... aber so ist es nun mal, Elena. Es ist so. Sie kann nicht glücklich sein. Ich weiß auch nicht, warum. Ich kann sie nicht glücklich machen, die Jungs können sie nicht glücklich machen. Sie schafft es einfach nicht. Es ist, als glaubte sie, ich hätte sie angelogen oder so was. Sie behandelt mich, als hätte ich ihr was versprochen und mich dann davor gedrückt ... Sie will einfach das Leben nicht, von dem sie immer geglaubt hat, daß sie es will. Das wird noch mal böse enden, so viel steht fest.«

»Fahren wir«, sagte Elena. »Ich muß nach den Kindern sehen. Paul müßte auch irgendwann aus der Stadt zurückkommen.«

»Mein Gott«, sagte Jim, während er seinen Gürtel schloß, »ich möchte das wiedergutmachen, Elena. So was ist mir noch nie passiert, ehrlich. Ich meine es ernst.«

Sie seufzte.

»Wir können ja darüber reden.«

»Das finde ich gut. Ich hätte auch gar nicht erwartet, daß du das anders siehst.«

»Vielleicht brauchst du einfach ... wir können jederzeit miteinander reden, weißt du –«

»Ja, das fehlt mir auch. Das fehlt mir wirklich.«

Er deutete auf ihren Gurt.

Dann stellte er die Automatik auf ›Drive‹, und in diesem Moment bemerkten sie die Bremsspuren in der Einfahrt. Unter dem verharschten Schnee lag eine viel härtere, unnachgiebigere Schicht aus Eis. Eine ausgleichende Schicht. Der Cadillac hatte seine Mucken. Beim Durchfahren des gekiesten Wendeplatzes kurbelte Jim Williams wild in beide Richtungen. Versuchte den Wagen abzufangen.

Sie versanken beide in ihre eigenen Gewissensbisse. Sie waren wieder Nachbarn, falls sie je etwas anderes gewesen waren. Elena fühlte sich billig und einsam. Das Ganze war so romantisch gewesen wie ein Abstrich oder eine Brustuntersuchung. Lieber würde sie in einer Tankstellenschlange warten; lieber würde sie sich Dokumentarfilme über den Krieg ansehen; lieber würde sie – und diese Erkenntnis war ein Schock – hinter einem besoffenen Benjamin Hood herputzen. Sie erlaubte sich bestimmte Dinge aus Gründen der Mode, obwohl sie sich selbst keineswegs für modisch hielt, und die Mode brachte Unerwartetes mit sich. Da fuhr sie mit dem Windei von nebenan nach Hause, einem Mann, vor dem sie wenig Achtung empfand, und das, nachdem sie in seinem Auto mit ihm gevögelt hatte.

Beim Abbiegen von der Ferris Hill Road kamen sie ins Trudeln. Gerade als sie die am Fuß der Steigung stehengelassenen Autos sahen, verlor Jim die Herrschaft über den Cadillac. Sie vollführten mehr als eine Umdrehung. Sie drehten sich zweimal um dreihundertsechzig Grad, und Elena konnte den Schrei aus ihr hervorbrechen hören, aber er schien gar nicht Teil von ihr zu sein. Er war so fremd, so anderswo, wie ein Funksignal während einer dieser Notstandsübungen. Ihre Frequenz war rein und klar. Weder Entscheidungen noch Verantwortlichkeiten störten sie: Zum Nachdenken war keine Zeit. Daß ihre Schreie in ihrer Kehle entstanden, bemerkte sie weder, noch kümmerte es sie. In der Sekunde, bevor sie sich sterben wähnte, erinnerte sie sich an vieles, was noch zu erledigen war. Der Hund ging vor seinem Napf auf und ab. Paul mußte zum Friseur. Sie wollte Wendy in den schönen neuen Schuhen sehen. Sie und Benjamin wollten neue Vorhänge für das zugige Wohnzimmer anschaffen. Sie wollten sich nach alternativer Energieversorgung für ihr zugiges Haus erkundigen. Sie wollten ein kleineres Auto kaufen.

Der Cadillac landete mit der Nase voran in einem flachen Graben. Die letzte Umdrehung war von qualvoller Langsamkeit gewesen, wie ein auf niedrigster Kleinkindgeschwindigkeit laufendes Karussell. Das vordere Ende des Wagens schob sich wie ein Akkordeon zusammen, als wäre es dafür konstruiert. Die Karosserie ächzte leise, als der Motor in ihrem Innern den Geist aufgab.

Jim Williams bettete den Kopf auf das Lenkrad. Er fragte, ob sie in Ordnung sei.

Elena nickte.

»Angenehme Feiertage«, sagte Jim.

Er zog vorsichtig die Beine zwischen den Motorteilen hervor, die ins Wageninnere ragten – wie durch ein Wunder war er unverletzt geblieben –, und half ihr heraus. Überall um sie herum standen verlassene Autos. Ein *Who's Who* der Partygäste der Halfords.

»Hör mal, komm doch einfach bis morgen früh mit zu mir, Liebes«, sagte Jim. »Das ist näher. Ist doch sinnlos, draußen rumzulaufen. Du kannst im Gästezimmer schlafen oder so. Wenn du das willst. Aber in so einer Nacht geht man nicht weiter, als man unbedingt muß.«

Elena überlegte.

»Und dein Sohn. Der sitzt garantiert nicht im Zug. So dumm ist er nicht. Das heißt, wenn die Züge überhaupt fahren. Und Wendy liegt im Bett und wird bis morgen dort bleiben. Es ist einfach das Vernünftigste. Außerdem bin ich dir noch was schuldig. Und das will ich zurückzahlen. Bitte schlag mir das nicht ab.«

Sie überlegte.

Und das nächste, was passierte, war, daß genau um Mitternacht die Straßenlaterne Ecke Ferris Hill und Valley Road, die einzige weit und breit, schlagartig ausging.

Libbets Casey sagte Paul Hood, daß sie ihn als Freund liebe. Ihre Argumentation war unbeholfen, ihre Zunge schwer. Die Außenwelt verschwand während dieses Gesprächs. Dieser Kurs, den Paul so haßte, Ursprünge der abendländischen Kultur; Spiro Agnews Rücktritt; Gerald Fords Bestätigung im Amt. Dieser ganze Kram verschwand. Paul sagte ihr, sie sei die beste Freundin, die er auf der Welt habe, der einzige Mensch, mit dem er sich wohl fühle, so etwas wie sein genaues Gegenstück, um das er schon immer kreise, aber so, wie er es sagte, hörte es sich selbst für ihn verzweifelt und übertrieben an. Er versuchte, sie mit guten Vibrations weichzuklopfen. Und das merkte sie.

Sie saßen auf der Kante von Libbets' Bett. Sie sagte: »Aber du kennst mich doch gar nicht richtig.«

»Klar kenne ich dich«, meinte Paul Hood. »Ich kenne die Aura, die du ausstrahlst, Libbets. Und ob. Ich weiß, wie du in der Cafeteria bist, wo du sitzt, in der Kapelle, überall. Ich merke einfach, daß es stimmt, verstehst du? Es stimmt einfach.«

»Ich mag dich ja auch, Paul, aber –«

Und sie sagte es wieder: Sie liebe ihn als Freund. Was immer das hieß. Sie kritzelten mit Buntstiften in ihrem Schmierheft herum. Paul fühlte sich, als würde ihm, nur während er hier mit ihr auf dem Bett saß, in irgendeiner schmerzlichen Verpflichtung ein Aufschub gewährt. Solange sie ihn da sitzen ließ, war alles, was sie sagte, nur ein auf Probleme abgefeuerter Hagel von Silben. Sie konnte es sich immer noch anders überlegen. Dieser Minuten wegen lohnten sich die Überspanntheit, die Zugfahrt und die Seconal-Tabletten. Paul zeichnete, halbwegs ähnlich, die Menschliche Fackel auf die Seite und malte sie dann mit Gelb und Orange aus. Es war die Menschliche Fackel, wie sie als Feuerball von rechts oben nach links unten durchs Bild fegte. Mit Düsengeschwindigkeit Verwüstung brachte. Die glimmende Menschliche Fackel, der jugendliche John Storm, der das College schmiß – was Paul höchstwahrscheinlich auch tun würde – und dem ständig die Freundinnen davonliefen. In die Sprechblase kritzelte Paul eine kleine Widmung: *Für Libbets, wohin ich auch fliege.*

Sie sagte ihm, er könne das gut, er sei so gut wie ein Comic-Zeichner, aber er tat das mit einer Handbewegung ab.

Er konnte nicht genau wissen, ob er nicht Teil eines Traums war, während er auf dem Bett saß und zusah, wie sie der Fackel gegenüber ein kleines kubistisches Bildchen entstehen ließ. Er konnte nicht sicher sein, ob er nicht beispielsweise Protagonist eines Traums von Francis Chamberlain Davenport IV. war, der friedlich auf der Couch in der Bibliothek schlummerte. Ein echter Wunscherfüllungstraum vielleicht, ein Mandalatraum, oder aber ein unerfreulicher Traum, der ganz zufällig ein paar schöne Momente hatte. Momente, die ihn bloß für die nächste lange, qualvolle Passage präparierten. Eine dieser langen, komplizierten Geschichten von verpaßten Flügen, verhauenen Prüfungen oder Nacktsein in der Öffentlichkeit. Als Libbets ihm stockend sagte, daß sie ihn als Freund liebe, war es wie in einem Traum so still im Zimmer, daß er in aller Ruhe mal wieder nur darüber staunen konnte, wie absehbar das alles, wie absehbar seine Einsamkeit war. Sein ganzes Leben war der Traum eines anderen, und dieser Schläfer würde irgendwann demnächst aufwachen. Oder vielleicht war sein Leben auch eine Comedy-Serie, und man würde ihn bald durch eine Unterhaltungsshow mit Mac Davis ersetzen.

»Es ist ja nicht so, daß ich dich nicht mag«, versuchte Libbets zu erklären, »ich mag dich nämlich wirklich, glaub ich jedenfalls, aber so finde ich das einfach nicht richtig. Du bist für mich mehr wie ein Bruder. Ich liebe dich wie einen Bruder. Verstehst du, was ich meine? Weil nämlich –«

Die Buntstifte waren wie ein Fächer um das Schmierheft herum ausgebreitet. Was konnte man auf einen solchen Spruch antworten? *Du irrst dich? Du wirst es noch bereuen?* Er wußte sowieso nicht, was er wollte oder wie er sie überzeugen konnte. Er wußte nur, daß er sich nicht von diesem Bett oder von ihrer Seite wegrühren wollte, um in den Käfig seiner Erziehung zurückzukehren. Vielleicht, überlegte er, wollte er so was wie eine Verbindung, eine alle Welt schockierende, dauerhafte Verbindung. Er wollte chirurgisch mit ihr vereint, mit Katgut an ihr festgenäht werden, oder er wollte einen dieser Looney-Tunes-Küsse, die wie ein tödlicher Stromschlag waren. Er wollte, daß dieser Augenblick auf dem Bett am absoluten Nullzeitpunkt von Marvel lag. Ihr entging, welche Magie in ihrem Dilemma steckte, welche Weiterungen das für die anderen Figuren in dem Comic hatte. Sie erkannte nicht, wie Paul im Alleingang die Drohung des Erwachsenwerdens abwehrte.

»Na los, gehen wir in diese Bar«, sagte er.

»Ich weiß nicht. Ich bin so kaputt …«

»Willst du denn nicht … Willst du nicht wenigstens einmal so richtig einen draufmachen, ehe die Schule wieder anfängt? Eine Nacht mal so richtig feiern? Bloß ein einziges Mal? Ist doch nichts dabei, oder? Ich sorg auch dafür, daß du wieder nach Hause kommst.«

»Vielleicht. Vielleicht, wenn wir ein Taxi nehmen.«

Das war so gegen zehn.

Er rief vorher noch zu Hause an. Seine Mutter wollte immer darüber Bescheid wissen, wo er sich aufhielt, aber der Hauptgrund war, daß er mit seiner Schwester reden wollte. Er wollte ihr sagen, daß die Sache nicht hinhaute, daß es mit keiner Freundin je hinhauen würde, daß er für immer in dieser fensterlosen Gruft leben mußte, in der kein Mensch je seine Haut berührte. Sein Körper, wollte er ihr sagen, glich der schwitzenden Wand eines Weinkellers. Er atmete muffige Grabkammerluft. Er konnte nicht stillsitzen. Aber er sagte Wendy nichts davon. Wenn er jemandem von seiner Familie so etwas sagte, kam jedesmal nur die Frage, ob er die Dillgurken oder das Aprikosenchutney rüberreichen könne. Oder ob es ihm etwas ausmache, den Müll hinauszubringen. Also sagte er auch diesmal nichts. Er legte einfach irgendwann auf.

Libbets hatte von ihren Eltern ein unerschöpfliches Geldscheinbündel bekommen. Sie gab es Paul. Sie konnte sich nicht mehr auf die Nennwerte konzentrieren. Die kichernden Türsteher hatten ihnen ein Taxi besorgt. Ecke 17. Straße und Park Avenue South. Paul gab ein dickes Trinkgeld.

Auf der Leuchtreklame von Max's stand *Big Star.* Zwei Sets. Von der Straße aus konnte er ihre melodiösen Klänge hören. Er zog Libbets an sich, und sie hörten eine Weile der Band zu. Auf dem Bürgersteig direkt vor Max's. Denn näher kamen sie der Bar nicht. Den ganzen Weg gefahren, und jetzt kamen sie nicht rein. Der Rausschmeißer runzelte die Stirn und machte die eindeutige Handbewegung. *Verschwindet.* Paul Hood war sechzehn,

Libbets Casey war siebzehn, und das sah man ihnen auch an. Sie trugen keine schwarzen Jeans und keine schwarzen Rollkragenpullover, und sie hatten sich nicht die Haare gefärbt. Sie waren zwei Privatschulhüpfer mit falschen Ausweisen – Ausweisen des Staates New York –, die glaubten, sie kämen mit ihrem Geld in jede Bar rein. Sie standen draußen in der Kälte, Taxis schleuderten Wasser und Schneematsch vom Rinnstein auf den Bürgersteig. Es waren nur vereinzelt Fußgänger unterwegs.

Sie sahen dem Auftrieb vor Max's Kansas City zu.

Der Rock and Roll, der im November 1973 King war, hieß Glitter. Die New Yorker Band, die King war, hieß New York Dolls, ein Verein von Typen aus den Stadtgemeinden, die Make-up und Kunstpelze trugen. Sie hatten vor kurzem im Waldorf-Astoria und im State Theater in New Brunswick gespielt. Ihr großer Hit hieß *Personality Crisis*. Auch Mott the Hoople spielte in diesem Monat in New York. Die Gruppe hatte mit dem üblichen Stones-Abklatsch angefangen, aber 1972, als *All the Young Dudes* herauskam, waren ihre Kostüme schon kreativer. In zwei Wochen spielte Lou Reed im Academy of Music, ein Stück weit die Straße runter. Das war Glitter. Die Kerle trugen allesamt Schuhe mit Plateausohlen, Boas, Blusen und Lederoveralls. Und sie schrieben Songs über Transvestiten – Holly Woodlawn, Candy Darling, Sugar Plum Fairy, Jackie Curtis.

In Paul Hoods Novemberheft von *Creem* bezeichnete ein Rock-Kritiker 1973 als »das Jahr des transsexuellen Tramps. Ganz plötzlich wollte im Rock 'n' Roll jeder eine Fummeltrine sein – oder zumindest andeuten, daß er eine sein könnte«. Sogar Dick Clark hatte, im gleichen Heft, eine Meinung zu dem Thema: »Bisexualität ... oder wie hieß das doch gleich, Zweigleisigkeit? Ich denke, das ist teils Masche, teils Mutprobe, genau wie die Protestbewegung. Eine Menge Kids haben bei der Protestbewegung mitgemacht, weil das ›angesagt‹ war. Und vielleicht passiert jetzt genau dasselbe in der tuntigen, überdreht transsexuellen Rockszene. Ich denke, das wird sich rasch wieder legen. Für wichtiger halte ich, daß es auf den Wunsch nach einer Rückkehr des Showbusiness in die Musik schließen läßt. Deswegen gibt es einen Elton John, einen Liberace, einen Alice Cooper. Das ist Showbusiness. Wir wissen alle, daß Alice nur Pose, nur Mache ist. Komisch ist nur, die soziologischen Kommentare zu lesen, und wie sämtliche Normalos wegen dieser Spinnerei ausrasten. Ich kann dem keinerlei Bedeutung beimessen.«

Die Factory am Union Square war nicht weit von Max's Kansas City entfernt. Wenn Paul Hood das gewußt hätte, wäre er vielleicht imstande gewesen, Andy Warhol zu erkennen. Vielleicht hätte er die platinblonde Eminenz an sich vorbei in den Club rauschen sehen können. Im Sommer 1973 war Warhol zu Dreharbeiten für *Frankenstein* und *Dracula* in Rom gewesen, aber mittlerweile war er wieder zurück und voll damit beschäftigt, seiner Zeitschrift *Interview* den alten Biß wiederzugeben; das Heft vom 9. November enthielt folgende Zeilen über ein Essen im Pearl's, einem Chinarestaurant: »Bob Colacello in seinem smaragdgrünen Kordanzug von Polidori, Rom, einem Seidenhemd von Yves Saint Laurent und Eau de Toilette von Givenchy; Vincent Freemont in seinem dunkelbraunen, maßgeschneiderten Gabardinejackett, hellbrauner Hose und weißem Brooks-Brothers-Hemd; Jed Johnson in blauem Blazer von Yves Saint Laurent, hellblauem Brooks-Brothers-Hemd, gestreifter Krawatte von Tripler's und New-Man-Hose; Andy Warhol in seinem kastanienbraunen DeNoyer-Verloursamtjackett, Levi's, Boots von Berlutti di Priigi, einem Brooks-Brothers-Hemd, einer rot-grau gemusterten Brooks-

Brothers-Krawatte und einem braunen Yves-Saint-Laurent-Pullover mit V-Ausschnitt.«

Aber weil er seine öffentlichen Auftritte seit Valerie Solanas' Attentat reduziert hatte, ging Warhol am Freitag abend nicht ins Max's. Glitter hatte es zu diesem Zeitpunkt noch nicht bis in den Einzugsbereich von Stamford geschafft. Edie war ein wirklich tragischer Fall – in New Canaan, Greenwich und Darien kannten viele ihre Familie persönlich, und sie gaben Warhol die Schuld. In New Canaan gab es keinen Glitter, ebensowenig wie in New Hampshire, wo Libbets und Paul aufs Internat gingen.

Sie froren, während sie so herumstanden und überlegten, was sie nun machen sollten. Und Libbets war übel. So war das Nachtleben, wenn man sechzehn oder siebzehn war und genug Geld hatte, um in New York City überall hinzugehen. Paul überlegte, ob sie in den Union Square Park mit seinem dichten Gebüsch und seinem reichen Angebot an Drogen und Kriminalität gehen sollten. Aber er wußte, daß er nur wieder das Übliche angedreht bekäme – absolut grauenhaftes Oregano. Sie konnten in eine andere Bar gehen. Eine dieser Bruchbuden auf der Upper East Side, wo nicht so viele Fragen gestellt wurden. Aber Paul dämmerte, daß er irgendwann von Libbets' Seite weichen mußte. Die Zwänge des Reisens machten sich geltend. Er brauchte seine letzten zehn Dollar. Um nach Hause zu kommen.

»Fahren wir zurück«, sagte er. »Wir hätten erst gar nicht herkommen sollen. Es ist meine Schuld. Tut mir leid. Tut mir wirklich leid. Ich bring dich nach Hause, und dann gehe ich.«

»Ich setz dich einfach ... unterwegs ab«, sagte Libbets.

»Nein, nein. Ich bring dich nach Hause. Dir geht's nicht gut.«

Ein Ausdruck reinster Hilflosigkeit trat in Libbets'

Gesicht. Sie schauderte, zog die Brauen zusammen und neigte auf eigenartige Weise, fast wie gramgebeugt, den Kopf. Und dann übergab sie sich vor Max's Kansas City auf den Bürgersteig. Es war ein dicker, weißer Schwall, den Libbets mit der komprimierten Wucht eines Feuerwehrschlauchs ausspie. Sie krümmte sich. Als das Erbrochene auf Schneematsch, Schlamm und Wasser traf, jene düsteren, tückischen kleinen Tümpel von Manhattan, die Ecken überflutet und sich in Rinnsteinen und Schlaglöchern gesammelt hatten, dampfte es wie eine radioaktive Substanz. Ein Teil davon spritzte auf Pauls Top-Siders, die mittlerweile durch und durch naß waren, und er machte einen Satz, als gäbe es eine Möglichkeit, dem zu entkommen. Als wäre es irgendwie möglich, Libbets an Ort und Stelle *abzuhängen*. Dabei konnte er das Zeug noch nicht mal abwischen. Das ging erst, wenn sie sicher zu Hause war.

Er war mit einer Frau ausgegangen, die in aller Öffentlichkeit kotzte.

»Tut mir leid«, stöhnte Libbets, »o Gott, tut mir leid –«

Der Horror trieb ihn auf die Park Avenue South hinaus, um ein Taxi anzuhalten. Er winkte verzweifelt.

Libbets weinte, als er ihr in den Wagen half. Es war der Tag nach Thanksgiving, ihre Eltern waren weggefahren und hatten sie nicht gebeten, mitzukommen. Sie waren in den Skiurlaub gefahren. Paul verstand ihre Lage und auch die seine. Er wünschte, er hätte sie wie eine Menschliche Fackel oder wie ein Road Runner in Sicherheit zaubern können. Verlassenheit herrschte in den Wohnzimmern Amerikas, in den Clubs, im Wetter. Er wollte sie auch verlassen, dieses Mädchen, das sich übergeben hatte. Er liebte sie und wollte sie verlassen. Es war 22 Uhr 28.

»Tut mir leid mit deinen Schuhen«, sagte Libbets.

Er wußte nicht, was er sagen sollte. Er küßte sie kurz

auf die Lippen, schmeckte ihren säuerlichen Mageninhalt. Küßte sie bloß deshalb, weil er sich nicht vor diesem schlichten biologischen Vorgang ekeln und weil er beweisen wollte, daß er sie sanft, wie ein anständiger Kerl, küssen konnte.

Er half ihr behutsam aus dem Taxi, führte sie an den Türstehern vorbei, streichelte sie im Fahrstuhl, streichelte ihr Kreuz und führte sie in ihr Zimmer. Sie ging ins Bad und übergab sich erneut, diesmal fast geziert. Auch Paul würgte, als wollte er aus lauter Solidarität mitreihern. Außerdem hörte er sie danach scheißen, ein Sturzbach von dünnflüssigem, wäßrigem Zeug. Ihm wurde bewußt, daß er sich nicht erinnern konnte, je zuvor eine Frau scheißen gehört zu haben. Libbets weinte immer noch. Das waren die Geräusche im Hause Casey: Libbets' Durchfall, ihre erstickten Schluchzer und nebenan, im Zimmer von Libbets' Schwester, Davenports Geschnarche. Davenport war umgezogen. Vielleicht schlafgewandelt. Die Schnarchgeräusche hallten durch die Wohnung wie auf dem Land das Geräusch einer Kettensäge.

Sie war im Nachthemd, als sie aus dem Badezimmer kam, und sein Blick fiel auf das kleine geflochtene Band um ihr Fußgelenk. Und als das Licht der Nachttischlampe von hinten auf sie fiel, schimmerten ihre kurvenreichen Konturen unter dem durchsichtigen Nachthemd. Sie schlüpfte unter die Decke.

»Geht's dir einigermaßen?« fragte er.

»Viel besser«, murmelte sie. »Darf einfach nicht mehr alles durcheinander nehmen.«

»Danke für den Abend«, sagte Paul. »Es war wirklich ein wunderschöner Abend.«

»Mmm.«

»Von New York kriege ich sonst nicht viel zu sehen«, fuhr er fort. »Ich komme nicht viel her. Früher sind wir an Weihnachten immer mit meinem Dad hergefahren. Einmal waren wir auch im Zirkus. Drei Manegen, ich hab gar nicht gewußt, wo ich hingucken soll. Total verrückt. Aber mittlerweile komme ich nicht mehr so viel in die Stadt, und außerdem hab ich auch nicht so viele Freunde, weißt du, deswegen passiert es nicht allzu oft –«

Es war, als hätte jemand einen Schalter umgelegt, so schnell war sie weggesackt. Eben war sie noch da, und gleich darauf weg. Sie war eine geisterhafte, wunderschöne Schläferin, fast unsichtbar, zu dem zarten Fragezeichen zusammengekuschelt, wie es sich Paul von ihr vorgestellt hätte.

Er fragte, ob er sich einen Moment zu ihr ins Bett legen dürfe. Wirklich nur einen Moment, dann müsse er zum Zug. Bloß damit sie besser einschlafen könne und so. Als er keine Antwort bekam, zog er seine nassen – mit Kotze und Schneematsch gesprenkelten – Top-Siders und dann seine Khakihose aus. In seinen karierten Boxershorts – kein Schüler von St. Pete's, der etwas auf sich hielt, trug Slips – stieg er zu Libbets Casey ins Bett.

Er wollte lediglich den Arm um sie legen und die gleiche Empfindung für sie spüren, die Eltern für hilflose kleine Kinder spüren. Er wollte lediglich helfen, spüren, daß er helfen konnte. Und als ihr Körper sich in dem kleinen Drama der Atmung hob und senkte und ihre Brüste an seinem Arm entlangstrichen, als er ihr das schmutzigblonde Haar zurückstrich und mit der Hand ihre Stirn berührte, da wußte er, daß sein Leben nicht dazu da war, vertan zu werden. Das konnte schließlich jeder. Er kannte die Komödie des menschlichen Körpers. Er konnte sich daran beteiligen. Und es spielte nicht die geringste Rolle, daß Libbets wohl kaum das gleiche für ihn tun konnte. Es spielte keine Rolle. Hier hatte das Unwetter einen Wandel bei ihm bewirkt. Er war bereit, einen kleinen Dienst zu leisten.

Statt dessen aber begann sich sein steifer Penis an Libbets' üppigem Hintern zu reiben. Er wußte genau, was er da tat, gestand es sich aber nicht ein. Er kam sich tugendhaft vor. Sein Schwanz traf seine eigenen Entscheidungen, die hauptsächlich Trauer und Scham mit sich brachten. Seinem Schwanz war die Gemeinschaft der verlassenen Teenager scheißegal. Es dauerte nur etwa eine Minute – er hatte ihr das Nachthemd hochgezogen und rieb sich unmittelbar an ihrem Fleisch –, bis er am Rand dieser phantastischen und traurigen Ekstase taumelte. Was der Masturbation ihren eigentlichen Kitzel verlieh, war die Möglichkeit, im Moment des Orgasmus dabei erwischt zu werden und dann beispielsweise zu wissen, daß Jimmy Rodale in ganz Manville herumerzählen würde, daß man dazu ein Fußballtrikot aus Nylon benutzte. Oder von seiner Mutter erwischt zu werden. Dieser befreiende Schrei war wie kein anderer – wäre ich doch nur verliebt! Nie werde ich es sein!

Aber Paul war ein plötzlicher Moment der Einsicht vergönnt. Er erkannte, daß ihre wunderschönen Pobacken, ihre knubbeligen Lendenwirbel, die Brüste, die er in den Händen hielt, ihm nicht das angestrebte Hochgefühl verschaffen würden. Er erkannte, was für ein Widerling er war. Er wäre hinterher genausowenig *da* wie vorher. Er war kein sinnlicher Mann. Und es gab auf diesem Planeten keine Kolonie, wo ein solches Treiben belohnt wurde. Diese Einsicht war nichts weiter als ein kleiner Stoß in der jähen Bewegung zum Erguß hin.

Er schaffte es allerdings, sich auf seine Seite zu drehen. Sich ein bißchen Kummer zu ersparen.

»O Libbets«, ächzte er.

Und er kam. Für sich. Auf sich. Auf seine Hand und auf Libbets' Laken.

Er war im Nu aus dem Bett gesprungen, sah mit wild

klopfendem Herzen nach der Uhr, suchte nach seinen Kleidern. War er high? War er bescheuert? War er anormal? Er raste ins Badezimmer, wo er sich gründlich die Hände wusch. Er grapschte ein geblümtes Handtuch und rannte damit zum Bett zurück. Er rubbelte an dem Fleck keine dreißig Zentimeter hinter ihrem Rücken. Sie wälzte sich, vielleicht aufgrund des Gewackels, herum, so daß sie nur noch wenige Zentimeter davon entfernt war. Er flüsterte Entschuldigungen. Er versengte das Spannbettuch förmlich mit seinem Gerubbel. So leicht würde es nicht abgehen. Das Zeug war zu kleinen Klümpchen geronnen. Es würde einfach trocknen müssen. Er betete, daß sein Samen nicht die zwanzig Zentimeter übers Laken bis in Libbets' Vagina wanderte. Er betete, daß das Zeug bis zum Morgen verblaßte. Er betete, daß es sich in die harmlose, blättrige Kruste verwandelte, die er so gut kannte.

Es war schon fast elf. Hatte Davenport etwas mitgekriegt? Das Schnarchen war verstummt. Pauls Leben war billig. Er zog sich an. Er suchte seine Zeitschriften zusammen. Er war in dieser Wohnung so allein wie nur was. Eine Welt von Schläfern bewahrte sein Geheimnis. Wie konnte er Libbets je wieder in Monsieur LeJeunes Französischklasse gegenübersitzen? Wie konnte er in einem Monat die Geburt des Jesuskindes verkünden? Wie konnte er das sagenhafte Jahr 1974 einläuten?

Das beste war, er versuchte sich in allen anderen Lebensbereichen an den normalen Tagesablauf zu halten. Wie gewohnt zu kommen und zu gehen; das beste war, er nahm wie geplant den Zug; fuhr wie geplant nach New Canaan zurück; frühstückte wie geplant mit seinen Eltern; versuchte, sich in der Gesellschaft seiner Eltern zu sonnen, die Lektionen der Familie zu lernen; nahm am Sonntag wie geplant den Zug zurück nach Boston, und von dort den Bus nach Concord; ging am Montag morgen wie vorgeschrieben zum Gottesdienst; nahm an »Ursprünge der abendländischen Kultur«, Geometrie 1, Chemie 1, Englisch 5 und Französisch 4 teil, als interessiere ihn nichts so sehr wie die übliche Batterie der Prüfungen und der Streß, für Weihnachten den richtigen St.-Pete's-Aufkleber für den Kombi seiner Eltern auszusuchen. Dafür winkte ihm der magere Lohn der Gewohnheit.

Seine Kleidung war in einen ordentlichen Zustand gebracht (obwohl er leicht in seine Boxershorts tröpfelte), sein Tweedjackett zugeknöpft. Sein Penis tat weh. Er beugte sich über Libbets' Schulter, um der klaren, breiten Kontur ihres Jochbeins zu huldigen. Sie tauchte halb aus ihrem Delirium auf.

»Mmmnn«, machte sie.

Und versank sofort wieder. Er murmelte abermals eine Entschuldigung, als ob Worte irgend etwas änderten.

Paul Hood bekniete den Taxifahrer, es bis 11 Uhr zum Grand Central Terminal zu schaffen. Das erforderte Eile. Die Prachtstraße, die sie entlangsausten, konnte ihn jetzt nicht mehr beeindrucken. Ebensowenig der Schneeregen, der wie Asche aus einem Verbrennungsofen durch das Licht der Straßenlaternen wirbelte. Paul war blind dafür. Er war in die Unterwelt der Jugendlichen mit Problemen eingetaucht. Er war überhaupt kein Mann. Er war ein Junge. Ein privilegiertes Kind. Seine Eltern konnten ihm aus allem heraushelfen, was er angerichtet hatte. Er würde nach Silver Meadow gehen. Sein Dad hatte Geld. Sein Dad konnte die psychiatrische Behandlung bezahlen. Sein Dad würde während der Besuchszeiten mit frischen Socken vorbeikommen. Sein Dad würde ihn nach dem Rausschmiß aus St. Pete's nach Hause, nach Silver Meadow überführen. Sein Dad würde ihn in jenes Schattenreich vergessener Perverser überführen.

Er stand zehn Minuten nach elf am Fahrkartenschalter,

und er quetschte sich gerade noch durch die Türen des Zuges, ehe sie sich schlossen. Ein Dutzend anderer Kaputtniks, darunter auch ein paar ältere Typen, die er von der Public School her zu kennen meinte – Bartrinker und einsame Herzen –, waren über den ansonsten leeren Waggon verteilt. Als der Zug anrollte, legte sich Paul Hood der Länge nach auf eine Bank, wie ein Leichnam auf dem Marmorkatafalk.

Und in diesem ersten Moment der Ruhe mußte er an Heft 141 von *Die Fantastischen Vier* denken. Für ihn wie eine Oase in der Wüste. Anormale, Loser, Mutanten und Ungeliebte – sie, Paul Hoods Leute, waren die richtigen Leser von Marvel-Comics.

Zur Erinnerung: In Heft 140 hatte Annihilus alle Hebel in Bewegung gesetzt, um die Weltherrschaft an sich zu reißen. Klar. Das Ganze spielte sich in der Negativen Zone ab, dem Universum neben unserem eigenen, wo auf subtile Weise andere Naturgesetze galten. Annihilus war eine Art Insekt – das neueste Modell von Gregor Samsa –, das sich mit Hilfe irgendwelcher mittlerweile ausgestorbener Geschöpfe der Negativen Zone mit Namen Hereros in eine geflügelte, metallgepanzerte Kampfmaschine verwandelt hatte, die nach Unsterblichkeit strebte. Sein Ziel war die Herrschaft über das Universum. Der Weg dorthin führte in seinen Augen über niemand anderen als die Fantastischen Vier. Er wollte speziell die Kräfte des jungen Franklin Richards schwächen, der mit seiner Mutter Sue abgeschirmt auf dem Land lebte – weg von Reed, ihrem Mann, der nie genug Zeit für sein Kind hatte und ein schlechter Vater, ein schlechter Ehemann war.

Agnes Harkness, Sues ehemalige Hauslehrerin, war von Annihilus mittels Hypnose dazu gebracht worden, daß sie Sue und Franklin in die Negative Zone führte.

Reed, Johnny, Ben, Medusa – die schon in Heft 112 Sues Platz im Team eingenommen hatte – und Wyatt Wingfoot, Johnnys ehemaliger Zimmergenosse aus Collegezeiten, machten sich auf die Suche.

Der größte Teil des Hefts war allerdings nur Staffage. Annihilus erzählte Wyatt Wingfoot ausführlich von seinen Anfängen. Ein solches Heft sollte lediglich sicherstellen, daß Paul auch das nächste kaufte. Womit er bei Nr. 141 war.

Reed war entschlossen, seine ihm entfremdete Frau und seinen Sohn zu retten. Sein Verantwortungsgefühl als Vater und Ehemann machte ihn halb verrückt. Paul hatte ihn noch nie so außer sich, so … irrational erlebt. Doch zu Beginn des Hefts hatte Annihilus Reed und den Rest des Teams mit einer Art Anti-Schwerkraft-Lähmung außer Gefecht gesetzt. »Du hast uns aus einem bestimmten Grund hergebracht, Annihilus«, rief Reed dem Insekt zu. »Teils aus Rache – aber auch wegen meines Sohnes. Was hast du mit ihm vor?«

Unterdessen flog Alicia Masters, das blinde Mädchen, das Benjamin Grimm liebte, nach Latveria, um Heilung von ihrer Blindheit zu finden.

Die Fantastischen Vier entkamen dem Zustand vorübergehender Lähmung – sie *schafften es einfach* – und waren bald darauf auf Annihilus' ödem Planeten angelangt. Sie kämpften erfolgreich gegen die dort lebenden Telepathen und freundeten sich mit ihnen an. Und sie gruben sich durch den Felsen unter der Festung ihres Feindes. So gelang es ihnen schnell, in das unterirdische Labor einzudringen, wo Sue, Agnes Harkness und Franklin Reed in einem riesigen Reagenzglas gefangengehalten wurden.

Diese letzten acht Seiten reichten aus, Paul Hood aus dem trüben Sumpf der Selbstvorwürfe herauszureißen. Wie auf dem Cover versprochen, glühte der kleine

Franklin tatsächlich wie eine ATOMBOMBE! Es begann mit diesem Licht in seinen Augen, dieser in ihm tobenden, immerwährenden kosmischen Kraft. Galaxien, endlose Weiten ursprünglicher Schöpfung *erstreckten sich vor ihm wie bloße Spielzeuge*. Medusa, Johnny und Ben stürzten Annihilus in eine Gruft voller verrosteter Maschinenteile. So einfach ging das. Damit war alles für den Schlußakt dieser schweren Familientragödie vorbereitet.

Reed wollte sie alle nach New York zurückschaffen, wo er mit seinem noch nie getesteten Antimateriegerät versuchen konnte, Franklin zu stabilisieren. Mit Hilfe eines abgeschmackten Zauberspruchs in abgeschmackten Dimetern beförderte Agnes Harkness sie in die Stadt zurück. Reed stürzte davon, um seine Erfindung herbeizuholen. »Warte, Medusa«, rief Sue plötzlich, »was macht er denn da? Das sieht ja aus wie eine *Kanone*! Nein – Reed, nein!«

Als Paul bei den Bildern der unteren Hälfte von Seite 31 ankam, war es, als führte der ganze Tag, ja als führten die ganzen Ferien zu einem einzigen Moment hin. Er war sich in diesem Augenblick sicher, daß Stan Lee in unmittelbarer Verbindung mit dem Universum stand – ganz so, wie etwa der Watcher, die geheimnisvollste Marvel-Figur, sich wie ein gnostisches Wesen damit zufriedengab, über die Machenschaften der Schöpfung lediglich *Bescheid zu wissen* – und daß sein, Pauls, Schicksal dank Lees visionärer geistiger Schöpfung mit den in monatlichen Fortsetzungen dargebotenen Abenteuern dieser kitschigen Superhelden verknüpft war. Er war in der Welt von Marvel offenbar zugleich Beeinflußter und Beeinflusser.

Reed also schoß auf seinen Sohn. In seiner Hast und Verwirrung setzte er eine ungetestete Waffe mit der ganzen ionisierenden Kraft von Antimaterieteilchen gegen seinen eigenen Sohn ein. Der außerirdische Schimmer in Franklins Augen trübte sich, so daß die Gefahr vorläufig gebannt war, weil sich die Ursuppe des Urknalls in ihm abschwächte. Aber damit wich auch das Leben aus Franklins Augen, das übermütige Funkeln seiner rastlosen Wahrnehmung. Und machte Dunkelheit Platz.

»Was hast du getan, Reed? Du hast deinen eigenen Sohn zum geistigen Krüppel gemacht. Deinen eigenen Sohn! ...«

Das letzte Bild zeigte sie alle – Sue, in deren Armen wie eine leblose Marionette Franklin lag, Wyatt Wingfoot, Johnny Storm, Medusa und Ben – von Reed abgewandt. Reed, niedergeschmettert, sprachlos ob der Ungeheuerlichkeit seiner Tat. Das Ende der Fantastischen Vier. Das Ende. Bis zum nächsten Monat.

Da trübten sich die Lichter im Zug, flackerten und erloschen. Die Lokomotive kam wie beiläufig zum Stehen. Paul, der auf der New-Haven-Strecke schon einiges an Kilometern zurückgelegt hatte, wußte, daß das einfach zum Fahren mit strombetriebenen Zügen dazugehörte. Nach zehn Minuten Notbeleuchtung war er sich allerdings nicht mehr so sicher. Bald begannen auch diese Lichter sich zu trüben. Unheimliche Dunkelheit. Ein Schaffner mit Taschenlampe eilte an Pauls Platz vorbei, und die anderen Schläfer in seinem Waggon regten und wälzten sich ruhelos, als würden sie in ihren Träumen an Spießen geröstet. Draußen konnte Paul die Lichter entlang der Interstate 95 sehen, wo sich der Schneematsch bis weit in die Fahrspuren hinein türmte. Der Zug saß irgendwo zwischen Port Chester und Greenwich fest. Der Schnee fiel mit unverminderter Heftigkeit, und die Autos krochen rutschend und schlitternd vorwärts. Als der Schaffner am Waggonende auftauchte und ihnen nuschelnd, weil er ebensowenig wie die unruhigen Schläfer daran glaubte, das Neueste mitteilte – *Ha'm leider einen*

Oberleitungsschaden, hoffen aber, daß das in Kürze behoben ist –, wußte Paul, daß er bis auf weiteres hierbleiben mußte.

Es war im Zug so leer und still wie in einem Samadhi-Tank. Also durchforschte er die schrecklichen Landschaften seiner Einsamkeit. Es gab sonst nichts zu tun.

Er hatte schon auf jedem Bahnsteig des zu Connecticut gehörenden Teils der Strecke gestanden. In der Männertoilette von Greenwich hatte er seine Initialen eingeschnitzt; in Darien hatte er auf den Puffern der abgestellten Waggons gesessen; in Cos Cob hatte er sich in die Bars geschlichen, in Westport in das Gebüsch beim Bahnhof gepinkelt, in Rowayton und Old Greenwich mit den kleinen Mädchen geflirtet. Und er hatte den Südwesten des Staates im Auto auf der Interstate 95 durchquert. Eine üble Verkehrsader war das, oder eigentlich eher ein Darm, Träger von Abfällen und Bakterien. Er kannte das Hotel zwischen Darien und Stamford, an dem während der gesamten Wahlen ein Nixon-Transparent hing; er kannte die genaue Lage jeder einzelnen HoJo's-Eisdiele zwischen hier und New Haven; er kannte Norwalk Harbor, Five Mile River, Cos Cob Harbor und die dortigen Brücken; er kannte das Gefälle der Interstate 95, wo sie nach Norwalk hineinführte, kannte die Stelle in New Haven, wo sie sich teilte, kannte den Blick von dort auf das Baxter Building, wenn der Zug in die Innenstadt von Stamford einfuhr.

Er kannte das alles, aber das änderte nichts an seiner Lage. Sein kurzes, privilegiertes Leben auf der Sonnenseite von Fairfield County war dem Unwetter draußen egal. Es war etwas anderes, wenn man durch diese Städte gefahren wurde oder ein, zwei Stunden auf den Bahnhöfen herumhing. Jetzt saß er fest. Er saß fest, ein Junge, der bald kein Junge mehr sein würde. Ein Junge, der demnächst seinen Führerschein bekam. Ein Loser aus einer Familie von Losern. Und er befand sich kurz hinter Port Chester, dem einzigen Halt auf der Strecke nach New Haven, wo sehr viele Afroamerikaner wohnten.

Paul hatte ein paar kennengelernt, Schwarze. Zwar hatte es in der Hauptschule – der East School – keine gegeben, dafür aber fünf in der Saxe Junior High, als er dorthin ging. Sie kamen alle aus der Stadtmitte, aus den Mietwohnungen über Fat Tuesday's oder Pic-a-Pants. Drei davon waren Mädchen, und sie blieben weitgehend unter sich. Wenn Paul in seinem Jahrbuch blätterte, konnte er sich eigentlich gar nicht richtig erinnern, sie überhaupt je gesehen zu haben. Außer vielleicht, wie sie in der Cafeteria zusammengluckten und Pizzastücke aßen. Wahrscheinlich hatten sie so viel Schiß, daß sie die Schule schwänzten. Die Typen dagegen, die zwei schwarzen Typen, waren schlichtweg nicht zu vermeiden. Brian Harris regierte die Saxe Junior High. Er trug sein Haar lang, im Black-Panther-Afro-Look, womit er jeden verschreckte. Und er war ein erstklassiger Sportler, vielleicht aber nur deshalb, weil sämtliche weißen Kids von New Canaan in dem Glauben aufgewachsen waren, daß Afroamerikaner erstklassige Sportler waren. Paul hatte das sogar ausdrücklich so von seinem Dad gehört. Beim Basketball hatte sich Brian Harris diesen Rückwärts-Korbleger mit doppelter Körpertäuschung antrainiert, den manche weiße Typen unbedingt auch hinkriegen wollten. Er brauchte nur zum Korb zu spazieren – sie ließen ihn einfach durch. Harris war in der Saxe Junior High ein wandelnder Gott. Man verehrte ihn.

Der andere schwarze Typ hieß Logan Krieg und hatte eine Leseschwäche oder so was ähnliches. In Englisch hatte er Paul ständig über die Schulter geguckt. Im Unterricht geriet Krieg jedesmal sichtlich in Panik. Als er anfing, besoffen oder bekifft in die Schule zu kommen, wunderten sich nur die Lehrer. In seinen Hausaufgaben schrieb Krieg sämtliche Buchstaben verkehrtherum. Er hatte die reinste Babyschrift. Und dann bekniete er Leute, die er noch nicht mal kannte, weiße Schüler, ihn zu decken. Weil er auf keinen Fall in die Sonderschulklasse kommen wollte. Er wollte nicht mit den Zurückgebliebenen in einer Klasse sitzen. Alle wußten, daß er im Unterricht log, daß er den Lehrern vorlog, er hätte die Hausaufgaben gemacht, er sei krank gewesen, daß er ständig log und sich immer tiefer in dieses Netz von Unwahrheiten verstrickte, bis er sich schließlich nicht mehr rühren konnte. Und dann war er auf einmal verschwunden. Ausgestiegen, woandershin verfrachtet, wer weiß? Er war eigentlich auch mit niemandem *befreundet*.

Soweit Pauls Erfahrungen mit schwarzen Kids. In St. Pete's gab es auch ein paar, und auch sie blieben unter sich. Sie waren hervorragende Schüler und militant. Was seine sonstigen Kenntnisse anging, mußte sich Paul auf Berichte in der Glotze verlassen. In *Die Rookies – neu im Einsatz* machte ein schwarzer Schauspieler mit, und dann gab es noch *Sanford and Son*. Und in dem trübe erleuchteten Mausoleum des 23-Uhr-10-Zuges nach Stamford erinnerte er sich, wie er eines Abends – es war der Tag, an dem Angela Davis freigesprochen wurde – mit seinem Vater zusammen die Fernsehnachrichten angeguckt hatte. Von dem Naugahyde-Ruhesessel aus, der seines Vaters größter Trost war, hatte Benjamin teilnahmslos und besoffen *Scheiß kommunistische Lesbenfotze* in Richtung Bildschirm gegrölt.

Port Chester – wo Paul festsaß – war jedenfalls etwas Besonderes. Hätte er in diesem Moment aus dem Zug aussteigen und unter dessen funkenstiebendem, elektromagnetischen Kraftfeld hindurchgehen können, wäre er durch Straßen marschiert, auf denen kein weißes Gesicht zu sehen war. Er hatte schon von solchen Orten gehört. Diese Straßen waren vermutlich der Grund dafür, daß seine Mutter ihm, als er noch klein war, mehrfach von einem Freund erzählt hatte, der die Bahngleise hatte überqueren wollen. Er war auf einen stromgetriebenen Zug geklettert, dieser Junge, um den Weg von einem Stadtteil in den anderen abzukürzen, und er war auf dem Zugdach *aufgestanden*. Vielleicht um eine bessere Aussicht zu bekommen oder das erhebende Gefühl, auf einem Zug zu stehen, auszukosten. Aber dabei war er natürlich ums Leben gekommen. Dank dieser Geschichte hatte Paul alles über Elektromagnetismus gelernt. Der Typ berührte nämlich die Oberleitung, als er aufstand. Die über dem Zug verlaufende Oberleitung.

Nach einer Dreiviertelstunde tauchte erneut der Schaffner auf, um Hood und den anderen Schläfern das Neueste mitzuteilen.

»Meine Damen und Herren, wir wissen leider immer noch nicht, wann der Zug weiterfahren wird. Am besten, Sie bleiben einfach hier im Wagen, und wir verständigen Sie, sobald wir etwas hören.«

Worauf er ans andere Ende ging, um sein Sprüchlein zu wiederholen.

Die nächsten Stunden, in der Tiefe der Nacht, verstrichen so langsam und unheilschwanger wie die Stunden im Warteraum eines Krankenhauses. Die Notbeleuchtung wurde immer schwächer, und die Schläfer in Pauls Waggon wälzten sich unruhig und fluchten leise. Auch er suchte Vergessen im Schlaf, aber er konnte nicht. Von der Kälte begann er leicht zu zittern. Er konnte seinen Atem sehen. Und er hatte Angst.

Dann, irgendwann am frühen Morgen, kam eine große, massige Gestalt den Mittelgang entlang. Paul war nervös, er rechnete mit den kinetischen Bösewichten aus Comic-Heften. Aber es war bloß ein älterer Typ aus dem nächsten Waggon, ein grauhaariger, besoffen wirkender Typ. Im blauen Schimmer der schwindenden Notbeleuchtung ähnelte der Typ ein bißchen Stan Lee, dem Schöpfer der Fantastischen Vier. Eine Mischung aus CIA-Agent und Grundschullehrer. Er war fett, unheimlich und jovial, und er ließ sich auf den Platz auf der anderen Seite des Mittelgangs plumpsen, Paul gegenüber.

Paul wußte nicht, was auf ihn zukam. Wahrscheinlich würde er gleich angegriffen oder vergewaltigt werden, und das hatte er auch verdient. Nach Libbets.

»Irgendwo das Klo gesehen, junger Mann?« fragte der CIA-Knabe.

»Bitte vielmals um Verzweiflung«, sagte Paul. »Keine Ahnung, vielleicht im nächsten Wagen.«

Über irgendwas amüsierte sich der Mann köstlich. Beim Lachen hustete er Schleim von ganz tief unten hoch.

»Mordszugfahrt, was?«

Paul nickte. Am besten nichts sagen, den Vergewaltiger nicht ermutigen. Aber dann tat er es doch.

»Eine Taschenlampe, das wär's jetzt. Oder vielleicht eine Laterne, so eine Camping-Laterne. Und so gefriergetrocknetes Zeug. Und ein batteriebetriebener Plattenspieler, ein Close-and-Play, und dazu ein Stapel Singles oder so. Und Comic-Hefte.«

Der Mann beugte sich vor.

»Und ein Mädchen«, sagte er. »Ein bißchen Gesellschaft.«

»Am liebsten wär ich daheim«, sagte Paul, »wenn ich ehrlich bin.«

Der Mann nickte. Der Highway draußen war leer. Langsam schoben sich Streufahrzeuge darauf vorwärts.

»Du fährst wohl nach New Canaan«, sagte der Mann.

»Ich hab das irgendwie im Gefühl. Ich glaube, ich habe deine Eltern ein-, zweimal getroffen. Ich glaube, ich hab dich schon gekannt, als du noch ein Dreikäsehoch warst. So sagt man doch, was? Ja. Stimmt genau.«

Er nannte Paul seinen Namen. William Soundso.

»Nein«, meinte Paul, »ich bin ... aus Stamford. Wohne in Stamford.«

Er fragte sich, wann wohl der Schaffner wiederkam.

»Ach ja? Hab ich mich eben geirrt. Bist also nicht Bens Sohn, wie? Hab ich mich geirrt. Ich wollte dir nämlich anbieten, daß ich dich nach Hause fahre, wenn wir da sind. Falls wir überhaupt je ankommen. Aber wenn du nur bis in die Stadt fährst, nütze ich dir natürlich nicht viel. Außer wir teilen uns ein Taxi oder –«

»Nein«, unterbrach Paul ihn entschieden, »meine Eltern holen mich ab.«

»Bei der Verspätung?«

»Jedenfalls hoffe ich das.«

»Aha.«

Der Ältere hievte sich hoch, und als er im Mittelgang stand, konnte Paul mit einemmal seine Tränensäcke, seinen dicken Hals und seine graue, metallische Haut sehen. Aus nächster Nähe. Der Mann ragte über ihm. Er klatschte Paul die Hand auf die Schulter. Ein Atem wie Formaldehyd. Der Typ war ein Abgesandter von Dr. Doom. Eine andere Erklärung gab es nicht.

»Du hast wohl keine Lust auf ein ernsthaftes Gespräch, Paul. Jedenfalls vermute ich das mal. Auch recht. Muß sowieso mal auf die Pütz. Angenehme Reise wünsch ich noch.«

»Hey, ich –«

»Falls du nachher mitgenommen werden willst oder so, dann melde dich einfach. Ich bin im nächsten Wagen.«

»Das mach ich«, sagte Paul.

Als die Tür hinter dem Mann zuknallte, rappelte sich Paul auf und lief, so weit er konnte, in die entgegengesetzte Richtung, vorbei an den unruhig träumenden Schläfern, von denen er einige durch sein Vorbeihasten aufweckte. *Vergewaltiger*, dachte er, *Mörder*. Zwei Waggons weiter ließ er sich nieder. Er vergrub den Kopf unter seinem Tweedjackett. Was ihm durch den Kopf ging, waren Sachen, die er an einem besseren Tag zu unterdrücken versucht, Gedanken, die er verdrängt haben würde. Er dachte an die Zukunft der modernen Sexualverbrecher, Typen, denen von Frauenschreien einer abging, ältere Männer, die die Schwänze von dicken kleinen Jungen lutschten, Typen, die Schwule verprügelten und dabei eine Erektion bekamen. Und dann mußte er nicht an Logan Krieg, sondern an einen anderen Typ denken, der im Unterricht immer von ihm abgeschrieben hatte, einen Typ, der ihn an der Saxe Junior High bedrohte. Skip Maundy. Maundy paßte Paul regelmäßig auf dem Weg zur Cafeteria ab und verlangte sein Lunchgeld. Seit Paul seinen Eltern weisgemacht hatte, daß der Schul-Lunch einen Dollar kostete, obwohl der Preis in Wirklichkeit nur fünfundsiebzig Cents betrug, gab er Maundy den Profit. Um nicht verprügelt zu werden. Und so wartete Maundy jeden Tag auf ihn und riß dabei noch Witze, wie etwa: *Hey, Paulie, wir müssen aufhören, uns so zu treffen! HA! HA! HA! HA!*

Dann begab sich Maundy mit Paul auf das Feld der Wissenschaften. Wenn er den langen Flur herunterkam, der an der Sporthalle entlanglief, löste er sich jedesmal aus dem Pulk seiner Gefolgsleute, um Hood drüben beim Trinkbrunnen zu schikanieren. *Schieb mir in Mathe deinen Test rüber. Aber zackig.* Maundy lächelte stets, wenn er dergleichen verlangte, als handele es sich dabei um einen Akt der Menschenfreundlichkeit.

Oft wünschte Paul, er hätte es, wie in den Problemfernsehspielen am Nachmittag, einmal erlebt, daß Maundy gedemütigt würde, oder er würde von einer schrecklichen Tragödie in der Familie Maundy – der Krebserkrankung des Vaters, dem Alkoholismus der Mutter – erfahren, die erklärte, warum ihr Sohn so ein Dreckskerl war. Aber er verriet keiner Menschenseele, was sich da abspielte. Er verpetzte Maundy niemals. Er nahm einfach alles hin.

Auch Wendy mußte in der Public School damit leben, daß sie isoliert war. Er hatte mitgekriegt, wie sich andere Schüler eher von ihr abwandten, als mit ihr zu reden; er hatte gehört, wie die Kinder von Richtern und Sozialarbeitern sie *Hure* und *pervers* schimpften. Im Dunkeln, unter seinem Tweedjackett, landete Paul mal wieder bei seinen Eltern, und wie sie gestrickt waren. Was für Gene waren bloß daran schuld, daß sein Leben so aussah?

In Wahrheit war es nämlich so, daß die Geschichte von Skip Maundy doch einen Schluß hatte. Später, auf der New Canaan High, vergriff sich Maundy anscheinend auf dem Klo an einem behinderten Mädchen. Es handelte sich um Sarah Joe Holmes. Behauptet wurde, daß Maundy *auf sie gepinkelt* hätte, sie niedergehalten und auf sie gepinkelt hätte. Das war die angebliche Schandtat. Er hätte sie niedergehalten, sich entblößt, auf sie gepinkelt und dann eine Zigarette geraucht. Vielleicht war das ja bloß so eine Geschichte, die sich jemand ausgedacht hatte, um eine schreckliche Situation zu erklären. Vielleicht hatte das Wunder der Vererbung aber auch einen Typ hervorgebracht, dem so etwas Spaß machte. Paul dachte immer wieder über die Geschichte nach.

Wie erklärte sich Sarah Joe diesen Moment, den Moment, als ihr der Urin ins Gesicht und aufs Kleid spritzte und eine Pfütze um sie herum bildete? War Skip deswegen bedrückt, hinterher, so wie er, Paul, wegen Libbets bedrückt war? Paul wußte es nicht.

Es war eine Geschichte, die zu nichts führte. Bloß etwas, was passiert war. Bloß etwas, worüber man in der verschlossenen Gruft familiärer Kümmernisse nachdenken konnte.

III

III

Okay, es ist in dieser Erzählung an der Zeit, die Absichten Gottes zu charakterisieren. Nur ganz kurz, aus thematischen Gründen. Glücklicherweise müssen wir uns nicht mit der Frage befassen, wie diese Absichten sich unmittelbar ausgedrückt haben – das haben sie nämlich im Grunde nicht. Die Geschichte kann sich daher mit indirekten Beispielen begnügen, mit Metaphern und mit Belegen aus der Natur. Zum Beispiel: Benjamin Hood, der am Samstag morgen auf dem Boden des Halfordschen Badezimmers schlief, hatte einen Traum – einen beklemmenden Traum, eingebettet in einen mörderischen Kater. Nacherzählte Träume sind lästig, deshalb fasse ich mich kurz. In Hoods Traum war ihm eine Sondersteuer auferlegt worden, und zwar wegen der Obstbäume, die in seinem Garten an der Valley Road wuchsen. Von dieser Steuer erfuhr er auf einer Fahrt mit Jim Williams (in einem Kombi mit imitierter Holzverkleidung, obwohl Williams in Wirklichkeit einen Cadillac fuhr). Hood versuchte, die Anwesenheit von Regierungsinspektoren in seinem Garten zu erklären, jenen Inspektoren in weißen, bleigefütterten Anzügen, die die Größe und den Ertrag seiner Zwetschgenbäume maßen und sie dann mit Lötlampen abfackelten.

»Eins begreife ich nicht«, sagte er zu Jim Williams, »nämlich ob sich das Ganze 1973 oder 1991 abspielt.«

»Tja, Kumpel«, meinte Williams, »die Vergangenheit

und die Zukunft spielen sich im gegenwärtigen Moment ab. *So ist das nun mal.*«

Das war's. Soweit der Traum. Und das Erstaunliche an diesem Traum ist, daß Benjamins Sohn ihn ebenfalls träumen würde. Jahre später. Wirklich. In Hoboken, New Jersey. Paul Hood. Mit seinem Vater als Hauptfigur und so fort. Benjamin freilich konnte, während er auf dem Badezimmerboden lag und unruhig träumte, nicht wissen – und würde auch niemals erfahren –, daß sein Sohn ebendiesen Traum träumen würde, daß er aufwachen, ihn erzählen und im Erzählen sowohl seines Vaters Erdenker als auch seines Vaters Sohn werden würde. Daß er seines Vaters Erzähler werden würde.

Diese Übereinstimmung – zwischen Paul und seinem Dad – gleicht in gewisser Weise der Übereinstimmung zwischen mir, dem Erzähler dieser Geschichte, dem Erdenker all dieser Bewußtseine der Vergangenheit, und Gott. Alle diese Fügungen und Mißfügungen wurden ausgelöst, lange bevor Benjamin oder Paul als Vorstellung existierten, so wie auch die Topographie und die Historie von New Canaan – der wechselnde Verlauf seiner Flüsse, das Auf und Ab seines Steueraufkommens, seine Vergangenheit, seine Zukunft – Paul und Benjamin, und uns allen, vorausgingen.

So viel zur Metapher. Ich habe auch von einem Beispiel aus der Natur gesprochen. Hier ist es. Während sich Metaphern der Absichten Gottes durch Fügung und Wiederholung auszeichnen, sind Beispiele aus der Natur nicht so wohlgeordnet. Die Natur ist sinnlos und gewalttätig. Deshalb ist der folgende Teil der Geschichte gewalttätig, und weil er auch sinnlos ist, wird er nicht vom Standpunkt eines der Protagonisten aus erzählt. Im Zentrum steht eine Nebenfigur. Mike Williams.

Das Eis auf sämtlichen Oberflächen, auf Dächern,

Sträuchern, Straßen und Gewässern war immer dicker geworden. Es bildete einen riesigen, glitzernden Kokon um Zweige und Stromleitungen, einen Kokon von ungeheurer Masse. Das Geräusch der unter dem Gewicht abbrechenden Zweige klang wie das Krachen von Gewehrfeuer. Mike Williams, der im frühesten Morgendämmer herumzog, hörte das Geknalle in der Stille und lachte übermütig darüber. Er war richtig lange aufgeblieben. Das drohende Unwetter trieb ihn hinaus in die Elemente. Um zuzusehen.

Sein erstes Ziel war Danny Spofford gewesen, oben an der Mill Road; Mike nahm den Weg über die Silvermine. Wenn eines der seltenen Fahrzeuge vorbeischlitterte, versteckte er sich. Der AMC Gremlin der Conrads kam vorbei. Dann jemand in einer Corvette. Zu Fuß brauchte man eine ganze Weile bis zu den Spoffords. Als er dann allerdings dort war, blieben er und Danny auf und sahen fern – *Don Kirshner's Rock Concert* –, bis der Strom ausfiel. Da wurden sie findig, einfallsreich und findig, als könnte das Unwetter auf irgendeine Weise jedem Gespräch, jedem jugendlichen Gemeinschaftsgeist ein Ende setzen. Als bliebe ihnen nur noch wenig Zeit. Sie begannen darüber zu beraten, wie sich wohl Geschlechtsverkehr in Wirklichkeit anfühlen würde. Das Vögeln. Irgendwann ging Danny in die Küche und holte aus dem mittlerweile untätigen Kühlschrank ein Glas Erdbeermarmelade der Marke Shopwell, in das er seinen Mittelfinger steckte. Um das samtige Innere des weiblichen Fortpflanzungsorgans zu simulieren. Und wie er da mitten in der Küche stand und die Marmelade von seinem *Stinkefinger* ableckte, sagte Danny Spofford, wenn es so wäre, dann wollte er es am liebsten gleich machen.

»Eine anbohren, Charles.«

Mike hatte auf diesem Gebiet natürlich mehr Erfahrung, als er zugab. Er war ein Casanova. Aber weil Danny Spofford nicht besonders aussah, weil er einen Mordszinken und eine fliehende Stirn hatte und seine Ohren zu weit abstanden, wollte Mike ihn nicht durch allzuviel Erfahrung kränken. Jedenfalls nicht gleich. Dann aber, während die Nacht voranschritt und es immer kälter wurde und sie sich immer fester in die Woll- und Steppdecken wickelten, die Dannys Dad auf der alten Couch im Keller gestapelt hatte, fing Mike doch an, Danny von Wendy Hood zu erzählen.

»Was, die Nutte?« fragte Danny Spofford.

»Hey, du kennst sie doch gar nicht. Sei bloß ruhig.«

»'ne Hure, Charles. Sie ist *lesbisch*. Du willst mir doch nicht erzählen –«

»Du kapierst überhaupt nichts, Spud. Laß mich doch mal ausreden.«

Aber Mike war nicht imstande, die Feinheiten unerfüllter Teenagerlust zu vermitteln: wie sie Unterschiede einebnete, wie sie jeden verträglich und alles erträglich machte. Er konnte, weil das zu peinlich war, nicht erklären, wie Wendys Dad sie beide mit heruntergelassenen Hosen erwischt und wie dieses Ertapptwerden (so ähnlich wie die Verhaftungszene, in der Frank Wills auf Egil Kroghs Leute – James McCord, Bernard L. Barker, Virgilio Gonzalez, Eugenio Martinez und Frank Sturgis – stößt) seine, Mikes, Gefühle für sie nur noch verstärkt hatte. Im flackernden Kerzenlicht, im zuckenden Wettstreit von Taschenlampenstrahlen konnte er nicht sagen, wieso er ständig an sie dachte, daß er ihren Namen und ihre Initialen in sein Ringbuch kritzelte, daß er ihn in seinen Englisch-Hausaufgaben versteckte, daß er Songs aussuchte, bei denen ihr Name im Titel oder im Text vorkam, und daß sogar Wörter wie *Wind* und *wenn* wegen der phonetischen Nähe zu ihrem Namen etwas Angenehmes bekamen. Mike wußte einfach nicht, wie er Danny irgend etwas davon sagen konnte, ohne als *Lusche*, *Saftarsch*, *Schwuli*, *Homo*, *Hirni* dazustehen. Außerdem hatte er es sowieso nicht mit dem Reden. Er hatte Lust, ein bißchen herumzulaufen.

»Vergiß es«, sagte er. »Ich gehe nach Silver Meadow runter. Kommst du mit?«

»Nee. Grillen wir lieber 'n paar Wiener. Über den Kerzen da. Wiener, spitze.«

Mike wußte, daß Danny nicht mitkommen würde. Dannys Dad kam wahrscheinlich bald von der Party zurück und hatte dann wahrscheinlich irgendeine Frau dabei, und bevor er sich mit ihr nach oben verzog, würde er in den Keller kommen und nach Danny sehen. Vielleicht kam sogar die Frau mit und pflanzte Danny einen einzigen feuchten Kuß auf die Stirn. Danny erzählte Mike das alles. Sein Dad würde sich vergewissern, daß er genügend Kerzen hatte und daß die Batterien in den Taschenlampen frisch waren. Sein Dad würde einen widerspenstigen Deckenzipfel feststopfen und ihm die Tolle zurückstreichen. Weil sein Dad das Sorgerecht eingeklagt und bekommen hatte. So was kam selten vor, und Danny, vermutete Mike, wollte möglichst viel davon haben. Er war mit einem Dad gesegnet.

Mikes Dad war eigentlich auch ganz okay – wenn er mal zu Hause auftauchte. Aber jetzt war Mike hier draußen in der Kälte. Eines der unbeaufsichtigten Kids von New Canaan. Die Haustür der Spoffords fiel hinter ihm ins Schloß. Das Knarren der Bäume klang wie der Soundtrack einer Gruselszene. Er überlegte, wie sich der Stromausfall in Silver Meadow auswirken würde, wie die Pfleger versuchen würden, die Bekloppten bei der Stange zu halten, im Dunkeln, um sich herum das Gewehrfeuerknallen berstender Bäume. Die Bekloppten würden aus den Gummizellen ausbrechen, hinaus auf die Shuffleboard-Felder, und dort stumme Wettkämpfe miteinander austragen; sie würden die Medizinschränke aufbrechen, sie nach Opiaten und Tranquilizern durchsuchen, sich aneinanderkuscheln, um sich bekloppte Beteuerungen zuzuflüstern; sie würden sich auf die Suche nach Alkohol machen, die umliegenden Häuser nach Scotch, Rye, Gin, Wodka und Bourbon oder Lavoris, Skin Bracer, Old Spice und Hai Karate durchwühlen.

Es war der ideale Zeitpunkt, um sich einzuschleichen.

Also tat er es. Er kam am Haus der Hoods vorbei, ohne auch nur einen Blick darauf zu werfen – er verleugnete sich selbst –, und schlich sich dann auf das Gelände. Es war wie üblich ein Kinderspiel. Es ging so leicht, daß Mike, als er zur Bowlingbahn von Silver Meadow kam, an der Tür rüttelte. Ganz spontan. Sie ging auf! Diese Typen waren unglaublich schlampig! Im Schein der Notbeleuchtung musterte er die beiden Bahnen. Da sie vollautomatisiert waren, würde natürlich auch die Rückstelltaste nicht funktionieren. Und Kugeln waren auch keine zu sehen. Mike verstieß gegen die erste Bowlingregel – keine Straßenschuhe –, als er die Bahnen auf und ab ging. Er hatte schon immer mal bis zu den Kegeln gehen wollen. Mit einem raschen Tritt stieß er sie um. Und stellte sie dann wieder auf. Trat sie um, stellte sie auf. Es ging zu leicht. Dann hörte er Stimmen, die Stimmen der Autorität, und machte sich dünn.

Er schlüpfte wieder hinaus ins Freie. Das ging eine ganze Weile so, dieses unbefugte Herumstreunen. Er stellte sich Wendy und sich selbst in einem holzverkleideten Kombi vor, mit zwei Kindern hinten drin, die das Autofahren nicht vertrugen und kotzten. Er ging von Gebäude zu Gebäude, wurde von einem Wächter – der eine imposante Taschenlampe schwenkte – verscheucht und kehrte zurück, um weiter herumzustreunen. New Canaan war überall mit diesem Eis verkleidet, mit diesem Überzug, der den Dingen seines Alltagslebens wieder Schönheit verlieh – Magie, Gefährlichkeit, Neuheit. Er erkannte auf nie erlebte Weise Bäume wieder, erkannte das riesige Geäder der Straßen in seinem Viertel, erkannte das Tapfere und Standhafte an Telefonmasten, ja sogar – in den dann und wann von Kerzen erleuchteten Fenstern – das Geborgensein in der Gemeinschaft. Der Mensch gegen die Elemente, Mann. Alles war wie neuverpackt, in Klarsichtfolie eingeschweißt, die Einzigartigkeit und Frische garantierte.

Und dann sah er, das erste Mal in seinem Leben, eine abgerissene Hochspannungsleitung. Es war mitten in der Nacht, genau im Zentrum der Nacht, in der tiefsten Dunkelheit vor der Dämmerung. Das Geräusch berstenden Ahorns war mittlerweile durchaus vertraut. Mike lachte, als der Ast auf die Erde stürzte und mit ihm der Telefonmast, die Leitungen, ein paar Sträucher. Das alles fiel, ein beachtliches Hindernis, quer über die Valley Road. Mike brüllte vor Lachen, Kojote der Vorstadt. Die abgerissene Leitung war alles andere als still. Sie zischte natürlich und sprühte einen Goldregen elektrischer Funken. Und sie tanzte. Die Zuckungen des Derwisch, des Berauschten und des religiösen Ekstatikers, des hyperaktiven Kindes und seiner erschöpften Eltern. Der Tanz der beschworenen Schlange. Die elektrische Leitung hüpfte und schlackerte, und Mike wußte beim besten Willen nicht, wie sie zu stoppen war. Sie gehörte jetzt einfach zu den Risiken des Lebens. Cool!

Er war nicht gerade ein heller Kopf. Er hatte weder in standardisierten noch in sonstigen Tests gut abgeschnitten. Im Grunde war er ein bißchen faul. Meistens sah er zu, daß er neben Mona Henderson saß und bei ihr spicken konnte. Aber über Hochspannungsleitungen, über das Sagen- und Märchengut von Hochspannungsleitungen, wußte er Bescheid. Deshalb schlug er einen mehrere hundert Meter weiten Bogen um das außer Rand und Band geratene elektrische Feld, ehe er wieder auf die Durchgangsstraße, die Valley Road, seinen Pfad, zurückkehrte. Er war nicht mehr einsam. Er war voller Leben. Er wünschte, Wendy Hood wäre hier und würde das alles sehen. Als er vorsichtig über das als Leitplanke dienende Drahtseil stieg, prüfte er den eisigen Glanz auf dem Gefälle, wo die Valley Road Richtung Silvermine hinabführte. Er prüfte die Beschaffenheit der Oberfläche und befand sie für gut. Sie ließ sich zu einer prima Schlitterbahn polieren. Er beseitigte auf einer Strecke von fünf Metern sämtliche Unebenheiten und Verharschungen. Mit seinen Sneakers rieb er dieses Stück so sorgfältig und liebevoll blank, als wollte er es hinterher signieren. Dann nahm er etwa drei Meter vor der Bahn Aufstellung, um richtig Schwung zu bekommen.

Ah, die Einsamkeit dieses Moments! Mike konnte seinen Atem hören, als er auf das Eis zulief, und das kurze Japsen, mit dem er die eisige Luft einhielt, als er hangabwärts sauste. Es war toll. Cool. Er glättete noch ein paar Meter. Niemand war auf, aber er meinte, im Osten das erste Aufglimmen des Morgengrauens ausmachen zu können. Dann und wann waren Sterne, Mondlicht und eine Andeutung von Morgengrauen zu sehen, und sie erleuchteten seinen einsamen Wettkampf. Mit Autos war nicht zu rechnen, denn mittlerweile war die Straße durch die herrlichen Verwüstungen der Elemente abgeriegelt. Mike glich den Hockeystars, die von den High-School-Kids in New Canaan so verehrt wurden. Er glich Ken »The Snake« Stabler, Quarterback seiner Lieblings-Footballmannschaft, den erbarmungslosen Oakland Raiders.

Er glich den unerschrockenen Skifahrern am Anfang von *The Wide World of Sports.* Er glich Dave Wottle oder Mark Spitz oder Tug McGraw oder O. J. Simpson. Er gehörte der physischen Welt an.

Er trottete erneut zum Start seines riesigen Slalomkurses hinauf, durchfuhr ihn erneut fehlerlos und kam ohne Sturz am Fuße des Hanges an. Die russischen Preisrichter gaben ihm gute Noten. Das Lärmen eines eingebildeten Publikums gab ihm Auftrieb. Er würde Gold holen und dann die israelischen Athleten vor ihrem Schicksal bewahren. Sogar die Hochspannungsleitung applaudierte mit Zischen und Fauchen seiner Leistung. Erneut absolvierte er den atemberaubenden Lauf, diese wilde Zwiesprache mit Luft und Schnee und Stille.

Als er sich zu seiner vierten ausgelassenen Schußfahrt anschickte, merkte er auf einmal, daß er müde war, daß der Wind kräftiger blies, daß die Hochspannungsleitung großspurig im Wind herumfuhrwerkte. Er wollte nach Hause gehen, in seinem eigenen Bett liegen. Aber er hatte trotz alledem, trotz Spielzeug, Dramen, dem Unbekannten der Sexualität, trotz sportlicher Leistung und der Zukunft mit ihrer fernen, verschwommenen Ahnung von Berufsleben und Verantwortung einen Steifen, eine richtige Erektion. Deshalb konnte er noch nicht schlafen. Zuerst noch eine Fahrt durch seinen kleinen Eiskanal.

Diesmal kriegte Mike einen richtigen Zahn drauf, und er schlenkerte wild mit den Armen, während er mal in die eine, mal in die andere Richtung krängte, doch als er im Ziel ankam, stolperte und stürzte er. Mit einemmal war überall Eis in seiner Jacke und seinen Sneakers, in seinen Socken und im Halsausschnitt. Seine Hände waren wund und rot, als er sie sich vors Gesicht hielt. Verfluchte Scheiße. Verflucht. Er steckte sich die Hände in die Achselhöhlen, um den Schmerz zu lindern. Er stöhnte leise.

Bis zu ihm nach Hause war es noch über einen halben Kilometer. Und einen Anschiß würde er auch kriegen. Wenn nicht gleich, dann später.

Deshalb beschloß er, sich einen Moment auf die Leitplanke zu setzen. Um sich auszuruhen.

Die Leitplanken an den Nebenstraßen von New Canaan sahen folgendermaßen aus: Ein Drahtseil war in gleichbleibenden Abständen mit Krampen auf soliden Holzpfosten befestigt, die ihrerseits in die Bankette beidseits der Straße einbetoniert waren. Dem lag der Gedanke zugrunde, daß das Drahtseil, falls ein Wagen dagegenfuhr, durch den Aufprall ein wenig nachgeben würde, anstatt das Fahrzeug sofort zu zerstören und damit die Insassen zu gefährden. Das Problem bei einer derartigen Leitplanke war allerdings, daß das Drahtseil im Gegensatz zu einer Ganzstahlkonstruktion, die unmittelbar geerdet ist, im wesentlichen freistehend und folglich leitend war. Und die fröhlich neben der Valley Road herhüpfende Hochspannungsleitung berührte die Leitplanke in ebendem Moment, in dem Mike Williams sich daraufsetzte. Seine in den Schnee unter ihm eingesunkenen Sneakers wirkten als Erdung, und was an Strom auf dem Weg über drei Holzpfosten, durch fünfundzwanzig Meter Drahtseil und drei kräftige Krampen nicht abgeleitet wurde – fast alles –, floß durch Mike.

Zuerst wurde sein Gesicht schrecklich rot, und vor seinem Mund bildete sich Schaum. Seine Zähne klapperten, und sein Haar begann zu schwelen. Dann blieb sein Herz stehen. Das passierte praktisch sofort. Sein Herz blockierte und hörte zu schlagen auf. Es war ein kräftiges, junges Herz, unbeschwert von Rhythmusstörungen oder irgendwelchen Gefäßablagerungen, aber es versagte trotzdem. Mike war magnetisiert – eines der Phänomene, die Elektrizität hervorrufen kann – und hing an dem

Drahtseil fest, doch als er gestorben war, als die Elektrizität in ihm, seine Eigenelektrizität, die Akkumulation seiner Ängste und Freuden, sich in den Äther verflüchtigte, kippte sein Körper, kippten seine sterblichen Überreste leicht qualmend hintüber. Wo seine Hände sich am Drahtseil festhielten, waren sie schwarz versengt. Er qualmte aus den Ohren und blutete aus Nase und Mund. Er kippte hintüber – weil die Schwerkraft in diesem Fall stärker war und weil die launische Hochspannungsleitung schon wieder woandershin tanzte – und kullerte rückwärts ein kleines Stück den Hang hinunter, unter einen Strauch am äußersten Rand des zu Silver Meadow gehörenden Geländes. Von der Straße aus war ein Zipfel seiner orangefarbenen Skijacke zu sehen, aber man mußte schon hinschauen, um sie zu bemerken.

Dieser Augenblick ereignete sich zweimal. Einmal in der simplen Geschichte dieser Nacht, der Geschichte, die sich auf die Kleinstadt New Canaan bezieht, und einmal im letzten Moment von Mikes Bewußtsein. Deshalb wird die zweite Schilderung hier angefügt. Mit einemmal überwältigten Mike Erschöpfung und Reue, sein Bedauern darüber, daß er von zu Hause weggegangen und auf den Straßen herumgezogen war, ohne erwischt, ja ohne überhaupt gesucht worden zu sein. Seine Hände waren wund und schmerzten. Er war ernüchtert. Er sehnte sich nach den Tröstungen einer phantasierten und vollkommenen Familie. Er setzte sich hin, weil er müde war, pflanzte einfach seinen Hintern hin und suchte dann an dem Drahtseil Halt. Keinerlei Vorwarnung beunruhigte ihn. Vielleicht hätte es einen Schlag oder eine Erschütterung geben müssen, als die abgerissene Hochspannungsleitung die Leitplanke berührte, aber die Erschütterung dieser Nacht war ihm so vertraut, daß ihm dergleichen gar nicht aufgefallen wäre. Das Zischen, das ominöse Geräusch der auf die Natur losgelassenen, modernen Technik – daran war Mike gewöhnt. Das war seine Sprache.

Ein schlichtes, pubertäres *O nein*, war alles, wozu er noch Zeit hatte; tatsächlich fiel dieser Gedanke genau mit dem tödlichen Stromschlag zusammen, denn aufgrund irgendwelcher seltsamer himmlischer Schaltkreise wußte er im Moment seines Todes, daß es sein Tod war. Sogleich erschien ihm ein Gewirr von Bildern, ein Gewirr von Träumen und Erinnerungen, verdichtet und verschoben. Und dann sagte Mike *O nein*, ohne der Äußerung Stimme zu geben. Und sein Bewußtsein spaltete sich von dieser Ebene ab:

Benjamin Hood wußte nichts von Mike Williams, als er im Hause Halford auf dem Badezimmerboden erwachte. Irgendwann vor Morgengrauen. Die Kehle ausgedörrt, die Kehle mit Napalm versengt, mit Agent Orange besprüht. Der Mund voller Mundgeschwüre. Die unheimlichen Kämme in allen Farben und Formen, aus Plastik und Onyx, modern und antik, die Kämme, die Dots Bad schmückten, beklemmten ihn. Er schlürfte Wasser aus dem Hahn, die Lippen unhygienisch drumherum gestülpt. Er war unrasiert. Sein Plastron war irgendwo verschüttgegangen. Er fragte sich, ob wohl sein Mantel noch im Gästezimmer neben der Haustür lag und ob seine Brieftasche noch drin war.

In jeder modernen Familiengeschichte kommt das Martyrium und die Demontage eines Vaters vor. Mit dieser verschwommenen Gewißheit erwachte Hood. Sein Bewußtsein hatte Sendepause, war auf einen Punkt zusammengeschnurrt, wie bei den alten Schwarzweißfernsehern, wenn man sie ausschaltet. Irgendwann im Laufe der Party hatte sein Bewußtsein auf Pause geschaltet. Er wußte nicht genau, wie er ins Badezimmer gekommen war und wie er sich mit Kotze bekleckert hatte.

Trübe kehrten vereinzelte Gesprächsmomente wieder. Er hatte eine lebhafte Erinnerung daran, wie er nur Zentimeter vom Gesicht seiner Frau entfernt war und wie er mitten in irgendeiner Diskussion die Kontrolle über seinen Speichelfluß verloren hatte, so daß ihm das Zeug plötzlich wie ein Hauer aus dem wütend klaffenden Mund kam. Später, so entsann er sich, hatte er mit Rob Halford zu reden versucht, sich für irgend etwas zu entschuldigen versucht und mit einemmal festgestellt, daß er unerhörterweise allein war. Halford hatte ihn einfach stehenlassen, war ohne Erklärung oder Entschuldigung schlicht weggegangen. Hood war mitten im Satz, mitten in einem tief empfundenen Geständnis gewesen, und Rob hatte ihn schlicht ins Leere laufen lassen. Man behandelte ihn auf diesen Partys mit Verachtung, das wurde Benjamin jetzt klar. Man behandelte ihn wie einen ganz gewöhnlichen Penner. Und wie ein Penner, so erinnerte er sich, hatte er sein Gespräch laut mit sich selbst zu Ende geführt. Isoliert. Allein.

Jetzt durchstreifte er das blitzsaubere Erdgeschoß des Halfordschen Hauses, als wäre dessen Leere seine Schuld. Keine Lampe funktionierte. Die Uhren waren stehengeblieben. Hoods Mantel lag nach wie vor auf dem Bett im Gästezimmer, wo er ihn abgelegt hatte. Es sah aus, als hätte sich dort jemand tieftraurig ausgestreckt. Im Flur lagen noch vom Vorabend seine Schlüssel verschmäht in der Salatschüssel.

Und so ging Benjamin Hood, wie er gekommen war, und versuchte dabei zu entwirren, was ihm von den gedankenlosen Freuden des Abends noch unzulänglich in Erinnerung war. Es war ihm schon schlechter gegangen, aber das war lange her. Draußen sah er sich den alles lähmenden Elementen gegenüber. Das Eis glich einem Polystyrolüberzug, der ihn von der Welt trennte, einem Wachsschleier, der seine Schuld verkündete – schuldig der Sauferei, der Rüpelhaftigkeit, des Ehebruchs, des Schmiedens einer wackligen Verbindung mit dem Glück. Schuldig der Überbeanspruchung des Glücks. Schuldig der Schwächung und Schmälerung der ohnehin schon fragilen Familienbande innerhalb seiner Familie. Schuldig des Auslebens schlimmer Impulse bis zum schlimmen Ende. Er war unter Quarantäne gestellt, und das hatte er auch verdient.

Wenigstens stand der Firebird noch in der Einfahrt. Aber das Türschloß auf der Fahrerseite war eingefroren. Das war einfach nur ein weiteres Ärgernis. Er fluchte noch nicht einmal. Er nahm die Prozedur auf sich, die in nördlicheren Breiten gang und gäbe ist. Sie war zeitaufwendig, aber Zeit hatte er. Zurück ins Haus. Wasser zum Kochen bringen. Wasser (in einer Teetasse) samt Schlüssel und Handtuch zum Auto hinausbringen. Schlüssel eintauchen. Kräftig und rasch abtrocknen. Warmen, trockenen Schlüssel in Schloß einführen. Und das erwies sich als wirksam. Das nächste Hindernis war die überfrorene Windschutzscheibe. Hood empfand es als wohltuende Überraschung, daß die wichtigeren Fragen dieses Morgens – wo seine Frau abgeblieben war, was seine Kinder denken würden – angesichts dieser kleinen Mißgeschicke in den Hintergrund traten. Er beschäftigte sich damit, mit einem dieser untauglichen Plastikkratzer – es stand der Name einer Reinigung darauf – die Windschutzscheibe abzukratzen, und diese Beschäftigung schien den ganzen Vormittag in Anspruch zu nehmen. Um so besser.

Die ganze Welt war weiß und grau, als er Ferris Hill hinunterrollte. Er passierte die an der Straße abgestellten oder im Graben steckengebliebenen Autos. Die von Eis und Schnee niedergedrückten Nadelbäume waren verhüllte Trauernde. Es gab ihm einen Ruck, als er Jim Williams' Cadillac an einen umgestürzten Baum geknautscht sah. Hood ließ den Motor hustend und spuckend weiterlaufen, während er schlitternd zu dem Wrack hintrabte, um sich zu vergewissern, daß niemand drin war. Um den Wagen herum waren keine Fußabdrücke zu sehen. Und es war niemand drin.

Diese Heimfahrt. Das Nahen des Heiligtums. Er würde alles hinter sich lassen. Abschleppfahrzeuge, Rettungsfahrzeuge, diese Unglücksjäger hatten sich als ineffektiv erwiesen. Aber Benjamin Hoods Unmündigkeit, die Brise, die ihn von einer Situation zur anderen geweht hatte, blies ihn endlich in eine gute Richtung. So viel war klar. (Das Haus der Williams wirkte genauso verlassen wie das der Halfords.)

Und dann kam er zu dem umgestürzten Baum und Telefonmast, zu der Straßensperre am Fuß des Hügels.

Er blieb ein paar Minuten im Wagen sitzen. Da vorn war eine Leitung abgerissen, eine Hochspannungsleitung, verdammt noch mal. Wo waren eigentlich diese Heinis vom Elektrizitätswerk, wenn man sie brauchte? Waren Autoreifen eine ausreichende Isolation? Würde ihm etwas passieren, wenn sich die Leitung irgendwie die Straße hochschlängelte und gegen seinen Firebird knallte? Er wußte nicht, ob er aussteigen oder weitere Anweisungen abwarten sollte. Endlich beschloß der schäbige, wenig liebenswerte Benjamin Hood zu handeln. Er würde von Silver Meadow aus telefonieren. Er stellte – nach Einschalten der Warnblinkanlage – den Motor ab, stieg vorsichtig aus dem Wagen und rannte dann, auf dem Eis strauchelnd, acht Meter die Straße zurück. Seine Wampe wogte, seine Brust platzte schier, die eisige

Luft stach ihm in die Lunge. Seine Migräne blühte auf. Aber er lebte noch. In der Absicht, einen weiten Bogen um die abgerissene Leitung zu schlagen, stieg er über die Leitplanke und die Böschung hinunter, und dabei stieß er zufällig auf Mike Williams.

Da lag ein orangefarbenes Stück Stoff unter einem Baum. Nein, da schlief jemand unter dem Baum, ein verirrter Säufer, irgendein Säufer wie er. Nein. Hood wußte Bescheid. Das war kein Schläfer. Bitte nicht. Hood fiel auf die Knie. Nein. Er erstarrte. Er flüsterte Beschwörungen. In Eis und Schnee. Schlug die Hände vors Gesicht.

Dann beschloß er wegzulaufen. Er lief schon. Zurück zum Wagen. Er rutschte aus. Sprang auf, lief weiter. Stürzte wieder. Hood war kein Mann für Katastrophen. Er war nicht findig. Er mußte hier verschwinden, bevor ihn jemand sah, das Auto sah. Er würde einfach abhauen.

Doch dann lächelte Benjamin Hood das Schicksal. So einfach war das. Als er gerade ein Bein über die Leitplanke hob – genau da, wo Mike fatalerweise gesessen hatte –, fand er sich plötzlich von Gelassenheit durchströmt. Der Morgen war still. Gewiß, er empfand großen Schmerz, aber er hatte auch das Gefühl, etwas tun zu können. In ihm regte sich Barmherzigkeit. Zumal er sowieso nirgendwohin laufen konnte. Es gab in diesem Unwetter keinen sicheren Hort. Was sollte er denn machen? Also ging er wieder zu dem leblosen Körper hinunter.

Er nahm Mike Williams' blau angelaufenen Kopf in die Hände. Er nestelte an der Skijacke des Jungen, riß das Hemd darunter auf, preßte das Ohr gegen ein Yale-T-Shirt. Nein. Da drin war eine Leere wie das Geräusch in einem dieser Schneckenmuschelgehäuse aus Kunststoff. Hood drückte die Lippen auf die Lippen des toten Jungen, des Jungen, den er nie besonders gemocht hatte, und sang in seinen Mund. Er stieß die Handballen in

Mike Williams' Brust, wie er es Leute in Fernseh-Gesundheitsmagazinen bei Toten hatte tun sehen. Nein. Er hatte ohnehin nicht geglaubt, daß es funktionieren würde, und es funktionierte auch nicht.

Die Offenbarung des Todes bestand darin, daß Mike Williams tot sein würde, solange Benjamin auch neben ihm kniete. Keines von Hoods Mitteln würde helfen und keiner seiner mittlerweile inbrünstigen Wünsche. Mike würde den ganzen Nachmittag und auch am nächsten Tag noch tot sein. Darin bestand das Wunder. Der Tod war schrecklich dauerhaft. Er war das unverwüstlichste Konzept weit und breit. Jemand war tot, und nicht lange, da war er nicht einmal mehr ein Jemand, sondern bloß noch ein paar Elemente. Aber tot war er immer noch. Hood hielt Mike mittlerweile in den Armen, kümmerte sich im Tod so penibel um ihn, wie er ihn im Leben verabscheut hatte. Er hievte ihn in eine sitzende Position. Mike wurde allmählich starr, wie alles im Winter, obwohl ihn noch sanfte, geschmeidige Erinnerungen umkreisten. Erinnerungen und Seraphim.

Die kraftlose Sonne stieg gerade über die Baumkronen. Die Temperatur lag wohl knapp unter null Grad. Von der Vorderseite von Silver Meadow aus, vorbei an den Sträuchern, den Wegen, dem Parkplatz und dem bewachten Eingang, waren es zwei- bis dreihundert Meter bis zu seinem Haus, Hoods Haus, und etwas mehr als ein Kilometer hügelaufwärts bis zu den Williams'. Hood beschloß, den Jungen nach Hause zu tragen. Bei diesem Entschluß, den er rasch, wenn auch aus wirrer, verkaterter Logik heraus und mit einem fünfzig Kilo schweren, eiskalten Leichnam in den Armen fällte, würde Hood eisern bleiben. Plötzlich, ganz plötzlich, kam es ihm so vor, als wäre dieser Körper, dieses verkürzte Leben, diese Katastrophe, als wäre das alles *sein*.

Natürlich hatte er nicht vor, den Toten zu behalten. Er würde ihn Janey Williams, die er liebte, und ihrem Mann, dem er jetzt auf ganz andere Weise verbunden war, zurückgeben, aber zunächst würde er sich der Sache annehmen. Er würde in dieser Tragödie eine fast elterliche Gewalt ausüben. Er ließ seinen Wagen stehen und schleppte den Toten verbissen vorwärts. Dessen behandschuhte Hände streiften sein Gesicht. Er entglitt seinen Armen, so daß er ihn gegen eine Parkbank lehnen mußte; Wange an Wange mit der eisigen, toten Haut von Mike Williams, streiften sein verfilztes Haar und seine Brille dessen Schläfe. Er mußte ausruhen. Jeder Schritt mit seinem mageren Erfolgsvokabular – nur noch drei Meter bis zu dem Asphalt dort – kam ihm endlos vor.

Die Sicherheitsleute kamen ihm auf der Straße entgegengeeilt, als er sich Mike wieder auf die Schulter gehievt hatte. Sie rannten, und obwohl sie ihm bekannt vorkamen, konnte Benjamin unmöglich wissen, daß es dieselben Leute waren, die seine Tochter beim Namen kannten, die seinen Sohn von ebendem Hang verjagt hatten, an dem die Katastrophe passiert war, und die Mike in der Nacht zuvor von der Bowlingbahn vertrieben hatten. Außer Atem, die fleckigen, schwarzen Uniformschuhe schneebedeckt, riefen sie Hood an.

»Ist das Ihr Junge? Was ist passiert?«

Sie standen im Kreis um Mike herum, und irgendwie ertappte sich Benjamin plötzlich dabei, daß er ihnen die Geschichte erzählte. Sie versuchten ihn, der mittlerweile ziemlich mitgenommen war und kaum mehr zusammenhängende Sätze herausbrachte, zu trösten; versuchten ihn wenigstens soweit zu trösten, wie ein Mann – in New Canaan – den anderen zu trösten vermag. Es war Hoods erster Toter. Sie klopften ihm weder auf die Schulter, noch umarmten sie ihn, noch sagten sie ihm, daß schon alles in

Ordnung kommen würde. Sie traten beiseite, jeder so weit wie möglich vom anderen entfernt. Ihre Köpfe senkten sich.

»Sie müssen versuchen, sich zusammenzureißen«, sagte einer.

»Sind die ...? Können Sie mir sagen, ob die Telefone funktionieren?« fragte Hood.

»Wir haben Funk«, sagte ein anderer.

»Dann sollten Sie einen Krankenwagen rufen«, sagte Hood. »Oder die Polizei ... oder den Notarztwagen. Wer halt auf den Straßen noch durchkommt. Ich glaube, der Junge – er heißt Mike Williams und wohnt ein Stück weiter die Straße rauf ... Ich glaube, er muß irgendwie Verbrennungen erlitten haben. Er ist ganz ... er hat Verbrennungen.«

»Sollen wir nicht lieber –«

Hood deutete auf sein Haus, das hinter den Hauptgebäuden der Klinik lag.

»Ich bin da drüben. Dort bringe ich ihn hin. Valley Road 129. Dort ... Ich lege ihn in das andere Auto ... Ich warte dann –«

Und die Sicherheitsleute standen mit den Händen in den Taschen herum. Als ihnen aufging, daß hier keine Überzeugungsarbeit zu leisten war, wurden sie schlagartig aktiv und trabten auf das Kabuff mit dem kleinen Funkgerät zu, in dem Berichte von College-Footballspielen und neuen Entwicklungen in der zu Ende gehenden Amtsperiode des Präsidenten von dem Maschinengewehrkrachen der atmosphärischen Störgeräusche zerhackt wurden.

Hoods Odyssee über den vorderen Rasen von Silver Meadow zu seiner Einfahrt und den gewundenen Pfad entlang ins Haus konnte es an Heroismus mit jedem Epos der Vergangenheit aufnehmen. Er war doch nicht ganz so verabscheuungswert, wie er geglaubt hatte. Der Zauber, der das bewirkt hatte, blieb dem unbewaffneten Auge verborgen. In diesem Abenteuer kamen keine Schwerter, Meeresungeheuer, Drachen, Elfen oder Ringe vor, aber ein Zauber war dennoch wirksam. Hood war am Samstag vormittag, wenn auch nur kurz, von einem sich selbst bemitleidenden, unbeliebten, verkaterten Wertpapier-Analysten in einen mitfühlenden Menschen verwandelt worden. Andererseits, welches Leben war nicht heroisch? Allein schon zu leben war heroisch. Allein schon morgens, vor dem Kaffee, mit seiner Familie zu reden war heroisch.

Hoods Haus war unterdessen von den Elementen verheert worden. Als er die Einfahrt entlangkam, rief er den Namen seiner Frau, und der Klang dieses Namens, seine gedehnten Vokale, verteilten sich über die eisige Öde, um auf dem Silvermine River nach- und widerzuhallen. Niemand gab Antwort. Er rief abermals. Er rief Wendys Namen. Er trug Mike zur Garage, mußte ihn, weil er allmählich müde wurde, einen Teil des Weges bis zu der Stelle, wo der Kombi stand, über den Boden schleifen. Er ließ den Leichnam draußen, während er den Wagen anließ.

Nur daß der nicht anspringen wollte. Er hustete schwächlich und verfiel dann in Schweigen. Benjamin schleifte den Leichnam zum Haus zurück. Weil er die Tür nicht aufmachen konnte, ohne zuvor seine Last abzusetzen. *Macht doch endlich die verdammte Tür auf.* Er war überhaupt nicht darauf gefaßt, das Haus leer vorzufinden. Wo waren die bloß alle?

Als er Mike der Länge nach in den Flur bugsiert hatte, kam mit wild und ungestüm wedelndem Schwanz Daisy Chain unter einem Tisch hervorgetrottet. Benjamin mußte angesichts dieser nach seinem jetzigen Empfinden unglaublichen Behandlung des Tiers kräftig schlukken.

»Armes Hundchen, armes altes Hundchen.«

Er ließ den Leichnam auf den Boden plumpsen. Daisy Chain, der verzweifelt vor der Tür herumsprang, gab einfach keine Ruhe.

»Mußt du mal raus, Hundchen? Okay, okay. Nicht mal du willst hier drin festsitzen, was?«

Der Hund warf sich gegen die Tür. Benjamin manövrierte um Mike Williams herum und entließ das Tier, wie den Rest seiner Familie, in den Winter. Er schlug die Tür zu.

Dann entdeckte er die Sache mit den Rohren. Im Wohnzimmer tröpfelte Wasser die Wände hinunter. Das Haus hatte sich in einen Revolutionskriegs-Brunnen, einen Reverend-Mark-Staples-Brunnen verwandelt. Wasser tröpfelte, nein *strömte* die Wände von Hoods Haus hinunter. Er brauchte einen Moment, bis ihm die Ungeheuerlichkeit des Vorgangs ins Bewußtsein drang – so wie das Wasser selbst in die alten Bohlen und Wände seines Hauses eindrang. Von der Decke kam es als breiter Schwall, und darunter zeichnete sich ein großer bräunlicher Fleck von mehr als vierzig Zentimeter Durchmesser ab, der in etwa den kurvigen Umriß eines Smileys oder der Flamme einer Julzeitkerze aufwies. Ein Rorschach-Fleck. Eine Sekunde lang sah sich Hood inmitten der Krisen um ihn herum an das Abbrennen des Julscheits erinnert, jenes Video-Endlosband, das an Weihnachten fünf, sechs Stunden lang auf WPIX lief. Der Wasserfleck breitete sich über den leinenfarbenen Anstrich aus. Und auf dem Wohnzimmerboden stand eine große Pfütze. Während die Kaskaden von der Decke herabliefen, sickerte die Pfütze durch die Dielen in den Keller.

Mag sein, daß Hood nicht klar dachte, aber er folgte

dem Wasser, wohin es führte. Er überließ es Mike, sich um die Überschwemmung zu kümmern. Auch auf der anderen Wandseite, im Einbauschrank des Flurs, stürzten Wasserfälle herab. Der Strom ergoß sich auf den Boden und lief als gewundener Bach auf Umwegen Richtung Küche. Weg von Mike. Im Wandschrank Elenas Pelze, ein paar Ledersachen und ein Haufen Tennis- und Softtennisschläger – nichts war von der Flut verschont geblieben.

Hood lief an Mike vorbei und die Treppe in den ersten Stock hinauf. Er vermutete, daß der Wasserschaden im Elternbadezimmer seinen Ursprung hatte, und obwohl die Wand dort tatsächlich teilweise eingebrochen war und das Wasserklosett sich unmittelbar über den schlimmsten Überschwemmungserscheinungen befand, konnte er keine direkten Anzeichen für einen Rohrbruch entdecken. Er konnte allerdings hinter die Gipskartonplatte sehen, in jene seltsame Unterwelt aus Kabeln, Streben und Balken, die am ehesten dem Innern eines menschlichen Körpers ähnelte. Er hatte das Gefühl, in das dröhnende Herz seines Hauses und damit in das Herz seiner Familie greifen zu können. Er war sich beinahe sicher, daß das Herz, das er dort finden würde, zum Stillstand gekommen war. Das Einfrieren der Leitungen mußte von dieser Stelle ausgegangen sein. Das Wasser floß hinaus in die Halle und auf Wendys Zimmer zu, wo es wie durch ein Wunder verschwand. Es hatte einiges vor, dieses Wasser. Es war *im Fluß*. Seine Bewegung respektierte keinerlei Würde. Es bewegte sich einfach. Und es gab nicht viel, was Hood dagegen tun konnte. Er versuchte, den Installateur anzurufen, ging gleich in seinem blaugrau gehaltenen Schlafzimmer ans Telefon, einen dunkelroten Wählscheibenapparat von gefälliger Form und angenehmem Gewicht. Dann fiel ihm ein, daß die Leitung tot war. Er drehte Wasserhahn und Dusche auf. Von beiden kam ein Seufzer wie ein letzter Atemzug.

Das Haus war arktisch, naß und dunkel. In seiner Verstörtheit entsann sich Hood, wie ihm sein Vater einmal einen Vortrag über Rohrbrüche gehalten hatte. Wie jeder väterlicher Vortrag, so wimmelte vermutlich auch dieser von Halbwahrheiten, Abschweifungen, Polemiken und nostalgischen Anekdoten aus der Vergangenheit. Dennoch, ein Punkt war haftengeblieben. *Manchmal überspringt ein Wasserschaden ein ganzes Stockwerk. Manchmal ist die undichte Stelle ganz woanders als dort, wo der Schaden sich zeigt.* Und Rohre, daran erinnerte er sich noch, platzten normalerweise der Länge nach.

Er wußte nicht, was er als nächstes tun sollte: ob er sich auf die Suche nach seinen Kindern machen sollte, ob er davon ausgehen konnte, daß seine Frau sie weggebracht hatte, weil sie mit ihrer Geduld am Ende war, ob er irgendwie versuchen sollte, das Wasser abzustellen, ob er weiter den Schaden inspizieren oder etwas wegen Mike, dem Sohn seiner früheren Geliebten, unternehmen sollte. Jedesmal wenn er durch den Flur kam, hatte er den Eindruck, Mike habe sich bewegt.

Ein ersticktes Kläffen interpunktierte die Stille im Flur. Der Hund war wieder da. Kratzte an der Tür.

»Herrgott noch mal«, sagte Hood zu Daisy Chain, als er ihn hereinließ. »Ich hab hier wahnsinnig viel am Hals. Kannst du dich vielleicht ein Weilchen allein beschäftigen?«

Er angelte ein Paar Gummistiefel aus dem Einbauschrank in der Halle. Dann stieg er in den Keller hinab, wo sich Waschmaschine und Trockner befanden. Das Wasser dort reichte ihm bis knapp zu den Knien. Es schien an einem Ende des Kellers in den Silvermine River hinauszufließen, als wäre Hoods Haus mittlerweile Teil des Flusses geworden, Teil jener topographischen Bewegung von den Ausläufern der Appalachen bis zum Long Island Sound. Der Fluß hatte nach den Hoods und ihrer Wohnstätte gegriffen und sie sich einverleibt.

Außerdem kam – dort im Keller – aus einer besonders stark beschädigten Leitung an der Wand ein regelrechter Schwall. Hood wagte sich dennoch in den Fluß hinein. Nur aufgrund der Bewegung, dachte er, ist das Wasser hier noch nicht gefroren. Er schauderte, als er zu der Stelle hinüberwatete, wo Waschmaschine und Trockner – kantige Hindernisse in der dumpfigen Flut – hervorragten. Er trat auf einen Rollschuh und fiel aufjaulend gegen das Geländer. Bis zur Hüfte durchnäßt. Nun würde ihn keine Theorie der Überschwemmung und ihres Ursprungs mehr zufriedenstellen. Er würde nicht länger vernünftig denken. Er würde jedes Nachdenken über Ursachen aufgeben. Er beschloß statt dessen, einfach das Laken an sich zu nehmen, das er auf dem Trockner liegen sah, und Mike damit zuzudecken. Das Laken, das normalerweise Wendys Bett bedeckte – war durchnäßt. Aber was sollte er machen? Er watete durch das ölige Wasser und ging wieder hinauf in den Flur. Es war das mindeste, was er tun konnte. Oben angekommen, stellte er fest, daß sich der Hund mittlerweile mit Mike beschäftigte. Schnüffelnd und leckend, mit wedelndem Schwanz, umkreiste Daisy Chain eifrig den Leichnam. Das Tier schnappte nach Mikes Ärmel und begann daran zu zerren.

Das Laken unter einen Arm geklemmt, klatschte Hood fieberhaft in die Hände.

»Hey! Scheiße, Daisy, hau ab da! Na los, ach du Scheiße.«

Der Hund leckte noch einmal kurz an Mikes Handfläche, ehe er knapp außer Hoods Reichweite ins Wohnzimmer tänzelte.

Benjamin deckte den armen Mike zu.

»Was ist, muß ich dich etwa draußen anbinden oder was? Fängst du jetzt an, die Nachbarn zu fressen? Herrgott noch mal.«

Er folgte dem Hund ins Wohnzimmer und packte ihn am Halsband. »Na los, komm mit.« Er sperrte Daisy Chain in die Küche. Dann steuerte er mit einem Duraflame-Scheit von dem Stapel im Wohnzimmer die Bibliothek an. Naugahyde-Sessel, dachte er. Er war erschöpft und brauchte einen Moment Ruhe, um nachzudenken. In New England hatte er gelernt, wie man ein Kaminfeuer machte. Von diesen Instinkten geleitet, entspannte er sich, beschleunigte aber auch die Zerstörung seines Hauses. Das Wasser in den Rohren würde rascher schmelzen.

Er wurde etwas später von dem Rettungswagen geweckt. Der Rettungswagen der Polizei. Immer wieder waren Janey und Jim Williams in Benjamins Schlaf gedriftet; sie hatten ausgesehen wie die Eltern in einer Claymation-Fernsehsendung, die sich seine Kinder Sonntag morgens immer angeguckt hatten. Religiöse Programmierung. Ihre besorgten Gesichter und hölzernen Bewegungen, ihr Flehen und Bitten überschatteten sein unruhiges Dösen. Die Polizei hielt mit ausgeschalteter Sirene in der Einfahrt und klapperte mit dem Türklopfer – die Klingeln war elektrisch –, als läge überhaupt kein Notfall vor. Nach einer Weile stand Hood auf. Das Klopfen war zu einem eigenartigen, perkussiven Element in seinen Träumen geworden. Außerdem bellte der Hund in der Küche.

»Wir haben einen Anruf gekriegt, von wegen Verbrennungen«, sagte der Fahrer. Hinter ihm standen noch zwei Männer, übernächtigt und überlastet. Einer kratzte sich unter der Skimütze. Voll ausgebildete Notfallsanitäter.

Der Leichnam blockierte praktisch die Eingangshalle. Sie konnten ihn nicht übersehen.

»Das ist er«, sagte Hood, den Blick wieder auf Mike gerichtet.

»Ist er –«

»Ja.«

Der Fahrer schritt an Hood vorbei zu dem verhüllten Jungen. Die beiden anderen zogen sich zum Rettungswagen zurück, um eine ihrer zusammenklappbaren Tragen zu montieren.

»Ha'm Sie's so kalt genug?« fragte der Fahrer grimmig, während er das Laken ein Stück weit zurückschlug und die Hand gegen Mikes Hals drückte. »Und was heißt überhaupt Verbrennungen? Ich seh hier nix von Verbrennungen. Und wieso ist eigentlich das Laken naß?«

»Na ja, er –«

»Sie haben doch hoffentlich nicht versucht, ihn zu behandeln?«

»Nein, ich –«

»Wo haben Sie ihn gefunden? Sind Sie mit ihm verwandt?«

Hood gab einen knappen Bericht der Ereignisse.

»Wie ist denn der Straßenzustand da vorn?« fragte der Fahrer.

»Na ja, es hat ein paar Leitungen abgerissen. Mein Auto ist –«

»Strom- oder Telefonleitungen? Wie weit war er von den Leitungen weg? Um welche Zeit haben Sie ihn gefunden? Warum haben Sie ihn nicht in der Dings, der psychiatrischen Klinik gelassen?«

Er hatte mittlerweile Mikes Jacke und Hemd aufgeknöpft und suchte nach irgendwelchen Merkmalen. Aber als Fachmann wußte er schon Bescheid, das merkte Benjamin, genau wie er selbst Bescheid wußte. Als die anderen beiden die Trage auf die Eingangsstufe gehoben hatten, verkündete der Fahrer Mikes Schicksal, als bräche er einen Bann. Er drehte eine der Hände des Jungen um.

»Tödlicher Stromschlag, Männer. Ganz eindeutig.«

»Willst du denn nicht –«

»Sinnlos«, sagte der Fahrer. »Es ist schon ein paar Stunden her, da könnte ich wetten. Gebt ihr's durch?«

Sie warfen Mikes Leichentuch neben der Treppe auf den Boden und bedeckten ihn mit einem frischen, trockenen. Dann schnallten sie ihn auf die fahrbare Trage und rollten sie zum Rettungswagen zurück.

»Hören Sie«, sagte Hood. »Sie fahren doch nach Norwalk ins Krankenhaus? Vorher müssen wir unbedingt noch seine Eltern benachrichtigen. Oder setzen Sie mich wenigstens dort ab. Es ist gleich da vorn. Das Telefon funktioniert nicht, und mein Auto ist … Meinen Sie, das ginge?«

Der Fahrer gab keine Antwort.

»Es sind meine Nachbarn. Der Junge ist der Sohn meiner Nachbarn. Meine Kinder haben mit ihm gespielt. Meine Tochter war fest mit dem Jungen befreundet. Mit diesem Jungen da.«

Hood trat mit einemmal sehr bestimmt auf. Sein Verhalten hatte sich verändert. Er war mit diesem Unglück vertraut. Er wußte, was er sagte.

»Stellen Sie sich vor, es wäre Ihr Sohn«, sagte er.

Der Fahrer kaute auf seiner Unterlippe. Er hatte den dumpfen Blick des Berufsboxers. Gab keine Antwort. Aber er ging Hood voran zur Einfahrt und hielt ihm die Hecktür des Rettungswagens auf. Benjamin würde hinten sitzen, bei der Leiche. Er war wieder draußen in der Kälte, nur in Gummistiefeln und der Jacke von gestern abend. Er war sich bewußt, daß sein Haar zerwühlt war, daß er eine Dusche brauchte. Sie rollten die Trage zum Rettungswagen und hoben sie hinein. An einem Punkt ließ das Radio im Wagen keinen Zweifel – die Temperatur würde gegen Nachmittag noch einmal fallen. Jawohl, Radio. In dem kurzen Moment, als die Tür hinter ihm zuschlug, wurde er wieder an das allgemeine Nachrichtensystem mit seinen beglückenden, widersprüchlichen Stimmen angeschlossen – Großbritannien streicht Haushalt zusammen, Brendan Byrne gegen Ausbau des Jersey Turnpike, Friedenstruppe der Vereinten Nationen patrouilliert in stark verminten Gebieten zwischen ägyptischer und israelischer Armee, Hall Bartletts neuer Film *Die Möwe Jonathan* stößt bei Kritikern auf geteiltes Echo, Antrag auf Amtsenthebungsverfahren im Kongreß. Der Mordfall von Concord, Kalifornien: zwei allseits beliebte Bürger, Walter und Joanne Parkin, ihre Kinder, ihre Babysitterin, deren Freund und Eltern allesamt von Dennis Guzman, Gammler aus der Bronx, und dessen Komplizen Archie Stealing, ebenfalls aus Concord, ermordet. Woanders in Kalifornien: Schulinspektor aus Oakland wegen seiner angeblich »faschistischen« Praktiken von bislang unbekannter Terroristengruppe namens Symbionesische Befreiungsarmee mit Zyanidkugeln umgebracht.

»Welche Straßen sind frei?« rief der Fahrer nach hinten.

Hood wußte es nicht. Die beiden Helfer hinten bei Hood starrten auf den Boden.

Ihre Fahrt war ein einziges Ratespiel. Und so gelangte Benjamin Hood zum Haus der Williams: wegen der Hochspannungsleitungen auf Umwegen. Überall waren Hochspannungsleitungen abgerissen. Der Rettungswagen, dessen Sirenen den stillen Tag und das zarte Klingen schmelzenden Eises durchschnitten, fuhr zurück auf die

Silvermine Road und den Canoe Hill hinauf, der wegen zahlreicher umgestürzter Bäume unpassierbar war, die Ridge Road hinunter nach Rose Brook (vorbei am Wildpark), wieder zurück zum Canoe Hill, wo sie ins Schleudern gerieten, was der Fahrer jedoch rasch in den Griff bekam, dann die Route 123 nach North Wilton, auf der Laurel Road den ganzen Weg zurück bis Turner Hill und von da aus auf die Valley Road. Sie passierten die Rümpfe stehengelassener BMWs, Volvos und Volkswagen, passierten Zerstörung in jedem Wald und Garten. Je länger die Fahrt dauerte, desto mehr verknotete sich Hoods Inneres. Seine Eingeweide waren voll, sein Leben hatte sich verändert, und ihm stand einiges an Gesprächen bevor.

Obwohl die Liebeslieder, die Wendy im Halbschlaf sang, völlig konfus waren, obwohl in ihnen alles vermengt war, Eros und Agape, geschenkte und ersehnte Liebe, Pseudoliebe und Liebeskunst, höfische oder weltliche Liebe (jene sonderbare Vorstellung in der Dichtkunst des zwölften Jahrhunderts) und die Liebe Gottes, die Liebe zur Natur und Objektfetischismus, die Elternliebe und profane voreheliche Liebe – obwohl dies so war, wußte Wendy, während das Sonnenlicht ins Gästezimmer der Williams strömte, daß sie im Haus der Liebe wohnte. Seine vielen Fenster, Mansarden, Giebel, Ein- und Ausgänge gehörten ihr. Seine durchhängenden Dachrinnen und sein undichtes Dach, seine ausgefallenen Anbauten und geheimen Treppenhäuser. Die Liebe war etwas Süßes, Sanftes und zugleich eine Kraft, die ganze Völker zerschmettern konnte. Zur Umkehr war es nun zu spät; sie glaubte, daß sie dabei war, sich zu verlieben. Sie war ein süßes Aas, und sie war sein Mädchen. *Sandy, ich bin ein gutes Mädchen, aus mir wird mal eine tolle Frau.* Rar und kostbar waren die Augenblicke, die sie miteinander teilen würden. *Call out my name, baby, just call it out. I'll be there, on that midnight train, I'll be there. Gimme the beat, boys, free my soul …*

Moment mal. Gästezimmer? Wendy schlug erneut die Augen auf. Sie konnte ihren Atem sehen, er schwebte vor ihr. Auch Sandys langsame Atemzüge, wie Auspuffwolken im Winter. Sie war bei den Williams? Immer noch? Sie wankte aus dem Bett. Die Böden waren wie Eis. Sie tanzte. Aber sie fand bald zu ihrer kompromißlosen Stimmung zurück. Der Strom war ausgefallen: keine Heizung. Sie war nun mal hier. Es war Morgen. Sie konnte das Zimmer nicht verlassen, ohne Sandys Eltern, ohne Mike über den Weg zu laufen, aber das war nun mal nicht zu ändern. Auf jeden Fall liebte sie Sandy. Auf jeden Fall wollte sie mit einem Wäschetintenstift seinen Namen auf ihre Brüste schreiben und sein goldenes Band tragen. Auf jeden Fall wollte sie ein Baby von ihm haben, ihn mit Marihuana bekannt machen, zusehen, wie ihm der erste Schnurrbart wuchs.

Sie weckte ihn unsanft, bloß um sein Gesicht zu sehen. Sie rief seinen Namen. Als er die Augen aufschlug, stand sofort Reue und Panik darin. Immer noch schläfrig, rappelte er sich unter Reiben und Kratzen in eine sitzende Haltung auf. Seine Beine baumelten über die Bettkante.

»Junge, Junge ... au weia. Was machen wir jetzt bloß?« Wendy lachte.

Sie war dabei, ihre Kleider aufzusammeln, darunter auch die besudelten Strapse aus Mikes Schrank, die sie sorgfältig vor Sandy verbarg und beim Überziehen ihres Rollkragenpullovers in ihre Skihose schob.

»Wir müssen in mein Zimmer zurück«, sagte er. »Du mußt irgendwie raus hier.«

»Was?«

»Red nicht so laut«, flüsterte er.

»Tu ich doch gar nicht, und außerdem bist du prüde, weißt du das? Wen juckt das denn?«

Sandy war mittlerweile aufgestanden und suchte die Bettwäsche nach verräterischen Spuren ab, obwohl keinerlei Flecken zu sehen waren; aber er suchte trotzdem, so wie ein Alkoholiker, der eine Sicherheitskontrolle passiert, fest überzeugt ist, daß man ihm wahrscheinlich irgendwie eine Pistole untergeschoben hat. Sandy suchte nach den knitterfrei trocknenden, kläglichen Anfängen seiner Sexualität oder nach dem Kirschsaftfleck, der den Sexualforschungen auf dem Schulhof zufolge mit Wendys Nacht in seinem Bett einhergegangen sein mußte. Dann zog er die Decken zurecht, breitete die Tagesdecke darüber. Beim Bettenmachen, das wußte Wendy, hatte jeder seinen eigenen Stil, der so individuell war wie die Fingerabdrücke oder der Herzschlag. Sandy tat nichts weiter, als den Moment hinauszuzögern, wo er auspacken mußte. Seine ordentlichen, aber unvollkommenen Klinikbettfalze würden seine Mom niemals täuschen.

So wie Wendy es in diesem geschlossenen Raum, in dieser ersten Morgenröte sah, waren sie sicher – junge Liebende, eifrigen Lesern gleich, die das Frontispiz eines staubigen, geerbten Bandes bestaunen –, und in ihnen brachen sich die Bewegungen der Außenwelt, der Gemeinde Canaan und der Gegenden jenseits davon. Irgendwann würde die Tür weit aufschwingen. Aber im Moment konnten sie noch im *Love Train* fahren.

Deshalb hielt Wendy inne, zog sich ihren Rollkragenpullover wieder aus und stopfte ihn zu dem Bündel Überkleider, das sie an ihre Hüfte gedrückt hielt. Sie spürte die eisige Luft an ihren Brustwarzen, jenen kleinen rosa Ankündigungen ihres Geschlechts, und ging auf die Tür zu.

»Der Wecker ist stehengeblieben«, sagte Sandy hinter ihr.

Sie war hingerissen, aber was machte das schon? Sie war eine andere. Was war das lauteste Geräusch, das ein Mädchen machen konnte? Wie sahen Gebäude aus, wenn sie einstürzten? Levitierte das Pentagon tatsächlich? Sie öffnete die Tür und sprang ohne Gewissensbisse über die Schwelle des Gästezimmers in Sandys Zimmer, wo nach wie vor G. I. Joes Hinrichtung über die Bühne ging. Sie begann singend die Stimme zu heben, Texte aus dem Led-Zeppelin-Songbook und anderen abgefahrenen Stücken zu trällern. *Hawkwind. The Ringwraiths Rode in Black!*

Das Erscheinen ihrer Mutter in diesem Moment hatte etwas Promptes, Verblüffendes und Unvermutetes. Ihr Anblick, in der derangierten Kleidung des vergangenen Abends, wie sie da so plötzlich in der Halle stand, entlockte Wendy sogar einen Schrei. Es war, als hätte ihre Mutter die Hexenkunst gelernt – gelernt, sich unsichtbar zu machen – und ihre Tochter mithilfe eines ihrer Zaubermittel auf Schritt und Tritt beobachtet. Ihre Walkürenmutter. Später wiederholte sich dieser Moment immer wieder in Wendys Bewußtsein, als wäre alles anders gekommen, wenn sie das Gästezimmer nicht verlassen hätte.

»Zieh dein Hemd an, aber ein bißchen plötzlich«, sagte ihre Mutter. »Zieh dich an.«

Neben ihnen, neben sich und ihrer Mutter, konnte Wendy die Tür des Gästezimmers sehen, wie sie ein paar Zentimeter weiter zugezogen wurde. Sie konnte die Sorge spüren, die sich dahinter verdichtete. Aber erst einmal riß sie sich zusammen. Sie tappte in Sandys Zimmer. Sie war bereit für alles, was auf sie zukam. Sie war störrisch und von erotischer Trägheit. Sie verteilte ihren Rollkragenpullover, ihren Sweater und ihren Poncho auf Sandys Bett, als lege sie eine reiche Strecke aus. Sie ließ sich Zeit. Sie hatte Gänsehaut. Sie kreuzte die Arme über der Brust. Ihre Mutter folgte ihr ins Zimmer.

»Was machst du eigentlich hier?« fragte Wendy.

»Was geht das dich an?« gab Elena Hood zurück. »Dasselbe könnte ich dich fragen, junge Dame. Ich stelle hier die Fragen. Hast du hier übernachtet? Und wer hat dir das erlaubt? Und wo genau hast du übernachtet? Wo im Haus?«

Während Wendy sich anzog, huschte der Blick ihrer Mutter durchs Zimmer, blieb an der Puppe hängen, die in der Schlinge an Sandys Schrank baumelte, nahm sie aber nicht wahr. Dann spähte Elena in die Halle hinaus, sah die Tür des Gästezimmers und begriff. Sie rief Jim Williams' Namen, rief *Jim!* durch die Halle, packte den Knauf der Tür – hinter der Sandy im Dunkeln stand und sich genau im Schritt an seinen Pyjama klammerte – und fiel, seinen Dad im Schlepptau, über den jüngsten Williams her.

»Was habt ihr zwei da drin gemacht? Verdammt noch mal. Jim! Das darf doch nicht wahr sein!«

Und so weiter. Mit der imposanten, gelben Taschenlampe, die Jim Williams in der Hand hielt – sie war so lang wie sein Unterarm –, inspizierten er und Wendys Mutter das Zimmer, als spräche die Überrumpelung nicht schon für sich. Sie schlugen die Überdecke zurück, die Sandy so mühsam zurechtgezogen hatte; sie drehten die Kissen um wie Archäologen, die den Staub sieben. Schließlich zogen sie die Decken und das Spannbettuch ab und untersuchten die Matratze selbst, die einen alten, eingetrockneten Menstruationsfleck aufwies. Das Unterbett – es glich einem blutigen Leichentuch. Dann richtete Elena ihr Augenmerk auf die leere Wodkaflasche. Wendy und Sandy drückten sich schuldbewußt hinter ihren Eltern herum. Die Zeit der Bestrafung nahte.

»Hast du das getrunken, Freundchen?« fragte Jim Williams seinen Sohn, während Elena anklagend die Flasche hochhielt. »Ist dir eigentlich klar, in welche Schwierigkeiten dich das bringen kann? Hast du schon mal von Alkoholvergiftung gehört? Weißt du, was du tun mußt, wenn jemand eine Alkoholvergiftung hat? Hast du schon mal von Leuten gehört, die an ihrem eigenen Erbrochenen erstickt sind? Wegen dem Zeug da? Kannst du dir vorstellen, wie das ist, mein Lieber?«

Elena zerrte Wendy auf den Gang hinaus, um ihr die gleiche Standpauke zu halten. Ein langer, altbekannter Vortrag: Sie habe so viele Menschen in ihrer Familie daran zugrunde gehen sehen, und sie könne es nicht noch einmal ertragen. Es sei einfach zu schmerzlich. Weil sich die Veranlagung dazu vererben könne, sei es ohne weiteres möglich, daß sie oder Paul ... Wenn du deine Großmutter hättest sehen können ... Dein Onkel und sein Kummer und seine Mißerfolge und all dieses Leid ... Und denk an deinen Vater ... und geistige Zerrüttung und Tod. Junge Dame. Tod.

»Hörst du mir zu?«

»Bin ganz Ohr, Mom.«

Aus der Strafpredigt ergab sich, jäh wie eine Springflut oder sonst eine Naturkatastrophe, der nächste Akt elterlicher Gerechtigkeit, die Verabreichung der Körperstrafe. Wendy hatte das Gefühl, daß das Ausmaß der Bestrafung an diesem Morgen ein klein wenig übertrieben war, wußte zunächst jedoch nicht, warum. Hier lief irgendein Erwachsenending, das sie noch nicht verstand. Wo war zum Beispiel Sandys Mom? Wo war ihr, Wendys, Dad? Dann dämmerte es ihr mit einemmal. Wie zur Schlachtbank ließ sie sich die Treppe hinunterführen. Sie fügte sich. Fügte sich in das Kontinuum der Polizeilogik. Schweine.

Die Körperstrafe hatte bei den Hoods eine Geschichte. Sie hatte ihren festen Platz. Mit Paul fing es an. Paul kränkelte als Kind häufig und versäumte aufgrund diverser Infektionen und Beschwerden – eine Halsentzündung, eine beidseitige Mittelohrentzündung, Masern, Keuchhusten – fast sein ganzes Kindergartenjahr an der East School. Paul heulte in aller Herrgottsfrühe, stellte mit schrillen, verzweifelten Schreien, die seine Eltern wach hielten, sein kurzes Leben in Frage, Schreien, die ins Herz seiner Mutter zu dringen und ihre elterliche Kompetenz herauszufordern schienen. Soweit die Familienüberlieferung. Elena hatte es sich in dieser Zeit angewöhnt, bei Paul rektal Fieber zu messen – wegen seiner Halsprobleme. Sie benutzte dazu eines jener hübschen Glasthermometer, die in einem mit Alkohol gefüllten Glasbehälter aufbewahrt werden und allein schon aufgrund ihrer Seriosität und Schlichtheit Gutes zu verheißen scheinen. Diese Praxis führte schließlich dazu, daß Paul schon das Herannahen seiner Mutter – das geheimnisvolle Hineinstecken ihres medizinischen Instruments – als Heilung ansah, die eine Rechtfertigung seiner Leiden mit sich brachte.

Der beschriebene Brauch setzte sich bei Wendy Hood fort, die diese schweigend und mit der nüchternen Konzentriertheit eines Juweliers oder Kieferorthopäden vorgenommene Verrichtung ebenfalls schätzen lernte. In tiefer Stille, von Isopropylduft umhüllt, kitzelte das Thermometer ihre verborgene rosige Öffnung, und sie war geheilt.

Das war freilich nicht die einzige Aufmerksamkeit, die ihrem Hintern im Hause Hood zuteil wurde. Denn das Hinternversohlen war dort eine regelmäßige Übung. Sie war feierlich stilisiert und folgte einem sorgfältigen, liebevollen Ritual. Wendys erste Tracht Prügel war das große ordnende Ereignis ihrer frühen Erinnerung, obwohl das Vergehen, das sie herbeigeführt hatte, längst vergessen war. Ihr Vater trug sie in das Schlafzimmer ihrer Eltern. Ihre Mutter stand wortlos dabei. Wendy weigerte sich, ihre Hose herunterzuziehen. Ihr Vater demütigte sie mit Worten, bis sie es schließlich doch tat – nannte sie *Luder* und *Nutte* und *Prinzessin*. Es war nicht schwer, sie mit Worten zu erniedrigen – sie war erst vier. Sie zog sich aus freien Stücken die Hose herunter. Dann legte er sie sich übers Knie, ihre Mutter hielt ihm die

Haarbürste hin – der Familienüberlieferung zufolge wurde gelegentlich auch die borstige Seite benutzt –, und nach kurzer Betrachtung der blanken Unschuld ihres Hinterteils ließ ihr Vater die glatte Seite der Bürste auf sie herabsausen. Und was machte derweil ihre Mutter? Ihre Fingernägel?

Wendy war sich der diversen Aufmerksamkeiten für ihren Hintern deutlich bewußt, und sie waren in gewisser Weise ununterscheidbar, waren zur »Gestalt« ihres Körpers geworden. Was zuerst kam – die gutherzigen pflegerischen Verrichtungen ihrer Mutter oder die strengen, aber gedankenvollen Züchtigungen ihres Vaters –, war längst nicht mehr klar. Es war unentwirrbar miteinander verknäuelt. Was sie aß, wie sie sich anzog, ob sie sich in die grelle Welt des Make-ups vorwagte, war unwichtig verglichen mit der Frage, wie sie sich um jenen Ort medizinischer und patriarchaler Aufmerksamkeiten kümmerte. Sie war Moms und Dads kleiner Arsch.

Der Gang hinunter ins Wohnzimmer der Williams galt somit nur einem einzigen Zweck. Mittlerweile konnte sie Sandy oben weinen hören, und sie konnte Mr. Williams' sich steigernden Monolog hören. Die Worte hatten etwas von einem kabbalistischen Gemurmel. Hinduistische Sutren. T. M. Elena Hood packte ihre Tochter fest am Handgelenk. Die krasse, makellose Ordnung des Williamsschen Hauses umgab sie. Im Wohnzimmer befahl Elena ihrer Tochter, die Hose herunterzuziehen. Wendy hätte, obwohl sie schon vierzehn war, die Mißhandlung hingenommen – sie erschien ihr unvermeidlich, fast natürlich –, weil sie anderes im Kopf hatte und weil es lange vierundzwanzig Stunden gewesen waren. Aber dann fiel ihr ein, daß Mikes besudelte Strapse noch da unten steckten, in ihrer Skihose steckten, und das war das einzige Geheimnis, das sie nicht preisgeben würde. Sie weigerte sich.

»Ich habe gesagt, zieh dir bitte die Hose runter«, sagte Elena Hood.

»Dafür bin ich zu alt. Was hast du vor, Mom, willst du mich auch noch auf dem Collegeball verhauen? Willst du ins College kommen, damit du mich verhauen kannst?«

»Ich diskutiere nicht mit dir.«

»Was willst du denn dann tun, Mom, willst du mit mir *vögeln*?«

Das setzte dem Gespräch ein Ende. Ihre Mutter bändigte Wendy mit einem Würgegriff. Das Zimmer kippte zur Seite, und plötzlich schrie und heulte Wendy und wurde durch den Flur gezerrt. Die Einzelheiten, die sie auf diesem brutalen Marsch ausmachen konnte, waren seltsam befriedigend: der unter ihren Absätzen sich wulstende Orientteppich im Flur; die im Messingrahmen eines Spiegels im Flur reflektierte Morgensonne und in dem Rahmen das verzerrte Gesicht ihrer Mutter. Irgendwo tropfte Wasser. Die Kraft ihrer Mutter stand in keinem Verhältnis zu ihrem kleinen, unscheinbaren Körper. Im Badezimmer – neben dem Eingang zum Keller – hielt Elena Wendy den Mund zu, verschloß ihn wie mit einer Klammer und drehte mit der anderen Hand den Wasserhahn auf. Sie befeuchtete ein handliches, kleines Seifenstück, bis es ordentlich schäumte, öffnete ihrer Tochter gewaltsam den Mund – Wendy flehte sie an, es nicht zu tun, aber das waren wortlose, erstickte Schreie – und zwängte den nassen, seifigen Klumpen hinein. Dann hielt sie ihr den Mund wieder zu.

Wendy hätte zurückschlagen können, zurückschlagen müssen. In ihrer Wut hätte sie ihre Mutter am liebsten geschlagen, ihr die geraden, weißen, überkronten Zähne eingeschlagen, zugesehen, wie das Blut darüber lief (über diese ganz leicht mit Lippenstift verschmierten, selbst jetzt noch ganz leicht mit Lippenstift verschmierten

Zähne), um dann über den auf dem Boden liegenden Körper ihrer Mutter hinwegzusteigen – aber sie tat es nicht. In einem isolierten Winkel ihres Herzens fügte sie sich dieser Folter. Vielleicht hatte sie eine Ahnung, was als nächstes kam. Sie fand sich damit ab, fand sich mit ihrer Demütigung und dem brennenden Geschmack in Mund und Hals ab. Ihre Glieder waren schwach. Endlich ließ ihre Mutter sie los, und sie würgte und spie das kleine blaue Seifenstück auf den gehäkelten Badezimmerteppich. Sie weinte.

»Gehen wir frühstücken«, sagte ihre Mutter. Ihre Stimme war kühl und fremd.

Wendy sank auf dem Boden zusammen.

»Steh jetzt auf«, sagte ihre Mutter. »Hoch mit dir.«

Aber Wendy rührte sich nicht.

»Heb das auf und komm hoch.«

Sie blieb einfach liegen.

Als ihre Mutter sie diesmal von der Stelle bewegte, als sie den zerbrechlichen Puppenkörper vom Boden hochzog, merkte Wendy, daß ihre Mutter es kaum mehr schaffte. Ihre übermenschliche Stärke, das Kraftfeld von Zuwendung, das sie umgab – es hatte alles nichts geholfen. Am Ende würde Wendy einfach deshalb gewinnen, weil sie länger lebte. Insofern war die Familie ein Bluff, eine Abfolge sinnloser Griffe nach der Macht. Die Liebe war eine Wasserfolter, und Sex war der zur Liebe gehörende Mißbrauch, also war Sex das, was die Folter zur Folter machte. Außer daß die Familie die allerschlimmste Folter war.

Und so begaben sie sich in die Küche, als wäre die Küche ihre letzte Chance, der letzte Ort, wo sie sich beide ein Zusammensein von Frauen noch vorstellen konnten. Es kam ihnen ganz plötzlich in den Sinn, daß sie Frühstück für die Männer, die Männer oben, machen konnten.

Sie machten es für die Männer, aber auch für sich selbst. Vielleicht würden Wendy und ihre Mom die Situation dank der Alchimie des Frühstücks vor dem Nachhausegehen in Ordnung bringen. Wendy bewegte sich wie ein Geist durch die Küche. Ohne ein Wort mit ihrer Mutter zu wechseln. Mit roten, verquollenen Augen.

Da die Williams einen Gasherd hatten, konnte Elena Wasser aufsetzen. Sie suchte die Küche nach einem Kaffeefilter ab. Stumm bedeutete sie Wendy, den Frühstückstisch zu decken. Sie durchstöberten Janey Williams' Schubladen. Dann zerknäuelte Wendy im Zimmer nebenan, der Bibliothek, die alten Ausgaben des *Stamford Advocate* und der *New York Times* und baute auf dem Kaminrost eine kleine Pyramide aus Anfeuerholz über den zusammengeknüllten Blättern. Die Geräusche der bescheidenen häuslichen Verrichtungen ihrer Mutter trösteten sie. Sie griff nach den Ohio-Blue-Tip-Streichhölzern (zündet an jeder Oberfläche). Sie zündete an ihrem Reißverschluß ein Streichholz an, wie Mike es ihr einmal beigebracht hatte.

Als Mr. Williams und Sandy sich in die Küche wagten, beschäftigte auch sie der Gedanke an Mike. Das Feuer brannte nicht richtig, und die beiden Männer hockten sich neben Wendy, um Ratschläge zum Thema zu geben. Das war schließlich ihre Aufgabe, nicht wahr? Ratschläge zu geben? Mit dem Schürhaken stupste Mr. Williams ein bißchen an Wendys Duraflame-Scheit herum. Sandy bediente den Blasebalg.

»Wendy«, sagte Mr. Williams ruhig, während er im Kamin stocherte, »du hast gestern abend nicht zufällig Mike gesehen, oder?«

Sie erzählte ihm, wie sie sich zu Hause den Film über die lebendig begrabene Frau angesehen hatte. Als sie hierhergekommen sei, sei Mike schon weg gewesen. Die

Worte taten weh, als sie aus ihrem Mund kamen. Alle Worte taten weh. Sie schmeckten ätzend.

»Sandy hat gesagt, er wäre in Silver Meadow«, meinte sie, »aber da hätte ich ihn eigentlich im Vorbeigehen sehen müssen. Aber vielleicht auch nicht. Wenn er draußen auf dem Hügel gewesen und Schlitten gefahren oder einfach bloß rumgelaufen wäre oder so, hätte ich ihn eigentlich sehen müssen.«

»Aber er hat auch gesagt, daß er vielleicht zu Danny Spofford geht«, sagte Sandy.

Jim Williams legte eine Hand auf den Kopf seines Sohnes, die andere auf Wendys. Er stand auf.

»Ich telefoniere mal eben, behaltet ihr so lange eure Finger bei euch, okay? Ihr beiden Monster –«

Er lächelte, als er den Hörer des Apparats neben dem Klavier abnahm – auf dem Ständer die Noten von *Moon River*. Doch als ihm aufging, daß auch die Telefonleitungen ausgefallen waren, änderte sich sein Gesichtsausdruck. Er ging in die Küche zu ihrer Mutter, Wendy konnte ihn reden hören.

»Du meinst doch nicht, daß Janey ihn irgendwo aufgelesen hat, oder?«

»Wahrscheinlich geht's ihm gut«, meinte Elena. »Wahrscheinlich sitzt er bei uns zu Hause und ißt mit Ben zusammen Würstchen.«

»Das Telefon funktioniert nicht.«

»Ich finde, du solltest die Sache nicht dramatisieren.«

Einen Moment lang war es still im Haus. Das Feuer verzehrte sein Futter.

Dann sagte Mr. Williams: »Okay, ihr beiden, dann kommt mal hier rein, es gibt da nämlich einiges zu bereden.«

Wendy und Sandy hatten es warm miteinander. Vor dem Kamin. Sie sprachen nicht, fühlten sich nicht einmal wohl, waren einfach nur da. Wußten nicht, was vergangene Nacht mit dem Wodka passiert war, waren sich nicht sicher, wie er sie in diese Lage hatte bringen können. Waren zum Schweigen gebracht von der Macht des Wodkas, Ereignisse irgendwie umzuformen und aus dem Ruder laufen zu lassen. Wendy hatte nicht direkt das Gefühl, Sandy zu kennen, aber es gab jetzt etwas, was sie mit ihm teilte. Er hielt ihr den Blasebalg hin, und sie pustete achtsam Luft auf das künstliche Scheit im Kamin. Sandy griff nach dem Schürhaken und stach wild auf das Scheit ein. Ein Regen blauer, grüner und roter Funken stob daraus hervor. Wendy würgte, versuchte wieder zu schlucken. Die Lauge war jetzt in ihr. Floß durch ihren Kreislauf, verstopfte ihre Leber.

Die beiden tappten in die Küche, wo Elena eine große Pfanne mit Schinkenstreifen auslegte, Eier in eine Schüssel schlug und nach Paprika, ihrer Wunderzutat, suchte. Diese kulinarischen Bemühungen sollten über ihren Schock hinwegtäuschen, den leeren, benommenen Blick, den sie an sich hatte, einen Blick, den Wendy genau verstand, für den die Williams jedoch keinerlei Sinn hatten. Trotzdem hatte Elena irgendwann so etwas wie eine Verständigung mit Jim Williams erreicht – das wurde daran deutlich, wie sich die beiden in der Küche behutsam umkreisten, auf dem Linoleum in Kreisen umeinander bewegten, nicht direkt liebe-, aber doch respektvoll. Wie sie einander ein klein wenig Achtung zollten. Eine Art vorübergehende Anerkennung, die zwar nicht sämtliche Höhen und Tiefen zuließ, aber doch für einen kurzen Moment zu Kopf stieg. Folge dieser Anerkennung würde eine gemeinsame Strafpredigt sein. Mr. Williams deutete auf den Frühstückstisch. Sandy und Wendy setzten sich.

»Okay. Äh, sitzt alles bequem?« Williams selbst blieb mit verschränkten Armen genau am Rand des Parketts im

Alkoven stehen. »Gut. Also, was wir heute morgen zu bereden haben, ist nicht ganz einfach, aber ich denke, wir müssen trotzdem darüber reden, und zwar geht es darum, wieso deine Mutter, Wendy, heute hier, und nicht bei euch zu Hause übernachtet hat ... Sie hat hier bei mir übernachtet. Das ist, äh, das erste, was wir euch sagen müssen. Zwar hat sie in erster Linie wegen des Stromausfalls hier übernachtet, und weil wir das Auto oben an der Ferris Hill Road im Graben, äh, stehenlassen mußten, aber es wäre unehrlich, wenn ich euch nicht sagen würde, daß wir die Nacht zusammen ... im ... auf dem Wasserbett verbracht haben. Ich will da ganz offen sein. Manchmal ist es so, daß sich eine Ehe durch Gewöhnung ein bißchen abnutzt – das kommt manchmal vor. Es kommt einfach vor, daß Leute, die miteinander verheiratet sind – zum Beispiel deine Mutter und ich, Sandy, oder Benjamin und Elena –, einen Punkt erreichen, wo ihnen in ihrer Ehe eine Kleinigkeit fehlt. Sie erreichen einen Punkt, wo sie plötzlich, äh, vom Gewohnten abweichen. So kompliziert ist das eigentlich gar nicht. Es ist so ähnlich, wie wenn man in der einen Woche A1.-Sauce zu seinem Burger will und in der nächsten Senf. So einfach ist das. Oder so, wie wenn man den einen Samstag zu McDonalds will und beim nächsten Mal ins Darien Pizza Restaurant. Die Ehe schrumpft, ja, genau so ist es. Sie wird kleiner. Es ist schwer, wieder dahin zu kommen, daß man sich einfach mag, oder aber man liebt sich, und die Liebe ist stark, aber man macht sich einfach nicht mehr soviel auseinander wie früher. Und im Augenblick lehrt uns die Gesellschaft, daß es nicht unbedingt etwas Schlechtes ist, daß man das will – daß man ein bißchen Würze will. Das ist okay. Es ist ein bißchen ausgeflippt, und manche Leute kommen damit nicht klar, aber es ist okay. Deine Mutter und ich, und wahrscheinlich auch Mr. und Mrs. Hood, wir sind in einer Zeit aufgewachsen, da hat man es für falsch gehalten, das Gelöbnis zu brechen, das man vor dem Altar abgelegt hat, und zwar ganz gleich, was für Wünsche man in seiner Ehe empfunden hat. Und das hat dann dazu geführt, daß unsere Eltern und deren Eltern wütend waren ... wütend und stocksauer aufeinander, bloß weil sie ein bißchen Abwechslung wollten. Sie haben sich angebrüllt und in getrennten Zimmern geschlafen und ihre Kinder vernachlässigt – uns vernachlässigt, wir waren ja damals die Kinder! –, während sie miteinander um das Recht gekämpft haben – *gekämpft* –, diese Wünsche haben zu dürfen. Diese seltsamen kleinen Leidenschaften. So war das.«

Mittlerweile erfüllte der Duft von Elenas Eiern die Küche und gaukelte Harmonie und Eintracht vor. Williams wurde allmählich nervös, während er mit der volltönenden Suade eines Handelsvertreters auf sie einredete. Wendys giftiger Mund brannte. Sie ließ den Kopf hängen.

»Wir dürfen das jetzt also, wenn wir wollen. Wir können diese Bindungen ein bißchen freier handhaben; wir können für eine Nacht mit jemand anders zusammensein, und das ... ohne daß das unsere Familien gefährdet oder so. Aus Zuneigung, versteht ihr? Nicht gefühllos, sondern so, wie man einen Freund bitten würde, etwas mit einem zu teilen. Genau das ist es, man teilt einfach etwas miteinander. Und das möchte ich euch beiden begreiflich machen. Vielleicht wacht ihr eines Morgens wie heute auf, und draußen ist alles so schön, und wenn ihr aufwacht, ist eure Mutter nicht zu Hause, und an ihrer Stelle ist jemand anders da – zum Beispiel die Freundin eurer Mutter –, und das verwirrt euch. Das Auto steht nicht draußen, und ihr denkt, es liegt irgendwo mit Totalschaden. Aber ich möchte, daß du verstehst (und mittlerweile saß Williams am Tisch und beugte sich über seine Designer-Platzdeckchen nach vorn, um seinem Sohn genau in die Augen zu schauen), daß das keinerlei Auswirkungen auf unsere Familie hat. Ich bin hier in diesem Haus. Ich werde immer hier in diesem Haus sein. Deine Mutter und ich, wir haben vielleicht manchmal unsere Unstimmigkeiten, aber wir sind immer noch zusammen. Wir wohnen zusammen in diesem Haus, Stromausfall hin oder her. Und wir möchten zusammenbleiben, um euch zu helfen und um uns gegenseitig zu helfen.«

»Was deine Mutter angeht«, fuhr Williams fort, »deine Mutter ... ist mit jemand anders von der Party weggegangen. Ich will da ganz ehrlich sein. Ich will dir nichts vormachen. Okay? Und deshalb können wir uns denken, in was für einer Situation sie jetzt ist. Sie hat die Gelegenheit genauso genutzt wie wir. Vielleicht fühlt sie sich wohl dabei, vielleicht auch nicht. Das wissen wir nicht. Aber sie kann jetzt nicht anrufen, weil die Telefonverbindungen nicht funktionieren, und wahrscheinlich sind die Straßen durch umgestürzte Bäume blockiert. Der Strom ist ausgefallen, und auf den Straßen ist es gefährlich. Und deswegen ist sie noch nicht zurück. Aber wenn sie zurückkommt und wenn Mike zurückkommt, dann setzen wir uns alle zusammen hin, Sandy – und du kannst wahrscheinlich auch damit rechnen, Wendy, daß ihr euch zu Hause mit eurem Dad zusammen hinsetzt –, und reden in aller Ruhe über das, was passiert ist.«

Elena setzte sich neben Wendy an den Tisch. Sie reichte die Teller herum. Für Wendy schmeckten die Eier fade und kalt. Sie schmeckten wie blaue Seife. Sandy schaufelte sie sich ohne Leidenschaft oder Genuß in den Mund.

»Jetzt müssen wir uns noch mit einem letzten Punkt befassen«, fügte Jim Williams hinzu, »nämlich damit, daß ihr beide heute nacht zusammengeblieben seid. Ich muß euch ja wohl nicht daran erinnern, wo die kleinen Kinder herkommen. (Hier gab Williams ein tiefes, herzhaftes, aus dem Bauch kommendes Lachen von sich, das aber gleichwohl falsch klang.) Das heißt, ich muß euch nichts über Geschlechtsverkehr erzählen. Ich muß allerdings sagen, daß das eine sehr ernste Angelegenheit ist. Was dich angeht, mein Kleiner, bezweifle ich, daß du schon damit umgehen kannst – laß erst einmal ein paar dunkle Haare auf deiner Oberlippe wachsen, dann können wir uns eingehend über das Thema unterhalten. Dann bringe ich dir bei, wie du die Sache selbst in die Hand nimmst, aber bis dahin gilt, daß ihr erstens noch nicht soweit seid und euch darauf beschränken solltet, eure Neugier auf weniger, äh, direkte Art zu befriedigen, und daß ihr zweitens, wenn etwas Unvorhergesehenes passieren würde … sagen wir mal, du könntest plötzlich schwanger werden – dann wärt ihr ganz schön in der Bredouille, stimmt's? Ich meine es ernst. Stell dir vor, Sandy, Wendy würde jetzt schwanger, und dabei bist du gerade mal dreizehn, und sie ist – was? Auch dreizehn? Stell dir vor, was Wendy drüben in der High-School durchmachen müßte, in Umstandskleidern, wenn es sich nicht mehr kaschieren läßt. Und wie würdet ihr beide überhaupt für das Baby sorgen, wenn es mal da ist? Wer soll darauf aufpassen, wenn ihr in der Schule seid? Wer soll die gynäkologischen Untersuchungen und die Entbindung bezahlen? Erwartet ihr etwa, daß wir die Kosten tragen, die ihr durch eure Dummheit verursacht? Von wegen! Und wer soll dem Kind die Moralvorstellungen vermitteln, die es braucht? Wenn man sich ansieht, was ihr für Vorbilder abgebt, wird es mit seiner Moral von vornherein nicht sehr weit her sein. Versteht ihr? Ihr beide müßt selbst noch Moralvorstellungen lernen, und da wollt ihr schon die Verantwortung für ein Kind übernehmen? Und dazu kommt, daß ihr gar nicht wißt, was ihr füreinander empfindet, weil hier nämlich noch andere ... unverbindliche Beziehungen bestehen. Ihr wißt ja nicht mal genau, was ihr denkt ... Jedenfalls ist ein solches Verhalten eindeutig auf irgendwelche Einflüsse von außen zurückzuführen. Eine derart irre Idee ist nicht allein auf eurem Mist gewachsen, das steht für mich fest. Also müßt ihr sie irgendwo herhaben. Darüber müßte man nachdenken, ob ihr eins von unseren Büchern gelesen habt und dort darauf gestoßen seid oder was. Wir möchten lieber mit euch darüber reden, als daß ihr alle eure Informationen aus Büchern bekommt. Bring das Buch einfach mit herunter, Sandy, komm damit zu mir, *Der Pate*, Seite soundsoviel, das, was Mike so gern liest. Wir gehen dann die schwierigen Wörter durch. Seht mal, Entscheidungen zu treffen ist wichtig für junge Leute. Und genau das möchte ich euch anbieten ... Entscheidungsmöglichkeiten. Solange ihr nicht alle Fakten kennt, solange ihr nicht wißt, wie es um den anderen steht, ist es einfach keine gute Idee, miteinander ins Bett zu gehen, das möchte ich euch begreiflich machen. Und wenn es keine gute Idee ist, solltet ihr es seinlassen. Laßt es sein, okay? Kapiert?«

Wendy hatte die ganze Zeit auf ihren Teller gestarrt, zugesehen, wie die Eier zu einer lauwarmen Masse gerannen, und gelegentlich in dem Arrangement aus Toast, Marmelade und Eiern gestochert. Jetzt konnte man beruhigt wieder aufblicken.

»Elena, willst du noch etwas dazu sagen?«

Elena schüttelte heftig den Kopf.

»Nein, nein. Wendy und ich sprechen auf dem Heimweg noch einmal darüber.«

Und damit war es zu Ende. Welche flüchtige Regung auch immer Wendys Mutter ins Haus der Williams geführt hatte – und diese Impulsivität schlug bei Wendy durch, so wie die Sprunghaftigkeit der O'Malleys bei ihr durchschlug –, welche Regung auch immer ihre Mutter von der Party auf das Wasserbett geführt hatte, wo sie sich in Jim Williams' Armen wiegte, welche Revolution auch immer sich in ihrer Mutter abgespielt hatte, ihr war eine jähe Rückkehr zur alten Verfassung gefolgt. So ging das immer bei Erwachsenen – sie waren ständig auf der Jagd nach Ekstasen, und dann leugneten sie es, rationalisierten es, verbrämten es mit schönen Worten. Ihre Mutter bedauerte, daß sie hier war, in dieser Küche, bedauerte, daß sie Frühstück gemacht hatte, bedauerte sogar, daß sie Benjamin verletzt hatte, so gerechtfertigt diese Verletzung auch gewesen sein mochte. Mittlerweile bedauerte ihre Mutter alles. Wendy konnte sehen, wie dieses Bedauern sich auf ihrem Gesicht abzeichnete.

»Hey, Kleiner«, sagte Jim Williams, »sind in deinem Kurzwellenempfänger Batterien drin? Meinst du, wir kriegen damit einen Nachrichtensender oder so was?«

Sandy nickte halbherzig.

Und die beiden erhoben sich gemeinsam und mit synchronen, wie einstudiert wirkenden Bewegungen, wischten sich mit den Stoffservietten, die Elena auf den Tisch gelegt hatte, den Mund, legten die Servietten auf ihre Teller, ließen die Teller stehen und gingen.

Da dachte Wendy über die Verwicklungen der ganzen Nacht nach. Wenn es nun so etwas wie einen Tausch mit den Nachbarn gab, der die schlimmsten Vermutungen überstieg? Das allein hieße schon, daß Wendy in einer Stadt festsaß, in der alle Welt wußte, daß ihre Mutter mit dem Mann ein paar Häuser weiter schlief. Dieses Wissen würde sich verbreiten wie das Wissen von ihrem, Wendys, Techtelmechtel mit Debby Armitage. Und wenn man ein Stückchen weiterging, ein Stückchen weiter in diese Richtung überlegte, konnte es durchaus sein, daß sie die Stiefschwester des Jungen war, den sie liebte, und die

Stiefschwester seines Rivalen, den sie auch einmal geliebt hatte. Sie würde Inzest mit einem Stiefbruder begehen. Sie würde sich von jedem ihrer Stiefbrüder anfassen lassen. Vielleicht würde sie mit beiden gleichzeitig trockenvögeln. Dann würden ihre Stiefbrüder bis zum Tod um das Recht kämpfen, mit ihr ein zweiköpfiges Baby zu zeugen, das bei seiner Geburt Griechisch sprach und das Datum von Christi Wiederkehr wußte. Ihr Vater und ihr Stiefvater würden nicht miteinander reden. Ihre Mutter und ihre Stiefmutter würden nicht miteinander reden. In Gesellschaft ihres Vaters und Mrs. Williams' würde sie dazu vergattert, nicht über ihre Mutter und Mr. Williams zu sprechen. Oder: Sie würde Mikey und Sandy nie mehr zu Gesicht bekommen, weil sich ihre Besuchswochenenden nicht deckten. Oder: Sie würden das Besuchsrecht aufteilen, in der einen Woche Sandy, in der anderen Mikey, und sie würde sie austauschen, wie ihre Eltern sich gegenseitig ausgetauscht hatten. Oder: Sie würde mit den Hoods nach Hause zurückkehren, und dieses ganze Wochenende würde eine schreckliche Episode bleiben, über die kein Mensch jemals wieder sprach und die die moralische Katastrophe einer ganzen Stadt voller Kinder hinterließ.

»Wir sollten mal langsam«, sagte ihre Mutter. »Iß auf, dann kannst du deine Sachen holen. Ich leihe mir Stiefel ...«

»Müssen wir etwa zu Fuß gehen?«

»Das Auto von Williams steht auf Ferris Hill, und dein Vater hat den Firebird.«

Das Schweigen zwischen Wendy und Elena war lang und dauerhaft. Fast unverbrüchlich.

»Du liebst Dad nicht mehr«, sagte Wendy.

Elena räumte der Feststellung eine respektvolle Pause ein. Dann sagte sie: »Das stimmt.«

Später sollte Wendy viel über diesen Moment nachdenken und zu dem Schluß kommen, daß Elton Johns Schlagzeuger Nigel Olson ihr mehr bedeutete als die Ehe ihrer Eltern und daß ihr Herz geschrumpft war wie das Herz des Grinch aus *How the Grinch Stole Christmas*. Denn sie empfand in diesem Moment nicht besonders viel. Sie hatte sich den Geiz, den ihre Familie ihr beigebracht hatte, gut eingeprägt.

»Aber du läßt dich nicht von ihm scheiden, oder?«

»Das weiß ich noch nicht.«

»Mensch, Mom, du …«

Während sie durch dieses Gespräch schlingerten, spülten sie unter kaltem Wasser schmutzige Teller ab. Das war das letzte, was sie miteinander teilen konnten. Dann ließ Wendy ihre Mutter allein, um ihren Kram – ihren Poncho, ihre Stiefel – von Sandys Bett zu holen. Oben angekommen, konnte sie Sandy und Mr. Williams hören. Im Badezimmer.

Sie saßen auf der Badematte, ein Halbrund von Werkzeugen vor sich ausgebreitet, als handelte es sich um eine Operation im Hörsaal. Aus den Kacheln vor ihnen drang Wasser. Es war eigentlich nur ein stetiges Getröpfel, das sich in der Wanne sammelte, aber es erschreckte die Williams-Männer trotzdem. Es kam nicht aus dem Brausenkopf oder aus dem Wasserhahn. Es kam aus der Wand.

Sandy reichte seinem Vater nacheinander die Werkzeuge. Schraubenschlüssel. Zange. An Absperrventilen hinter der Toilette drehten sie das Wasser ab. Auf die undichte Stelle hatte das keinerlei Auswirkung. Das Radio neben ihnen zirpte von dem Unwetter und den Zerstörungen, die es angerichtet hatte. Dann beschäftigten sich die Sprecher mit jenem achtzehneinhalbminütigen Schweigen.

»Wir müssen gehen«, sagte Wendy.

Die Männer der Familie Williams blickten nicht auf.

»Laß dich hier mal wieder sehen«, meinte Jim Williams. »Bist immer willkommen, Liebes.«

Wendy schlüpfte aus dem Badezimmer, sammelte ihre Sachen zusammen, mummelte sich ein. Sandys Bett war so sorgfältig gemacht, als handelte es sich um das Gästezimmer, als wohnte er nicht ständig in seinem Zimmer. Am Schrank hing teilnahmslos G. I. Joe.

Und als sie und ihre Mutter sich unten in der Küche gerade die letzten Knöpfe zuknöpften, klopfte es an der Haustür.

»Laßt mich rein«, rief Janey Williams. »Ich hab meine Schlüssel nicht dabei.«

Ein etwas lauteres Hämmern. Das Geräusch klang gedämpft.

Dann, auf der Treppe, Jim Williams: besorgt, angespannt, zwischen mehreren unterschiedlichen Reaktionen schwankend. Sandy stand direkt hinter ihm, klebte, ans Geländer geklammert und das Kinn auf die Handrücken gedrückt, auf der achten oder neunten Stufe fest. Auf der Schwelle Janey Williams, konfus, durcheinander, ja verstört. Und zwar, wie Wendy feststellte, noch *bevor* Mrs. Williams Wendys Mom bemerkte.

»Einen wunderschönen guten Morgen«, sagte Janey, als Wendy ihr die Tür aufhielt. »Ist die Dame des Hauses anwesend?« Sie legte Wendy geistesabwesend die Hand auf den Kopf.

»Wir haben ein Problem.« Jim winkte sie herein.

»Was ist mit dem Auto passiert, verdammt noch mal?« fragte sie. Und dann bekam sie es mit. »Oh, wie schön, dich zu sehen, Elena. Und schon wieder so kregel. Was ist los? Weshalb die langen Gesichter?«

»Wie bist du heimgekommen?« fragte Jim Williams

und kam gleichzeitig ein paar Stufen herunter. Sein Ton war distanziert. Es war der Ton, der einem langen, schwierigen Gespräch vorausgeht.

»Maria hat mich gefahren, Ferris Hill rauf, obenrum und wieder runter. Ich bin am Auto vorbeigekommen. An meinem Auto. Was hast du damit gemacht, verflucht noch mal?«

Jim Williams packte seinen Schraubenschlüssel fester, als wollte er damit argumentieren. Sandy betrachtete die Fusseln auf dem Teppich, und Wendy sah ihre Mutter an, die mit stumpfem Blick auf einen leeren Fleck draußen im Garten zu starren schien. Von oben, aus dem Badezimmer, kam ein Tropfgeräusch.

»Euer Auto, euer Firebird, ist offenbar auch steckengeblieben«, sagte Janey zu Elena. »Ich hoffe, Benjamin ist auf der Fahrt den Hügel runter nicht an die – na, du weißt schon – die Hüter des Gesetzes geraten.«

»Wir haben das Auto kaputtgefahren«, flüsterte Elena dümmlich. Wendy sah zu, wie ihre Mutter sich abmühte, mit der Situation fertig zu werden. Mittlerweile konnte sie erraten, wie die Landkarte des Abends aussah, auch wenn sie nicht alles unmittelbar vor Augen hatte. Manches wurde von ihr, manches von anderen zusammengetragen. Aber sie spürte diese Geschichten mittlerweile. Sie zirkulierten um sie. Maria Conrad, wie sie nach Hause kam, wo ihr Sohn Neil zum ersten Mal einen geblasen bekam, von Janey Williams, die dabei auch noch weinte, so daß ihre salzigen Tränen auf sein steifes, rosiges Glied fielen – und Neil zu benebelt vor lauter Befriedigung, um zu merken, wie er auf sie wirkte beziehungsweise nicht wirkte; Maria, die von Stephan Earle zurückkam, der vorzeitig ejakuliert hatte und prompt eingeschlafen war, nachdem er Maria mit dem falschen Namen angeredet hatte – nicht mit ihrem, ja nicht einmal mit dem seiner

Frau; Stephan Earles Frau Marie, die mit Dan Fuller beim Frühstück saß, als, seinen Sohn im Schlepptau, Chuck Spofford auftauchte, um Fuller vorzuwerfen, daß er ihm die Geliebte ausgespannt hatte; die Logistik, die Geometrie der Unterbringung im Hause Gorman, im Hause Sawyer, bei den Boyles. All die Autos, die hinter all den anderen Autos durch die Stadt zu kommen versuchten. Jedes mit seiner Fuhre von Betrug und verpaßter Gelegenheit. Und obendrein noch das Unwetter. Wendy wollte gar nicht darüber nachdenken. Sie war noch nicht alt genug, um darüber nachzudenken.

»Habt ihr beide euch gut amüsiert?« fragte Janey.

»Nun sei schon still«, sagte Elena. »Wenn du unbedingt darüber reden willst, dann wenigstens unter uns. Wir müssen das nicht alles vor den Kindern ausbreiten. Sie wissen sowieso schon genug.«

»Wir haben's ihnen gesagt, Schatz«, sagte Jim Williams.

»Was habt ihr?« fragte Janey.

»Hör mal, das ist jetzt alles nicht so wichtig. Wir haben ein paar wirkliche Probleme hier«, sagte Jim Williams. »Im Badezimmer ist irgendwo eine undichte Stelle. Ich mache mir ein bißchen Sorgen wegen ... daß wir vielleicht einen Rohrbruch haben. Das wäre ganz schön übel. Und –«

»Du kriegst das schon hin«, sagte Janey.

Wie Wendy, so war auch Sandy gelähmt. Zum Stillstand gebracht durch die lawinenartige Zunahme der Standpunkte, die Spaltung und Teilung der Standpunkte. Als Janey Williams in ihrem zerknitterten Seidenpyjama (ihren Wollmantel hängte sie übers Geländer) an ihm und seinem Dad vorbeirauschte, beugte sie sich kurz herab, um Sandy auf die Stirn zu küssen. Sie begann zu schluchzen, ein würgendes, heftiges Schluchzen. Manche Frauen in New Canaan waren schön, wenn sie weinten: Aller Schmerz war in ihnen zusammengeschnürt wie die zusammengeschnürten Füße der Asiatinnen. Ihre Tränen zogen zarte Spuren über unberührte Wangen. Nicht so bei Janey Williams. Sie japste, keuchte und hustete noch mehr von dem aus, was sie sonst unten hielt. Ihre Nase war – wie Wendy sehen konnte – rot und wund wie die Säufernase ihres Vaters. Im Weinen versuchte Janey, Beschimpfungen hervorzustoßen, aber die Springflut war mittlerweile zu stark, und ihr blieb nur noch, sich von ihrer Familie loszureißen, sich loszureißen von all den Versprechungen und all der Freundlichkeit. Auf dem Weg in ihr Zimmer blieb sie kurz stehen – vor Mikes Tür.

Sie griff nach dem Knauf.

Der Summer ertönte.

Janey fluchte. Dann drehte sie den Knauf und sah, daß das Bett leer war.

»Wo ist Mike?« rief sie.

»Genau das wollte ich ... Drüben bei Ben«, sagte Jim. »Glauben wir jedenfalls.«

»Wieso denn ausgerechnet dort?« rief sie, und in ihr Stimmungsgemisch schlich sich ein Anflug von Hysterie ein. »Ben kann Mike nicht ausstehen. Red keinen Blödsinn. Sag bloß, du hast noch nicht mal –«

»Beruhige dich doch.«

Jim drehte den Schraubenschlüssel in seiner Handfläche um und um. Aber er rührte sich nicht von der Stelle.

Janey stand am oberen Treppenabsatz, eingefroren in einem Meer von Bedauern. Alle waren sie dort in der Halle für sich, jeder einzelne von ihnen.

Dann fuhr draußen der Krankenwagen vor.

Ein Krankenwagen von wunderlich nostalgischer Bauart. Ein alter amerikanischer Kombi, hellrot, mit gelbem Drehlicht auf dem Dach. Das langsam rotierende Licht kam zum Stehen. Sonnenlicht fing sich in den Reflektoren der Lampe und anderen Stellen des Wagens. Die Sonne spiegelte sich im endlosen Aufgebot spiegelnder Flächen. Die Sonne, ihre Widerspiegelungen, heruntergefallene Äste. Ein riesiger Süßwarenladen voller Leckereien mit Zuckerguß, die Kinderphantasie einer Weihnachtswelt voller Genüsse. Naschwerk.

Überall Eis und Eiszapfen, Eis und spröder, verharschter Schnee, durch den Benjamin Hood nun stapfte, nachdem er, vom Krankenwagen auf das Haus der Williams zutrottend, aufs Eis gestürzt war und sich aus eigener Kraft wieder hochgerappelt hatte. Hoods Gesicht war aufgedunsen und gelblichrosa vor Verlegenheit und Sorge. Von einem Vorwärtskommen auf dem Stück, das wohl einmal ein Plattenweg gewesen war – in Wirklichkeit schwenkte er jetzt auf ein Blumenbeet ab –, konnte eigentlich keine Rede sein. Er mühte sich, trieb seine schlaffen Schenkel und Waden an und kam doch nicht weiter. Er hing fest auf diesem Fußweg, diesem Blumenbeet, und streckte die feiste, dralle Hand Richtung Haustür.

Vom Krankenwagen kam das Knistern atmosphärischer Störungen. Wind tollte in Bäumen mit Zuckerguß.

Spiegelungen. Das Geräusch von Eiszapfen, die ihre Form aufgaben und wieder Flüsse wurden. Die rastlose Bewegung von Wasser. Mit dem Wind trieb Holzrauch heran und sengte eine schmerzliche Stelle in Hoods Herz. Selbst auf dieser Mission konnte er sie nicht ignorieren. Die Vergangenheit lag so weit zurück, daß sie weh tat – Nachmittage in Baseballmützen mit seinem Vater, der Norden von New England und seine herben Bewohner. Er vermißte die Vergangenheit, und er hätte freundlicher sein können. Jetzt war er nur noch zehn Schritte von der Tür entfernt; seine Bewegungen verlangsamten sich zu einem Kriechen.

Die Vorderseite des Hauses: weiß, gepflegt, Kolonialstil. Eine Fahnenstange (ohne Fahne), eine Reihe sorgfältig beschnittener Sträucher mit Eisgirlanden. Doppelgarage. Neben der Eingangsstufe eine imitierte Gaslaterne. Säulen. Dahinter der Hügel. An seinem Fuß der Silvermine River.

Endlich, als es schon so aussah, als würde ein ganzer Tag vergehen, ehe Hood die Haustür der Williams erreichte, als es Elena Hood, den Williams und Wendy Hood drinnen schon so vorkam, als habe der Krankenwagen nur auf einen Kaffee oder im Zuge morgendlicher Vogelbeobachtungen in der Einfahrt gehalten, als es Janey Williams so vorkam, als habe sie die Tür schon ein dutzendmal geöffnet und geschlossen und wäre jedesmal auf einen anderen Tag, eine andere Tragödie gestoßen – einen Tag, an dem die Krankenwagenfahrer, unterwegs zu irgendeiner Herzgeschichte, schlicht nach dem Weg fragten; einen Tag, an dem es einfach nur ein roter Kombi mit einem Platten war und kein Krankenwagen; einen Tag, an dem die Hoods den Verlust erlitten hatten und Ben schlicht nach Elena und Wendy suchte –, nach allen diesen Alternativen kam das Klopfen an der Tür. Das Aufgehen der Tür und dann das Klopfen. Es lief alles rückwärts.

»Janey. Äh. Du und Jim, ihr kommt wohl besser mal einen Moment raus. Leider ist etwas ... Ihr kommt wohl besser mal raus. Ich ... ihr müßt mit den Männern da reden. Hör zu, ich –«

Dann das Platzen der Bombe. Der Gang nach draußen glich einem Zug von Pfeifern, gelenkigen, mittelalterlichen Spielleuten – Janey und Jim stürzten sich verzweifelt in den Schnee hinaus, bekleidet nur mit den Sachen, die sie im Haus getragen hatten; ihnen folgte, mühsam das Gleichgewicht haltend, der kleine Sandy Williams, darauf bedacht, genau in die Fußstapfen zu hüpfen, die seine Eltern hinterließen; als nächste kam Elena, mit verschränkten Armen, hochgezogenen Schultern, geschürzten Lippen, ohne recht zu wissen, warum sie eigentlich folgte; dann Wendy, schneeblind von den Lichtspiegelungen und den von überallher auf sie eindringenden Wassergeräuschen; und ihr wiederum folgte Benjamin Hood, nun von seiner Verantwortung befreit, aber angsterfüllt, wissend.

An das Auto gelümmelt, wartete der Krankenwagenfahrer auf sie. Im gleichen Moment bremste auf der Valley Road ein Polizeiwagen. Ihm entstiegen zwei Uniformierte und schlenderten lustlos auf die kleine Kolonne von Beobachtern zu.

»Ihr Nachbar hier hat drüben bei der Klinik den leblosen Körper eines Jungen gefunden«, sagte der Krankenwagenfahrer gerade, im wesentlichen an Jim Williams gewandt. »Er sagt, er hat Grund zu der Annahme, daß es sich bei dem Jungen um Ihren Sohn handelt. Leider ... na ja, wir haben versucht, den Jungen wiederzubeleben, aber es ist uns nicht gelungen. Ihn wiederzubeleben. Aber eigentlich sollten wir –«

Janey Williams' Gesicht – nichtssagend, glatt, dann verzerrt. Tragödienmaske, Komödienmaske, Tragödienmaske. Sie lächelte, sie zitterte. Sie wußte es, wußte es nicht. Das Jahr war plötzlich leckgeschlagen. Schmerz schwoll und verebbte nach seinem eigenen Zeitmaß. Janeys Hände waren rot und ungestüm, als dirigierte sie die Szene irgendwie, als schlüge sie den Takt dazu. Sie tanzte und weinte und dirigierte und redete in Zungen.

Der Krankenwagenfahrer ließ die Nachricht wirken, senkte den Blick auf Spuren im Schnee – er war ein versierter Unglücksbote – und ging sich dann bei der Polizei Rat holen.

»Meint ihr, es ist okay, wenn sie die Leiche identifizieren?«

Dies alles wurde beiseite gesprochen.

»Ich übernehme das, wenn du willst«, sagte einer der Uniformierten. Er bewegte sich auf den Kreis um den Krankenwagen zu.

»Die Jungs müssen weiter ins Krankenhaus. Um die Sache offiziell zu machen. Und wir müssen einen ausführlichen Bericht schreiben, aber zuerst brauche ich Ihre Namen. Sie wissen schon, das Übliche. Wie lange, sagten Sie, wird Ihr Junge schon vermißt?«

Verstört machte Jim Williams die entsprechenden Angaben. Seine Antworten waren schwerfällig, widersprüchlich, ungenau. Ben Hood trat in den Kreis und erzählte erneut seine Geschichte. Der Polizist – uninteressiert an der üblichen Logistik von Hoods Bericht – deutete auf den Krankenwagen, auf den Schatz, den er barg.

»Wahrscheinlich müßte ihn jemand identifizieren«, sagte er. »Dann hätten wir das schon mal erledigt.« Und an Jim Williams gewandt: »Wären Sie vielleicht so freundlich, ihn sich anzusehen?«

Nein, auf gar keinen Fall. Williams wollte nicht hinsehen, wollte diese Szene nicht erleben. Er blickte unwillkürlich in die Runde, hätte liebend gern jemand anders vorgeschlagen. Alle sahen zu, wie er sich im Kreis drehte, jeder war bereit, sich anzubieten. Vielleicht hätte Sandy es machen sollen oder Janey, obwohl sie weit weg war, in der Vergangenheit, und mit all den Verletzungen kämpfte, die nun neben dieser wieder wachgerufen wurden. Jim wollte sich seinen toten Sohn nicht ansehen. Väter sollten das nicht tun müssen. Kein Vater hätte je einem solchen Schicksal ausgesetzt sein dürfen. Es war vielmehr traurige Pflicht der Söhne, die Toten zu identifizieren, eine Pflicht, der Jim in seinem Leben schon nachgekommen war. Die Söhne sollten den Vätern Lebewohl sagen.

Dann fand sich Jim Williams zitternd damit ab. Er stieg ins Heck des Krankenwagens. Sein Schrei drang daraus hervor, langgezogen, heiser und elastisch, dann gedämpft, abgewürgt. Und man konnte den Krankenwagenfahrer die wahrscheinliche Todesursache nennen hören. Außerdem die beiden anderen Männer im Wagen – sie führten ein Routinegespräch. Footballergebnisse. Jim stieg schwankend aus dem Krankenwagen, ein Schatten seiner selbst.

Er versuchte einen Satz, eine Erklärung für seine Familie herauszubringen, wurde aber immer wieder von der Drohung seiner schon schwachen und immer matter werdenden Rede unterbrochen. Dann kamen keine Worte mehr. Er fieberte. Elena und Janey nahmen ihn links und rechts am Arm, und so standen sie schaudernd da, während um sie herum die Machenschaften der Staatsgewalt vonstatten gingen. Mike wurde in statistische Tabellen aufgenommen.

Der Fahrer stieg wieder aus, die Tür auf seiner Seite schlug hinter ihm zu.

»Okay, wir müssen den, äh, den Verstorbenen nach Norfolk bringen. Möchte jemand von Ihnen mitfahren?

Es müssen nicht alle mit. Eigentlich wäre es das beste, wenn … wenn bloß einer mitkommt. Viel passiert vorläufig sowieso nicht. Am besten, Sie lassen alles seinen Gang gehen, wenn ich Ihnen einen Rat geben darf.«

Ben trat vor, um sich anzubieten, aber seine Rolle in dieser Nebenhandlung war zu Ende. Aus den Armen der beiden Frauen, aus ihrer Großmut heraus meldete sich erneut Jim Williams. Wer auch anders? Seine unsichere, wortlos zustimmende Geste – er hob einen Finger, wie jemand, der bei einer Auktion unauffällig mitbietet – kam ohne Überlegung. Janey, Sandy und Elena ließen ihn gehen. Er stieg hinten ein, der Fahrer setzte sich wieder auf den Fahrersitz.

Und dann sprang der Wagen nicht an. Sie hatten – vielleicht – das Radio zu lange laufen lassen. Oder es war einer dieser Tage, an denen alles schiefging. Der Motor hustete ein paarmal rauh, aber weiter tat sich nichts. Elena hörte die Männer im Krankenwagen fluchen. Sie hatten ihn doch gerade erst angelassen, er hatte doch noch nie Mucken gehabt.

Sie setzten das Auto mit Starthilfe vom Polizeiwagen aus in Gang. Während der Suche nach dem Kabel standen die Staatsbediensteten herum und kratzten sich die Köpfe. Nach einer schleppenden, zähen Viertelstunde – Jim stieg immer wieder aus und ein – zündete der Motor schließlich.

Diese Viertelstunde sollte das letzte Mal sein, daß die Hoods und die Williams einander so nahe waren, das letzte Mal, daß ihre Geschichten sich so mühelos zusammen erzählen ließen und daß – wenn denn darüber gesprochen werden mußte – über die Schlüssel und die Party, über das Trockenvögeln und jugendlichen Alkoholkonsum oder über die verborgene Zuneigung, die diese Menschen aneinander band, hätte geredet werden können. Sie würden noch eine Zeitlang Nachbarn sein. Elena wußte durchaus, daß die Entschuldigung eine unaussprechliche Formel war, daß ihre Worte dem geheimen Namen Gottes glichen. Eine einfache Entschuldigung, ein einfaches Eingeständnis. *Diese Sachen, die ganzen Sachen, die da passiert sind, das ist alles vergessen. Es ist Vergangenheit.* Einfach, nicht wahr? Ihnen allen war verziehen, und sie waren frei, konnten befreit und ungehindert die Geschichten ihres Lebens entwirren. Konnten sich ihrer Geschicke, ihrer namenlosen Schicksale annehmen. Warum also kam Elena keine Entschuldigung über die Lippen? Oder Benjamin? Elena wollte das alles sagen, wollte unmögliche, uralte Worte von Bekenntnis und Absolution sagen. Sonst, das wußte sie, war sie dazu verdammt, eine Neuauflage, eine Wiederaufführung der früheren Fehler zu erleben. Deshalb gab sie sich alle Mühe. Sie streckte die Arme nach Janey aus und flüsterte ihr ein paar unzureichende Worte, kümmerliche Floskeln, zu. *Ach, Janey, ach, Janey, es tut mir so wahnsinnig leid. Es tut mir so leid.* Ihre Umarmung war kurz. Und dabei fiel Benjamins Blick auf sie, und er wollte daran teilhaben. Er berührte seine Frau und dann Janey an der Schulter. Keine von beiden schien es wahrzunehmen. Verlegen stand er da. Dann wandte er sich den Kindern zu. Wendy und Sandy sahen weg, hinüber zum Wald, zur Geborgenheit umgestürzter Bäume, und planten die nächsten zehn Jahre.

Sie waren gebannt, die Hoods und die Williams, vom Schauspiel einer verlorenen Zukunft. Das führte sie zusammen, und es trieb sie auseinander, aber vielleicht war dieses Auseinandergehen ohnehin unvermeidlich. Bald sprang der Wagen an, die Polizisten fuhren weg, und Jim Williams, im Krankenwagen, verschwand in der Unterwelt.

Wendy Hoods Zimmer. (Die Hoods hatten Sandy und Janey zu den Steeles begleitet, wo sie auf Jim warten sollten, und waren dann im Gänsemarsch nach Hause gegangen.) Auf der Kordtagesdecke ein zerschlissener, räudiger Teddybär, achtlos zur Seite geworfen. An den Wänden: Poster von David Cassidy, die Plattenhülle von *Dark Side of the Moon*, ein Friedenssymbol. Auf der Innenseite der Tür ein Aufkleber – *Impeach Nixon*. Magnavox-Kompaktanlage mit einem gewellten Exemplar von Neil Diamonds *Hot August Night* auf dem Plattenteller. Seite 4, mit *Mother Love's Travelling Salvation Show*.

Wendy lag, das Gesicht in den Falten eines zerknautschten Daunenkissens vergraben, schräg auf dem Bett. Sie war traurig und voller Angst. In der nachelektrischen Stille des Hauses lauerte etwas Bösartiges. Und Mike. Sie stellte sich vor, wie der Tod ihn holen kam, wie der Tod auf den Winden ihrer reichen, privilegierten Stadt geritten kam, der Tod als Hexen, einzelne Frauen mit Katzen, die ihn holen kamen und an dem Fenster vorbeitrugen, hinter dem sie, Wendy, mit seinem Bruder schäkerte. Nein, sie stellte sich vor, daß Mike irgendwo allein war, daß das Jenseits für ihn Alleinsein bedeutete, so wie er im Moment seines Todes allein gewesen war. Hochspannungsleitung, hatten sie gesagt.

Sie konnte keinen einzigen Gedanken zu Ende denken. Sie konnte, wie sie da auf dem Bett lag, nicht mehr zwischen Mike und Sandy unterscheiden. Sie sah sich mit Sandy statt mit Mike im Keller, oder sie glaubte plötzlich, sie hätte die Nacht mit Mike verbracht und Sandy wäre tot. Sex und Tod hatten sich in ihr verwirrt. Alles hatte sich in ihr verwirrt. Sie wußte nicht, wie sie sich trösten konnte, ob sie überhaupt Trost verdiente. Sie wollte im Schoß der guten Menschen von New Canaan ruhen. Sie wollte das Pendel von diesem Wochenende und seinem Unglück wegstoßen.

Aber sie verspürte auch andere Regungen. Sie zog die besudelten Strapse vorn aus den Jeans, die sie mittlerweile trug, und sie kamen hervor wie das Taschentuch bei einem billigen Zaubertrick, jenes endlose Taschentuch mit wechselnden Farben und Mustern – das in seiner allerletzten Falte eine graue, kranke Taube birgt. Irgendwann in der vergangenen Stunde hatte sie angefangen, diese Strapse zu mythologisieren. Ihren strengen Meeresgeruch – Thunfischsalat mit Senf-Honig-Dressing –, der sich mit dem berauschenden Geruch von Wendys ungewaschenem Körper vermischte. Das schwarze, schwüle Gebilde, verlockend und gewalttätig.

Wendy mußte es anprobieren. Sie faßte diesen Entschluß nicht eigentlich, sie gab ihm lediglich nach. Der Fluß floß in eine Richtung, und sie paddelte mit. Fluß. Zuerst atmete sie die menschlichen Düfte des Kleidungsstücks ein. Sie drückte es an sich. In einem von Pauls billigen Pornoheften – *Oui* – hatte sie gelesen, daß Sperma sowohl eine gute Haarkur als auch eine prima Hautlotion abgibt. Der Geruch von Mikes verlorener Nachkommenschaft – eine Ahnung der Familie, die er hätte haben können – hüllte sie ein. Das war es, was Erinnerung ausmachte – Verlangen haftete ihr an wie Fingerabdrücke. Und während sie sich in den von ihr abfallenden guten Ideen sonnte, öffnete Wendy den Reißverschluß ihrer Jeans. Hätte es Strom gegeben, hätte sie auf ihrem Magnavox Schnulzen gespielt. Sie hätte alte, verkratzte Singles mit Todesballaden gespielt.

Sie legte sich das Kleidungsstück an der Stelle um, wo ihre Hüften sich zu wölben begannen, und hakte es zu. Voller Entsetzen sah sie sich an, wie genau es paßte. Jeans und Schlüpfer um die Knöchel, stolperte sie zum Bett zurück und ließ sich darauf fallen; sie konnte erkennen, wo ihr flaumiges, blondes Schamhaar bald verschwinden und dem dichten, groben Wust einer Frau Platz machen würde. Es ekelte sie an. Was war mit Mike passiert? Was hatte sie ihm angetan? Noch ein paar Jahre, und sie war kein Kind mehr. Sie würde sich die Brüste straff an den Leib schnüren. Sie würde sich ihre Keuschheit bewahren, ihre Monatsblutung durch Hungern zum Erliegen bringen; sie würde sich von Bedürfnissen frei halten. Aber noch während sie diese Gelübde ablegte, spürte sie tückischerweise den Makel der Erregung in sich. Auf dem Bett, in den Strapsen von Mikes Mutter – denn ihr mußten sie gehören, da war sie sich inzwischen sicher –, wand sich Wendy in einer Mischung aus Leid und Wollust in den Hüften.

Im Bann des Augenblicks, die Knöchel von ihren Jeans zusammengeknotet, schaudernd, den von den Strumpfhaltern gekitzelten Po der frostigen Luft ausgesetzt, griff sie in die Schublade ihres unstabilen Nachtschränkchens und holte die Klinge des Wilkinson-Rasierers hervor, die sie aus dem Badezimmer ihrer Eltern hatte mitgehen lassen.

Sie streifte die Ärmel ihres Rollkragenpullovers hoch. In ihrem Augenwinkel bildete sich – vor Schmerz – eine Träne, als sie die Klinge ganz behutsam an ihrem Handgelenk ausprobierte. Ein kleiner Probeschnitt. Es war eigentlich bloß ein Kratzer, alles andere als der Blutstrom, den sie verdiente, ein Strömen, wie es etwa von einem härenen Hemd hervorgerufen würde oder von einem Untergewand, gespickt mit Nägeln und Zwecken, die in Speziallösungen getaucht waren, um Insekten und Ungeziefer anzulocken. Wendy biß die Zähne zusammen. Kalter Schweiß trat auf ihre Stirn. Sie zog sich an Büscheln ihrer blonden Locken. Und dann geriet sie in Panik. Sie konnte sich vorstellen, wie sie bis auf den Knochen schnitt, Sehne und Nerv, und was an Fettgewebe dazwischen lag, durchtrennte. Sie konnte sich vorstellen, wie sie an ihren blanken Knochen zerrte, wie sie sie auseinanderriß und auf dem Teppich verstreute, aber dann bat sie Mike, ihr zu verzeihen, sagte ihm, daß sie es nicht schaffe, daß sie vorerst noch dableiben müsse, *Charles.* Sie schaffte es einfach nicht. Armer Mike, einsamer Geist. Einsamer Geist von New Canaan.

Die Jeans nach wie vor um die Knöchel verknäuelt und den Unterarm wie in einer Art religiösem Ritual vorgestreckt, watschelte Wendy in den Flur hinaus und von dort ins Badezimmer.

Wegen der Überschwemmung gab es kein fließendes Wasser, aber auf dem Boden stand ein Eimer kaltes Wasser – zum Spülen der Toilette. In diesen Eimer tauchte Wendy das Handgelenk. Das kalte Wasser stach. Der Kratzer an ihrem Unterarm verlieh dem Wasser die Farbe eines Moosbeergespritzten, die Farbe jener Einflößungen aus Moosbeersaft und Ginger Ale, die ihre Mutter ihr verabreichte, wenn sie wegen Übelkeit in der Schule fehlte. Die Klinge noch in der linken Hand, hoppelte sie auf die Tür zu. Sie schob sich zum oberen Rand der Treppe.

Sie benutzten das Wohnzimmer kaum, außer wenn Besuch da war. Aber jetzt kampierten Elena und Benjamin dort, Gäste in ihrem eigenen Haus. Jeder hielt sich an einer lauwarmen Tasse Sanka fest. Und sie hatten sich umgezogen – jeder trug mehrere Schichten übereinander. Sie waren bereit. Ihre Stimmen waren sanft und leise, wie die von Liebenden. Zwar sickerte immer noch Wasser durch die Wand, aber wesentlich langsamer, und da Benjamin den Haupthahn im Keller zugedreht hatte, würde es weniger Probleme geben, wenn die Rohre am Abend wieder einfroren. Das Feuer im Kamin zischte: Es war kurz davor auszugehen.

»Tja, irgendwer muß in die Stadt, den Klempner holen«, sagte Benjamin ruhig. »Und ein paar Sachen einkaufen, ein paar Vorräte. Ich gehe gern. Du könntest mitkommen, wenn du willst. Vielleicht müssen wir alle mal raus und ein bißchen aktiv werden. Das wäre vielleicht genau das richtige. Wenn wir den Firebird in Gang kriegen. Der Kombi würde das nicht … Ich kann verstehen, daß du verletzt bist, Schatz. Ich bin auch verletzt. Aber es wäre besser, wenn das alles mal auf den Tisch käme. Mehr verlange ich nicht. Ich bin da ganz offen, was meine Rolle angeht.«

Elena flüsterte etwas, wie zu sich selbst. Ein kaum zu verstehendes, ausweichendes Gemurmel.

»Kein Mensch kann wissen, wann er gestorben ist«, sagte Hood. »Vielleicht war er sofort tot, vielleicht hat er auch das Bewußtsein verloren und ist erfroren. Das kann im Grunde niemand wissen. Die werden sich irgendeinen wissenschaftlich klingenden Scheiß aus den Fingern saugen, was weiß ich. Du hast nun mal gemacht, was du gemacht hast. Alle werden ein schlechtes Gewissen haben. So ist das eben mit solchen Sachen. Aber diese komischen Spekulationen … Also, das ist einfach Quatsch.«

Sie nippten an ihren Tassen.

Und Elena sagte ganz plötzlich: »Aha, dein Gewissen ist also rein.«

Dann: »Wo warst du überhaupt? Hast du vielleicht was Besseres gemacht? Wo hast du denn übernachtet, wenn du ein so reines Gewissen hast?«

»Ich habe doch gar nichts gesagt. Ich habe keinerlei Urteil –«

»Arrogantes Getue –«

»Ich war auf dem Badezimmerboden. Bei Rob und Dot. Wenn es dich glücklich macht … daß du das weißt. Ich habe total blau auf einem Badezimmerboden gelegen, verdammt noch mal. Und ich sage nicht – falls du das glaubst –, daß du auf diesem Wasserbett – die Tatsache, daß du dort – das Schlimmste ist, auch wenn es mich nicht gerade –«

Elena wurde noch leiser. »Es macht mich nicht glücklich. Man weiß es nur immer schon vorher. Man weiß es einfach vorher, und das macht mich überhaupt nicht glücklich. Ich habe in dieser Ehe schon mehr Besoffenheit erlebt. Ich habe eine ganze Menge widerlicher Sachen erlebt. In diesem Haus gibt es mehr *Kotzflecken* als –«

»Ich weiß, ich weiß, ich weiß. Ich habe ja gesagt, es tut mir leid. Ich weiß. Ich habe mich entschuldigt bis zum Gehtnichtmehr ... Ich werde noch –«

»›Tut mir leid‹ heißt gar nichts, Ben. Das verbraucht bloß Luft. Da mußt du schon –«

»Was willst du denn noch? Wir haben dieses Gelöbnis abgelegt, weißt du noch? Darüber will ich jetzt reden. Wir haben diese Worte gesagt, du hast sie auch gesagt, und ich versuche mich daran zu halten –«

»In den Armen von jemand anders. So versuchst du –«

»Ich versuche, sie neu zu *beleben*, wollte ich sagen. Du hast es auch nicht besser gemacht mit deinen ... Hör zu, die Sache mit dem armen Mike macht mir ziemlich zu schaffen. Ich will nicht ... Ich habe keine Lust, hier ... auch wenn Jims Kinder oft die halbe Nacht wegbleiben, sehe ich doch, daß er sich mit ihnen alle Mühe gibt. Ich weiß, es ist schwer, Kinder großzuziehen –«

»Ist das bei unseren vielleicht anders? Sieh dir doch unsere Kinder an –«

»Laß mich bitte mal ausreden, Schatz. Ich möchte das eben noch zu Ende bringen. Wenn so etwas Schreckliches passiert ... und vergiß nicht, daß ich derjenige war, der Mike gefunden hat. Ich habe ihn gefunden –«

Benjamins Gesicht verzerrte sich zu einer Grimasse.

»Ich habe ... wie heißt das? Mund-zu-Mund-Beatmung bei ihm gemacht. Luft in seine Lunge geblasen. Und dabei hat es keine Rolle gespielt, daß ich ihn immer für einen kleinen Scheißer gehalten habe. Es hat keine Rolle gespielt. Ich will damit sagen, daß einem das eigentlich klarmachen sollte, wie es, na ja, in einer Familie zugehen müßte. Genau das will ich dir nämlich sagen: Wir haben Probleme mit dem Haus, wir haben Probleme mit den Kindern, ich habe Probleme bei der Arbeit, aber wir können trotzdem mit allem fertig werden.«

»Was? Was für Probleme bei der Arbeit?«

»Na ja, eben ... Du weißt schon. Es läuft halt nicht so gut. Das weißt du doch.«

»Nein, das weiß ich nicht. Du erzählst mir solche Sachen nämlich nicht.«

»Ich komme ... ich komme in letzter Zeit bei der Arbeit nicht so gut zurecht. Ich brauche –«

Elena blieb stumm.

»*Hör auf, mich so anzuschauen*«, sagte Ben. »Ich habe keine Lust, laut zu werden. Ich will nicht, daß Wendy das alles noch mal durchmachen muß. Eigentlich sollte dieses Gespräch unter vier Augen stattfinden, das ist ja wohl nicht zuviel verlangt. Ich will darauf hinaus, Elena, daß die Probleme bei der Arbeit – und sie sind schwieriger, als ich mir bisher auch selbst eingestehen wollte –, also, ich bin in einer Situation, wo ich einen Neuanfang versuchen kann.«

»Nun mach aber einen Punkt, Ben. Wie kommst du darauf, daß ich das auch so sehe?«

»Verdammt noch mal, *jetzt reicht's*. Du glaubst, du hast nichts mit dem Problem hier zu tun, aber das hast du sehr wohl. Befassen wir uns mal eine Sekunde damit. Reden wir davon, was für Probleme du hierher mitbringst. Daß du ein abweisender Mensch bist. Du bist ein abweisender, schwieriger Mensch, und für jemanden, der dauernd ein großes Tamtam um Gemeinschaft macht, um die Gemeinschaft des Unitarismus und diesen ganzen Mist, um Psychiater und Psychologen und diesen Kram, die ganze Gemeinschaft der Psychoschwindler und -absahner, für so jemanden liegt dir anscheinend herzlich wenig an der Gemeinschaft hier, in diesem Haus, und an der Entscheidung, die du vor siebzehn Jahren getroffen hast, und an den Menschen, die außer dir noch von dieser Entscheidung betroffen sind.«

Den Blick auf das Kaminfeuer gerichtet, anstatt ihm in die Augen zu sehen, sagte Elena beinahe flüsternd: »Das war eben keine freie und einfache Wahl, weißt du. Du hast keine Ahnung, wie das läuft. Ich weiß hinterher nicht mehr, wie ich solche Entscheidungen treffe, wie ich sie getroffen habe. Ich habe keinen Beruf, habe nie etwas Richtiges gelernt. Ich bin keine Arbeiterin. Ich bin einfach eines Morgens aufgewacht und habe gestillt. Und das finde ich nicht besonders erhebend, wenn du verstehst, was ich meine. Also, was soll ich machen?«

Hood stand auf, um das Feuer zu schüren.

»Was heißt das denn? Heißt das, die ganze Sache war bloß ein Arrangement?«

»Nein, das heißt es nicht ... es heißt nur, daß du nicht alle Aspekte berücksichtigst ... Es gibt da auch noch andere Gesichtspunkte.«

»Du bist einfach vom sozialen Klima und so weiter in diese Ehe gezwungen worden: Carl Rogers oder Carl Jung oder sonstwer behauptet, in den fünfziger Jahren wären die Frauen in die Ehe gezwungen worden. Und sie bräuchten Virginia Slims oder so was. Und in der Zwischenzeit habe ich die Familie vernachlässigt. Ich bin der Vernachlässiger. Der Schurke.«

Er kauerte sich nieder und schob ein zusammengeknülltes Stück Zeitung unter das letzte, noch nicht verbrannte Stück Duraflame-Scheit.

»Du hältst es also für das beste, wenn du gehst«, sagte er.

»Du hast es erfaßt«, sagte Elena.

Nach einer Weile sagte Benjamin: »Tja, die Zeiten sind danach.«

Elena blieb stumm.

Benjamin behielt das Feuer im Auge.

Ihr Gram war friedfertig.

»Sollen wir's gleich den Kindern sagen? Möchtest du das?« Er legte den Blasebalg aus der Hand.

»Apropos Kinder«, sagte er. »Wo zum Kuckuck ist eigentlich Paul?«

»Was?«

»Paul, unser Sohn Paul. Hast du in der Stadt angerufen, um festzustellen, ob er bei Freunden übernachtet?«

»Ich dachte, das hättest du gemacht.«

»Sag bloß, du ... Na prima, wirklich prima. Große Klasse.«

»Bin ich vielleicht allein für die Kinder verantwortlich? Wir haben Wochenende – schließlich bist du auch da.«

»Jedenfalls bin ich froh, daß ich mir diese Scheiße nicht für den Rest meines Lebens anhören muß, das könnte ich nämlich nicht ertragen. Hast du *zufällig* mit Wendy darüber geredet, ob sie irgendwas darüber weiß, was Paul vorhat?«

Die Antwort ergab sich postwendend. Die beiden Flügel der Wohnzimmertür – eine alte Schiebetür, deren antikes Gepräge Benjamins Stimmung einmal positiv beeinflußt hatte – glitten auseinander. Wendy trat ein wie die lebendig Begrabene, die durch die Erdoberfläche bricht, um Luft zu holen. Sie ähnelte in nichts der Wendy, die Elena in Erinnerung hatte, dem nervtötenden, entzückenden kleinen Mädchen, das stets im Mittelpunkt der Aufmerksamkeit stehen mußte. Dem kleinen Mädchen, das alle liebten, Kellner, Türsteher, Schaffner, Passanten, die allesamt mit ihr reden mußten. Dieses Mädchen war vollständig verschwunden; zwar erkannte Elena die Erscheinung wieder, aber aufgrund eines etwas ferneren Erinnerungsbildes. Die Generationen schienen in Wendy zusammengefallen zu sein, denn Wendy glich aufs Haar Elenas Mutter, wie sie die Treppe herunterkam, verschreckt von der Aussicht auf einen weiteren langen Nachmittag. Wendy, den Arm vor sich ausgestreckt. Die halb hochgezogenen, halb geöffneten Jeans über einem Strumpfhalter aus schwarzer Spitze, die deutlich sichtbaren Strapse im Reißverschluß verhakt. Die schnaufenden Schluchzer ihrer Tochter glichen einer unterentwickelten Sprache. Elena hörte die Schreie ihrer Mutter, hörte den Geist ihrer Mutter und sah ihren eigenen Platz auf der Leiter von Wahnsinn und Trostlosigkeit. Sie hatte das Gefühl, man würde sie selbst auch einsperren, in Silver Meadow einsperren und nur am Wochenende besuchen. Die beiden umdrängten ihre Tochter.

»Mein Gott, Mäuschen«, sagte Benjamin. »Was hast du bloß gemacht? Du lieber Himmel.«

Er sah voller Entsetzen die vertrauten Strapse.

»Ist schon okay, Liebes«, sagte Elena zu Wendy. Und an ihren Mann gewandt: »Es ist okay, bloß ein Kratzer. Alles halb so wild. Das heilt schnell. Das ist kein ...«

Elena hatte Wendys Puppenkörper fest an sich gedrückt, und während sie nur Müttern bekannte Beschwörungsformeln anstimmte, hakte sie so gekonnt wie ein jugendlicher Frauenheld im Dunkeln den Rückenverschluß eines komplizierten Stütz-BHs die Strapse auf. Sie zog Wendys Schlüpfer hoch und legte das verklebte Kleidungsstück beiseite.

»Bist du sicher?« fragte Benjamin. »Was ist mit Tetanus? Sollten wir nicht ...«

»Wendy«, sagte Elena. »Womit hast du das gemacht?«

»Wilkinson-Rasierer«, schniefte Wendy.

»Mit einem neuen? Einer neuen Klinge?«

Wendy nickte.

»Laß die Dinger nicht so herumliegen«, sagte Elena zu ihrem Mann. »Schließ sie weg. Und wo hast du dieses ... diese Unterwäsche her?«

»Williams«, sagte Wendy.

Sie sank ermattet zu Boden, und ihre Eltern setzten sich zu ihr auf den feuchten, schwammartigen Teppich. Die Strapse lagen daneben wie ein auf sonderbare Weise notwendiges Familienutensil. Elena wußte Bescheid über die Rokoko-Ornamentik des Kummers und versuchte daher nicht, Wendy zu trösten. Jedenfalls nicht gleich. Keine Umarmung würde jetzt helfen. Aber Benjamin probierte es mit Handauflegen. Wo er zuvor als Dad gegeizt hatte, nahm er plötzlich Not wahr. Er schlang die Arme um seine Tochter. Und Elena ließ dieser Anblick nicht unberührt. Daß Umarmungen eine Art Kardiologie waren, ließ sie nicht unberührt. Und so lag Wendy in den Armen ihres Vaters, fragte, was passiert sei, was Mike passiert sei und wo man ihn hingebracht habe, und weigerte sich zunächst noch, zur Bewahrerin seines Andenkens zu werden. Weigerte sich damit, ihn ziehen zu lassen. Alle diese Verluste waren mittlerweile in Wendy miteinander verwachsen, Verluste wie der, als sie und Paul eines Samstags Benjamins Vater im Keller gefunden hatten, als sie hörten, wie seine eigenartig sachliche Stimme ihnen entgegenrief: *Ich kann meine Beine nicht mehr bewegen*. Das Wochenende des Schlaganfalls. Oder damals im Frühjahr, als Elenas Vater gestorben war. Alle Verluste Wendys waren eins. Genau wie die von Elena, Benjamin, Janey, Jim und ...

»Liebes«, sagte Elena. »Hat Paul gestern abend zufällig angerufen?«

Zwischen japsenden Atemzügen: »Hat gesagt, er will den letzten Zug nehmen.«

»Züge fahren garantiert keine«, murmelte Benjamin. »Unmöglich.«

»Vielleicht sollten wir trotzdem zum Bahnhof fahren«, meinte Elena. »Sehen wir einfach mal nach.«

»Meinst du nicht, du solltest hierbleiben? Mit ihr? Was ist, wenn ... wenn das Telefon auf einmal wieder funktioniert? Ich könnte auch allein ...«

»Nein, ich fahre lieber mit ... Falls es irgendwelche Probleme gibt. Ich fahre lieber mit.«

Und dann lächelte Elena: »Außerdem hat es eine Heizung. Das Auto.«

»Wäre das okay?« sagte Ben leise zu Wendy. »Meinst du, du kannst mit deiner Mutter und mir mitfahren? Lieber wär's mir schon, wenn du mitkommst, Schätzchen.«

Es war fast Mittag, als Benjamin mit dem Firebird zurückkam. Sie packten Wendy in den Wagen, die Handgelenke in ein Handi Wipes – das Wischtuch aus dem praktischen Plastikbehälter – eingewickelt. Sie hatte ein Glas Tang dabei. Und eine Isolierdecke. Der Hund lag zusammengerollt auf dem Rücksitz. An sie gekuschelt.

Die Temperatur war wieder gefallen. Die ungehemmt strahlende Sonne vom Vormittag war verschwunden. Sie fuhren vorbei an der Silvermine Arts Guild und der Silvermine Tavern, wo kürzlich ein Werbespot für Frühstücksflocken gedreht worden war, und dabei durchquerten sie die historischen Breiten von New Canaan. Hier hatte John Gruelle seine berühmte *Raggedy Ann* entworfen, der Landschaftsmaler D. Putnam Bradley seine lieblichen Pastoralen gemalt; hier hatte Hamilton Hamilton mit der Feder gezeichnet und Childe Hassam ein kleines französierendes Naturidyll gestaltet. An Autoren lebten hier Padraic Colum, Dichter und Volkskundler irischer Abstammung, und Robert Flaherty, der Polarforscher, dazu William Rose Benét und Maxwell E. Perkins. Perkins hatte, vielleicht beim Redigieren von *Schau heimwärts, Engel*, notiert: »Wir hatten einen großartigen Winter in New Canaan. An den meisten Wochenenden Schlittschuhlaufen und Hockey, und zwischen den Jahren, drei windstille Tage lang, der ganze fünf Kilometer lange See eine einzige federnde schwarze Eisfläche.«

Über diese Geschichte fuhren sie hinweg, über den in Zersetzung begriffenen Sprengel Canaan. In Kürze würden die Hoods umziehen. Eine Hälfte der Familie würde umziehen, eine bleiben. Vielleicht würden sie, wie die Williams, ihre Wochenenden in den kommenden Jahren damit zubringen, komplizierte Besuchsregelungen zu treffen. Benjamin Hood würde seine Tochter einfach absetzen, oder sie würde, wenn er kam, schon in der Einfahrt des Hauses ihrer Mutter in Wilton, Westport, East Haven oder Darien warten. Er würde seine Frau durch eine leicht bewegte Gardine sehen. Am Nachmittag würde Benjamin Hood seine Tochter allein in nicht jugendfreie Filme gehen lassen, oder er würde, erschöpft, mit ihr ins Red Coach Grill oder McDonaldland gehen. Und Elena würde per Telemarketing *Club*-Abonnements verkaufen oder in einem Copyshop arbeiten, und sie würde ein heimliches Verhältnis haben. Genau wie Benjamin. Aber nicht mit einem von den Williams.

Am Bahnhof von New Canaan, der kleinen Endstation, erfuhren sie, daß der Zug um 23 Uhr 10 es nicht einmal bis Stamford geschafft hatte. Er sei irgendwo in der Gegend von Greenwich hängengeblieben.

Die drei Hoods scharten sich um den Schalter. Drei Blüten an einem dornigen Zweig. Sie blafften Fragen.

»Immerhin«, sagte der Mann hinterm Schalter, »haben sie vor kurzem den Leitungsschaden behoben. Auf der New-Haven-Strecke. Die Züge fahren jetzt wieder. Wahrscheinlich ist Ihr Junge in Stamford. Und versucht, ein Taxi zu kriegen.«

»Falls er überhaupt noch Geld hat«, sagte Benjamin.

Die beiden Männer lachten gezwungen.

Also brachen sie in langsamer Fahrt nach Stamford auf. Was kam es bei all den persönlichen Problemen auf ein bißchen Geschichte an? Was machten schon Schnappschüsse oder bronzierte Schuhe? Wem lag an diesen Plastikwürfeln voller Schnappschüsse? Geschichte, das waren billige Trophäen und Schülerzeitungen mit Rechtschreibefehlern, Geschichte war das Ende der Bürgerversammlungen im Jahre 1969, Geschichte war der Bursche, der noch Jahre nach Aufhebung der Sklaverei *freiwillig Sklave* blieb, und Geschichte war die Vertreibung der Sagamores im siebzehnten Jahrhundert und die unberührte Ruhe der Landschaft vor dem Eintreffen der ersten englischen Siedler. Die Geschichte war eine gewiefte und hartnäckige Beschatterin, und ihre zyklische Gestalt holte die Hoods, die Nixons und alle anderen ein. Man konnte sich von Arthur Janov beibringen lassen, angesichts der Geschichte zu schreien, man konnte das Beten oder ein Mantra lernen, man konnte sein Leben aufschreiben und hoffen, so seinen Frieden damit zu machen, es aufschreiben oder malen oder Improvisationstheater daraus machen, aber das war vermutlich auch schon alles. Man hing fest.

Scheiss Familie. Fade, freudlos, fertig, falsch, frustrierend, funktionell und traurig, unsäglich traurig. Scheiß Familie. Furie oder Feind. Nächsten Monat: das Ende der Fantastischen Vier. Der Fabulösen Vier. Der Fetischistischen Vier. Die Familie, das waren lauter Spiegeltricks. Flunkerei. Über die zurückliegenden Generationen hinweg, die Vorväter und Vorvorväter und Vorvorvorväter, bildete sie eine Aura, die er niemals aufrechterhalten konnte. Alles fauler Zauber. Paul Hood, die Flamme, die Fackel, ausgebrannt. An beiden Enden abgebrannt. Er wünschte, er könnte sie vergessen, könnte diesen Trip hinter sich bringen, äße immer noch mit einem Lätzchen, baute Modelle von Stock Cars, auf allen Vieren, wünschte, er läge wieder in den Armen eines Mädchens. Vermißte Libbets. Auf dem Bahnsteig in Stamford. Er wollte weglaufen, Väter, Vorväter, Fleischeslust, Femmes fatales und diesen ganzen Kram fliehen. Er wollte Freunde fliehen.

Die Nacht war wirklich wahnsinnig lang gewesen. Stundenlang hatte er Bilder auf ein Stück Zeitung gekritzelt, das er unterm Sitz gefunden hatte, eisige Stunden im Dunkeln, wirklich lang diese Nacht, so lang, daß er schon anfing, die blöden Lügen zu glauben, die er erzählt hatte. Anfing, blöde kleine Geschichten über seine Familie zu glauben. An familiäre Tröstungen zu glauben. Und dabei Bilder kritzelte und zerbröckelnde Sätze schrieb. Mist in freien Rhythmen und Zitate aus *Thick as a Brick*. Praktisch Halluzinationen. Er glaubte tatsächlich, seine Familie würde auf ihn warten, wenn er ankam. Sie würden schon dort warten – während der Vergewaltiger im anderen Wagen zu seiner Bude mit dem Wasserbett und der Leopardenfelldecke zurückdüste –, und sie würden schrecklich besorgt sein, ihn umarmen, sich neue Spitznamen für ihn ausdenken und ihn umgehend zum größtmöglichen Krabben-Cocktail kutschieren.

Nee, so lief das nicht. Familienwerte. Die Carpenters, das waren Familienwerte. Und Nixon, der Elvis zum ehrenamtlichen Drogenfahnder machte. Die Familie hielt die Türen auf für Alkoholismus, Inzest, Mißhandlung und Ignoranz; sie sorgte dafür, daß rassistischer Dreck und Bigotterie von einer Generation auf die nächste überging. Seine Eltern waren Genspleißer, Geningenieure, die ihm die gleichen bösartigen Krankheiten einpflanzten, unter denen sie selbst gelitten hatten. Er war ein Explosionsfeuer, das auf seinen Ausbruch wartete. Er war fertig und ohne Freunde, und seine Chancen standen fifty-fifty.

Der Zug also hatte sich irgendwann in der Dämmerung wieder in Bewegung gesetzt und schlich im Schrittempo vorwärts. Was Pauls wacklige Bilder und die Geschichten vermurkste, die er sich ausdachte, Geschichten, in denen er den ganzen Blödsinn der letzten vierundzwanzig Stunden nicht gemacht hatte. Der Zug hatte sich zu einer Vorform des Zuges zurückentwickelt, einer Dampfmaschine, die sie durch Weideland trug. Sie kamen frühmorgens in Stamford an, und all die Leute, all die anderen Loser, fragten Paul, ob sie ihn mitnehmen sollten, ob ihn jemand abhole. Alle diese Leute sprachen ihn an. All diese Freundlichkeit. Aber er sagte, nein nein nein, und seither schlappte er im Bahnhof herum. Er hatte sich eine kindische Reaktion verkniffen, hatte sich ein Lächeln auf den

Mund geklebt –, ja meine Eltern kommen mich holen. Hatte einen Taxifahrer gefragt, ob sein Geld, die letzten paar zerknüllten Scheine, für die Fahrt nach New Canaan reiche. Klar, das Geld reiche schon, aber die Straßen seien unpassierbar. Sie müßten warten, bis geräumt sei.

Mit diesen langen Wartereien kannte Paul sich jedenfalls aus. Seine Mutter kam immer zu spät. Daß er in dieser Lage war, überraschte ihn nicht. Er würde bald zu Fuß losgehen, aber nicht nach Hause, sondern zurück zur Schule. Er würde zu Fuß gehen, bis er trampen konnte, und dann erst wieder anhalten, wenn er so weit im Norden war, daß es keine Laubbäume mehr gab und unter jedem Rasen Granit aufschien. Gletscherland.

Er verließ den alten Wartesaal mit seiner Ansammlung verkorkster Typen, ging wieder hinaus auf den Bahnsteig, den Bahnsteig auf und ab und trat in der Hoffnung auf Kleingeld gegen ein paar Zeitungsautomaten. Er gab zehn Cent aus, um in die Münztoilette zu kommen, und wusch sich das Gesicht. Zurück in den Wartesaal. Zurück auf den Bahnsteig.

Er wußte allerdings, daß es mit ihm kein böses Ende nehmen würde, weil er wußte, wie Comics endeten. Sie endeten gar nicht. Comics enden nie. Die Figuren wurden immer weiterentwickelt. Es gab immer neue Verwerfungen im vermeintlich Unveränderlichen und Dauerhaften. Wenn Das Ding die Fantastischen Vier verließ, kam es jedesmal wieder zurück. Sein Schmerz und sein Zorn legten sich, und dann alberte es mit Stretcho, Sue und Johnny herum. Es war wieder da. Niemand starb je, zumindest nicht für immer, niemand verschwand je, kein Streit war vernichtend, kein Zerwürfnis endgültig. Die guten Momente, wenn das Licht draußen genau richtig war und alle übereinstimmten – diese Momente kamen immer wieder. Franklin würde wiederbelebt werden. Sue würde zu Reed zurückkehren. Und Dr. Doom, dessen Asche im Subuniversum verstreut worden war, würde sie erneut bedrohen. Er würde sich als ihr Vermieter oder Steuerberater oder sonstwer ausgeben.

Und so war Paul Hood, nachdem er eine Stunde damit zugebracht hatte, die Kühlerhaubenembleme von den teuren Autos vor dem Bahnhof abzumontieren, nicht erstaunt, als er den roten Firebird seiner Familie auf den Parkplatz rollen sah. Der Firebird. Sein Gesicht rötete sich. Sein Herz hatte sich irgendwo in ihm verklemmt, wo er es nicht ignorieren konnte. Er hatte ein Herz. Als seine Mutter aus dem Wagen stieg, erinnerte er sich an damals – er war noch ein Kind –, als seine Eltern für eine Woche weggefahren waren und ihn und Wendy mit einem Drachen zurückgelassen hatten, dessen Kochkünste sich einzig dadurch entschuldigen ließen, daß ihr seliger Mann keinerlei Geruchssinn besessen hatte. Paul sah seine Mom, und er erinnerte sich, wie sie schließlich wieder nach Hause gekommen waren und Daisy Chain eine halbe Stunde lang nicht aufhörte zu bellen und über sämtliche Möbel zu klettern. Zwei Stunden lang waren sie aus dem Lachen nicht herausgekommen.

Sein Dad stieg aus dem Wagen, Wendy schob die Schalensitze nach vorn, ihr folgte der sabbernde Hund, und dann standen sie alle herum, in den Gesichtern dieses merkwürdige Halblächeln. Seine Familie. Seine Mom war seine Mom, sein Dad war sein Dad, und damit hatte er sich abzufinden, ganz gleich, was aus ihnen wurde. So wie sich Darien mit dem Long Island Sound, die Kambodschaner mit dem Mekong und Concord mit dem Merrimack abfinden mußten. Immer noch besser, als den Rest seines Lebens in Zügen der Conrail zu verbringen. Zu Hause war der Ort, wo sie einen aufnehmen mußten. Sprache war dazu da, das Zuhause zu preisen, das Zuhause, Gott und Flüsse zu preisen. Gott, Sprache, Flüsse und Zuhause waren dehnbar. Alles dehnte sich um die Oberfläche der Familie.

Aber von Lächeln konnte eigentlich keine Rede sein. Seine Familie lächelte nicht. Lächeln war Talmi. Sie hielten den Blick gesenkt, scharrten in dem Schnee und Eis auf dem Parkplatz. So toll war es auch wieder nicht. Es war nicht wie im Märchen. Es reichte, daß er die Markenembleme fallen ließ. Die kunstvollen Chromgebilde einfach an Ort und Stelle auf dem rissigen Asphalt ablud. Er schlang die Arme um seinen aufgedunsenen Dad. Dann schlang er die Arme um seine eisige Mom. Gab Wendy einen Kuß. Gab dem Hund einen Kuß.

»Na, Gott sei dank fehlt dir nichts«, sagte sein Vater. »Wie lange bist du denn schon hier?«

Paul hob bloß die Hände.

»Es gibt eine Menge zu erzählen«, sagte Benjamin.

Alles versuchte zu lachen.

»Und zwar nicht nur Gutes.«

Es wurde wieder still. Sie quetschten sich in den Wagen, dessen Heizung voll aufgedreht war, als wäre ihnen ihr Leben lang Hitze vorenthalten worden. Daisy Chain kraxelte über Wendys Rücken, um Paul mit seiner feuchten Hundezunge übers Gesicht zu fahren.

Und dann legte Pauls Dad einfach den Kopf auf das Lenkrad und verharrte eine ganze Weile so. Es dauerte ziemlich lange. Und auf einmal fing er an zu würgen. Paul hatte noch nie dergleichen gehört. Er glaubte zuerst an einen Scherz. Oder einen medizinischen Notfall. Er wußte nicht, was er machen sollte. Die behandschuhte Hand seiner Mutter schwebte hinter dem Rücken seines Vaters in der Luft, als wollte sie sich dort niederlassen. Sie tat es nicht. Sein Vater drehte sich zu ihm und Wendy um und lächelte schweigend, die Wangen wie von Tau glänzend.

»Ich muß euch beiden etwas sagen«, sagte er.

In diesem Augenblick erschien ein Zeichen am Himmel. Ein richtiges Zeichen am Himmel. Das Gespräch verstummte, und es erschien ein Zeichen am Himmel, das alle Ereignisse dieser vierundzwanzig Stunden miteinander verknüpfte. Über dem Parkplatz. Eine flammende Vier. Und sie stand nicht nur über dem Parkplatz. Man sah sie im ganzen Land, über der Unitarischen Kirche von Stamford, über der High-School von New Canaan, über dem Bahnhof von Port Chester und überall auf der New-Haven-Strecke, über Räumfahrzeugen in Greenwich und Norwalk, über dem kleinen Arbeitszimmer, in dem Wesley Myers gerade an der Predigt für den nächsten Tag, den ersten Adventssonntag, schrieb. In Gebäuden des öffentlichen Dienstes, in Privathäusern und heruntergekommenen Wohnungen. Die Himmel verkündeten: eine flammende Vier.

Sie sahen sie vom Firebird aus. Sie sahen sie, und sie blieb den ganzen Herbst bei ihnen, diese Apotheose.

Jedenfalls habe ich es so in Erinnerung. Ich. Paul. Der Schwätzer. So habe ich es in Erinnerung. Und genau an dieser Stelle endet die Geschichte im Grunde. Ich muß Benjamin dort verlassen, mit seiner Mitteilung und seinem Wunsch nach Versöhnung, den er in sich begraben wird; ich muß Elena verlassen, meine Mutter, die ich nie richtig verstanden habe; ich muß Wendy verlassen, unsicher, einen Arm um den Hund gelegt, und ich muß mich selbst – Paul – verlassen, an der Schwelle zum Erwachsenenalter, am Ende jenes *annus mirabilis*, in dem Comics nicht mehr von der Wahrheit zu unterscheiden waren, und am Beginn meiner Bekenntnisse. Ich muß ihn und seine Familie dort verlassen, denn nach so langer Zeit, nach zwanzig Jahren, wird es Zeit, daß ich gehe.

Finis.

»Einer der besten Schriftsteller Amerikas. Eine Erzählung von Raymond Carver vergißt man nicht mehr.«

The Oregonian

Raymond Carver

Kathedrale

[illegible]

[illegible]

[illegible]

[illegible]

[illegible]

Wovon wir reden, wenn wir von Liebe reden

[illegible]

[illegible]

PIPER